Joseph Messinger

Psychologue, Joseph Messinger est spécialiste de la symbolique gestuelle. Il est l'auteur, aux éditions First, de plusieurs ouvrages sur le sujet parmi lesquels *Ces gestes qui vous séduisent* (2004) et *Ces gestes qui vous trahissent* (2005). Une nouvelle édition du *Sens caché de vos gestes* est parue aux éditions First en 2007.

Ces gestes qui manipulent, ces mots qui influencent

POCKET *Évolution*

Des livres pour vous faciliter la vie !

Arouna Lipschitz
La voie de l'amoureux
Savoir aimer plutôt que rêver d'amour

Malcolm Gladwell
La force de l'intuition
Prendre la bonne décision en deux secondes

Catherine Bensaid et Jean-Yves Leloup
Qui aime quand je t'aime ?
De l'amour qui souffre à l'amour qui s'offre

Thierry Farrayre
Le miracle crétois
Tout savoir sur la cuisine crétoise
afin de vivre mieux et plus longtemps

Maryse Vaillant et Judith Leroy
Vivre avec elle
Mère et fille racontent

Pierre Berloquin
Testez votre quotient émotionnel
Des tests pour dresser en quelques instants
votre quotient émotionnel

Catherine Aimelet-Perissol
Quand les crocodiles s'emmêlent
Du bon usage de nos émotions
dans les relations adultes-enfants

Joseph Messinger

Ces gestes qui manipulent, ces mots qui influencent

Décodez les gestes et les mots de la manipulation

FIRST ÉDITIONS

ISBN : 978-2-266-16196-1

« Quelquefois, je regarde mon living, et la chose la plus réelle qui s'y trouve est la télévision. Elle est claire et vive et le reste de ma vie me semble morne. Alors, j'éteins cette foutue chose. Et je récupère ma vie. »

(Turbulences *de Michael Crichton – Éditions Robert Laffont)*

Sommaire

Remerciements

« Dites au pouvoir que la manipulation l'attend dans l'antichambre ! »

Je dois des remerciements sincères (ce qui est un comble dans un ouvrage consacré à la manipulation) à tous les journalistes qui me harcèlent de leurs questions souvent pertinentes, curieux du sens des manifestations gestuelles mais sceptiques tout de même. Grâce à eux, je suis bien obligé de me remettre continuellement en question, de découvrir de nouvelles perspectives pour vulgariser la compréhension de ce métalangage qui s'expose sous les yeux de tous et trahit si bien les individus qui se cachent derrière les mots. Grâce à eux aussi, j'ai réalisé que le phénomène de la manipulation commence par le geste et s'achève par le discours. C'est la raison pour laquelle je me suis attaché à explorer les aspects gestuels et verbaux de ce mode de communication frauduleux mais tellement répandu qu'il mérite une tribune ouverte au plus grand nombre de lecteurs.

La manipulation se manifeste à tous les étages de la société, et plus encore dans les métiers de l'information, un vecteur idéal de la déformation de la vérité. Si ce livre peut offrir aux journalistes de nouvelles clefs de décryptage, j'en serai ravi. Cependant, il s'adresse aussi à tous ceux qui souhaitent protéger leur territoire contre l'invasion des influences pernicieuses qui les empêchent de maîtriser leur destin.

Avertissement

La précédente édition de cet ouvrage date de 2003. En l'espace de trois ans, mes connaissances du langage non verbal ont fait un bond en avant gigantesque parce que j'ai pu consacrer tout mon temps à ma passion du décryptage depuis cette époque. J'ai accumulé des masses considérables de nouvelles données, j'ai pu explorer des pistes inédites, notamment celles des refrains gestuels invariables sur lesquels j'ai effectué de nombreuses enquêtes sur le terrain. C'est ce qui enrichit considérablement cette nouvelle édition.

Introduction

N'étant encore que Premier consul, Napoléon inventa la Légion d'honneur pour assouvir la vanité ou l'orgueil des hommes et mieux les tenir à sa botte. On mène les hommes avec des hochets, avait-il coutume de dire. Cette décoration, fameuse entre toutes, est donc née du mépris et de la manipulation.

La manipulation est le fondement même de la communication dans toutes ses dimensions, du discours à l'écrit, du dessin à l'image, de la pensée individuelle à l'opinion publique. Tout dépend, en définitive, de la manière dont on interprète son action sur l'information fournie. Aujourd'hui, un plan de licenciement s'intitule plan social. La vraie démocratie est participative, comme si le mot ne se suffisait plus à lui-même. Le développement est durable. Je ne savais pas qu'il existait des développements en CDD.

La manipulation pervertit la communication, soit, mais sans son concours, le message pourrait être mal perçu, et l'information pourrait susciter l'anarchie. En somme, la manipulation est le conditionnement (l'emballage) d'une communication standardisée, et surtout non spéculative, destinée à être consommée par l'opinion publique sans provoquer une crise de conscience à grande échelle. Mais comme ce livre a pour objectif de décoder la manipulation sous tous ses aspects, des plus pervers aux plus séducteurs, je vous propose, en guise d'apéritif, quelques vérités qui ont fait la Une de nos médias au cours de cette année. Une autre lecture de notre société manipulée par ses élus !

Les Français ont encore la foi en un modèle de société (l'exception française) qui n'a plus cours mais que nos élus s'emploient à maintenir artificiellement en vie. Il faut avoir le courage de fuir la réalité socio-économique mondiale, tel est en substance le message martelé par nos politiques. La manipulation dont nous sommes les victimes consentantes est instrumentalisée par une caste privilégiée qui craint par-dessus tout de se retrouver à la rue : la France d'en haut progresse sans visibilité dans un brouillard social et une purée économique qui conduit la France d'en bas dans le mur d'une faillite de l'État Providence. Mais la mort annoncée de l'exception française demeure encore un cauchemar à venir que nul ne veut envisager sérieusement. En France, il n'y a pas de solutions, il n'y a que des problèmes. Mais si la France était en faillite, ça se verrait, ça se saurait, ça se sentirait. Le pays est victime d'éruptions sociales, mais la révolution ou la guerre civile annoncée par Nicolas Baverez n'est pas encore programmée. Les Français ont investi plus de mille milliards d'euros en assurance-vie, indiquent le JT de TF1 au mois d'avril 2006 et ce n'est pas un poisson... d'avril. Presque l'équivalent de la dette de l'État annoncée par Thierry Breton, le ministre de l'Économie, qu'on devrait rebaptiser : ministre de la Prodigalité nationale.

La télé, les magazines « pipole », les féminins, voire les quotidiens, nous servent un monde virtuel, sans commune mesure avec la réalité du terrain. Tout va très bien, Madame la Marquise, ce qui va mal ira mieux demain, contrat social oblige. Sauf que l'ascenseur social est en panne depuis... depuis... Mais il n'y a jamais eu d'ascenseur. Les deuxième ou troisième générations de l'émigration doivent gravir à pied les marches d'un escalier qui ne mène nulle part, comme celui des casernes de pompiers.

Les ministres s'expriment pour calmer le jeu, l'opposition s'oppose et tout ce beau monde parle une langue française allégée. La forme est le fonds de commerce de la politique gouvernementale. Le chahut de l'Assemblée ne cache pas le vide des projets débattus. Si vous voulez savoir la vérité, prenez toujours le contre-pied de ce que vous racontent les journaux et vous serez en mesure de décrypter la réalité des messages médiatiques. Les médias ne travestissent pas la vérité comme les politiques, ils désinforment, écrivent n'importe quoi pour faire « croire que », mais ils ne savent rien en définitive. Il faut vendre du papier pour que les publicitaires investissent les pages qui font vivre la presse. Ségo ou Sarko sont de bons clients, parlons-en jusqu'à l'overdose. Tel est le credo de nos journaux ! Il faut dire que la chute des ventes ne sera pas enrayée malgré la surenchère des scandales à répétition qui ont marqué l'année 2006. Combien d'articles, de dossiers, d'enquêtes sur le scandale « Clearstream », tout ça pour savoir que l'implication frauduleuse de Nicolas Sarkozy dans une magouille pré-électorale visait à le faire exploser en vol. Victime d'une cabale, il en sort grandi, vainqueur et bon pour une place de lauréat au second tour de la présidentielle 2007.

La procrastination est une maladie de la société française et surtout de ses élites. Les plus atteints sont les hommes d'État très médiatisés, ceux que la presse propulse sur le devant de la scène en vantant leurs mérites comme s'il s'agissait de lessives trois en un. Les rois de la poudre de perlimpinpin promettent à tour de bras pour demain ce qu'ils auraient dû ou pu faire hier ou avant-hier en abusant des verbes « aller », « essayer » comme autant de formules magiques. « On va essayer », la phrase fétiche de celui que je ne nommerai pas pour éviter des retours de flamme à mon éditeur. Comment peut-on faire confiance à un élu qui use de cette formule ? Tant que les Français useront du « ON » pour se désigner en personne, ils se laisseront abuser par les illusionnistes de la France d'en haut.

Bernard Kouchner a affirmé, dans un article intitulé « Cessons de nous mentir » (*Le Monde* du 21 juillet 2005), un titre savoureux s'il en est : « La France se retrouve isolée dans le monde, réduite à des postures d'arrogance ou de repli impuissant. Le modèle français n'est plus un modèle pour personne, au mieux, c'est un vestige. Il est criminel de faire comme si la France traversait un simple trou d'air dont nous pourrions nous sortir par des politiques héritées des années soixante. » Face à une gauche radicalisée et à un discours verrouillé au sommet de l'appareil de l'État, le message ne passe pas. Bernard Kouchner prêche dans le désert. D'après Ghislaine Ottenheimer, la France d'aujourd'hui regarde son avenir dans le rétroviseur en chantant la Carmagnole. Et cette vision synthétique de notre présent est une vérité qui dérange tout le monde et ce n'est pas sans raison. J'ai beau rechercher les prémices des ruines de Pompéi, je n'en vois trace nulle part. Le vestige du modèle français n'est pas encore visible, ou alors Kouchner est un prestidigitateur qui nous cache la vérité, mais il nous demande de le croire sur parole.

Décryptez le message

Les politiques manipulent les médias, les médias influencent le public, et l'individu qui n'est qu'un fragment de ce public subit cette influence sans contre-pouvoir à sa portée. Si vous pouviez vraiment vous informer de manière objective et disposer d'un outil de décryptage *ad hoc,* vous pourriez vous protéger contre la sinistrose des médias (la France en déclin, en faillite, etc.). Certaines radios essayent de donner la parole à leurs auditeurs pour qu'ils puissent s'exprimer, mais les temps d'intervention sont trop courts et il y aurait tant de choses à dire. Le courrier des lecteurs des journaux et magazines est une autre tribune, malheureusement manipulée par le responsable de la rubrique. Et puis, pour dénoncer les abus de pouvoir, les manipulations, les influences nocives, il faut avoir le sens des mots. Et cette capacité s'apprend dans les livres.

Comme la plupart des ouvrages pédagogiques sont inaccessibles à la majorité silencieuse, la majorité silencieuse garde le silence et continue à subir ceux qui la manipulent. Et si vous osez malgré tout vous lever pour critiquer ces approches codifiées, on vous traitera de provocateur ou pire, avec tout le mépris de celui qui prétend savoir vis-à-vis de l'ignorant qui ne demande qu'à comprendre.

Certains auteurs ont un langage tellement abscons qu'on est en droit de se demander comment leurs éditeurs ont eu l'inconscience de publier leurs ouvrages. L'auteur refuse de s'encanailler en recourant à la vulgarisation accessible au plus grand nombre. Pourquoi faire simple quand on peut faire compliqué, n'est-ce pas ? Je ne vous citerai pas des passages de ces sommités pour éviter d'alourdir mon propos. Certaines phrases sont des paragraphes entiers dans lesquels les règles de la ponctuation sont allègrement piétinées.

La manière dont ils manipulent la connaissance qu'ils prétendent offrir au vulgaire trahit, à mon avis, leur ignorance bien plus que leur immense culture. Interviewés par les médias, ils s'expriment pourtant sans ambages et souvent de manière fort compréhensible. Il faut dire que le vocabulaire dont nous disposons pour nous exprimer verbalement représente à peine un dixième de celui qui nous permet d'étaler nos connaissances : *scripta manent*. Ceci explique cela, même si ça n'excuse pas ces auteurs qui méprisent leur lectorat. Les langages codifiés sont des modes d'expression ou de transmission sectaires de la connaissance, surtout quand ils sont censés s'adresser au grand public, comme le confirme en général la quatrième de couverture de ces ouvrages. Il faut bien admettre que l'intelligentsia privilégie le confort des idées au détriment de la réalité des faits. Les intellectuels partisans se mesurent sur le terrain de la culture et chacun espère donner la leçon à l'autre.

Dans la plupart des débats politiques, l'interruption de l'interlocuteur ou les tentatives pour l'empêcher de s'exprimer par l'emploi d'une logorrhée inextinguible, ou la déformation subtile de ses propos, sont deux des modes manipulateurs les plus pervers qui soient ! C'est à ce niveau que le décryptage verbal trouve ses lettres de noblesse.

L'outil de décryptage existe pourtant, mais il n'est pas en odeur de sainteté car accessible à tous. Ah ! s'il s'agissait d'une science aussi mystérieuse que verrouillée au plus grand nombre, les hommes de science s'en seraient emparés pour en interdire l'accès. Mais voilà, décoder le langage gestuel d'un individu est à la portée de tous. Il suffit d'en connaître les clefs essentielles pour acquérir les moyens de protection élémentaires. Le discours d'un individu est toujours enveloppé dans une mise en scène gestuelle, qu'elle soit mimique ou posturale.

Tout discours est enceint d'une influence, toute confrontation débouche sur un chantage ou une manipulation du plus faible par le plus fort. Il n'entre pas dans mon intention d'éradiquer ces conduites de nos rapports sociaux, mais bien de vous enseigner l'art d'en décrypter les effets pervers.

Chaque débat télévisuel est signifiant et peut être enrichissant pour autant que vous y soyez attentif. Ceux qui semblent parler pour ne rien dire en disent souvent plus qu'ils ne le souhaitent. Votre sens critique est un bouclier contre toute influence perverse, mais aussi un outil fondamental pour exercer votre empathie, cette faculté de ressentir ce qui se trame dans la conscience de celui que vous observez.

La manipulation repose avant tout sur le mensonge, sur « la dissimulation de la vérité », une métaphore manipulatrice qui permet d'éviter d'affronter le mensonge de front. Or, le mensonge est détectable de diverses manières.

« À l'aéroport de Roissy, un homme se présente au poste de contrôle du terminal d'embarquement. Les agents de sécurité lui demandent de décliner son identité et le motif de son voyage. Au-dessus de lui, une caméra à rayonnement infrarouge détecte la moindre variation de température à la surface de son visage. Une alarme retentit. On fouille la valise et on s'aperçoit qu'elle contient des explosifs[1]. »

Est-ce une scène de science-fiction ? Non, car la caméra à rayonnement infrarouge est à l'étude, et a déjà livré des résultats intéressants. Une telle caméra est censée déceler les infimes variations de température qu'engendre une contradiction entre les pensées et les paroles d'un menteur. Aussi s'interroge-t-on : les instruments d'imagerie sont-ils désormais assez fiables

1. Hubertus Breuer – *Cerveau et Psycho* nº 1.

pour que l'on détecte de façon infaillible les contradictions qui naissent dans le cerveau d'un menteur ? Autrefois, on mesurait la conductance électrique de la peau pour savoir si la personne disait la vérité. Aujourd'hui, on envisage d'observer le mensonge là où il se crée : dans le cerveau.

Qu'est-ce que mentir ? Dans le mensonge, il y a conflit entre les paroles et la pensée. Une telle contradiction influe sur le fonctionnement du système nerveux, entraînant des modifications du rythme cardiaque, de la respiration et de la sudation. C'est sur ce principe que fonctionnent les détecteurs de mensonges classiques : on place des électrodes à la surface de la peau, et toute pellicule de sueur due à l'émotion facilite le passage du courant électrique, de sorte que le détecteur donne l'alarme. Dans ce dispositif, une contradiction due à un mensonge est détectée en aval de sa production. Une telle méthode suppose que la contradiction mentale se transmette dans l'organisme jusqu'à la peau. Or, le menteur peut utiliser des astuces pour empêcher son corps de le trahir. Il peut se mordre les lèvres ou contracter les muscles qui servent à fermer les paupières. De telles astuces sont connues et diffusées sur Internet. D'éventuels criminels pourraient passer inaperçus : effectivement, les détecteurs de mensonges classiques présentent un taux d'échec non négligeable (près de 20 % de fausses détections). Ainsi, le détecteur de mensonges peut accuser une personne innocente. Dans ces conditions, on ne peut imaginer s'en servir dans des procédures légales. C'est pourquoi les scientifiques ont imaginé de ne plus s'en remettre aux réactions du corps pour savoir ce qui se passe dans la tête d'un menteur. Ils ont décidé d'aller explorer directement là où le mensonge prend sa source : dans le cerveau.

Une dernière approche a été imaginée par James Levine, psychiatre à la clinique Mayo de Rochester. Son nouveau type de détecteur propose un test rapide sans tomographie ni électroencéphalogramme. L'idée est simple : lorsqu'un individu ment, le sang afflue à la surface de la peau de son visage, et entraîne une légère augmentation de sa température. Nous connaissons tous ce phénomène chez les personnes qui rougissent dès qu'elles mentent. En est-il de même des menteurs invétérés, qui contrôlent bien leurs émotions ? Des caméras infrarouges extrêmement sensibles détectent des variations de température de quelques dizaines de millionièmes de degré.

J. Levine a demandé à des volontaires de participer à un scénario de vol avec agression. Puis il leur a demandé de nier les faits face à la caméra infrarouge, qui enregistrait leur température faciale. Les menteurs ont été démasqués : un échauffement a lieu autour des yeux, là où la peau est particulièrement mince et où la moindre augmentation du débit sanguin fait croître la chaleur dissipée. Selon J. Levine, il serait facile de mettre en place un tel système de surveillance en donnant au personnel de surveillance une courte formation pour qu'ils apprennent à se servir de ces instruments. Il n'y a qu'un inconvénient : le taux de succès de la caméra se situe, comme pour le détecteur de mensonges, aux alentours de 80 %. Le « détecteur de rougissement » devra encore être amélioré avant d'être testé sur les touristes impatients de partir ou sur des terroristes qui mentent sans rougir.

Quittons un instant cette comédie de boulevard qui alimente notre quotidien pour revenir à une vision plus passionnante du phénomène manipulateur : la manipulation verbale ou non verbale produite par nos propres mécanismes de défense afin de protéger notre territoire personnel. Nous verrons ensuite comment tirer profit du décryptage des gestes ou des mots manipulateurs derrière lesquels s'abritent les puissants de ce monde, ces hommes de pouvoir ou d'influence qui ignorent tout du poids des mots et de la trahison des gestes.

Joseph MESSINGER

PREMIÈRE PARTIE

Influence et manipulation dans la vie quotidienne

Chapitre 1

La manipulation du rêve

J'aurais voulu être un artiste...

Elles sont sublimes, zéro défaut ou presque, prêtes à toutes les provocations, à toutes les audaces, à toutes les compromissions pour vivre un rêve de star au lieu de rêver leur vie d'anonyme. La télé-réalité a transformé le virtuel en plus que réel. En devenant un produit consommable avec les yeux, elles accèdent au droit d'exister. Leur corps est vacataire, à vendre ou à louer par tous ceux qui détiennent un semblant de pouvoir, une virgule de notoriété et qui font croire que... pour avoir l'air.

« Un plateau de télé ! Un écrivain à moitié célèbre sirote son café après l'émission en public. “Comment ? Vous êtes écrivain ?” Les pupilles de la jeune fille pétillent. Elle le dévore des yeux et se sourit à elle-même en s'imaginant pendue à son bras. Elle est fraîche, jolie à croquer et caissière à temps partiel chez Leclerc. Mais c'est en attendant. En attendant quoi ? Le prince vieillissant qui la sauvera de sa condition précaire, de son pauvre destin de bergère. Mais le vieil écrivain est déjà engagé ailleurs. Il veut bien pour un dîner aux chandelles et un tour de piste dans sa chambre d'hôtel, mais guère plus. Et la jeune fille se referme comme une huître en se disant que décidément, il est trop vieux pour elle et pas beau avec ça.

La logique est une chose ; la logique télévisuelle en est une autre. Dans ce que Régis Debray appelle la "vidéosphère" (c'est-à-dire le monde de la télévision), les réussites et les échecs sont foudroyants. Et parfois injustes, certes. La télé est un casino où l'on peut tout gagner ou tout perdre sur un coup de dés. L'image promeut aussi bien qu'elle démolit. Pour toutes ces raisons, on peut dire que Dominique de Villepin avait déjà perdu la partie un beau dimanche de mars 2006.

Jusqu'alors, notre Premier ministre en imposait aux Français moyens par sa prestance et sa taille (important, ça, pour un futur président !), par son *brushing* soigné, son teint de skieur, sa façon de citer les auteurs du XVIIIe siècle et *tutti quanti*. Sans compter ce lyrisme déclamatoire et ces grandiloquences répétées, que les commentateurs professionnels jugeaient baroques, mais que le public aimait bien. Bref, au regard des principes actifs de la vidéosphère – qui sont aussi ceux de la "Star Academy" –, il était parfaitement vendable. Comme un futur gendre. On le verrait bien à l'Élysée çui-là !

Et puis, patatras ! Le voyant face à Claire Chazal, en ce dimanche stratégique du mois de mars 2006, le retrouvant ensuite sporadiquement sur fond de désordres urbains, dans les semaines qui suivirent, on comprit que l'image s'était déjà et à tout jamais défaite. Non seulement l'image, mais le verbe, la voix, la stature et le statut. Tout jugement politique mis à part, cette déconstruction de l'apparence fut extraordinaire à observer. Dans ces cas-là, les caméras fonctionnent comme des microscopes et comme des mitrailleuses. Notre homme a beau s'appliquer, s'entourer de communicants, choisir sa cravate et ses mots, plus rien n'y fait. Ce fut le cas. Voilà que, soudain, le blanc devenait noir et le plus devenait moins. La prestance faisait décidément trop kitsch. Le *brushing* évoquait une manière efféminée trop glamour pour la fonction. Le hâle sentait ses séances d'UV. Le lyrisme à la Chateaubriand et l'érudition bavarde paraissaient à la limite de la parodie. Quant au verbe lui-même – et c'est le plus grave –, il ne transmettait plus grand-chose sinon des formules indécises, des périphrases et des flatulences grammaticales. En un mot comme en cent : ça ne marchait plus. C'était peut-être immérité. Mais qu'y faire ? Les médias peuvent carboniser à tout moment ceux qui s'y livrent ou qui, devant les caméras, trébuchent une seule fois. Le bonhomme, subitement, parlait faux. Le discours se faisait gazeux, les phrases ondulatoires, le raisonnement abscons.

En quelques minutes – et sans s'en rendre compte –, notre Premier ministre était ainsi réindexé à la baisse par l'étrange et dévastatrice machinerie audiovisuelle. Il devenait un gendre intempestif, un prétendant sans séduction, un dragueur endimanché. Dans des milliers de foyers, la même alchimie était sans doute à l'œuvre. Rien à faire. L'expérience historique (de Gaulle en 1958, Giscard en 1981, Fabius en 1986, etc.) nous enseigne qu'il faut des années pour remonter pareil dévissage... » (Jean-Claude Guillebaud, *TéléObs,* 6-4-2006)

Dans le droit-fil de ce dévissage manipulé par l'image, je vous propose une assomption tout aussi cathodique. Réflexion d'Erika, la séductrice provocante du *reality-show* « L'Île de la Tentation » : « Je suis devenue un produit et ce jeu m'a permis d'exister. »

Quand les temps sont durs, le *showbiz* prend la relève. La mode, le rêve, la *jet set*, la pipolisation par magazines interposés, c'est ça que le peuple a envie de voir. La télé se substitue au psychothérapeute, elle transforme les humains en clones, elle les dépouille de leur « être » pour les convertir au « paraître ». Enfin, ils existent. Ouf ! Erika tient sa revanche ! Une enfance difficile, une mère qui l'abandonne alors qu'elle a à peine deux ans, une silhouette avantageuse et une sélection pour l'Île de la Tentation ont changé sa vie. Elle s'est transformée produit norme NF, comme beaucoup d'autres, ces derniers temps. La télé devient une usine à fabriquer des talents. Bravo ! Il était temps que la France d'en bas se rende compte qu'elle pouvait grimper d'un étage. Vivre en apnée, noyée sous la médiocrité du quotidien est insupportable, je veux bien l'admettre. Se faire manipuler jour après jour par le chef de service, le patron, la pub, les médias ou l'État est tout aussi insupportable. Heureusement qu'il y a la télé, à écran plat comme la vie de beaucoup trop de Français, cette nouvelle Française des jeux qui est susceptible de réaliser les rêves de tous les anonymes qui encombrent les gradins des plateaux et les lignes téléphoniques payantes des standards. La nouvelle ambition du Français moyen : « Devenir un produit pour exister enfin ! » On peut critiquer la méthode, mais à quoi bon ? Le pli est pris et les citoyens de ce pays ne rêvent plus que de conquêtes faciles, de réussites en paquet Bonux, de jeux du cirque dont ils seraient les héros et non les spectateurs passifs. Le vrai président des Français ne s'appelle pas Chirac, il se prénomme Cauet... pour le moment. Un président génial qui, *a contrario* de l'autre, a tout compris. Que demande le peuple ? *Panem et circensem !* Du pain et des jeux ? Non, Monsieur mon lecteur ! Le peuple demande de la reconnaissance. Il ne veut plus de l'anonymat. Il veut être quelqu'un au pays de personne. Et le peuple a raison d'en profiter. Populisme et démagogie des chaînes ? Parfaitement ! Pourquoi pas puisque le peuple y trouve son compte ? Le cerveau cognitif est mort, vive l'émotion et le cerveau affectif ! La conscience politique est enterrée depuis des lustres, vive la dictature du rêve. Et ce rêve aura mille fois raison de nous avoir menti ! Quand on voit ce que vaut la réalité d'aujourd'hui. Et avec ça, qu'est-ce que je vous mets ? À propos de cerveau affectif, les politiques qui sous-titrent leurs propos de la main gauche sont des manipulateurs qui jouent sur le registre de la sensibilité du public. Parmi tous ceux qui nous manipulent depuis des lunes : Dominique Strauss-Kahn, entre autres, est un manipulateur de la main gauche.

Une guerre médiatique se déroule sous les yeux des téléspectateurs, c'est-à-dire vous et moi ; un conflit dont l'arme principale est la manipulation sans précaution pédagogique d'un rêve illusoire qui hante des centaines de milliers de pré-ados et d'ados, sans compter la participation enthousiaste des parents qui se projettent sur leur progéniture. L'influence du petit écran n'est plus à démontrer. La télé est devenue l'objet de culte le plus regardé et le plus écouté dans chaque famille française. Une sorte de tabernacle électronique qui trône à la place royale du salon, face au sofa où s'installe la famille au grand complet. Et ce tabernacle déverse en permanence son flot d'informations ou de déformations transformant les esprits en consommateurs de Coca-Cola et les Hommes en perroquets du politiquement correct. Le degré d'influence de la télé est liberticide. Il tue le libre examen de l'individu dans la mesure où les caméras pèchent par omission. Elles nous montrent des images sélectionnées pour influencer l'opinion. Mais tout cela n'est pas nouveau, ce qui ne nous empêche pas d'allumer le poste pour subir cette influence dans la joie et la bonne humeur.

Or, donc, une guerre se déroule sous nos yeux et nos yeux n'y voient que du feu. Le conflit médiatique auquel je fais allusion touche essentiellement deux chaînes privées pour l'instant : M6 et TF1, mais les chaînes publiques ne sont pas en reste. Elles font dans la manipulation subversive téléguidée par des petits chefs qui tirent la couverture à eux. Producteurs intronisés par les chaînes en question et dont nul ne s'aventurerait à dire du mal, journalistes fonctionnarisés et autres directeurs qui se prennent pour des patrons. Or, dans ces temples de la bonne parole, il n'y a pas de patrons, que des directeurs.

L'anonymat mène à tout, à condition d'en sortir

Le rêve illusoire que proposent les chaînes : le statut de star en l'espace d'un trimestre ! Qui dit mieux ? Et tous veulent y croire, s'inscrivant en masse aux éliminatoires des Star Academy et Nouvelles Stars. Le « bac » nouveau est arrivé. Le phénomène ne s'épuise pas, bien au contraire, il ne fait que croître et embellir. Star Academy 6 est déjà au programme de l'automne 2006. Demandez le programme ! Les téléspectateurs en redemandent. Pourquoi ? Eh bien parce qu'ils peuvent s'identifier à ces jeunes ados anonymes sélectionnés par les chaînes et surtout peser de leur voix sur l'avenir des futures stars. Certains téléspectateurs se ruinent en appels téléphoniques pour influencer le destin des nominés (plus de cent cinquante appels en une soirée par personne). Les bénéfices engrangés par les producteurs de cette émission sont colossaux. Le million d'euros remporté par le lauréat ne représente qu'une goutte d'eau dans un « océan de fric ». Des milliers de supporters de cette émission payent plus chère leur place de téléspectateur qu'une place de choix au concert d'une vraie star de la chanson. Sans oublier que, les samedis de *prime time*, il y a tellement de Français devant leur poste qu'il faudrait songer à annuler les spectacles dans lesquels se produisent les chanteurs qui ont fait leurs preuves depuis des lustres.

On peut critiquer ce phénomène ou l'encenser. Le problème principal se situe au niveau de la manipulation des règles du jeu. Cette manipulation permet de promouvoir les *challengers*, qui sont pré-programmés pour l'emporter, par les instances dirigeantes de la production. La marge de manœuvre est faible. Tout est cousu de fil blanc dès le départ. Ce n'est plus de la musique, c'est du « gambling », une sorte de bandit manchot humain.

La manipulation squatte tous les étages du succès programmé. Il s'agit d'un gigantesque kidnapping émotionnel du PAF. Arthur, le producteur de Star Academy, est un homme d'affaires génial. Normal, c'est un *killer* pur et dur. C'est probablement le plus grand manipulateur de notre époque dans le domaine télévisuel. Il peut tout se permettre, car il a réussi à phagocyter le PAF et à conquérir la France qui rêve sa vie, c'est-à-dire la majorité des Français.

Et pourtant, en matière de plébiscite populaire, la manipulation la plus efficace ne vient pas essentiellement du travail effectué par la chaîne. Des équipes de téléphonistes rééquilibrent, selon la presse *people*, les pourcentages des votes du public quand la balance ne penche pas du bon côté.

Il existe une autre influence, beaucoup plus pernicieuse, qui est en train de gagner les esprits hypnotisés par le succès facile : la mise au pilori ou encore ce que les animateurs appellent « la nomination ». C'est *grosso modo* l'équivalent du bouc émissaire qui payera pour une faute qu'il n'a pas commise. Mais son sacrifice apaisera les consciences. Vous et moi, les anonymes, le peuple, avons le pouvoir de sauver ou de mettre à mort un candidat, comme au temps des jeux du cirque dans la Rome antique. Gladiator ! « Sa gueule ne me revient pas. Pan ! Je vote contre. Son nombril est trop sexy ? Je vote pour. Je tiens son rêve de gloire entre mes mains. J'existe. » Pouce !

L'idée pourrait faire du chemin. Je suis certain que les élections présidentielles auraient plus de succès si les Français pouvaient voter par téléphone en « nominant » un à un les candidats. Nous sommes au pays de la guillotine. On ne guillotine plus, mais on coupe toujours les têtes à la télé pour le plus grand bonheur du peuple. Ils sont fous, ces Gaulois ! L'affaire Clearstream était un scandale au plus haut sommet de l'État, mais quel feuilleton populaire ! L'exception française n'est pas que culturelle.

Comme l'écrit Guillebaud qui est l'expert cathodique le plus pointu que je connaisse, « la première et sempiternelle question médiatique reste celle-ci : est-on sûr que cette "réalité" dont les médias rendent compte n'est pas, pour une large part, construite par eux... (comme cela semble être le cas de la Star Ac' ou du phénomène Ségolène Royal en politique). Posons la question d'une autre manière : ingénument, le système médiatique ne contribue-t-il pas à configurer les objets informatifs dont il affirme n'être que le respectueux serviteur ? Remarquons d'abord la régularité métronomique de la séquence journalistique ordinaire. Première étape : l'engouement subit pour un thème, un problème, une occurrence quelconque : la "faillite" *(sic)* de la France, le triomphe posthume de Mitterrand, la vilenie des "nouveaux réacs", l'apothéose de dame Ségolène, etc. D'une radio à l'autre, d'une télévision publique à une chaîne privée, puis dans les quotidiens suivis par les hebdos, tout un chacun se met soudainement à parler de la même chose. C'est la phase de surgissement.

(...) Je pense au chercheur Dan Sperber qui professe que les "opinions" apparaissent et se répandent dans une collectivité selon une logique épidémiologique. Comme des microbes, en somme, et à l'insu des “malades” en puissance ! Ce qui est sûr, c'est que les médias sont le plus souvent dans la méconnaissance de ce qui même les fait agir. Ils croient décrire benoîtement “ce qui est”, alors qu'ils sont largement gouvernés par des tropismes mimétiques. Le fait est que (presque) tous se mettent à parler de la même chose au même moment. Cette première étape de surgissement prend donc rapidement l'allure d'un martèlement généralisé.

Clearstream est dans toutes les oreilles, mais mon médecin généraliste s'en contrefiche. “J'ai entendu parler de ça ce matin sur France Inter, mais j'ai d'autres chats à fouetter.” Comment, vous ne savez pas de quoi il est question ? Clearstream ? Une nouvelle marque de lessive ? Oui, mais une lessive qui nettoie l'argent sale.

(...) Vient ce qu'on pourrait appeler l'étape de la validation. Des sondages sont produits, des radios-trottoirs sont diffusées qui tendent à prouver que les Français s'intéressent, en effet, à ces choses-là. Pardi ! On ne leur parlait que d'elles depuis des jours. En d'autres termes, c'est un mécanisme d'autoréférence ou d'autovalidation qui se met en place. Les médias se rassurent, preuves en main. Ils avaient raison de monter ces affaires en épingle, puisqu'elles correspondaient, effectivement, aux attentes de l'opinion. Clearstream est devenu une affaire d'État grâce au support des images. Les attentes étaient bien “réelles”. En vérité, ces assentiments de l'opinion ne sont qu'une conséquence du martèlement médiatique. On a bel et bien “créé” du réel. Le cercle se boucle ainsi sur lui-même. C'est le cercle de l'irréalité, c'est-à-dire de l'autisme.

La troisième étape : c'est celle du zapping instantané. C'est fini ! On passe à autre chose. Adieu Clearstream ! Adieu faillite de la France ! On a trouvé autre chose. On s'enflamme derechef. Le *show* continue... et ainsi de suite, d'engouement en engouement. Jusqu'à ces moments ambigus où un peu de (vraie) réalité fuse littéralement des profondeurs (...).

Le Pen au second tour en 2007, les émeutes de banlieue ont repris mais en plus violentes, il y aurait des morts parmi les "racailles". Les CRS déplorent plusieurs blessés par arme à feu dans la troupe. Les élections présidentielles se déroulent sous la menace d'une explosion sociale. L'armée appelée à la rescousse.

(...) Alors, l'espace d'un moment, tout le monde se frotte les yeux et se lamente : on n'avait donc rien vu venir ? Eh non ! ».

Jean-Claude Guillebaud, *TéléObs,* 20-1-2006. Je suis fan de ce journaliste-là.

L'influence de l'inconscient collectif

Le besoin vital d'identification de l'être humain à son modèle idéal (son idole) passe par l'inconscient collectif. Il faut qu'on se ressemble. La starification n'est jamais qu'une version contemporaine de la mythologie populaire ou son équivalent, la mythomanie individuelle. Quand la majorité l'emporte, la mythomanie devient alors mythologie et la manipulation des esprits peut prendre son envol.

Il y aurait une adéquation entre l'éclosion d'une star et une demande d'identification véhiculée par l'inconscient collectif. Il faut bien entendu accepter la théorie jungienne qui veut que l'inconscient individuel se double d'un alter ego collectif sur lequel il est branché en permanence. Comme une fréquence modulée sur laquelle il nous serait loisible de zapper à certaines époques de notre existence pour orienter celle-ci dans une direction suggérée par la collectivité des inconscients humains.

Vu sous cet angle, même notre propre inconscient nous manipule. Cette vision peu orthodoxe de la méta-communication entre les êtres humains pourrait expliquer la synchronicité de certaines idées qui flottent dans l'air. Elle pourrait aussi justifier les rencontres fortuites qui tombent si mal ou si bien.

Et si nous allions plus loin en supposant qu'un artiste de talent ou une future star pourrait être poussé en avant, voire manipulé à son insu, par un bombardement de messages éthérés en provenance de cet inconscient populaire ? Entrons-nous de plain-pied dans le fantastique pur et dur ? Je ne crois pas que cette théorie soit aussi fantasmatique qu'il y paraît à première vue. Il est évidemment plus simple de faire référence aux anges gardiens, dieux et déesses déchus ou tout bêtement à la chance qui frappe à la porte au moment opportun. Il est plus facile d'inventer des dieux que de chercher à comprendre les techniques utilisées par notre psyché pour nous manipuler.

Le cerveau humain ne laisse rien au hasard. Il se fie plutôt à la nécessité qui manipule notre destin. À mon sens, toute réussite procède des échecs qui ont parsemé sa route. Tous nos échecs n'ont pour but que de nous aider à transformer nos erreurs en capital-expérience, cela afin que nos prochains essais nous mènent vers le succès de nos entreprises. Cet éclairage permet de comprendre très partiellement le fonctionnement de l'inconscient individuel, une sorte d'arbitre du destin.

Par-delà l'ego qui nous rassemble corps et âme, il existerait une zone d'inconscience qui relie les hommes entre eux et que Carl Jung a baptisée l'inconscient collectif. Une sorte d'espace infiniment grand qui fait pièce à l'infiniment petit, cet inconscient individuel qui sanctionne ou autorise nos rêves. Mon propos n'est pas de prouver l'existence de cet espace spirituel, mais d'imaginer que, s'il existe vraiment, cela expliquerait pourquoi nous acceptons si facilement de nous laisser manipuler par ceux qui détiennent un pouvoir égal à celui de l'inconscient collectif et qu'on nomme les leaders d'opinion.

L'ingratitude du public

Pourquoi certains talents ne trouvent pas (ou plus) leur public ? Et pourtant ces talents sont (ou étaient) bien réels et souvent admirables. Mais le public ne s'y trompe pas. Car tout talent doit d'abord être un don du Moi de l'artiste à son public avant d'être sa propriété. C'est sans aucun doute la raison pour laquelle la plupart des nouveaux artistes ne parviennent pas à franchir la frontière qui les sépare de la célébrité au long cours, malgré des qualités artistiques évidentes. Il leur manque probablement une certaine dose d'humilité indispensable à la maturation d'un véritable talent en lieu et place d'un succédané de leurs prédispositions artistiques. Ils bougent bien, se fondent dans le moule chorégraphique aux figures imposées mais, si vous observez un tant soit peu les mimiques de leurs visages, vous remarquerez que le bilan facial est un peu pauvre. Le corps s'agite au rythme de la mélodie mais l'accompagnement expressif du texte manque à l'appel. Or, l'authenticité d'un artiste se lit sur son visage.

Les jeux ne sont jamais faits car la sanction populaire ne s'embarrasse pas de vains scrupules. Les vrais-faux artistes qui l'ont subie ne s'en sont pas toujours relevés. Certains poursuivent cahin-caha une carrière fanée qui les porte à bout de bras. D'autres sont retournés à l'anonymat ou ont plongé dans la misère morale d'une existence de paria de leur gloire d'antan.

D'autres encore ont reporté leurs ambitions avortées sur leur héritier, et avec succès, tel Alexandre Winter, le père d'Ophélie. Juste retour de manivelle d'un destin cynique ? Star Academy joue également sur ce tableau. Nous sommes tous des Alexandre Winter qui rêvons de gloire pour nos héritiers à défaut d'y avoir goûté nous-mêmes.

La gestuelle des stars

La personnalité gestuelle des stars est-elle différente du commun des mortels ? Parlant de la gestuelle d'une célébrité, on pourrait concevoir que le succès la dépossède de sa personnalité originelle pour se métamorphoser en personnalité originale. Pour comprendre cette alchimie, je vous emmène faire une petite promenade au paradis des philosophes.

Le problème auquel nous sommes tous confrontés, ou presque, est le suivant : **Quelle est la différence entre le verbe « vivre » et son synonyme « exister » ?**

Sur le plan biologique, nous sommes en vie tant que notre cœur tient le rythme, mais existons-nous pour autant ? Les inconnus que nous croisons dans la rue vivent biologiquement mais n'existent que virtuellement dans notre esprit, car nous ignorons qui ils sont. Ils seront effacés de notre mémoire quelques secondes après leur passage et, s'ils se font écraser au coin de la rue sans que nous en soyons témoin, leur décès ne nous atteindra pas. La recherche de célébrité des stars procède du même besoin d'exister aux yeux du public et non de vivre tout simplement leur vie ou d'exister à leurs propres yeux comme vous ou moi. Ce besoin persiste aussi en chacun de nous, mais la plupart des individus se contentent de vivre et n'ont dès lors pas accès au droit d'exister, fût-ce à leurs propres yeux.

Quand un individu accouche de son talent, il existe à ses propres yeux et perd son anonymat sans pour autant gagner en notoriété. Ce n'est pas la célébrité qui permet d'exister, mais le fait de se reconnaître le droit à devenir célèbre.

Pour en revenir aux gestes sur lesquels repose cette fameuse personnalité originale, il faut savoir qu'une star est avant tout une somme d'attitudes corporelles harmoniques avant d'être une star. Aussi étonnant que cela puisse vous paraître, nombre d'acteurs ignorent qu'ils doivent leur succès initial à leur manière de se mouvoir. Beaucoup tablent sur leur séduction, leur apparence, le timbre de leur voix ou leur talent de comédien. L'exercice d'un métier public ne déteint pas seulement sur les comportements sociaux de l'acteur, mais aussi sur l'harmonie progressive de ses conduites gestuelles. On peut avoir un physique quelconque (Michel Blanc), une voix mal posée (Gérard Jugnot), un talent incomplet (ce qui est souvent le cas de nombreux débutants) et pourtant rencontrer le succès parce que la gestuelle est en harmonie avec le talent qui couve.

« On ne devient pas une star, on naît star ! », disait je ne sais plus quel journaliste de cinéma. J'adhère à ce credo et je pourrais en faire la démonstration, mais elle sortirait du propos de ce livre.

Prenons les stars de la télé, par exemple. Elles ne collectionnent pas de tics gestuels à l'instar de certains acteurs de cinéma. Pour ces derniers, un geste, une attitude ou une posture, souvent répétés, s'intègrent petit à petit à leur image publique. La star de télévision, en revanche, joue de son langage gestuel comme d'un instrument de musique ou comme d'autres encore associeraient leur look vestimentaire à leur image de marque professionnelle. C'est dire que le registre gestuel qui caractérise les célébrités du petit écran est aussi vaste qu'il est riche en attitudes. Bien malin celui qui parviendra à les prendre en flagrant délit de gestes décalés. Ils ne peuvent en effet se permettre d'être caricaturaux, même s'il arrive qu'il soient caricaturés pour les besoins de la cause, croqués par les humoristes du showbiz ou embrigadés de force dans les troupes de marionnettes de Canal Plus.

Il faut faire un distinguo entre la star et le reporter qui officie à la télévision, commente les événements ou intervient ponctuellement dans le journal télévisé, comme il pourrait le faire en radio ou dans la presse écrite. La différence est élémentaire : le patronyme de la star télé est connu du premier téléspectateur venu. Qu'il s'appelle Castaldi, Delarue, Arthur, Courbet ou Flament, tous autant d'étoiles qui brillent au firmament des magazines de télévision, il ne se passe pas une seule semaine sans qu'ils soient cités, magnifiés ou critiqués dans ce segment très particulier de la presse écrite.

Toutes les stars qui se retrouvent dans la lucarne sont des séducteurs de haut vol, sans quoi ils ne tiendraient pas cinq minutes sur un plateau de télévision. C'est pourquoi il nous semble peu plausible que leur degré de séduction procède de leur beauté plastique. À l'évidence, ce critère n'est pas déterminant, même si on ne peut nier qu'ils sont loin d'être laids, et pour certains même franchement séduisants. Mais la beauté ne suffit pas à expliquer le succès d'une star de la télé, pas plus que l'efficacité d'un sourire ne peut justifier la réussite d'une entreprise de séduction.

Peu nombreux sont ceux qui savent que, ce qui fait toute la différence entre un comédien célèbre et les bataillons de bateleurs qui s'échinent à réussir leur entrée sur scène, réside dans le mariage entre le langage de leurs corps, leurs qualités plastiques et la tessiture de leur voix. Si le premier s'absente du jeu, les deux autres ne pourront compenser cette absence quels que soient les efforts ou le travail investi par l'acteur. La « poursuite » ne s'y trompe jamais, le succès non plus. Il ne colle pas aux dents des stars et autres vedettes, il leur colle aux gestes.

Dans le même ordre d'idée, les gagnants de notre société de consommation sont toujours des individus dont les gestes s'accordent inévitablement à leur climat mental. Ce qui paraît évident dans la mesure où la culture de la réussite chasse de leur esprit toute idée morbide ou toute éventualité d'échec et, par voie de conséquence, toute attitude corporelle non qualifiante pour leur image. Le talent débute avec les apparences dans lesquelles notre corps se conforte. **L'échec s'entérine dans la multiplication des gestes qui sonnent faux.**

Il est facile de faire porter le chapeau au destin ou à la roue de la Fortune. Chacun croit en ce qu'il veut ou en ce qui l'arrange. Nous voulons accréditer l'idée que son langage gestuel aide puissamment un jeune acteur de talent à se démarquer de ses concurrents. Demandez donc leur avis aux réalisateurs de cinéma ou aux metteurs en scène de théâtre ! De même, un chanteur peut durer parce que son langage gestuel ou mimique plaît à son public avant que sa voix, son physique, l'originalité de son habillement ou la richesse de son répertoire n'interviennent. Ce qui nous conduit à penser qu'une star est avant tout une somme de gestes, de postures naturelles ou d'attitudes corporelles harmoniques avant d'être une star.

Un exemple parmi des dizaines qui nous passent sous le nez sans qu'on y prête attention : Élise Lucet. Nous la connaissons tous. Ce qui la rend si charmante et si séduisante, ce n'est pas son joli minois, ni son sourire complice qu'elle décerne aux téléspectateurs, c'est un tic gestuel qui, reproduit par d'autres, aurait un effet agaçant sur l'œil du téléspectateur. *Elle hausse systématiquement les sourcils pour ponctuer ses phrases.* Ce tic gestuel appartient à son mode de séduction personnel. Elle a su le marier avec la forme de son visage et surtout sa manière d'utiliser son regard, un regard qui est son véritable fonds de commerce. *C'est le regard perforant d'une séductrice de masse.* Ce refrain gestuel particulier manipule aussi nos mécanismes de compréhension et, par voie de conséquence, l'opinion que nous nous forgeons de l'information qu'elle nous sert sur un plateau. Chaque relèvement de sourcil de la journaliste imprime l'information dans notre rétine à un double niveau. L'ancrage mnésique est nettement meilleur que la même information dispensée par un autre journaliste. Ce mode manipulateur est évidemment involontaire de sa part. Du moins, j'ose l'espérer.

L'observation des stars et autres vedettes du petit et du grand écrans est une véritable mine d'informations sur la manière de créer l'engouement ou de manipuler les émotions du public. Ce dernier volet du rêve manipulé est la transposition des techniques de séduction de masse dont usent et abusent les artistes pour vendre leur image publique.

« Comme chez Aristote, le spectateur est invité à la "purgation des passions" par acteur interposé. S'identifiant au héros, à ses heurs et malheurs, il vit par procuration. Pour lui, le théâtre de la vie remplace la vie. D'autres vivent à sa place les événements qu'il n'a pas le temps ou les moyens de vivre. Le spectateur du héros ne vit pas réellement ; il est "vécu". » Telle est la vision de Roger Gérard Schwartzenberg dans *L'État Spectacle* (Flammarion). Le surhomme, explique Nietzsche, détruit les idoles, se pare de leurs attributs. L'apothéose de l'aventure humaine, c'est la glorification de l'homme-Dieu.

Il faut considérer le corps comme un plateau de télévision dont les animateurs sont les différentes parties anatomiques mobiles qui le constituent. Il est mis en scène par la conscience globale de l'image que vous offrez à votre entourage ou à l'interlocuteur que vous souhaitez séduire. De la qualité de la prestation, de la valeur du texte et de l'atmosphère qui s'en dégage dépend le succès de vos démarches professionnelles. Être authentique, c'est d'abord apprendre à observer et à contrôler toutes les manifestations de son corps. Tel est le paradoxe de la gestuelle ! Cette discipline est largement commentée et expliquée par de nombreux exemples dans le dernier volet de ce livre, volet que j'ai intitulé la « stratégie du miroir ».

Comme je l'ai déjà évoqué brièvement dans ce chapitre, un personnage qui devient célèbre adopte à son insu un registre gestuel en rapport avec son nouveau statut. Sa renommée induit progressivement une somme de gestes, de postures naturelles ou d'attitudes corporelles qui vont asseoir sa notoriété et lui permettre de durer. Le succès transforme son vocabulaire gestuel en somme.

Mais quel est le véritable moteur des codes gestuels que les stars adoptent ?

De la séduction à l'amour, il y a à peine une station de métro. Et la gestuelle de nos stars favorites nous séduit, car ils ou elles mendient de l'amour en permanence. L'un de ces gestes très tendance sur scène consiste à *avancer la main doigts déliés et à lui faire opérer une rotation en direction du public avant de la refermer.* Et il n'est pas le seul qui permette ainsi de transmuter l'image de soi en image publique. Les humoristes connaissent l'impact comique de certaines postures qu'ils testent sur leur public. En revanche, la plupart des stars se contentent de répliquer certains refrains gestuels qui ont fait leurs preuves sans se poser la question de savoir s'ils pourraient enrichir ce vocabulaire essentiel pour leur image. Ils ou elles tablent sur une apparence vestimentaire ou capillaire sans se douter qu'une mimique originale du visage peut « engrammer » leur image de manière considérable dans la mémoire émotionnelle du public. Les chorégraphes leur enseignent l'art de bouger en rythme sur la musique ; les metteurs en scène leur apprennent à avoir de la présence ; personne ne les initie à la stratégie du miroir, à tous ces refrains gestuels indispensables à la construction de leur image publique. Certains artistes y parviennent sans mentor, d'autres y arrivent avec le temps, certains surdoués de la scène l'intègrent par la grâce d'une véritable curiosité de la relation physique et sensuelle qu'ils entretiennent avec leur public. Une forme d'osmose. Jennifer Lopez, Shakira et Madonna en sont trois exemples typiques ! À ce titre, les Américains sont plus concernés par cet aspect spécifique de leur métier. C'est sans aucun doute la raison pour laquelle ils réussissent souvent mieux sur la scène internationale que les artistes français. Les chanteurs francophones ont plus de talent que leurs homologues anglo-saxons, mais il leur manque l'essentiel pour dépasser les frontières de la francophonie et ce n'est pas une question linguistique. Ils doivent apprendre à manipuler les mouvements de leur corps.

Mariage de raison entre les nécessités d'un métier sans pitié et la cote d'amour qui en garantit la durée, mariage d'amour entre une star et les innombrables fans qui supportent sa carrière et représentent sa garantie de durer. Car les fans d'une star remplissent les salles de concert et suivent leur idole à la trace, assistant à plusieurs apparitions publiques quelles que soient les distances à parcourir.

La gestuelle d'une star confirmée se démarque totalement de celle que l'on peut observer dans toutes les classes sociales. Toutes ses attitudes corporelles sont instrumentalisées pour séduire l'œil de la caméra. Cependant, certains gestes s'échappent parfois du portrait idyllique et trahissent des vérités officielles que la star s'évertue à cacher au grand public. Une star, après tout, n'est jamais qu'un être humain, avec ses grandes qualités et ses petits défauts.

Il n'en reste pas moins que ce qui différencie la star de tous les bateleurs qui s'échinent à lui ressembler, c'est cet intarissable besoin d'amour qui conditionne la palette des **gestes séducteurs** qui la caractérisent. La carence affective vertigineuse que la star cherche sans cesse à combler est le moteur de sa réussite étonnante, son talent n'en est que le véhicule et ses gestes, le décor indispensable du message adressé au public, gestes qui lui permettront de manipuler les émotions de ses *aficionados* tout au long de sa carrière.

Plus un artiste dure dans le temps, plus il entre dans le panthéon de la mémoire collective, notamment grâce à la particularité de son vocabulaire gestuel, reconnaissable entre tous. Un vocabulaire qui n'est en réalité qu'une manipulation de son image de soi naturalisée en image publique.

Profilage gestuel d'Audrey Pulvar

Avant-bras gauche en appui + bras droit tendu

« Posture classique du prédateur politique ». La tension du bras droit indique un taux d'agressivité qui se traduit par une affirmation de soi massive. L'avant-bras en appui sur un support est un message de connivence ou de complicité avec le public. Elle a tout compris.

Partie mobile du visage autour des lèvres mais le haut du visage reste figé

Joueuse de poker ! Cette mimique particulière trahit un individu réactif dont l'esprit d'à-propos devrait être redoutable. Il faut confier une émission de débats politiques à cette jeune femme, le taux d'audience de la chaîne pourrait exploser.

Expression labiale du Bisounours

L'écartement des lèvres sur certains mots ressemble à un pseudo-sourire (joueur de poker), mais le regard délivre un autre message. Œil droit rapace, œil gauche en retrait. Ce regard est typique des observateurs professionnels.

Épaule gauche en proue

Quand le buste s'efface vers la droite, cette rotation subtile signale une préparation à l'attaque verbale ou physique. Le corps se ramasse à droite avant de bondir (virtuellement) sur l'adversaire. Imaginez un coup de poing ! Il a besoin du recul de l'épaule pour être assené avec violence.

La main gauche dynamique

La main gauche dynamique indique un individu identifié à l'image maternelle (DSK, Jospin). Homme ou femme de terrain et de contact, c'est un tacticien et, parfois, un rusé renard ! Plus explicite et plus pédagogue que la main droite dynamique, il profite d'une intelligence pratique et d'une malice à toutes épreuves. Ce refrain gestuel confirme un tempérament passionnel ou passionné, mais aussi le débatteur imprévisible en politique.

CHAPITRE 2

Ésotérisme et manipulation

« La logique est une qualité de l'esprit qui purge nos rêves de leurs illusions. »

« Vous êtes Verseau, quelle coïncidence ! Tous les hommes de ma vie étaient des Verseau », susurre cette dame d'un âge plus que mûr avec un regard gourmand à l'intention d'un monsieur très vieille France. L'identification projective est un mode manipulatoire qui fonctionne toujours en matière de séduction sociale.

La technique de séduction astrologique est très rôdée et elle ne prend pas une ride. Quelques bribes de connaissance dans le domaine et vous tenez le moyen manipulateur le plus élémentaire pour séduire une nouvelle rencontre ou ensorceler un coup de cœur réfractaire à votre charme de *Latin lover* vieillissant. Et ça marche dans les deux sens ! On a beau se défendre d'y croire, la curiosité est toujours plus forte que l'esprit critique, ce qui dans le fond est parfaitement logique. La curiosité dépend du cerveau affectif (droite) tandis que l'esprit critique procède du cerveau cognitif (gauche).

« De même qu'autrefois des pèlerins extasiés s'embarquaient sur de frêles esquifs et, absorbés dans leur rêve, voguaient vers l'horizon où la terre et le ciel se joignent, comme pour dérober aux regards le secret

d'immensités infiniment lointaines, sans voir se lever la tempête menaçante, ainsi, de nos jours, des troupes d'hallucinés cheminent à la suite de grotesques charlatans ou pseudo-mages, pontifiant en oripeaux de carnaval, abusés par la promesse d'aborder, grâce à ces mystificateurs, aux rives d'îles fortunées spirituelles. » (Le Sortilège du mystère, *Alexandra David-Neel)*

La superstition est la plus belle des manipulations de la naïveté des masses populaires. La crédibilité des grandes religions aux yeux du peuple ne repose-t-elle pas sur les mystères de la foi ou ceux de la cabale, pour ne citer que l'Église catholique et le judaïsme ? Les ésotéristes distingués qui sévissent à travers les petites annonces de certains magazines ne font que suivre la voie tracée par les grandes théologies. Il y a autant de marabouts parisiens que de cactus dans le désert. L'occulte est un marché phénoménal qui échappe le plus souvent à l'impôt sur le revenu. Une forme de prostitution de l'intelligence. Science des ignorants, l'ésotérisme est un avatar des religions décadentes qui véhiculent de pieux mensonges. François Mitterrand faisait, paraît-il, appel aux services d'une célèbre astrologue. Les voyants qui visitent notre avenir en charter n'ont jamais autant de succès qu'en période de crise politico-économique. Aucun magazine féminin ne saurait concevoir ses pages sans un horoscope sous peine de voir fondre ses ventes en kiosque.

Je croise les doigts

Parapsychologie, thérapies alternatives, nouvel âge, para-sciences, ufologie, chamanisme, et je n'en citerai pas plus, sont autant de déclinaisons occultes réservées à une majorité de charlatans avides d'acquérir une parcelle de pouvoir qui leur permettra d'influencer leurs contemporains et de manipuler leurs émotions.

La suggestion collective est une forme de détermination par l'extérieur. Une détermination qui pèse d'autant plus fortement sur nous que nous n'en sommes d'ordinaire pas conscients. Il suffit d'évoquer à titre d'exemple les *leitmotive* de la propagande hitlérienne et la formidable mise en scène visuelle, sonore et émotive dont s'entouraient les congrès nazis. L'instinct d'imitation, l'instinct grégaire, joue aussi un rôle capital. Témoin les modes, les engouements collectifs. Témoin aussi le phénomène des sinistroses collectives ou « épidémies » psychologiques et l'étonnante rapidité de leur propagation par la grâce du bouche à oreille.

L'homme multiple assimile son comportement à celui des autres, il abandonne le plus souvent toute pensée, tout esprit critique et tout sentiment de responsabilité, il abdique le rationnel au profit de l'émotif. Il accepte passivement l'autorité du leader, religieux ou politique. Le sentiment d'appartenance à la masse lui donne l'illusion de la force, de la sécurité, l'illusion aussi de la communion fraternelle.

« Dans certaines soirées amicales, la dame qui sait lire dans les lignes de la main est une véritable aubaine pour sortir l'ambiance de sa torpeur. Plus elle sera sollicitée par les invités présents, plus elle aura du pouvoir sur une curiosité générale qui se transformera très vite en crédulité avide de tout savoir. Si un invité cartésien se démarque en ironisant ou en se moquant de la diseuse de bonne aventure, il sera éjecté du groupe. "N'empêche que ce qu'elle a dit sur mon passé est tout à fait vrai", aboiera sa propre épouse. Qu'a-t-elle dit au juste ? Tout le monde a déjà oublié, mais c'était vrai dans l'instant. Or, si l'épouse admet que le passé correspondait à sa réalité vécue, pourquoi

n'en serait-il pas de même de l'avenir ? Soyons "para-logique" comme tous les fumistes !

Il arrive alors que la dame qui sait lire dans les mains se transforme en manipulatrice perverse. Puisque le mari ne veut pas y croire, elle suggérera à l'épouse que son couple traverse une crise. Et pan dans la figure de cet imbécile qui casse l'ambiance et lui jalouse son pouvoir ! La mise à l'index du trouble-fête est une tactique élémentaire, celle du bouc émissaire. Si la majorité veut y croire, les incroyants seront brûlés en place de Grève. Pour faire mousser son pouvoir, elle se raconte, s'attribue des voyances authentiquement vraies, elle fait son show. "À propos, que faites-vous dans la vie ?" lui demande une invitée conquise. Elle répond sans se faire prier qu'elle suit une formation de sciences divinatoires et compte installer bientôt un cabinet de voyance dans un quartier chic. »

Qu'est-ce qu'un voyant moderne, sinon une mauvaise réplique d'un prophète biblique. La plupart sont à la recherche d'un pouvoir sur leurs semblables. Ils se soignent ainsi d'un complexe d'infériorité indélébile. L'avenir est un fonds de commerce, mais aussi un outil de pouvoir. L'espoir est un bon déjeuner, mais un mauvais dîner. Le voyant intervient entre le déjeuner et le dîner. Paradoxe ! Son pouvoir s'installe, s'insinue et se confirme quand ses vaticinations sont infirmées. Le besoin de croire à un autre destin est tellement obsessionnel, tellement puissant que le client pardonne toutes les fausses prédictions et défausse les dires du devin en espérant qu'un jour ça arrivera vraiment comme il l'a dit. Ce genre de conduite aberrante est identique à celle des fanatiques religieux qui se gargarisent de certitudes et de préjugés. La manipulation religieuse et sectaire revient en force quand la pauvreté ou la crise économique s'installent, elle s'insinue dans le créneau des superstitions avec d'autant plus de facilité qu'elle n'est rien d'autre qu'un galimatias de superstitions sacralisées au nom d'un dieu qui n'a même pas voix au chapitre.

Notre société produit des individus de plus en plus vulnérables et de plus en plus influençables, côté cour, et une minorité de manipulateurs qui squattent le côté jardin. Tout va trop vite ! Les progrès technologiques, l'évolution des mentalités n'attendent même plus le passage d'une génération à l'autre. L'insécurité bat la semelle sur le trottoir d'en face, et la paranoïa s'installe tout doucement dans les esprits. Bourrage de crâne médiatique oblige ! Mais la seule valeur qui demeure égale à elle-même, c'est la superstition. Ça n'arrive qu'aux autres ! Ma bonne étoile ou mon ange gardien me protège contre les catastrophes en tous genres. Et de **croiser les majeurs sur les index** pour conjurer le mauvais sort ! Ou encore de **glisser ses pouces entre les index et les majeurs en fermant les poings** ! Le premier geste décrit est un refrain rituel très conventionnel. Il est reproduit consciemment par les individus superstitieux. Le second est moins courant, mais sert également à conjurer le sort défavorable. *A contrario* du premier geste, le second n'est pas reproduit consciemment.

Mais pourquoi les majeurs chevauchent les index dans le premier cas de figure ?

Majeur gauche = Image de soi = estime de soi = équilibre affectif ! **Majeur droit** = organisation mentale et intellectuelle = confiance en soi. **L'index gauche** représente l'image maternelle, **l'index droit**, l'image paternelle. Ces identifications digitales sont valables pour les droitiers, évidemment. Si vous êtes gaucher, il vous suffit d'inverser les données.

Qui mieux que les parents est en mesure de protéger l'enfant contre les dangers de la vie ou de le soutenir dans ses premiers combats ? Le souvenir global de la mère intégrée dans l'organisation de votre personnalité est maître de votre estime de soi. L'amour dispensé par la mère est proportionnel à son degré de projection affective. Si son bébé lui ressemble ou si elle le trouve beau physiquement, elle lui donnera une meilleure image de lui-même. L'enfant peu souriant, moins poupée de porcelaine ou peu sociable sera moins aimé quoi qu'on puisse en penser. Il n'y aura pas forcément de rejet, mais l'établissement d'une distance physique et d'une distanciation verbale. Il sera moins qualifié pour ses qualités plastiques ou mimétiques. « Il n'est pas aussi beau que son grand frère, mais il est très intelligent », explique cette mamy à sa voisine en présence de son petit-fils. Cette analyse nous éloigne du chevauchement de l'index par le majeur gauche, mais elle permet de comprendre le rôle de chaque doigt. L'image de soi chevauche l'image de la mère pour se protéger du sort qui s'acharne contre tout ceux qui méprisent leur image sociale, ceux qu'on nommait au Moyen Âge les Vilains. *Idem* en ce qui concerne l'index droit (l'image paternelle), maître des talents et de l'organisation intellectuelle représentés par le majeur de la main droite. La confiance en soi chevauche l'image du père pour se protéger du sort qui s'abat sur les hommes sans aptitude ou sans talent.

Et les pouces qu'on glisse entre les index et les majeurs ?

A priori, les pouces représentent, à gauche, le plaisir ; à droite, le désir. Un individu qui n'a plus accès au désir et /ou au plaisir est un zombie à l'existence terne et inutile. Le fait de **glisser les pouces à l'abri des index et des majeurs** est une manière de les protéger d'une castration ou d'une sanction. Les enfants, dans leur grande majorité, reproduisent ce type de geste quand ils ont fait une bêtise et quand ils ont peur d'être punis. Le geste demeure en grandissant et prend une valeur plus fétichiste.

La magie du verbe

« Je suis fortement ébranlé par un échec professionnel dans un pays étranger. Je suis un travailleur expatrié. Une amie me persuade de consulter un astrologue dont elle dit le plus grand bien. C'est le fils d'une astrologue célèbre à Paris, ajoute-t-elle pour emporter ma décision. Il me reçoit très simplement dans son salon, me pose quelques questions avant de dresser ma carte du ciel. Je l'observe en silence tandis qu'il exécute des calculs savants, trace des lignes, concentré sur mon avenir. Quand il prend la parole, il commence à me parler de mon passé. "Vous auriez été abusé sexuellement quand vous étiez enfant ? » me confie-t-il. J'en reste comme deux ronds de flanc. L'information est exacte. Il me livre d'autres renseignements dont certains collent plus ou moins à mon histoire. Trente années ont trépassé et je dois dire que l'état des lieux de ses prédictions est plutôt décevant. Rien ne s'est produit comme il me l'avait annoncé. Je vous passe les détails. J'étais fragilisé et je voulais y croire. J'y ai cru pendant des années avant de réaliser à quel point cette démarche a été l'équivalent d'un abus de confiance. Cette manipulation de mon devenir a été à l'origine de multiples mauvais choix de vie qui m'ont fait perdre de l'énergie et du temps dans les années qui ont suivi cette période difficile de mon existence. »

Je vous livre cette expérience personnelle, car elle démontre à quel point l'influence occulte peut être dommageable sur le plan de la liberté de choisir. Devenu psychothérapeute (ce qui n'entrait pas dans le cadre de ses prédictions), j'ai souvent entendu des patients me raconter leurs expériences divinatoires et les déceptions qui se sont ensuivies. Ils ont payé très cher le droit d'assister aux péripéties de leur vie future, mais leur destin n'a pratiquement jamais collé au scénario prévu, selon leur propre aveu. Tout l'art du devin se situe dans l'ambiguïté de son propos. Les choses n'arrivent pas toujours de la manière dont il les a « vues » ou à l'époque envisagée, mais elles arrivent fatalement. La fatalité du destin humain est inscrite dans les étoiles depuis l'Antiquité, paraît-il. Le fatalisme est inscrit dans la mentalité de l'Homme fragilisé, d'où son besoin de prêter sa foi à la magie du verbe, fût-elle celle d'un manipulateur professionnel. La bêtise humaine n'est inscrite nulle part, elle est manipulée par certains hommes qui haïssent l'Humanité, qui se haïssent d'être des hommes ou des femmes.

Un auteur parapsy raconte l'histoire suivante : *« Un astrologue célèbre avait prévu le jour et l'heure exacts de sa mort. Au jour dit, il décide de rester chez lui et de bouquiner assis dans une chaise longue dans son jardin. Le temps s'achemine vers l'instant fatal quand soudain une branche de l'arbre sous lequel il est assis se détache dans un craquement sinistre et s'écroule sur l'astrologue, tué sur le coup. »*

Ça vous donne froid dans le dos ! Je trouvais cette anecdote tellement édifiante que j'ai voulu savoir qui était cet astrologue génial. J'ai contacté l'auteur, publié par une grande maison d'édition spécialisée dans les sujets parapsychologiques. J'y avais moi-même commis un livre au début de ma carrière d'écrivain. Je n'ai jamais pu obtenir de précision de sa part. Le nom, le lieu de l'accident, la date, rien ! Cette histoire est une fiction, donc une invention de son auteur destinée à marquer l'imagination du lecteur. Il est vrai que l'auteur dirige un cabinet de voyance très fréquenté par le Tout-Paris. Tout est bon pour faire sonner le tiroir-caisse. Manipulez, manipulez, il en restera toujours quelque chose.

Et les sectes ?

Existeraient-elles s'il n'y avait pas d'adeptes ? Nul ne devient une proie potentielle pour ces groupes sectaires, s'il n'est déjà un adepte potentiel au préalable. La secte est un ventre maternel qui accueille des adultes fragilisés nostalgiques du stade fœtal. Elle est un antidote idéal contre les carences affectives parentales et la trop grande solitude mentale qui en découle. Si mes parents ne m'ont pas aimé, la société me rejettera. Il faut donc que je retourne à la source de mon existence pour retrouver la sécurité originelle. La secte est la réponse à cette détresse. Contrairement aux grandes religions institutionnelles (Aide-toi et le ciel t'aidera !), la secte prend l'adepte en charge. Elle l'absorbe dans un tissu relationnel qui éloigne illico le sentiment de solitude et offre à l'adepte une structure d'accueil pseudo-familiale. Il fait partie du tout. Les messages de la secte sont parfaitement frauduleux, mais la prise en charge est sans limites dans le temps. Là où le psychanalyste propose une intervention tarifée au cordeau, la secte est totalement disponible. Elle investit avant de récolter. *A priori,* la manipulation sectaire est facilitée par la détresse affective de l'adepte qui considère qu'il vient à la secte en toute liberté. Elle est pour lui la promesse d'un monde meilleur dans le meilleur des mondes. Il y perdra son individualité, voire sa liberté de penser, mais il retrouvera en échange un sens à son existence. Les militants actifs des mouvements politiques, les bénévoles des Restos du cœur, les pompiers volontaires, etc., sont tous des adeptes en puissance. Certains recherchent l'incarcération dans une forteresse chapeautée par un gourou, d'autres se contentent de participer à une action partisane ou citoyenne.

Il est plus facile de diaboliser ces groupes sectaires que de comprendre les motivations de ceux qui y adhèrent. Il est normal que les parents de jeunes adultes absorbés par ces groupes s'insurgent et cherchent à récupérer leur enfant pris en otage. Mais se posent-ils seulement la question de savoir pourquoi il s'est orienté dans cette direction ? Il n'est pas prisonnier de la secte mais du vide de sa propre forteresse affective. Je sais que je risque de choquer plus d'un lecteur en tenant ce discours. La première secte au monde est la famille. Si elle ne joue pas son rôle de valeur refuge pour les enfants qui en sont issus, quoi de plus logique que la recherche d'un substitut à cette famille irresponsable ?

La plupart des adeptes repentis ou non qui m'ont consulté recherchaient systématiquement une situation thérapeutique fusionnelle à laquelle je ne pouvais souscrire. Ils vivaient leur solitude affective comme une malédiction. Ceux qui avaient fui leur secte étaient les plus vulnérables. Ils avaient perdu tout repère et se retrouvaient au beau milieu de nulle part, incapables d'envisager une autre vie sociale que celle avec laquelle ils venaient de rompre et qu'ils rejetaient pourtant avec véhémence.

En payant le prix de la manipulation, la secte est un lieu de confort affectif, et son emprise sur l'adepte rejoint le mode éducatif et le sentiment de sécurité dispensés par la famille. La carotte ou le bâton ! Un mode qui n'est pas la panacée, comme nous le verrons dans le chapitre consacré à la famille.

Et puis, il existe aussi des entreprises commerciales fusionnelles, des ONG sectaires qui n'ont pas l'air mais qui connaissent parfaitement les paroles de la chanson pour vassaliser leurs bénévoles. Il est de notoriété publique que les sectes religieuses ont investi le secteur humanitaire sans faire référence à leurs croyances ou à leurs dogmes. Certains producteurs de télé, patrons de presse ou directeurs de rédaction détiennent ainsi un quasi-droit de vie ou de mort professionnelle sur des journalistes mal rémunérés, abusés et pressés comme de vulgaires citrons. Et quand ils craquent, ils sont évacués comme des épluchures par le gourou du média. Certains animateurs producteurs ne se comportent pas très différemment d'un Moon ou d'un Raël. Pas besoin de montrer du doigt, ils sont archi-célèbres, font la pluie et le beau temps pour tous ceux qui adhèrent à leurs systèmes de promotion-soumission. Je me suis souvent moqué d'eux dans mes livres, ce qui ne les a pas empêchés de m'inviter sur leurs plateaux. Il faut dire qu'ils ne lisent jamais les livres de leurs invités. Quelle chance !

CHAPITRE 3

Hypnose et manipulation

« La condamnation d'un célèbre sexologue, hypnotiseur et auteur de nombreux ouvrages, pour viol sur plusieurs de ses patientes au cours de l'année 2003 est une illustration dramatique des dérives de la manipulation hypnotique. »

Viol ou séduction perverse ? Les patientes qui viennent à l'hypnose n'ont pas toutes des motivations aussi thérapeutiques qu'on pourrait le supposer. La recherche du père amant n'est pas qu'une vue de l'esprit tordu par la fréquentation des cabinets psy. Je suis pratiquement certain que le Dr Gilbert Tordjmann a été victime de ce genre de manipulation séductrice qu'affectionne, disons, une patiente sur cinq. Je suis bien payé pour le savoir. J'ai passé plus de quinze ans de ma vie à pratiquer cette technique « omnipotente » avant de réaliser que le pouvoir n'était pas forcément dans mon camp. L'hypnotiseur est un personnage mystérieux dont l'influence supposée est largement exagérée par la rumeur publique. Ce que l'on sait moins, c'est que cette technique est extrêmement dangereuse pour le praticien. On ne distribue pas son énergie sans en payer le prix sur le plan de sa santé.

J'ai cessé de pratiquer quand j'ai compris cela. Il m'a fallu deux ou trois ans pour retrouver un niveau énergétique acceptable. Et si ce n'était que cela ! Les propositions perverses qui ont jalonné ma carrière de thérapeute m'ont dégoûté à jamais de la pratique de l'hypnose. Dans certains cas, le refus de passer à la casserole tenait de l'héroïsme. Les métiers d'alcôve sont des métiers à risques quelle que soit la pratique employée, médicale ou psychothérapeutique.

« La jeune femme est très belle et son jeune mari est venu l'accompagner à un premier entretien dans mon cabinet. Tous deux m'exposent le problème auquel ils sont confrontés. Christine, la jeune femme, est anorgasmique. Elle ne parvient pas à atteindre le plaisir sexuel, malgré un véritable désir. Elle me demande si l'hypnose peut l'aider à débloquer sa frigidité. Je confirme un peu imprudemment. Ce n'est pas la première fois que je suis amené à utiliser la technique hypnotique pour résoudre ce type de problème. Mais, malgré toute la bonne volonté du monde, je ne parviens pas à plonger ma patiente en état d'hypnose. Elle est totalement réfractaire au phénomène. Elle s'accroche pourtant et revient à plusieurs reprises poursuivre sa démarche thérapeutique. Après une dizaine de séances sans résultat, elle me propose de but en blanc de lui faire l'amour. Je n'en suis pas étonné outre mesure. Ce n'est pas la première proposition du genre que je reçois dans le secret de mon cabinet. En d'autres circonstances non professionnelles, je ne me serais pas fait prier. Son mari attend dans le petit salon de réception qui jouxte le cabinet. Je lui demande de nous rejoindre et je lui répète la proposition de sa femme avec l'accord de celle-ci. Il trouve cela parfaitement normal. “Tout ce que je souhaite, me dit-il, c'est que ma femme puisse atteindre l'orgasme en faisant l'amour.” Quand je leur oppose une fin de non-recevoir, ils sont déçus et m'expliquent un peu naïvement que je suis le troisième psy qu'ils consultent. Ils avaient occulté les précédentes démarches dans l'anamnèse de départ. Les deux premiers ont-ils fondu devant la beauté de la jeune femme ? Peut-être, ce sont des choses qui arrivent dans l'exercice de ce métier de tous les dangers sexuels. Je ne suis pas plus vertueux que mes confrères, mais j'évitais systématiquement de mélanger le sexe et la thérapie. »

L'hypnose dépend de la puissance émotionnelle des suggestions exprimées par l'hypnotiseur, mais la suggestion peut aussi être implicite. C'est le cas d'un pouvoir magique que le malade accorde au traitement que lui prescrit son médecin.

Ce qui est gratuit ne vaut rien

« Une de mes amies d'origine maghrébine est retournée au Maroc pour accomplir son service civil. Elle travaillait dans un service de gynécologie hospitalière. L'une de ses premières patientes revenait la voir pour la troisième fois en l'espace d'un mois, se plaignant amèrement de l'inefficacité des médicaments qu'elle lui avait prescrits. Le jeune médecin s'arrangeait pour que les médicaments ne soient pas trop onéreux, étant donné la situation financière difficile de la patiente. Celle-ci lui demanda quelque chose de plus efficace, quitte à le payer plus cher. De guerre lasse, la doctoresse lui prescrivit une préparation extemporanée assez onéreuse. Une dizaine de jours plus tard, la patiente revint en consultation, ravie. Ses douleurs ovariennes avaient complètement disparu, disait-elle. Elle avait même été obligée de se séparer d'un de ses bracelets en or pour payer le pharmacien. »

Ce qui est cher a de la valeur aux yeux des pauvres. Ce qui est gratuit, ou presque, ne vaut rien. L'idée a fait son chemin dans l'esprit populaire et surtout dans celui des sociétés qui distribuent des produits de luxe.

Un glacier chocolatier new-yorkais confectionne des glaces de prestige à 1 000 dollars pièce. Les clients qui craquent face à ces petits chefs-d'œuvre ne sont pas forcément des stars du *showbiz,* mais certains parents de la classe moyenne qui désirent marquer la majorité de leur enfant avec un cadeau fabuleux mais éphémère.

De l'influence du placebo

« J'ai eu, un jour, l'occasion de m'occuper d'une très vieille dame insomniaque au dernier degré. Elle ne pouvait plus dormir sans avoir recours aux somnifères les plus assommoirs du marché. Je lui ai proposé de tenter une hypnose fruste pour apaiser ses angoisses. Elle avait alors 80 ans bien sonnés. Elle se soumit de bonne grâce à l'induction et... s'endormit sans crier gare. J'en profitai pour lui passer une série de post-suggestions qui étaient censées lui apporter un soulagement, doublé d'un début de désaccoutumance aux somnifères. La nuit qui suivit sa séance d'hypnose, elle se coucha et oublia complètement d'avaler les comprimés qu'elle avait religieusement préparés sur sa table de chevet. Suggestion posthypnotique oblige ! Elle s'endormit comme une masse jusqu'au lendemain matin. Succès complet sur toute la ligne ! Le lendemain soir, elle reprit ses médicaments et passa une nuit blanche. Elle m'avoua, par la suite, que cette nuit de sommeil lui avait fait beaucoup de bien, mais qu'elle préférait ne pas se faire hypnotiser à nouveau. Le sommeil était pour elle synonyme de la mort inéluctable qui l'attendait à la fin du contrat. L'insomnie correspondait dans son subconscient à une victoire sur cet inéluctable. »

La suggestion

L'idée exprimée entraîne une réaction motrice, tel est le sens élémentaire de la suggestion. Chaque groupe de pensée, chaque attitude mentale ou chaque climat émotionnel se retraduit sur le plan corporel ou gestuel. N'importe quel observateur est capable de décrypter un état de déprime sans pour autant avoir des connaissances pointues de la gestuelle. Si le mari (ou l'épouse) rentre soucieux de son bureau, le visage renfrogné qu'il affichera ne pourra échapper à son conjoint. S'il s'apprête à jouer un vilain tour à l'un de ses invités, il ébauchera un sourire futé. Chaque pensée ou groupe de pensées trouve instantanément sa traduction mimique sur le visage ou dans l'attitude du corps tout entier. Ainsi, la grimace de dégoût est universelle et n'importe quel clown se fera toujours comprendre par les enfants du monde entier sans pour autant s'exprimer dans la langue du cru.

« Invité chez un couple de connaissance, l'hôtesse s'est mise à me confier ses états d'âme concernant la fidélité à géométrie variable des époux de certaines de ses amies. J'ai parfaitement saisi qu'elle faisait allusion à son propre mari. Je me suis lancé dans une explication de la différence de point de vue entre l'homme et la femme sur le chapitre de la sexualité. Mon laïus a tourné court quand j'ai vu le regard angoissé que son mari m'a adressé. Un véritable appel au secours ! J'ai noyé le poisson aussi sec. D'autant plus que je savais qu'il couchait avec une de ses collaboratrices. »

L'idéomotricité de la pensée

Ce phénomène est connu de tous les physiologistes et surtout de tous les hypnotiseurs de spectacle. Ces derniers l'utilisent par ailleurs pour identifier la réceptivité hypnotique des spectateurs.

La suggestion est le carburant de la manipulation, tant en hypnose que dans toutes les relations humaines où l'influence joue un rôle déterminant. Que signifie le verbe « suggérer » que nous utilisons sans imaginer sa portée sur nos conduites ? Étymologiquement, il vient du terme latin *suggerere* : porter sous, c'est-à-dire inspirer, procurer. La suggestion vise à inspirer une orientation voulue par le manipulateur qui en use. C'est qu'il y a une différence énorme entre un ordre et une suggestion.

« *Je crois que vous devriez réfléchir à ma proposition* » est une suggestion affirmative.

« *Je vous conseille vivement d'accepter sans tarder ma proposition* » est un ordre, voire une menace à peine voilée.

« *Je ne suis pas certain que vous soyez dans votre droit* » est une suggestion négative. Celui qui utilise cette forme suggestive évite d'affirmer ce qu'il sait pertinemment être vrai afin de ne pas heurter la sensibilité de son interlocuteur.

« *Ne pensez-vous pas que vous devriez consulter votre avocat avant de...* » est une suggestion interro-négative, un conseil travesti.

La proposition suggérée procède de la manipulation, la proposition ordonnée repose sur l'influence supposée du locuteur. Ces quelques exemples tracent la frontière entre la manière dont s'exerce l'influence et celle qui se fonde sur la manipulation.

Si le manipulateur avait dit : « *Je pense que vous devriez réfléchir...* », l'usage du verbe « devoir », même conjugué au conditionnel, sous-entend une obligation. Sous cette forme, sa phrase n'est plus suggestive, elle appartient au camp de l'influence. Si, en revanche, il avait dit : *« Je pense que vous pourriez réfléchir... »*, il reste dans son rôle de manipulateur qui suggère sans violenter l'auditeur en lui imposant la marche à suivre. Pouvoir, c'est avoir la possibilité de..., mais non l'obligation.

Suggérer est un art manipulatoire verbal dont la subtilité échappe au donneur d'ordres qui se réfugie derrière son pouvoir et l'influence qui l'accompagne pour obtenir la satisfaction immédiate de ses désirs. *« Dormez ! Je le veux ! »* n'a rien à voir avec la pratique de l'hypnose. C'est tout au plus du fakirisme de la Foire du Trône. L'hypnotiseur de salon ordonne en se dissimulant derrière le mystère de la technique. L'hypnose efficace procède d'une maîtrise des règles de la suggestion. Et cette hypnose-là se pratique peu en France. Car la maîtrise de la suggestion suppose chez le praticien une culture dont la manipulation du corps par la force de l'esprit est la pierre angulaire. L'hypnose que les praticiens proposent en Occident est un succédané de multiples disciplines dont le zen n'est qu'un exemple parmi tant d'autres. Dans 90 % des cas, l'hypnose n'est qu'une simulation avalisée par les deux camps : le thérapeute et le patient. Les 10 % qui restent concernent des cas limites d'hypnose somnambulique, des états de conscience relativement instables, mais au cours desquels il est parfois possible d'aider le patient. Encore faut-il que le patient soit réceptif à l'idée de se soumettre au phénomène. Comme vous le constaterez dans les illustrations qui suivent, il faut que le trouble soit considéré par le consultant comme un cas d'urgence ou de force majeure pour entraîner un état somnambulique ponctuel. La décision de la démarche thérapeutique appartient évidemment au patient, mais sa réceptivité dépend essentiellement d'une ouverture des barrières de défense érigées par sa conscience vigile. Et cette ouverture ne peut s'effectuer qu'avec l'intervention d'un seul facteur : la peur. La peur de la douleur ou de ses conséquences, de l'amputation, du cancer, de la mort à terme. C'est comme si l'inconscient du sujet suggérait à la conscience de s'effacer sous peine d'une sanction terminale. Tous les individus que j'ai induits en hypnose somnambulique étaient submergés par la peur, même si cela ne se voyait pas à l'œil nu. Ils étaient prêts à défouler la racine du mal dont ils souffraient dans la mesure où ils subissaient déjà des conséquences somatiques de ce trouble. C'est en quelque sorte le syndrome du manipulateur manipulé.

La manipulation médicale

« La sœur de Marie C. subissait depuis plusieurs semaines des séances d'hypnose. Marie C. se moquait d'elle, l'accusant de jeter son argent par les fenêtres. Jusqu'au jour où... "Fontaine, je ne boirai pas de ton eau !"

Marie C. débarqua un jeudi en compagnie de sa sœur, la lèvre moqueuse. Pressée par la sollicitude de son aînée, elle me déclara d'emblée qu'elle avait un problème urgent et se demandait à tout hasard si l'hypnose ne pouvait pas l'éclairer sur la décision à prendre. En quelques mots, Marie C. était à la veille d'une hystérectomie, une ablation totale des ovaires, fixée par son gynécologue pour le mardi suivant. Une ablation totale à l'âge de 33 ans, je précise. Raison invoquée par le médecin : sa patiente perdait du sang depuis plus d'un mois et tous les examens pratiqués confirmaient la pertinence de son diagnostic. Ses ovaires étaient condamnée pour sauver Marie C. de ses saignements continuels.

Elle doutait des compétences de son médecin, un professeur d'université très imbu de son statut. Elle me demanda s'il n'existait pas, grâce à l'hypnose somnambulique, un moyen de savoir ce qui se tramait dans son appareil génital. Je lui proposai de tenter une autoscopie. Il s'agit d'un examen que le sujet hypnotisé effectue sur lui-même en transe somnambulique. Je la mis en garde contre les tendances affabulatrices du somnambule. S'il y a bien un état de conscience dans lequel on peut prendre des vessies pour des lanternes, c'est l'état somnambulique. Elle voulait prendre le risque. Nous n'avions pas encore commencé l'induction et nous avions peu de temps devant nous. Je ne pouvais lui consacrer qu'une heure et lui ménager une matinée exceptionnelle le samedi suivant, en cas de besoin. Je la mis donc en situation d'induction préparatoire pour tester ses défenses psychiques. Après quelques dizaines de secondes, Marie C. ferma les yeux et le rythme de sa respiration ralentit, tandis que son corps se détendait imperceptiblement. Victoire trop facile ! Je testai ses réactions à la douleur. Elles étaient négatives ! Marie C. avait plongé, sans état d'âme, dans l'inconnu. Je commençai à l'interroger. Elle me répondit par monosyllabes, après plusieurs répétitions de la même question, le temps qu'elle trouve son chemin dans les méandres de son cerveau. Son état somnambulique était on ne peut plus exemplaire. Je lui demandai s'il lui était possible de me donner la raison de ses saignements. Elle ne réagit pas immédiatement, comme contrariée par ma question. "Oui !" dit-elle d'une voix presque imperceptible. Je repris la même interrogation. Elle répondit à nouveau de la même manière, sans autre précision. Et puis, je me souvins de l'attitude d'autres sujets en état somnambulique (j'étais encore un néophyte à l'époque), leurs réponses étaient logiques et non interprétatives. Oui, elle pouvait m'éclairer sur la raison de ses saignements. Pourquoi ? Et elle me confia en quelques mots, d'une voix monocorde, l'origine de son problème gynécologique. Je n'en revenais pas. "Vous en êtes sûre ?" insistai-je, incrédule ? Elle répondit par l'affirmative sans la moindre trace d'émotion dans la voix. Je la ramenai à son état de veille en l'espace de quelques dizaines de secondes. Elle ouvrit de grands yeux étonnés et me sourit.

"Vous vous souvenez de quelque chose ?", lui demandai-je. Elle ne se souvenait de rien, mais réalisait parfaitement qu'elle avait échappé à la vigilance de sa conscience, en quelque sorte. Je l'informai de ce qu'elle m'avait appris sous hypnose. Elle confirma que c'était possible, bien qu'elle en doutât. Son médecin était-il au courant de cette particularité ? Elle fit "oui" de la tête. Pourquoi n'avait-il pas pensé à le contrôler ? Elle l'ignorait. Je lui conseillai de l'appeler au téléphone pour lui expliquer ce que nous avions découvert ensemble. Ce qu'elle fit, après m'avoir quitté. Son gynécologue l'abreuva d'injonctions autoritaires et refusa de changer le rendez-vous prévu pour l'opération. Il lui conseilla même de se faire rembourser sa séance d'hypnose inutile. Elle me téléphona le lendemain pour me rapporter leur conversation. "Je n'irai pas me faire opérer, dit-elle, butée. Ce n'est qu'un carabin !" J'essayai de la calmer et lui conseillai de rendre visite à un confrère gynécologue. Il fallait absolument vérifier la réalité de son autoscopie avant de prendre une décision. Peut-être avait-elle tout simplement menti sous hypnose ? Face à une mutilation irrémédiable de sa féminité, l'inconscient de Marie C. était parfaitement capable d'inventer n'importe quelle fable pour lui éviter de passer sur le billard. Je ne savais

pas alors que ma patiente était une ancienne demi-mondaine. Un passé qu'elle cachait même à sa propre sœur. Son initiation au plus vieux métier du monde n'avait pas duré longtemps, mais le souvenir de cet épisode de son existence l'avait profondément marquée. Et je supposai par la suite qu'il devait y avoir un rapport de cause à effet entre les saignements et ce passé oblitéré.

Elle se rendit au rendez-vous que lui avait ménagé, le lundi suivant, le gynécologue que je lui avais recommandé. Il ne put que constater l'évidence énoncée par ma patiente en état somnambulique. Elle n'avait pas affabulé. J'étais soulagé. J'appelai moi-même le médecin de ma patiente pour lui demander de refaire un examen préalable avant d'opérer. Il refusa du haut de son permis d'exercer de surseoir à l'opération, me traitant de charlatan et autres noms d'oiseaux tout aussi exotiques, et me claqua le téléphone au nez, sans autre forme de procès. Pour la plupart des médecins de l'époque, les hypnotiseurs faisaient partie de la caste des Intouchables.

Marie C. se fit ôter l'objet du délit : un stérilet déplacé. La plaie se cautérisa après quelques jours. Elle revint me voir, par la suite. Le cynisme de Marie C. avait repris le dessus. Je ne parvins plus à la mettre sous hypnose. Elle n'en avait plus besoin puisqu'elle avait réussi, malgré elle, à sauver son appareil génital de la mutilation. Nous eûmes quelques entretiens en face à face durant lesquels elle me raconta sa vie. Et c'est ainsi que je compris la raison pour laquelle elle avait inconsciemment voulu punir son corps afin d'exorciser un passé qui la poursuivait. »

La manipulation hypnotique

Peut-on dissocier charisme et manipulation ? Au fil de ma pratique de l'hypnose thérapeutique, j'ai pu constater que quatre patients sur cinq venaient me voir en désespoir de cause. Ils avaient tout essayé sans succès pour résoudre les conflits dont ils souffraient. Or, l'hypnose est un véritable outil de manipulation des émotions du patient, un abus de sa vulnérabilité psychique temporaire face à une problématique insoluble. Certains de mes patients plongeaient parfois en hypnose de type somnambulique sans que mon expérience de cette technique particulière y soit pour quelque chose. Il faut croire que mon statut d'hypnotiseur avait déjà en soi une influence suffisante sur le degré de réceptivité du patient. Ce statut est charismatique aux yeux des individus qui viennent se soumettre à ce type d'expérience. Il offre à l'hypnotiseur une autorité aussi puissante que celle du père face à son enfant en bas âge. Le titre suffit, en règle générale, à offrir au thaumaturge le charisme nécessaire pour asseoir la crédibilité de ses propos. Fort de ce constat, je crois que les personnages charismatiques sont de véritables artistes de la manipulation des masses. Leur objectif peut être louable ou pernicieux, c'est selon.

« Jérôme souffrait de violentes migraines depuis son accident de voiture, trois ans auparavant. Il avait fait une virée à la ville en compagnie de quatre de ses meilleurs amis. En discothèque, on s'éclate, on boit mais c'est Jérôme qui conduit, lui ne boit pas d'alcool. Juste un Coca au comptoir de l'établissement. Le barman est mignon. Jérôme est un homosexuel discret. Ils discutent un temps, mais le courant ne passe pas vraiment. Une heure du matin ! Les cinq garçons regagnent la Golf GTi de Jérôme. Il est le seul à être parfaitement sobre. L'autoroute déserte s'ouvre devant lui

comme un long ruban d'asphalte parfaitement rectiligne. Pas une voiture en vue ! 180, chrono ! Ils rentrent en se remémorant les bonnes occasions de la soirée. Soudain, Jérôme perd le contrôle de ses gestes. Sa tête retombe sur la vitre de côté et tout son corps se ramollit comme une chiffe. La voiture heurte le terre-plein central et part en vrille. Les passagers hurlent. Jérôme est parfaitement conscient mais incapable de réagir physiquement. Plusieurs tonneaux s'enchaînent et, une centaine de mètres plus loin, le véhicule termine sa course dans le fossé. Jérôme perd connaissance. Quand il retrouve ses esprits, il est à l'hôpital. Il a vingt-cinq fractures sur tout le corps. On lui apprend avec ménagement que trois de ses copains sont morts dans l'accident ; les trois assis à l'arrière. Celui qui était à la place du mort, à côté de lui, est gravement blessé mais vivant. Il restera handicapé à vie. Les prises de sang réalisées sur les quatre jeunes ont confirmé un taux d'alcoolémie de plus d'un gramme par litre de sang, mais le chauffeur est lavé de tout soupçon. »

Que s'est-il passé ? Pourquoi Jérôme a-t-il perdu soudainement le contrôle de ses gestes ? Personne ne pourra répondre à cette question, ni à l'hôpital ou il restera plusieurs mois ni par la suite. Un an plus tard, Jérôme commencera à souffrir de violentes migraines. Sans raison ! Il subira une série d'examens neurologiques. Négatifs ! Sous médicament, il parvient à travailler, mais c'est à la limite du supportable. Jérôme commence à songer au suicide. Celui qui n'a jamais ressenti ce type de douleur ne peut pas comprendre à quel point la vie n'est plus qu'un long calvaire face à la perspective d'une existence de souffrance chronique. Aucune issue, aucune rémission possible sauf la mort !

À la lueur de mon expérience thérapeutique, je pose l'hypothèse suivante : l'instinct de survie est une entité autonome dans la conscience humaine. En cas de danger, il peut manipuler les conduites globales de l'individu et le pousser dans une direction diamétralement opposée à ses options conscientes afin de lui éviter une issue fatale. Il agira en état second, se comportera de manière illogique pour sauver son existence et réalisera qu'il a échappé à la mort après coup. On parlera de réflexes appropriés. Mais nul ne songera à cette force extraordinaire qui est en chacun de nous et prend la relève quand le danger est imminent. L'instinct de survie domine l'inconscient et manipule la conscience à son insu. Et pas seulement en cas de danger absolu ! La perte d'un emploi, les difficultés financières, la menace d'une séparation peuvent également éveiller l'instinct de survie et pousser l'individu à s'engager dans une voie salutaire. L'instinct de survie est aussi le moteur essentiel de toute créativité humaine. Mais ceci est un autre débat !

L'instinct de « sous-vie »

Il existe un *instinct de sous-vie* auquel nul n'a jamais fait référence. C'est l'instinct des individus assistés qui réclament aide et assistance, les faillis de la compétence, les orphelins du talent. Ceux qui meurent sur la pointe des pieds, sans se faire remarquer. Leur nombre s'accroît sans cesse dans notre société si privilégiée. Pour reprendre les chiffres déjà cités, plus de 3 600 000 Français (certains chiffres parlent de 5 millions d'individus) qui vivent sous le seuil de pauvreté, 750 000 familles surendettées et des banquiers qui se massent le ventre. L'instinct de sous-vie est en passe de remplacer l'instinct de survie. Où ça ? En Europe, bien sûr, et surtout en France. Vous croyez survivre avec une allocation du RMI, en fait, vous « sous-vivez », votre santé se détériore et coûte une petite fortune à la Sécu. Alors que si l'on vous forçait à survivre, vous trouveriez sans aucun doute le moyen de vous en sortir. Mais c'est tellement plus facile de sous-vivre aux frais de la communauté. L'État Providence y pourvoit. Mais y pourvoira-t-il encore très longtemps ?

Retour au passé

« Jérôme est arrivé jusqu'à moi par le plus grand des hasards. Il habitait à une centaine de kilomètres de Bruxelles où j'exerçais à l'époque. C'est un de ses amis qui lui a parlé de moi. Il avait assisté à l'une des conférences que je donnais régulièrement dans le cadre du Centre de recherches pour lequel je travaillais alors, invité par un autre ami. La chaîne sans fin.

Jérôme plongea en transe somnambulique dès la première séance. Je l'interrogeai immédiatement sur la rémanence de ses migraines sous hypnose. Il ne ressentait plus aucune douleur. Après un tour d'horizon durant lequel il me raconta son accident, je le ramenai à un état de conscience vigile. La migraine refit immédiatement surface. Les séances d'hypnothérapie somnambulique s'apparentent à de véritables enquêtes policières. Au fil des séances, Jérôme, plongé dans son sommeil artificiel, me racontera la même histoire avec, à chaque reprise, quelques détails supplémentaires. Ses migraines s'estompaient à chaque reprise dès qu'il sombrait en transe hypnotique. Une dizaine d'entretiens furent nécessaires avant de découvrir le pot aux roses, la raison de son "évanouissement" sans perte de conscience au volant de sa voiture. Le barman avait drogué son Coca à son insu.

L'organisme de Jérôme ne supportait ni les analgésiques ni les drogues d'aucune sorte. Cela, il le savait depuis son enfance. Il avait vu la manipulation du barman sans en prendre véritablement conscience. "Enfin, me dit-il, de cette voix caractéristique qu'ont les somnambules sous hypnose, je crois qu'il met quelque chose dans mon verre, mais je n'en suis pas sûr."

Nous étions arrivés au cœur du problème. Je ramenai mon patient à un état de conscience vigile en lui suggérant de se souvenir de cette scène particulière.

Son regard était transformé, pétillant. Ses yeux brillaient d'étonnement. "Et vos migraines ?" Il se tâta le crâne, interloqué. "Je ne ressens plus la douleur comme avant, on dirait qu'elle s'estompe." »

La migraine dont il souffrait n'était que la traduction de son sentiment de culpabilité face à la mort de ses trois amis et de celui qui était resté handicapé à vie. Ayant prouvé son innocence à sa conscience, la migraine en question n'avait évidemment plus d'objet. Elle a disparu complètement en l'espace de quelques jours. Son instinct de survie lui a sauvé la vie, le rendant réceptif à l'hypnose jusqu'à ce qu'il bénéficie d'un non-lieu de la part de sa conscience.

Les dispositifs hypnotiseurs

La manipulation hypnotique ne débouche pas toujours sur des *happy ends* comme dans les illustrations thérapeutiques que vous venez de lire. Car le dispositif hypnotiseur qui autorise la réceptivité peut parfaitement se mettre en place pour punir l'individu au lieu de le sauver de son trouble. Et c'est là tout le danger de la pratique hypnotique ! Si l'instinct de mort supplante l'instinct de vie, l'hypnose servira de tremplin à l'aggravation de la pathologie sans que le thérapeute, fût-il apprenti sorcier, médecin ou psychiatre, puisse s'en rendre compte *a priori*. Les crises de somnambulisme provoquées qui plongent les sujets dans un sommeil de type léthargique se produisent parfois. Cela m'est arrivé avec une patiente particulièrement réceptive, trop peut-être. Nous avions rendez-vous à 9 heures du matin. J'ai réussi à la réveiller à 22 heures. Entre-temps, ma secrétaire avait annulé tous mes rendez-vous. Le médecin du Centre voulait la faire hospitaliser. Je m'y suis opposé et j'ai bien fait, en fin de compte. Mais cette situation aurait pu s'avérer dramatique. Quand l'instinct de mort prend le pouvoir, l'instinct de vie n'a plus aucune influence sur le cours des événements. Les deux instincts cohabitent et se livrent à un combat quotidien à l'insu de la conscience manipulée. Quand l'instinct de (sur)vie domine, les initiatives du sujet sont souvent couronnées de succès. Quand l'instinct de mort handicape l'instinct de survie, le sujet mène un combat au quotidien qui ne débouche que sur des défaites progressives jusqu'à ce que la mort vienne sanctionner son combat perdu d'avance. C'est la bataille mythique du bien contre le mal, de la réussite contre l'échec, du diable contre le bon Dieu, de la vie contre la mort.

L'initiation à la vie

Parmi les rites initiatiques les plus anciens, les Mystères d'Isis ont fasciné les historiens. Établis vers 1750 avant J.-C., sous la onzième dynastie, ils étaient destinés à faire de l'initié un homme nouveau.

Avant d'être admis à parcourir le long cheminement de l'initiation, le postulant devait affronter plusieurs épreuves physiques : traverser des couloirs obscurs, passer à travers un brasier ardent, marcher au bord d'un gouffre, etc. Et quand il avait donné la preuve de son courage, il pouvait se soumettre à la première des quatre phases de l'initiation : enfermé dans une cellule du temple, il s'astreignait à des pratiques rigoureuses de pénitence (le jeûne et la méditation). Et la véritable épreuve ne pouvait commencer que lorsque la déesse Isis jugeait qu'il pouvait sortir de sa cellule. Mais cette faveur divine se faisait attendre parfois jusqu'à dix ou douze ans...

Au cours d'une cérémonie, on plaçait le postulant dans un sarcophage. Différents rites étaient censés le faire pénétrer dans le monde des morts. Et c'est au fond des ténèbres, lorsqu'il avait vécu sa mort, que l'impétrant recevait l'illumination : « il voit le soleil au milieu de la nuit ». Un état que je traduirais par : « Il voit la vie sortir du néant. » Plutarque décrit cette expérience : « une lumière merveilleuse s'offre aux yeux, on passe dans des lieux purs et des prairies où retentissent les voix et les danses ; des paroles sacrées, des apparitions divines inspirent un respect religieux ».

Vient enfin l'ultime épreuve, celle du jugement devant le tribunal des enfers. S'agissait-il d'un tribunal composé de prêtres, ou d'une démarche purement spirituelle ? Peut-être les deux à la fois, on ne le sait pas au juste. Lors de cette épreuve, l'initié devait faire face au maître des enfers pour débarrasser son âme des noirs péchés de sa vie antérieure.

Et enfin, il devenait fils d'Isis. On le présentait avec les honneurs royaux au peuple qui l'acclamait et le respectait comme un ressuscité. Dès lors, sa vie n'était plus sur la terre. Visiblement, ses intérêts et son bonheur se trouvaient ailleurs qu'en ce bas monde. L'initié courait à la mort avec le même calme que s'il se rendait dans sa chambre à coucher, car « la mort est un signe insignifiant » (G. Encausse). Mais cet homme d'élite, parce qu'il est initié, justement, considérait comme son devoir de se mêler de le vie terrestre, de soulager les ignorants, bref de vivre sa vie et de goûter au miel du pouvoir. Et c'est parmi les initiés que se recrutaient les principaux cadres de l'État. Le pharaon lui-même subissait l'initiation. Cela explique que, rapidement, le véritable pouvoir politique passa entre les mains du clergé. Ainsi l'Égypte ancienne était-elle gouvernée, encadrée, administrée par ces fils d'Isis, contemplateurs de la face divine, profondément pénétrés de la vanité des choses de ce monde.

Bref, qu'il s'agisse d'Isis en Égypte, du bouddhisme qui, lui aussi, remonte à la nuit des temps ; qu'il s'agisse du vaudou afro-antillais ou du christianisme en Occident : partout nous retrouvons ce même passage de l'anéantissement au ravissement.

Tous les hommes ont le même cerveau, doté d'une structure biochimique identique dans laquelle s'affrontent les instincts de vie ou de mort. Le rite initiatique est destiné à renforcer le premier au détriment du second tout en magnifiant ce dernier. Hélas, une minorité d'individus ne sont pas suffisamment armés pour faire face aux vicissitudes de la vie et certains le sont trop.

Dans cette optique, l'hypnose est un dispositif biologique initiatique qui ouvrira sur l'une ou sur l'autre porte avec, dans les deux cas, une manipulation pernicieuse ou salutaire de la conscience humaine à la clef. Instinct de vie ou de mort ne sont que les deux versants d'une même montagne. Il faut choisir de la monter ou la descendre.

CHAPITRE 4

La manipulation en famille

La famille est à la fois source d'énergie et de pollution.

La manipulation est l'un des modes privilégiés de l'éducation des enfants, chantage en tête. Les adultes exigent la vérité des enfants, mais n'hésitent pas à abuser du mensonge pour se faire obéir : « *Si tu n'obéis pas, le marchand de sable va passer ou tu seras privé de tes cadeaux de Noël, etc.* » On commence par des menaces sans fondement et on finit par perdre toute crédibilité aux yeux de ses enfants.

« Un jeune étudiant m'a joué un tour pendable. Il était induit en hypnose cataleptique, debout contre un mur, et s'est soudain écroulé comme une masse. Je l'ai transporté sur un fauteuil avant de constater tous les signes d'une brusque chute de tension avec pseudo-arrêt cardiaque. Il avait 19 ans. J'ai immédiatement appelé le médecin du Centre dans lequel je travaillais pour le ranimer. Une pression brutale au niveau du cœur a suffi à le ramener à la vie, en l'espace de quelques secondes. Il avait été victime d'un choc vagal. J'appris par la suite que cet étudiant se soumettait à un régime macrobiotique, ne s'alimentant presque plus depuis plusieurs semaines pour faire ch... ses parents, selon ses propres termes. »

Cette anecdote démontre à quel point la manipulation hypnotique peut réserver de mauvaises surprises. Ce jeune patient était suicidaire et cherchait un moyen drastique pour en finir avec la vie afin de punir ses parents trop préoccupés par leur carrière. Chez les jeunes, les tentatives de suicide sont non seulement des appels au secours adressés aux parents absents affectivement, mais aussi un moyen ultime pour sanctionner des géniteurs coupables de leur inexistence.

Dans le même ordre d'idées, il suffit de lire avec un peu d'attention la rubrique des « faits divers » des journaux pour faire une découverte déconcertante. Ce n'est pas dans la rue que les enfants courent le plus de dangers. Les mères les mettent toujours en garde contre les sadiques et les inconnus, mais le danger est à la maison et vient des gens de la famille qui manipulent l'éducation, la détournent ou la mettent sous conditions suspensives.

La carotte ou...

« **Si tu manges ta soupe, tu pourras regarder ton dessin animé à la télé !** » Nous sommes tous des manipulateurs surfant allègrement de condition en chantage pour nous faire obéir de nos enfants. La manipulation demeure *in fine* le seul moyen de persuader votre héritier sans faire appel à sa raison. Comme vous l'avez sans doute remarqué, si vous avez des enfants : la carotte marche toujours mieux que le bâton. *« Si tu me ramènes des bonnes notes, je t'achèterai la nouvelle Playstation. »* Et le gamin s'échine à travailler ses cours pour obliger son père à tenir sa promesse. L'ennui, dans ce type de chantage, c'est que la Playstation offerte à l'enfant aura un effet pervers sur son sens de l'effort. Il consacrera son temps à jouer au lieu de poursuivre son effort scolaire, et son père devra recourir au bâton (suppression du jeu) pour le forcer à se consacrer à nouveau à ses études. La carotte subvertit l'effort au lieu de l'encourager. *Exit,* la carotte !

... le bâton ?

Situation inverse ! « *Si tu as de mauvaises notes, tu seras puni.* » Que vaut le bâton ? Guère mieux dans la mesure où les mauvaises notes débouchent sur un bénéfice pour l'enfant. Il sera puni par le père qui sera forcé de lui consacrer une partie de son temps pour l'aider à réviser ses cours.

Il faut proscrire ce système manipulateur de l'éducation, mais par quoi le remplacer ? Faire appel à la raison ? Inefficace ! Les enfants sont des blocs d'énergie émotionnelle. Leurs comportements reposent essentiellement sur leurs affects. *J'aime ou j'aime pas !* Si votre enfant n'aime pas l'école et ses contraintes quotidiennes, aucune carotte ne sera assez persuasive pour lui donner l'envie de plonger son nez dans ses cahiers. Si votre petite bimbo préfère passer son temps au téléphone avec ses copines ou regarder la cassette vidéo de la chanteuse Lorie pour la 250e fois en se trémoussant devant le miroir plutôt que de réviser sagement son cours de maths, que faire ? Mettre sous clef la cassette vidéo ou couper les fils du téléphone sont des solutions extrêmes qui ne feront qu'entraîner un caca nerveux insupportable pour vos tympans.

Certains pédagogues suggèrent de faire l'inventaire de son territoire. Pour avoir envie d'étudier, il faut disposer d'un territoire propice à cette occupation. Luminosité, table de travail, bibliothèque, meubles de rangement, etc., mais ces facteurs ne sont pas forcément les plus favorisants pour lui redonner le goût des études. Évidemment, ça aide, mais je crois que la solution éventuelle est ailleurs.

La manipulation commence ici

Si votre enfant engrange les mauvaises notes et rejette le milieu scolaire, il ne faut pas chercher midi à quatorze heures : il vous pénalise. Il vous punit de votre manque de disponibilité et du non-dialogue qui en découle en égratignant votre narcissisme parental. Première manifestation de la manipulation du parent par l'enfant.

« Si tu as de bonnes notes, on sera fiers de toi », affirme le père qui campe égoïstement sur son orgueil. Sous-entendu : *« Caresse-moi dans le sens du poil ! » « Rien à cirer »,* objecte l'enfant qui réclame le droit à l'assistance active de ses parents. Sa fierté à lui n'est pas prise en compte. Il serait pourtant disposé à offrir ce petit cadeau à ses géniteurs pour autant qu'ils se comportent en parents responsables. Car il me paraît évident que les résultats scolaires dépendent étroitement du niveau de disponibilité des parents et de leur ouverture à un vrai dialogue avec leur enfant. Les préjugés ne suffisent pas à le motiver. Les menaces grotesques du style : *« si tu n'étudies pas, tu seras chômeur »* dévalorisent la crédibilité du parent aux yeux de son héritier. Elles sont ineptes. L'enfant sait très bien que les études n'empêchent pas la galère du chômage. La scolarité ne doit pas être imposée mais exposée dans le cadre d'un dialogue familial destiné à motiver l'enfant plus qu'à tenter de le responsabiliser par rapport à un avenir professionnel aussi virtuel que ses jeux vidéos. Et les cadeaux, dans tout ça ? Quand vous offrez un jouet ou un jeu à votre enfant, il ne doit jamais être soumis à condition. Pas de cadeau impulsif,

mais en revanche la récompense inattendue est largement plus motivante que la carotte annoncée. Il a eu de bonnes notes, il a fait un effort grâce au temps que vous avez consacré à l'aider dans ses devoirs. Il s'est pris en charge sans que vous ayez eu à le sermonner. Récompensez-le sans le prévenir ! Changez l'automatisme de la carotte dans son esprit. Il saura que tout effort de sa part sera valorisé d'une manière ou d'une autre, mais que cet effort n'est pas soumis à condition. Pas d'effet d'annonce, mais un effet de surprise bien plus gratifiant pour son ego !

Le cadeau imprévu est, par définition, imprévisible et beaucoup plus gratifiant que celui qui sanctionne ou récompense un bon bulletin ou une réussite aux examens. Le cadeau espéré se transforme vite en racket familial de l'enfant vis-à-vis de ses parents. Le quotient émotionnel qui en représente le substrat est nul. La récompense est banalisée, c'est le principe pervers sur lequel repose la méritocratie. Le cadeau inattendu, à l'inverse, stimule l'estime de soi et dynamise la confiance en soi de l'enfant.

Et cet enfant qui peinait sur ses cahiers de maths, dont l'écriture vous faisait monter la honte jusqu'au front, cet enfant évoluera très vite vers une attitude inconnue au bataillon de vos exigences serrées en rangs d'oignons. Il acceptera de jouer son rôle d'étudiant avec un certain plaisir sinon avec un plaisir certain. L'ego de votre enfant est le moteur de sa réussite scolaire. Voilà le secret ! Simple, pas cher et qui peut lui rapporter gros !

Quand votre patron vous félicite de vos initiatives, votre ego est tellement gratifié que vous seriez prêt à lui embrasser les pieds... Nous fonctionnons tous sur le même mode. Quand mon éditeur m'invite à déjeuner, toute mon agressivité contre ce marchand de saucisses littéraires cède la place à une reconnaissance de mon talent d'écrivain. Manipulation ? Bien sûr, je ne suis pas dupe, mais qu'en ai-je à faire d'être manipulé puisqu'il m'accorde la reconnaissance après laquelle je cours.

Si vous substituez votre orgueil à celui de votre enfant, il ne récoltera que des échecs ou des semi-réussites et ces échecs seront les vôtres et non les siens. Il vous punira de votre absence et de votre manque d'assistance à petite personne en danger d'échouer. De fait, il vous appliquera le bâton à défaut de vous laisser goûter à la carotte de ses succès scolaires.

Les messages polluants

Éduquer, c'est aider l'enfant à épanouir ses potentiels.

Chez les Durand, on ne parle pas, on crie. Chez les Martin, on ne crie pas, on hurle. Chez les Duschmoll, on ne hurle pas, on frappe. Et chez les Duchemin ? On vit côte à côte, chacun pour soi. Le stress familial peut se présenter sous différentes formes. Il va de l'indifférence affective à la fusion passionnelle. Certains parents n'aiment pas leurs enfants (ça existe), d'autres les aiment trop. Le déséquilibre des affects génère le stress que l'enfant tente de fuir en se réfugiant dans sa chambre ou sous la couette. Certains enfants parviennent à s'abstraire complètement d'un stress familial invisible en apparence. Ils se réfugient dans une sorte d'autisme protecteur. D'autres réagissent par la délinquance. Le stress familial se présente sous diverses formes : du message frauduleux répétitif aux injonctions autoritaristes sans nécessité, de la haine qui déchire les parents unis pour la galerie à celle qui subsiste entre parents divorcés. *« S'ils s'étaient vraiment aimés, auraient-ils autant besoin de se haïr ? »* La logique de cette formule donne à penser que la majorité des couples qui se séparent ne se sont jamais aimés. Le stress familial repose sur cette proposition. Elle est aussi le point d'orgue de la manipulation en famille qui est à son tour le terreau des phrases polluantes.

« Ma fille ne fait que des bêtises. »

« Mon fils n'arrivera jamais à rien. »

« Il ressemble à son père (dont la locutrice est séparée), il ne fera jamais rien de bon. S'il continue comme ça il finira SDF. »

Les messages polluants sont indénombrables. Ils ont, cependant, en commun un mode de communication par témoin interposé qui en fait de véritables entraves psychologiques existentielles. Ce mode de la troisième personne du singulier est un virus qui anéantit le droit à l'existence de votre héritier. « Tu » est devenu « il », une pièce rapportée qui ne mérite pas de considération.

Les messages les plus virulents mais aussi les plus efficaces sur le plan de la manipulation sont ceux qui se conjuguent à la troisième personne du singulier, ce que je nomme l'injonction par ricochet. Ces messages s'adressent toujours à un témoin en présence de l'enfant ou de la personne incriminée. Le rôle du témoin consiste à offrir à la critique une crédibilité largement supérieure à celle qu'elle aurait si la remarque était faite directement à l'enfant. « Tu n'arriveras jamais à rien » est un message direct qui peut être annulé verbalement ou mentalement par le receveur. En revanche, le message adressé à une tierce personne, l'injonction par ricochet, ne peut être annulé par celui auquel il est destiné *in fine*. L'enfant zappe pour ne plus entendre la critique émise par son parent. Ce zapping mental démultiplie la nuisance du message. À force de répétition, la critique se banalise et se transforme en suggestion négative de type hypnotique. L'injonction par ricochet est un dispositif hypnotiseur pervers.

L'engramme va s'installer dans la structure comportementale de l'enfant et se métamorphoser en comportement opérant. Il multipliera les échecs pour satisfaire à l'obligation intégrée dans ses conduites manipulées par les commandements parentaux. Toute réussite ponctuelle le conduira inéluctablement à l'échec. Tout échec sera perçu comme un soulagement ! Si je réussis, j'échoue, si j'échoue, je réussis. Quand une mère répète à longueur de journée que sa fille ne fait que des bêtises, l'enfant grandira avec ce message et donnera pleine et entière satisfaction à sa mère : elle ne fera que des bêtises jusqu'à devenir une catastrophe ambulante. Les assureurs devraient s'inspirer des messages parentaux pour adapter leurs primes en responsabilité civile.

Les manipulateurs usent de ce stratagème pour renforcer leur crédibilité au détriment du sujet effectif de la critique. Le mode peut être ironique, mais il peut aussi être utilisé pour déstabiliser celui qui détient le pouvoir. « Le patron a toujours raison », ironise le syndicaliste en présence de l'intéressé. Il prend les employés présents à témoin, court-circuitant toute réaction du patron.

« "Cet enfant finira mal", prédit l'institutrice à la mère catastrophée par les résultats scolaires de son fils. L'instit' parle en présence de ce dernier. Il baisse la tête et réprime un sourire sardonique. Un sale môme ! La mère pourrait s'insurger et exiger des explications : "Sur quoi vous basez-vous pour lancer une telle accusation ?" Ce faisant, elle protégerait son enfant contre l'injonction par ricochet d'une personne détenant une autorité maternelle substitutive. Mais la mère approuve – elle démissionne de son autorité naturelle – et se tourne vers son gamin : "Tu as entendu ce qu'a dit la maîtresse ?" Elle hurle avec les loups au lieu de se comporter comme une louve qui défend

ses petits. L'enfant se sent trahi par la personne qui compte le plus dans sa vie : sa maman. Elle avalise le message au lieu de le protéger contre cette étrangère qui tente de détruire son image. Quelques années après, le gamin a grandi et se retrouve impliqué dans un trafic de drogue. Il est arrêté par la police qui le met à la disposition du juge des enfants. Il atterrit dans mon cabinet sur recommandation du tribunal de la jeunesse. La mère a oublié la scène évoquée, son fils s'en souvient encore. Cet épisode l'a marqué à jamais. Chaque soir, avant de s'endormir, il se raconte la même histoire avec de multiples variantes, un rêve éveillé dans lequel il viole et torture son instit' de l'époque. Il lui arrive même de confondre les visages de sa maîtresse et de sa mère. "Et en plus, elle était moche et pleine de poils", conclut-il après m'avoir confié son rêve secret. »

Vous savez d'où provient l'injure née en banlieue : *« Nique ta mère ! »* Elle procède d'un constat inconscient mais très subtil de la part des gamins qui en font un usage plus que courant. Elle déconsidère l'image de la mère qui n'a pas su protéger son rejeton contre les abus de pouvoir des représentants de la société. Cette injure s'adresse à la mère démissionnaire qui se contente de pondre les gosses et de les nourrir, mais pour laquelle l'éducation est du ressort exclusif de l'école et des autorités répressives.

Les interdits

« On ne dit pas je veux, on dit je voudrais ! », rétorque la mère à son petit garçon de 2 ans, béat de bonheur devant un superbe camion en bois. Qui n'a pas subi ce refrain au cours de son enfance ? L'enfant cherche à s'affirmer en usant du présent de l'indicatif

bien plus qu'à obtenir le jouet qu'il convoite. La réaction de la mère est involontairement castratrice. Elle ne fait qu'obéir au message transmis par les codes familiaux qui ont submergé sa propre enfance. Au lieu d'un refus franc et massif de sa part, elle se dissimule derrière un sujet impersonnel assorti d'un conditionnel pour sanctionner la volonté de l'enfant. « On » n'est pas « je » ! « On », ce sont les usages, la politesse, les règles de la société. Un enfant bien élevé ne s'affirme pas, il se soumet à l'autorité insondable du « on ». « *Tu veux, mais moi je ne veux pas* », serait une réponse plus adéquate. Sous-entendu : « Je prends la responsabilité personnelle de te refuser ce jouet. » Dans ce dernier cas de figure, les deux volontés s'affrontent et l'autorité affirmée du parent l'emporte fatalement. La réaction a le mérite d'être claire et nette dans l'esprit de l'enfant. Il se soumettra sans faire de caprice et surtout sans se sentir floué par un conditionnel procrastinateur (qui reporte au lendemain). En lui imposant ce conditionnel, la mère élude sa responsabilité d'éducatrice et confirme son manque d'autorité. Elle ouvre la voie à tous les dérapages capricieux. Pour l'enfant, il n'y a pas de différence sémantique entre le présent et le conditionnel. Il n'en saisit pas la nuance. L'usage intensif du conditionnel, imposé à l'enfant à force de messages répétés, dévalorise l'image de soi en sapant les fondements de l'affirmation de soi. Toute sa vie sera soumise à condition et toute réalisation de soi sera hypothéquée par cet usage pervers du verbe vouloir. En grandissant, il se soumettra instinctivement à ce mode manipulateur qui reporte aux calendes grecques tous les camions en bois qu'il réclamera à ses parents. *Domani ! Domani !* C'est-à-dire jamais ! Il apprendra que tout ce qu'il « voudrait » ne se réalisera jamais. Progressivement, le conditionnel dévalorisera ses ambitions et il se soumettra à la fatalité au lieu d'apprendre à la combattre. Chaque conditionnel qui viendra se heurter de front à ses motivations débouchera sur une balance dont le plateau des interdits pèsera toujours plus lourd que celui des permis. Nul ne peut rendre possible ce qui est perçu comme étant impossible. Ce genre d'éducation fabrique des enfants passifs et aboutit à des adultes insatisfaits et boulimiques. Le sens pervers de ce mode de conjugaison se résume ainsi : *« Ce que je voudrais, je ne le veux pas vraiment, sinon pourquoi aurais-je besoin de le soumettre à un préalable ? Donc, je peux parfaitement m'en passer. »*

Le roi dit : « nous voulons »

Autre variante de cet interdit : *« Le roi dit nous voulons ! »* Cette remarque a pour objectif de rabaisser l'enfant à sa condition misérable de petit homme dont les prétentions son nulles et non avenues. Il n'est pas le roi qui a seul le droit d'utiliser le présent de l'indicatif assorti du « nous » majestatif. Morale de l'histoire, les enfants bien élevés s'expriment au conditionnel pour ne pas heurter les principes surannés et le complexe d'infériorité du parent mal dans sa peau. L'enfant qui s'affirme est perçu comme un futur petit délinquant, un enfant à problèmes. L'adulte se sent infériorisé face à ce gamin qui tente de lui imposer sa volonté. Certains parents cèdent par lâcheté, d'autres utilisent des formules toutes faites pour se protéger ou se justifier. Or, toute justification est une faiblesse dont l'enfant tirera profit plus tard.

Quand le parent s'affirme

« Tu ne peux pas toucher à »... n'a pas la même valeur que *« Je ne veux pas que tu touches à »*... Cela peut paraître anodin comme différence, ça ne l'est pas du tout. Revenons au refrain « tu ne peux pas » utilisé à la deuxième personne du singulier. La première version est l'expression d'un interdit qui sera automatiquement transgressé par l'enfant en bas âge. L'injonction s'adresse à l'enfant « tu » et lui fait porter la responsabilité de la transgression. Le locuteur du message ne se désigne pas explicitement. Vous aurez beau lui répéter le même refrain 1 001 fois, il continuera à transgresser l'interdit. A-t-il besoin de tester votre degré d'autorité ? C'est ce que pensent certains spécialistes de l'enfance. Je pense pour ma part que le problème se situe plus au niveau sémantique du message adressé. En utilisant la deuxième formule, l'interdit subsiste évidemment mais il est identifié par le « je », c'est-à-dire l'autorité de celui qui interdit. Dans la première formule, l'enfant est confronté à lui-même *« tu ne peux pas »* et à l'interdit énoncé par le parent qui ne s'identifie pas. Il se dissimule derrière le message, en somme. Encore une fois, il est essentiel pour l'enfant que le parent accepte de prendre la responsabilité de son message en spécifiant qui est à l'origine de l'interdit. L'addition de la formule *« je ne veux pas que... »* est une affirmation de soi dont l'enfant a besoin pour apprendre à obéir à l'ordre donné. Le parent qui s'identifie s'affirme et enseigne à son enfant le sens de l'autorité. Nous avons tous besoin de faire autorité (c'est-à-dire d'être crédibles) et non d'imposer cette autorité. Cette nuance est la racine de toute affirmation du Moi et de l'estime de soi qui en est le corollaire. Je m'affirme donc j'existe. En m'identifiant à la provenance du message je prends mes responsabilités. Toute éducation

passe par l'identification de l'enfant à ses parents. Si les parents se dissimulent derrière des interdits sans spécifier l'auteur de l'injonction, l'enfant les imitera et hypothéquera par là même son sens de l'autorité. Quand il voudra s'imposer à ses camarades, il n'aura aucune crédibilité à leurs yeux et sera rejeté par le groupe. La formule *« je ne veux pas »* n'est pas restrictive. Quelle que soit la formulation utilisée, n'oubliez jamais qu'elle doit être précédée de l'identité « je » de celui qui interdit.

La malédiction

« Tu seras chauve comme ton père. »

« Si tu continues à te bourrer de bonbons tu seras grosse comme ta mère. »

« Tu ressembles à ton père... »

Ces trois messages font partie des classiques de la malédiction familiale. Ce sont des anathèmes qui visent à manipuler la nature profonde de l'enfant, tout au moins pour les deux premiers. Hélas, la récurrence de ces messages entraîne trop souvent de véritables drames à l'âge adulte. Ce sont des contraintes manipulatrices qui expriment un ressentiment détourné de la part du locuteur. *« Tu seras chauve comme ton père »* signifie en fait que la mère se reproche d'avoir épousé un chauve et fait porter le chapeau (c'est le cas de le dire) à son fils. Sous-entendu, si tu veux que je t'aime, ne deviens pas la copie conforme de ton imbécile de père. Vu sous cet angle, le message en question est loin d'être anodin. L'enfant le reçoit comme une malédiction qui lui pend au nez. S'il ressemble à son père, il perdra l'amour de sa mère. La manipulation est subtilement perverse.

Comme l'écrit Winnicot, le plus terrible, c'est que rien n'est jamais oublié. Par la suite, l'enfant traînera toujours un manque de confiance dans les choses... Les bébés et les enfants ne se souviennent pas des choses qui se sont bien passées, mais se souviennent de celles qui se sont mal passées, parce qu'ils se rappellent que brusquement la continuité de leur existence a été interrompue, que leur tête est partie en arrière ou quelque chose comme ça ; l'événement a traversé toutes les défenses, ils ont réagi à cela, c'est une chose extrêmement douloureuse qui leur est arrivée, qu'ils ne pourront jamais perdre. Ils doivent vivre avec ça et, si cela se répète, ils arriveront à un manque de confiance dans l'avenir.

Le second message va dans le même sens. Le père indique clairement à sa fille qu'il n'aime plus sa mère. Si le couple est séparé, l'impact du message sera moins nuisible, en principe. En revanche, si le couple parental vit sous le même toit, les dégâts psychologiques occasionnés par ce message seront considérables. Le père menace sa fille de rejet pur et simple si d'aventure elle devient comme sa mère, avec ou sans bonbons. L'enfant assimile ce rejet à une rupture affective équivalente à un divorce parental. Or, le père est l'homme idéal de sa fille et, *ipso facto,* il représente tous les hommes dont elle pourrait tomber amoureuse plus tard. Il s'agit d'un chantage très subtil qui aboutira, dans les cas les plus extrêmes, à une anorexie sévère ou à des comportements alimentaires boulimiques destinés à compenser la carence affective paternelle. Comme le décrit admirablement Guy Corneau[1] : « Elle exprimait par sa boulimie sa soif d'amour, sa soif de chaleur, sa soif de reconnaissance que des parents trop blessés n'avaient pu lui accorder. Pendant ses jeunes années,

1. *Victime des autres et bourreau de soi-même* (Robert Laffont).

elle avait appris à ravaler sa colère, sa peine, à étouffer ses émotions en mangeant. »

Cette vision peut vous sembler exagérée. Elle est fondée sur une longue pratique de la psychothérapie d'adolescents déstructurés par des messages parentaux tyranniques. De toutes les façons, si vous êtes un parent responsable, je gage qu'il vous arrivera dès à présent d'ausculter vos propos avant de les débiter par imprudence. Il faut éviter à votre enfant de verser verbalement dans le « oui, non », un tic verbal contradictoire qui trahit un tempérament boulimique au sens large du terme. **Les mots ne sont pas que du vent. Ce qui rentre par une oreille ne sort jamais de l'autre côté car, entre les deux oreilles, il y a un cerveau qui pense et un autre qui ressent.**

Troisième et dernier message qui pourrait aussi se conjuguer au féminin : *« Tu ressembles à ta mère. »* Exprimé par le mari à l'intention de sa femme, le message est clair : *« Tu es devenue une photocopie de ta mère et ce n'est pas ta mère que j'ai épousée. »* Conclusion du message : *« j'ai l'intention de me séparer de ta mère... si tu continues à lui ressembler »*. Si l'un de vos amis vous fait ce type de confidence en parlant de sa femme (elle ressemble à sa mère), vous pouvez être sûr qu'il y a du divorce dans l'air.

« Tu ressembles de plus en plus à ton père...(ce con) ! » Votre femme n'a pas précisé que la ressemblance était essentiellement physique. Elle est globale, et ce constat vous fait perdre toutes les étoiles du Michelin à ses yeux. Elle vous a épousé, vous, or, elle commence singulièrement à flipper en se demandant si, en vous épousant, elle n'a pas convolé avec un clone de son beau-père « adoré ». L'accusation de ressemblance non spécifique est un couperet et non un compliment.

Ces trois exemples vous démontrent ce que la manipulation inconsciente du langage verbal peut cacher comme faux-semblants. Dans la vie d'un couple, les mots peuvent tuer l'amour.

L'introjection (ou identification forcée)

« C'est le portrait craché de sa mère », s'exclame la grand-mère maternelle fière de ses œuvres par procuration. Et la jeune fille à qui s'adresse ce pseudo-compliment se sent comme une bouilloire prête à exploser. On lui ôte littéralement le droit à une existence propre. Elle n'est qu'une pièce rapportée de l'auteur de ses jours, un clone familial qui perpétue la morphologie d'un être qu'elle aime, certes, mais qui n'est pas elle. Absorbée par ce message pervers, elle fera tout pour ne pas ressembler à cette lignée de femmes qui se photocopient de génération en génération. « Je ne veux pas reproduire le scénario de vie de ma mère car je ne suis pas ma mère. » La grand-mère stupide se raccroche au souvenir de sa propre jeunesse envolée en imposant cette ressemblance à sa petite-fille.

Le chantage en famille

« Gare à toi, si tu touches encore à ça, je le dirai à papa ! »

« Attends que Papa rentre à la maison et tu verras ce que tu verras ! »

« Ne me fais pas honte en ramenant de mauvaises notes ! »

« Tu veux tuer ta mère ? »

Difficile de se soustraire à ce mode éducatif stupide mais tellement pratique quand on n'a rien d'autre sous la main pour se faire obéir. Extrapolons ! Le conducteur qui dépasse systématiquement les limitations de vitesse sait ce qu'il risque mais ça ne l'empêche pas de pousser les chevaux qui piaffent sous le capot de sa berline. L'excès de vitesse sera peut-être sanctionné ou peut-être pas.

Tout est une question de chance dans la vie, n'est-ce pas ? Papa est absent, je veux dire le gendarme ou la police de la route. « Gare à toi... » n'est qu'un avertissement, pas une sanction, puisque celui qui est censé punir n'est pas là.

Et puis, très souvent, quand Papa rentre à la maison, il est en décalage avec la menace maternelle. Pourquoi doit-il sévir ? Soit la punition annoncée devient une admonestation un peu molle, soit il préfère s'asseoir devant la télé et oublier son devoir de père. La menace maternelle tombe souvent à plat et l'enfant apprend ainsi que la transgression des règles n'est pas automatiquement sanctionnée. Il pourra se permettre plus tard quelques excès de vitesse avec sa première « caisse », se glisser derrière le volant avec un taux d'alcool limite dans le sang. Bref, il pourra se frotter à l'incivilité dénoncée par les pouvoirs publics à grands renforts de spots télévisés. Là encore, l'autorité de l'État sera considérée comme une menace sans effet. On se trompe de combat, comme toujours. Le symptôme n'est pas l'origine du problème, il n'en est que la conséquence, faut-il le rappeler ? L'origine se situe au niveau d'une manipulation inconsciente de la communication intra-familiale verbale et non verbale. Si on enseignait aux parents à réfléchir avant d'avertir, de menacer, de sanctionner ; si les pouvoirs publics ouvraient des écoles de réflexion sur l'éducation familiale des enfants dès la maternelle, il se pourrait que la prochaine génération de jeunes adultes se sente plus responsable et plus respectueuse de la société dans laquelle elle évolue.

« Tu veux tuer ta mère ? » est une formulation d'une rare stupidité. Il est évident pour l'enfant que sa mère ne risque rien. Pourquoi tuerait-il sa mère ? Parce qu'il a écopé d'un zéro de conduite ? La dramatisation de la formule tombe à plat. Surtout que la nouvelle du zéro de conduite ne semble pas affecter sa santé, tout juste sa mauvaise humeur. L'accusation de matricide ne tient pas debout. L'accusé est innocent du crime qu'on lui reproche. La preuve : la mère de l'enfant est en pleine forme, elle n'arrête pas de crier et de se projeter dans l'avenir sans futur de son rejeton.

La dépersonnalisation

« Papa est fâché... Fais un câlin à Maman... »

« Il y a des fois où je me demande si je suis moi ou si je suis Maman, une autre personne, s'interroge ma patiente. Je suis incapable de dire "je" ou "moi, je" en présence de ma fille. C'est comme si je n'avais plus de personnalité. Je porte un uniforme dès que je me retrouve face à mon enfant. J'ai essayé de me débarrasser de cette formulation, sans succès. Maman est plus forte que moi. »

Le statut de la mère ou du père se confond avec la raison d'État. Sans l'autorité qu'il confère au parent, point de salut. L'identité est gommée au profit d'une appellation protocolaire qui hiérarchise les rapports entre l'enfant et son parent.

La suppression systématique du « je » dépersonnalise le parent aux yeux de l'enfant. Je ne suis pas fâché, c'est Papa qui est fâché. Cette formulation insinue un manque d'autorité du « je ». Je délègue à Papa le pouvoir de sanctionner.

« Ne me fais pas un câlin, mais fais-le à Maman » est le sens premier du second message énoncé. Sous-entendu, « je » n'est pas ta maman ! Cette confusion des rôles entraîne chez l'enfant une confusion des sentiments à l'époque de l'adolescence. Comme il ne peut pas s'opposer au statut, il cherchera à se révolter contre tous les substituts de cette autorité parentale (l'école, la société, le pouvoir). L'enfant sait pertinemment qui est son père ou sa mère. Il n'a pas besoin qu'on le lui rappelle constamment. En revanche, il attend que ses parents lui offrent une identité contre laquelle il peut se révolter ou qu'il peut admirer. Mon père est un héros car il est un homme avant d'être papa. Ma mère est une femme idéale avant d'être une mère et non l'inverse. La personnalisation des relations intra-familiales facilite la communication et évite que le virus de la toute-puissance ne s'y installe, avec son cortège de provocations et de révoltes infantiles à l'adolescence. Freud a bouleversé les mentalités en épinglant les causes des névroses du côté de l'éducation offerte aux enfants.

Chez les humains, on a établi que la qualité de la relation entre les parents et leur enfant, définie par le degré d'empathie des parents et leur réponse à ses besoins émotionnels, détermine, plusieurs années plus tard, la tonicité de son système parasympathique, c'est-à-dire le facteur précis qui favorise la cohérence du rythme cardiaque et permet de mieux résister au stress et à la dépression. Ce degré d'empathie ne peut se développer sous la menace de dieux tutélaires qui se nomment Papa ou Maman et s'affirment face à leurs enfants en tant que tels.

Par-delà cette identité, ils n'existent pas vraiment.

Mais, au fond, chacun ne pressent-il pas plus ou moins clairement cette pénétration des autres en lui ? J'élève mes enfants comme j'ai été élevé moi-même. Il m'est pourtant arrivé plus d'une fois de faire la critique de cette éducation reçue. J'ai si souvent juré que plus tard, moi, quand j'aurais des enfants, j'aurais soin de m'y prendre tout autrement. Et cependant, je me surprends à commettre aujourd'hui les mêmes erreurs. Je réagis comme mon père. Avec mon conjoint, je me comporte comme ma mère. J'ai perdu mon emploi pour avoir été trop timide comme mon grand-père ou trop impulsif comme l'était mon oncle...

Dans une famille, on n'hérite pas seulement d'un front large ou d'un nez aquilin, mais d'un certain nombre de comportements. Et chacun, à son corps défendant, reproduit aujourd'hui les mêmes conduites, qui furent autrefois celles de nos parents. Ces comportements sont rarement adaptés à l'évolution des mœurs.

Portraits d'enfants

Éduquer a pour racine : *e-ducere,* ce qui signifie littéralement conduire hors de, ou faire apparaître quelque chose qui est potentiellement présent.

L'enfant de Salomon

Il apprend sur le tas. Déchiré par le divorce de ses parents, l'enfant coupé en deux va s'enfermer dans un code de conduite singulier. Seul lien existant entre deux adultes qui ont cessé de s'aimer pour se haïr, l'enfant va adopter des comportements à risques pour obliger ses parents à se réunir au chevet de son lit d'hôpital, par exemple. Des accidents à répétition lui permettront de mettre la pression chaque fois que la déchirure parentale deviendra trop insupportable. Son indiscipline ou ses mauvais résultats scolaires seront une autre occasion de forcer ses parents à affronter leurs responsabilités au lieu de s'en exonérer. S'il est confié à la garde de sa mère, comme c'est souvent le cas, il s'arrangera pour lui créer le plus d'ennuis possible avec les autorités pédagogiques, voire judiciaires, jusqu'à ce que l'intervention du père absent s'avère indispensable, pour autant qu'il intervienne.

Les nouvelles lois qui rendent responsable le parent de la délinquance du mineur jouent en sa faveur. Ces dispositions deviennent un moyen extrême de pénalisation du parent. L'enfant se substitue au père démissionnaire en tyrannisant sa mère. *« Papa est parti ! C'est de ta faute »,* reproche cette jeune adolescente qui a perdu tout repère. Ce qui ne l'empêchera nullement de faire payer financièrement au prix fort son papa chéri pour son abandon de domicile.

L'enfant de Salomon est coupé en deux parties irréconciliables. Il ou elle a perdu la synthèse en route. La synthèse ? Tout enfant est un bricolage psycho-affectif des deux parents dont il est issu. L'adolescence est une période cruciale qui va lui permettre de s'affranchir du poids inégal de ses deux images parentales. Hélas, souvent, les parents se séparent au cours de son enfance, inhibant cette synthèse de son Moi ou la retardant au-delà de cette période cruciale qu'est l'adolescence. Certains adultes de Salomon n'ont pas encore réussi à se libérer de la déchirure parentale. Ils la portent dans leur cœur comme une plaie qui ne parvient pas à se cicatriser. Ils reproduisent à leur tour le scénario de la rupture avec leurs propres partenaires successifs. Une programmation entérinée par imprégnation.

L'enfant fusionnel

« Nos enfants ont pour mission de réaliser nos rêves, de devenir une personne, puis de nous quitter, diluant ainsi le lien qui leur a permis de naître. » (*Un merveilleux malheur*, par Boris Cyrulnik, Éditions Odile Jacob)

L'enfant surprotégé ne se sent à l'aise qu'auprès de sa maman. Ses premières semaines d'école maternelle sont pénibles ; il a bien du mal à quitter la main de la maîtresse pour aller jouer avec les autres dans la cour de récréation trop bruyante et remuante à son goût. Les autres enfants auront tôt fait de repérer ce petit copain qui se conduit encore « comme un vrai bébé ». Ils le choisiront comme future victime de leurs jeux violents.

L'enfant fusionnel a enregistré que sa place était de rester petit auprès des grands. Ses éducateurs se sont adressés à lui dans un langage bêtifiant, ils se sont efforcés de tout prévoir, tout vouloir, tout faire à sa place, et surtout ils n'ont pas apprécié qu'il s'oppose. C'est pourquoi, à l'âge adulte, cet individu attend toujours que les autres le protègent et l'aiment comme ses parents l'ont fait jadis. Par ailleurs il garde l'impression fortement ancrée d'être démuni devant la vie, incapable de vivre seul. Pour lui, avoir sa place, c'est vivre constamment au milieu des autres, dans une harmonie émotionnelle qui prend parfois les allures d'un véritable infantilisme.

3 ans

« Cet enfant est adorable, dit la mère à son invitée en couvant son bambin des yeux. Et puis, il est tellement obéissant. »

7 ans

« Mets ton cache-nez, sinon tu vas encore “me” faire un vilain rhume ! »

18 ans

« Amuse-toi bien, mon chéri, prend ton temps, mais surtout ne rentre pas trop tard. Tu sais bien que je ne parviens pas à m'endormir tant que tu n'es pas là. »

31 ans

« Je ne comprends pas pourquoi notre fils s'incruste dans sa chambre, récrimine le père, il a plus de trente

ans, tu te rends compte ? Moi, à son âge... Sans commentaire ! »

Étienne Chatilliez en a tiré un film culte : *Tanguy* ! L'enfant fusionnel devient un parasite affectif à l'âge adulte. Conditionné par la protection maternelle et la fierté paternelle de sa réussite scolaire ou de ses succès sportifs, il s'incrustera dans la maison familiale en manipulant les sentiments fusionnels de ses parents. Leur culpabilité sera son terrain de chasse privilégié. Ils ont élevé un enfant idéal, une perle rare, comment peuvent-ils avoir envie de le jeter à la rue ? L'enfant fusionnel s'accroche à ce privilège d'être aimé en exclusivité par ses deux parents. Il est toujours enfant unique et unique petit prince d'un couple de parents infantiles qui revivent leur éternelle enfance à travers lui. Des parents Poupées Barbie qui jouent au papa et à la maman toujours attentifs, le petit doigt sur la couture du pantalon, aux ordres d'un gamin qui les manipule gentiment tant qu'ils lui conservent leur amour.

L'enfant hyperactif

L'enfant hyperactif est un enfant pervers et manipulateur. L'hyperactivité est bien évidemment une affection psycho-comportementale qui nécessite un suivi par un spécialiste de l'enfance. Hélas, le remède est, pensent les spécialistes, du ressort des parents. Car cet enfant peut être une véritable bombe à retardement qui fera éclater le cercle familial ou provoquera à terme le désamour des parents.

« Il n'arrête pas de bouger, de toucher à tout, de casser ! Il suffit de lui interdire quelque chose pour qu'il transgresse automatiquement l'interdit. Il frappe constamment son petit frère sans raison, je ne sais plus où j'en suis », achève cette mère au bout du rouleau. Le père est parti. Il a abandonné le navire, lassé par

l'atmosphère épuisante imposée par la maladie de l'enfant. Car il s'agit bien d'une maladie et non d'un enfant gâté et/ou capricieux. Que peut faire cette mère qui a perdu ses repères ? Rien ou presque ! Mais y a-t-il encore un espace de liberté entre rien et presque rien ? Peut-être une solution ou un espoir ?

L'enfant hyperactif est hypermanipulateur, il ne reconnaît aucune autorité, c'est un caractériel. Il faut donc trouver un moyen de contre-manipuler la maladie. L'origine de ce trouble, selon certains experts, serait liée à un problème neurologique survenu au cours de la période de grossesse de la mère. Mais rien n'est sûr en la matière. Agitation excessive, touche-à-tout, passant d'une activité à l'autre, se déplaçant et bavardant sans cesse, incapable de se concentrer, tel est l'enfant hyperactif. Selon Norbert Syllamy, l'instabilité psychomotrice est relativement fréquente chez les garçons et concerne environ 4 à 10 % des enfants scolarisés. Il confirme avec raison que cette instabilité repose sur une base constitutionnelle mais qu'elle est aussi favorisée par les conditions existentielles et socio-affectives dans lesquelles sont élevés les enfants : déficit cumulé de sommeil, insécurité due à une mésentente des parents. Le plus souvent, cette hyperkinésie est la traduction d'un trouble affectif, un besoin d'attirer l'attention sur une carence de l'image autoritaire du père, une lutte contre un état dépressif permanent. Les traitements psychopharmacologiques ne sont que des emplâtres sur une jambe de bois, quant aux résultats engrangés par les psychothérapies, ça ne vaut guère mieux. Le problème se situe essentiellement dans une perception dévalorisée du rôle du père ou une mauvaise attribution des rôles respectifs des parents. La mère délègue son autorité au père absent et, quand le père se manifeste, il renvoie la mère à ses responsabilités éducatives. Dans l'exemple cité plus haut, la fuite du père n'a fait que renforcer le trouble de l'enfant. Il s'est inscrit dans un système de manipulation de sa mère afin de la punir de cet abandon. Il lui fait payer la déchirure du couple en lui rendant la vie impossible. *« Tu ne peux pas te séparer de moi car je suis la chair de ta chair »*, est le message pénalisant de l'enfant hyperactif. Pour se venger de l'abandon ou du manque d'autorité du père, il fera souffrir son entourage, s'en prenant physiquement à son petit frère, notamment. Car, avec la disparition du père, il va pouvoir retraduire symboliquement avec ce frère ce qu'il attendait de son père : une attitude autoritaire susceptible de calmer l'orage qui grondait en lui. L'amour de la mère et l'autorité du père sont les deux ingrédients indispensables à l'équilibre affectif de l'enfant. La disparition de l'un de ces deux piliers institutionnels est un drame bien plus fondamental qu'on ne pourrait l'imaginer. La constitution psychologique de l'enfant hyperactif est telle que son trouble ne fera que s'amplifier si le père vient à abandonner le navire.

Ce trouble est un véritable mode manipulateur de l'enfant au parent ou à la fratrie qui représente son univers. Son objectif : punir, voire détruire l'équilibre familial dans lequel il ne trouve pas ou plus sa place. S'il existe une solution à cette affection, elle est créative et artistique. Il faut canaliser le chaos énergétique de l'hyperactivité en le fixant dans une activité picturale qui lui permettra de focaliser son esprit. Le sport n'est pas la solution, car il comporte des règles auxquelles il est incapable de se soumettre. L'activité artistique évoquée, en revanche, peut s'exercer en libre expression, même si vous devez y sacrifier une pièce de votre appartement pour qu'il puisse se libérer des démons qui le hantent. L'enfant hyperactif est un taggeur ! Donnez-lui quatre murs tout blanc et laissez-le faire !

L'enfant-roi

L'enfant-roi a constaté que sa place est au centre, que les autres n'existent guère que pour applaudir, pourvoir à ses désirs, et ne présentent pour lui aucun intérêt en dehors de cela. Bien sûr, en grandissant, il s'est frotté à une vie plus complexe, contraignante, qui est venue amender ce schéma simpliste de la petite enfance, mais tout au fond de lui demeure la motivation plus ou moins enfouie de retrouver, dès qu'il entre en relation avec d'autres, le type de rapport qui a fait le bonheur de ses premières années. Celui-là est peut-être devenu ce beau parleur qui rassemble du monde autour de lui, qui fait volontiers exécuter son travail par les autres, qui ne pense jamais à souhaiter l'anniversaire de son conjoint. L'enfant-roi ne conçoit pas qu'on puisse résister à ses caprices ; systématiquement, il cherche la meilleure place et les autres se retirent devant ce despote en herbe. Il est très difficile de le punir, car il cherchera toujours à en imposer à ses parents ou à sa fratrie.

Enfant-roi = enfant-tyran ! C'est un enfant sadique dont la méchanceté n'est que le reflet d'une mésentente conjugale implicite. Les parents se haïssent mais continuent à vivre sous le même toit pour « préserver » la cohésion familiale et la survie de la cellule. Aucune dispute ne vient troubler la surface des rapports qui unissent les membres de la famille. Tout est lourd, tout est caché, tout est secret, comme une chape de plomb qui ne laisse rien filtrer en apparence. L'enfant étouffe dans cette atmosphère peuplée de non-dits et de reproches qui portent le voile. Comme il ne peut pas saper les fondements de ce cadre familial pervers, il ira exercer sa vengeance contre la société. L'enfant-tyran est un sociopathe en devenir, une graine de terroriste, une engeance en voie d'apparition et qui a un bel avenir devant elle. Il est le produit de la haine parentale. La manipulation de l'information dans ce type de cellule familiale passe par le mensonge, la simulation, l'hypocrisie et la dissimulation. Cette ambiance est insupportable, l'amour est une comédie, un sentiment hypocrite qui ne s'exprime que pour la galerie. L'enfant-tyran va s'inscrire dans une croisade délinquante pour se purifier de toute cette haine. Et de la délinquance au terrorisme, le palier est vite franchi. Car les recruteurs des mouvements terroristes reconnaissent d'instinct l'enfant-tyran prêt au sacrifice suprême pour échapper à la haine que se vouent les deux images divines dans son Surmoi décapité.

Les familles d'enfants-tyrans sont souvent citées en exemple par comparaison aux familles éclatées et mal recomposées. Elles offrent l'image d'un clan soudé, dirigé par des parents responsables qui font fi de leurs sentiments personnels. Comme l'explique Jean-Marie Abgrall dans son dernier ouvrage sur la manipulation [1], « ... l'instauration de rapports manipulatoires pervers protège le groupe familial de toute critique externe et de toute remise en question ».

Après le drame du 11 septembre, la télévision française avait effectué plusieurs reportages et interviews de parents effondrés en apprenant que leur fils faisait partie des kamikazes d'al-Qaida. Je me souviens, en particulier, d'une famille libanaise aisée totalement et « sincèrement » déroutée par la présence de leur fils au sein du groupe terroriste. J'ai observé le regard du père à plusieurs reprises sur cassette vidéo. Il exprimait toute la haine que son enfant a dû endurer jusqu'à ce qu'il bascule dans le rôle auquel son éducation le prédestinait. Cette haine, je l'ai observée chez de nom-

1. *Tous manipulés, tous manipulateurs* (Éditions First).

breux parents interrogés par les journalistes à la suite d'un attentat-suicide. La mère de la première femme kamikaze qui s'est fait sauter en Israël est un exemple qui est resté imprimé dans ma mémoire. La fierté de cette Palestinienne commentant l'acte « héroïque » de sa fille était largement démentie par la haine qu'on pouvait lire dans son regard noyé dans un visage figé. La mère instrumentalise son enfant, coupable de représenter le ciment d'un couple dont le moteur est une haine tenace non verbalisée. C'est le syndrome d'Isaac dont le sacrifice effacera la dette du père vis-à-vis de la mère objet. Ce dernier cas de figure nous amène en droite ligne à la mère tueuse. On ne peut évoquer l'enfant-tyran sans analyser les motivations de sa mère.

La mère tueuse

La mère tueuse est une femme psychopathe qui sacrifiera la chair de sa chair pour évacuer l'aversion tenace qu'elle entretient à l'égard du père de son enfant ! Elle assouvit sa vengeance de mère porteuse et de femme objet dans un cadre familial subordonné à l'autorité incontestée du mari tout-puissant. Toute mère détient un droit de vie ou de mort sur son enfant et ne se prive pas de le lui faire savoir implicitement, par exemple, en le privant d'amour pour le punir. Cette attitude de rejet paraît anodine, mais elle représente un fac-similé de la mise à mort du lien indéfectible qui l'unit à l'enfant né de ses entrailles. Il existe mille et une manières de « tuer » son enfant. Les messages contradictoires qui véhiculent cette « mise à mort » sont aisément décelables dans l'organisation du discours sur lequel se fondent les liens mère-enfant.

« Mais bien sûr que je t'aime "encore", mais il faut que je m'occupe de ton petit frère. »

« Tu es l'aîné, il faut que tu te "sacrifies" pour les plus jeunes. »

« Tu es méchant ! Je ne t'aime plus ! »

« C'est pour ton bien ! »

Quelques petites phrases sans conséquences apparentes qui trahissent les mères exubérantes à l'extérieur et froides et égoïstes au-dedans ! Ce sont des mères psychotiques dépourvues d'émotions, sauf quand elles sont directement concernées. Elles accepteront tout avant et ne se refuseront rien pendant la période bleue du couple. Totalement anorgasmiques, elles ne conçoivent la sexualité que par calcul et comme un outil de manipulation du partenaire. Elles épousent souvent par intérêt ou pour s'assurer une sécurité matérielle qui les mettra à l'abri des vicissitudes de l'existence.

L'enfant-Cendrillon

À l'inverse de l'enfant-roi, Guy Corneau décrit un enfant-Cendrillon[1]. « Pour faire image, disons que c'est celui qui n'a jamais trouvé la porte des parents ouverte ni le dimanche matin ni aucun autre jour. C'est celui qui ne s'est jamais senti accueilli ni compris. Parfois même celui qui a été violenté ou abusé sexuellement. Son parcours traumatique lui impose des sentiments de dévalorisation qu'il aura peine à surmonter par la suite. L'estime de soi risque de s'en trouver très vacillante, ce qui affectera grandement sa confiance en lui-même. Selon sa façon de réagir aux injustices subies, cela le jettera dans une quête de reconnaissance sans fin ou bien dans des comportements hostiles et agressifs, qui témoigneront de sa profonde désillusion et de son désespoir.

---

1. *Victime des autres, bourreau de soi-même* (Éditions Robert Laffont).

Cet enfant vit dans le monde de la peur ; il est aux prises avec des terreurs qui le submergent régulièrement. Bien souvent, le seul moyen de survivre qu'il trouvera sera de terrifier à son tour son entourage. Trouvant dans la peur qu'il voit naître dans les yeux des autres une confirmation par la négative de sa puissance. Pourtant, aussi étrange que cela puisse paraître, ces comportements de rupture demeurent à n'en point douter des demandes inconscientes et répétées d'attention positive de la part des autres. Cependant, cette attente de reconnaissance est souvent d'ordre magique, et plus la carence est grande, plus la représentation fantasmatique d'une réparation sera grandiose. Prenons par exemple le conte de *Cendrillon*. L'attente d'une reconnaissance magique y est figurée par la venue du prince charmant, et la dévalorisation menaçante par le carrosse qui, à minuit, se transforme en citrouille. Dans la vie, la situation parfaite que fantasme la personne traumatisée se présente rarement : le prince charmant n'apparaît pas et Cendrillon se promène plus souvent en citrouille qu'en carrosse. Sauf dans son imagination, où elle se construit un monde fantasmatique qu'il sera très difficile de remettre en question pour l'aider à affronter la réalité. Dans ce monde, la personne traumatisée est non seulement puissante mais toute-puissante – une toute-puissance fantasmée à la hauteur des traumatismes rencontrés.

En somme, le manque de réponse répété de la part de l'entourage à l'expression de besoins primaires, tels que nourriture, propreté, sécurité ou sommeil, auront des conséquences difficiles à surmonter. Surtout pour l'estime de soi. La personne se sentira nulle, dévalorisée ; elle risque d'être submergée par la honte. Elle aura tendance à réagir aux contrariétés en se réfugiant dans un monde fantasmé. Ou bien elle affirmera de façon brutale et agressive une toute-puissance illusoire, cherchant à exercer un pouvoir sur les autres, dont la réalité lui fait trop mal ou trop peur. Ou bien encore, elle se soumettra à la première autorité venue. La théorie psychanalytique nous décrit amplement l'effet des carences primaires, source de nombreux symptômes décelables chez les adultes et, partant, de différents types de personnalités. Il faut sans doute chercher de ce côté-là la genèse de la plupart des problèmes de dépendance et de délinquance. »

Cet enfant-Cendrillon est aussi et souvent un enfant surnuméraire. L'enfant que l'on ne désirait pas, qu'on n'a pas accueilli quand il est arrivé parce que ses parents traversaient une période particulièrement difficile, l'enfant qui représentait une gêne pour ses proches, l'enfant dont on s'est occupé très peu ses premières années, à qui on n'a pas donné son comptant d'affection. Celui-là, à l'âge adulte, garde le sentiment qu'il dérange, qu'il n'a pas de place parmi les autres. Celui-là craint qu'on ne le rejette à nouveau. Il a le sentiment de n'être pas très important, de ne pas compter : les autres passent avant lui. Le besoin fondamental d'avoir sa place est devenu chez lui : « avoir quand même une place ! ». Ainsi chaque individu organise toute sa vie autour de ce besoin fondamental tel qu'il l'a exprimé pendant les toutes premières années de sa vie.

CHAPITRE 5

Influence et manipulation au bureau

« Son haleine empestait l'alcool mitigé par une odeur gastrique insupportable. Plus je reculais, plus il me poursuivait pour conserver une proximité suffisante à ses confidences d'ivrogne. »

Le territoire individuel est à la fois corporel et mental. Sur le plan corporel, tout individu a besoin de conserver sa distance de fuite par rapport à l'invasion éventuelle d'un « toucheur » qui viole son espace physique. L'incipit décrit une attitude typique de harcèlement que l'on retrouve dans les réunions extra-professionnelles ou les cocktails d'entreprise. C'est le supérieur hiérarchique un peu éméché qui vous entretient discrètement de votre promotion au sein de la société en *vous agrippant par la manche*. Il viole votre territoire corporel. Vous pouvez difficilement le repousser. Ces exemples trahissent essentiellement des conduites de harcèlement conventionnel. Le viol du territoire mental est plus subtil. L'objectif est clairement manipulateur et typique du harcèlement.

Étymologiquement, les termes « obséder » et « harceler » sont très proches. Dans son acception ancienne, « obséder » veut dire « être assidu auprès de quelqu'un, de manière à l'isoler des autres personnes ; importuner par ses assiduités » et, par extension, « en parlant de certaines idées, tourmenter assidûment » (*Littré*). Le but du harcèlement est de contrôler et de dominer l'autre en empiétant sur son territoire psychique. Il ne s'agit pas d'une décharge d'agressivité d'un individu soumis à trop de stress ou à de mauvaises conditions de travail. Ce n'est pas une perte de contrôle de soi, mais au contraire une volonté de contrôle de l'autre.

« Je vais vous muter dans un service annexe de la mairie, explique laborieusement le chef de service à son employé municipal âgé de 38 ans. Non pas que la direction n'est pas satisfaite de votre travail, mais votre rendement est inférieur à celui de votre collègue, vous comprenez ?" Le fonctionnaire s'abîme dans la contemplation de ses souliers. Il se sent exclu d'un service où il a déjà passé plusieurs années sans se faire remarquer. L'annexe est un placard. Il n'y a rien d'autre à faire qu'à se tourner les pouces. Les semaines passent. L'homme tourne et retourne dans sa tête les fautes qu'on lui reproche. Trop lent dans le traitement des dossiers ? Pas plus lent que son collègue Machin. Il est vrai que celui-là est un lèche-bottes et l'entente entre les deux hommes n'était pas des plus cordiales.

Il tente de s'adresser au supérieur hiérarchique de son chef de service. Sans succès. Ce dernier l'apprend et lui reproche cette démarche hypocrite. "Vous n'allez pas arranger votre cas, menace-t-il. Il faut suivre la voie hiérarchique, mon cher." Notre homme sait pourtant par des bruits de couloir qu'il doit sa mutation à son collègue Machin. Un harceleur qui n'arrêtait pas de lui refiler tous les dossiers difficiles jusqu'à ce qu'il se rebiffe. Le dernier avertissement du chef de service pèse lourd dans son esprit. On ne peut pas le licencier, sauf pour faute grave. Justement, ce dernier évoque des tampons communaux qui ont disparu peu avant le transfert de l'employé municipal au placard. Juste une allusion, sans plus ! La spirale infernale est amorcée. Le chef de service manipulateur est un pervers de la pire espèce. Il espère que son subalterne demandera son congé pour maladie. Il est encore trop jeune pour être mis à la retraite d'office. Titularisé, il ne peut être congédié comme un vulgaire contractuel. L'employé a été violé mentalement par la manœuvre dilatoire de son chef de service. Il est tellement fragilisé qu'il se voit déjà accusé de la disparition de ces fameux tampons.

La suite est dramatique. Elle est relatée dans un quotidien de province, je la cite : "Un employé municipal de L..., âgé de 38 ans et dépressif à la suite d'une mutation, a tué à coups de couteau, hier matin, à son domicile de N..., son épouse et leurs deux enfants en bas âge avant de tenter de se suicider avec la même arme. Le désespéré qui se disait victime de harcèlement a été hospitalisé dans un état grave. Le chef de service se porte bien." Ce récit remanié est fondé sur des faits authentiques. Qui a armé le bras du désespéré ? Trois victimes innocentes ont payé de leur vie les manœuvres d'un petit chef pervers qui ne sera jamais inquiété par sa hiérarchie. Il a réglé le problème que représentait cet employé municipal. La fin justifie les moyens. Dégâts collatéraux ! »

J'ai bien sûr imaginé l'introduction de cette lamentable affaire en partant de la plainte évoquée par le fonctionnaire : harcèlement ! Et si cela s'était effectivement passé de cette manière ? Il n'y a pas de harcèlement sans un persécuteur qui tire les ficelles, n'est-ce pas ? Combien de petits chefs pervers semblables à celui que je décris ont des suicides de subalternes sur la conscience ? Ces crimes-là ne sont pas relatés dans les faits divers des quotidiens. D'ailleurs, ne dit-on pas que le suicide est le seul crime sans témoin dont le meurtrier et sa victime passent de vie à trépas au même moment ?

Le harcèlement moral, comme tout traumatisme violent ou comme toute humiliation répétée, peut produire une effraction dans le psychisme et amener une personne à délirer de façon plus ou moins transitoire.

Ce n'est pas demain que la Justice se mêlera de punir l'instigateur de ce type de manipulation professionnelle. Et ces criminels par procuration continueront de sévir sans courir le risque d'être sanctionnés par les tribunaux. La technique est bien rodée. Pour se débarrasser d'un salarié inutile, rien de tel qu'une bonne petite manipulation précédée d'une stratégie de harcèlement bien dosée. Les plus futés négocieront leur départ, quant aux plus fragiles... À la grâce de Dieu !

Selon Marie-France Hirigoyen, les agissements de harcèlement moral, qui, de l'extérieur, paraissent anodins, ont un effet dévastateur pour la santé physique et psychique des victimes. En effet, nous pouvons tous supporter une certaine dose d'hostilité, sauf si cette hostilité est permanente ou répétitive ou si l'on est placé dans une position où il est impossible de répliquer ou de se justifier.

La notion même de subordination renvoie à une relation inégalitaire dont certains fonctionnaires, par leur pouvoir, peuvent profiter, en en abusant et en prenant plaisir à soumettre l'autre. Il y a plus de risques d'être harcelé quand on est un idéaliste, très motivé par le travail, et moins si l'on est pragmatique, intéressé avant tout par le salaire et les avantages matériels. L'investissement affectif, dans ce cas, se fait ailleurs, dans la vie privée ou associative.

Pour les personnes trop impliquées affectivement dans leur travail, la confusion est aisée entre leur fonction et leur personne. La moindre critique concernant leur travail est vécue comme un désaveu. Ceux qui se contentent de relations formelles sont moins facilement atteints.

Les rumeurs

Suivant le théorème de Thomas (psychosociologue américain) : *« Si quelqu'un croit quelque chose qui n'est pas vrai, les conséquences sont les mêmes que si cela l'avait été. »*

« Serais-tu aussi chaste que la glace, aussi pure que la neige, tu n'échapperais pas à la calomnie », écrit Shakespeare dans *Hamlet.* Et Delavigne : *« plus une calomnie est difficile à croire, plus pour la retenir les sots ont de la mémoire ».* Enfin, Jean-Paul Sartre : *« Il suffit qu'un seul homme en haïsse un autre pour que la haine gagne de proche en proche l'humanité entière »* (*Le Diable et le Bon Dieu,* Gallimard). Cette dernière pensée devrait vous rappeler la haine qui opposerait Villepin à Sarkozy et qui a fait exploser la majorité.

J'ai entendu dire que...

Revenons à des tactiques moins sinistres, comme celle qui consiste à prêcher le faux pour savoir le vrai ! Un credo très populaire dans les entreprises. Sans compter les dégâts occasionnés par la rumeur. Les manipulateurs sont légion dans le milieu professionnel. Leurs objectifs ne sont pas toujours avouables. Comhment les décrypter avant qu'il ne soit trop tard ? Heureusement, le langage gestuel s'exprime malgré eux pour censurer leurs propos tendancieux. Mais pas seulement, il faut aussi savoir écouter entre les lignes au lieu d'avaler goulûment le message frauduleux. *« J'ai entendu dire que...* » est un refrain qui annonce un essai de manipulation de l'auditeur. « *Comment, tu n'es pas au courant ? Untel vient de recevoir son préavis. Et ce n'est pas le seul. Tu n'es pas sur la liste, des fois ? Il est question de dégraisser à tour de bras dans les mois qui viennent.* » Un frisson vous traverse l'échine et vous ouvrez des yeux démesurés tout en répondant que vous n'êtes pas au courant. Une chape de brouillard vient de vous tomber dessus sans crier gare. Le doute. Il n'y a aucune raison que vous soyez de la charrette et vous le savez pertinemment, mais votre collègue craint de s'y retrouver, lui, et il projette ses craintes en essayant de vous les faire partager. En vous confiant la rumeur, il reproduisait un réflexe gestuel banal : *les pulpes de ses doigts étaient en contact, paumes écartées.* Un code gestuel qui indique que le locuteur n'est pas droit dans ses bottes.

« *Il faut dire, quoi, que c'est un bruit qui court. Mais il n'y a pas de fumée sans feu.* » Un seul mot dans cette petite phrase trahit le manipulateur dans toute sa splendeur. Devinez lequel ? Le pronom relatif « quoi » a perdu son sens interrogatif dans le contexte de cette affirmation. Il trahit un individu stressé qui a tendance à manipuler l'information à son profit. La fréquence de sa répétition est souvent gommée par le cerveau de l'auditeur dans la mesure où il n'ajoute rien au sens de la phrase. Il sert juste de trampoline verbal à un discours décousu. Le manipulateur qui l'utilise va à la pêche aux indiscrétions qui lui permettront de tirer son épingle du jeu le moment venu (voir aussi le chapitre qui traite des mots manipulateurs).

Je ne suis pas contre...

Une formule très professionnelle ! Si j'étais pour, je l'annoncerais d'une voie de stentor. Mais comme je ne suis pas contre, je préfère le dire *mezzo voce*. Comme vous l'avez compris, celui qui n'est pas contre n'est pas pour, pour autant. Il ménage la chèvre et le chou, histoire de laisser la porte entrebâillée « aucazou ». Le vent est tellement capricieux qu'il pourrait tourner en faveur de votre projet dont il pourrait se dire l'instigateur à défaut d'en être le porteur. En revanche, si votre projet retourne dans le tiroir du bas, il vous aura prévenu « franchement » de son manque d'enthousiasme. Le bonhomme est frauduleux jusqu'au bout des ongles. Il ne vise que son intérêt personnel, vous considérant comme une mère porteuse capable d'accoucher d'un projet dont il tirera le plus grand profit, le moment venu. En cas de fausse couche, il jettera le fœtus avec l'eau du bain.

Je ne vous ai rien dit, bien entendu !

« "Sous-entendu ! Mais vous savez ce que j'en pense !" Confiance et confidence ne font pas toujours si bon ménage qu'on se l'imagine. Ne faites jamais confiance à celui qui vous murmure ses confidences à l'oreille, mais refuse de vous en dire plus que le pas assez qu'il vous a déjà livré sur un plateau garni. »

La formule en question appartient au vocabulaire du harceleur en chef. Il vous livre une information sous le sceau de l'anonymat de complaisance pour qu'elle soit rapportée et amplifiée de commentaires « bouche à oreille ». Le coupable est désigné, mais il vaut mieux que son accusateur reste dans l'ombre. Le secret des sources est aussi un pouvoir mystérieux qui rehausse l'informateur au-dessus de la mêlée. Le secret tisse un lien pervers entre le harceleur et l'interprète de sa parole. Si vous colportez ses confidences pour épater la galerie de vos collègues, vous devenez automatiquement son complice. Le ver est dans le fruit et vous êtes le fruit. Pour vous débarrasser du ver, il faut repasser le message à un autre fruit. C'est le principe de la boule de neige. Tel est le sens de cette manœuvre que les politiciens d'entreprise utilisent pour évincer un concurrent qui leur fait de l'ombre.

Jeux de jambes

« Je me suis retrouvé, un jour, dans l'obligation de convaincre un spécialiste de la formation en entreprise de la validité d'une technique d'évaluation psychotechnique appliquée au recrutement. Mon hôte m'avait convoqué à la suite d'une conversation téléphonique enthousiaste. Il faut toujours se méfier des pseudo-coups de foudre téléphoniques. Ils sont l'équivalent de l'éjaculation précoce dans un domaine plus érotique. Il m'a reçu dans une salle de briefing, à l'angle d'une table de conférence. L'atmosphère ne cadrait pas du tout avec le ton enthousiaste de notre communication téléphonique. Quelque chose semblait le gêner, sans rapport avec notre entretien. J'observai qu'il croisait les jambes du côté du refus (la gauche couvrait la droite), le pied droit en retrait sous sa chaise, séquence gestuelle qui indiquait clairement une débandade. Je tentai de l'interpeller en lui proposant de s'évaluer au moyen de certains tests. Son attitude corporelle se détendit imperceptiblement. Il m'avoua enfin, sur le mode de la confidence, que “son patron n'approuvait pas sa démarche, mais qu'il essayerait de le convaincre malgré tout”. “Essayer malgré tout” est une ineptie langagière qui ne mène à rien d'autre qu'à s'offrir une bonne conscience. Prenant prétexte d'un autre rendez-vous, je pris congé sans me faire prier. Dès le début de notre entretien, ses attitudes corporelles m'avaient clairement indiqué que nous perdions notre temps, de part et d'autre. »

Quand vous ignorez le sens d'un mot, il vous suffit de le rechercher dans le dictionnaire, et le tour est joué. Et lorsque votre interlocuteur affiche une attitude décalée ou un geste répétitif qui éveille votre curiosité, comment savoir ce que cela signifie ? Or, il est souvent essentiel, dans le contexte d'une négociation, de prendre la direction du vent avant de pouvoir situer l'instant T pour conclure. Et cet instant T est toujours annoncé gestuellement. Le corps du décideur se détend.

Jeux de regards

Vous avez déjà remarqué à quel point **le regard insistant** d'un étranger est difficile à soutenir. Les regards se croisent mais évitent en règle générale de s'affronter. Le dialogue est verbal, rarement visuel, sauf chez les amoureux ou dans le contexte d'une entreprise de séduction. Dès lors, **les mouvements oculaires** qui accompagnent le discours sont toujours éloquents. Il faut choisir de fixer un œil de préférence à l'autre pour contre-balancer l'influence des mots et du facteur énergétique qui leur donne toute leur dimension. En règle générale, je fixe toujours mon regard **sur l'œil gauche**, ce qui a le don de déstabiliser le manipulateur qui se trouve en face de moi. L'œil gauche dépend du cerveau droit, le cerveau affectif, est-ce la raison pour laquelle mon interlocuteur se sent mal à l'aise ? En tout cas, ça fonctionne.

Un interlocuteur « qui fait semblant » se découvre souvent par un léger **mouvement oculaire diagonal** dirigé vers le bas à gauche ou à droite. Un individu timide recherche ses points d'appui vers la gauche, celui qui est sûr de lui, vers la droite. Un interlocuteur peu motivé aura tendance à diriger son regard vers le sol. Exaspéré, il s'exprimera **en levant les yeux au ciel**. Gêné par sa démarche, il dirigera son regard dans toutes les directions pour éviter de fixer son interlocuteur dans le blanc des yeux.

Vous trouverez dans ce livre un chapitre consacré au regard qui cerne l'un des langages les plus fascinants qui soient. Il permet de cataloguer un manipulateur potentiel dans les trois premières minutes d'un entretien.

Le sous-titrage gestuel

Comme vous l'avez déjà expérimenté, il est parfois risqué de se fier aveuglément au discours dans la mesure où sa parole demeure sous l'influence des émotions ponctuelles du locuteur. D'autre part, certains mots vous toucheront plus que d'autres, et vous gommerez, dès lors, ceux qui vous dérangent pour ne conserver que le souvenir de ceux qui vous flattent. Le flou artistique est plus souvent de mise dans le cadre d'une première prise de contact que la franchise brutale. Noyé sous un déluge de mots, il est rare que vous prêtiez attention au sous-titrage gestuel de votre vis-à-vis. Et pourtant, son corps s'exprime justement sans rond de jambe tandis que son discours ne peut se passer de faux-semblants quand il ne s'englue pas carrément dans la langue du charpentier, dite aussi langue de bois. Ne vous arrive-t-il jamais d'interpréter les convictions de votre interlocuteur dans le sens de vos désirs alors que ce dernier ne s'est pas du tout engagé à vous suivre ? Il a laissé entendre que – peut-être-éventuellement-si-tout-se-passe-comme-il-le-souhaite – il pourrait envisager de... Si vous aviez pu décoder le sens du décor gestuel qui précède souvent cette envolée d'esquives verbales, vous vous seriez évité bien des désillusions.

Les intentions sont des rétentions

Il existe évidemment des centaines de refrains gestuels qui sont la traduction littérale d'une manipulation en cours. Langage involontaire qui sert de décor à la pensée ou au discours, chacun de ces refrains gestuels est un signal indiquant l'état réel dans lequel baigne la conscience en mouvement perpétuel. Si vous voulez bien accepter l'idée que tout sentiment qui vous anime ou toute pensée qui vous traverse l'esprit a besoin de leurs équivalents gestuels pour s'équilibrer, le geste vous apparaîtra sous un jour nouveau.

À ce titre, les **mimiques faciales** d'un client qui entre dans une boutique renseignent immédiatement le vendeur attentif sur ses intentions d'achat. Un visage fermé rimera avec un discours interro-négatif : « Vous n'avez certainement pas tel article en stock ? » Le regard plongé dans le vague révèle un acheteur indécis. **Le regard qui zappe** indique que votre client n'a pas l'intention d'acheter quoi que ce soit. Il vous rend visite sans engagement.

« Jean-Pierre tente d'influencer son client en épuisant la litanie de ses arguments de vente sur le mode du Bourgeois Gentilhomme *de Molière. Le client semble mordre. Le vendeur a épuisé son frai. Hélas, ce que Jean-Pierre ignore, c'est que son client est un manipulateur pervers. Il le harcèle, l'obligeant à répéter à plusieurs reprises la liste des garanties, la cascade de remises et autres avantages que lui offre la marque. Jean-Pierre est un commercial qui* **croise les bras sur le mode défensif (bras gauche dominant)**. *Il se comporte en victime face à son client. Cette attitude se*

traduit par **une inclinaison récurrente de sa tête vers la gauche**. *Le client s'engouffre instinctivement dans la brèche ouverte, il revêt l'habit du persécuteur et prépare lentement mais sûrement sa sortie. Il va castrer le vendeur après lui avoir soutiré le maximum de remise en lui laissant espérer une conclusion rapide de la vente. L'épilogue de ce morceau d'anthologie commerciale était cousu de fil blanc pour tout autre témoin que le vendeur incriminé. Le client croisait également les bras sur le mode défensif, ce qui signifie que prudence est mère de sûreté pour le sujet qui joue le rôle du sollicité. »*

Oui oui, non non !

De l'anxiété à la satisfaction d'un désir, du sentiment de culpabilité à la frustration, de la recherche d'influence à la manipulation, aucune manifestation affective n'échappe à sa traduction corporelle. Depuis la manière d'allumer une cigarette, de la fumer, de l'écraser jusqu'à celle de s'asseoir à la terrasse d'un bistro, de tourner sa cuiller dans son café etc., chacun des mouvements du corps humain correspond à l'atmosphère qui prévaut dans le mental, à l'organisation de la personnalité ou à l'identification des modes de communication.

Quand vous rencontrez une relation d'affaires, observez **la manière dont il vous tend la main**. Son bras reste-t-il collé au corps, vous obligeant à allonger le vôtre pour saisir sa main ? Vous avez affaire à un personnage jaloux de ses prérogatives et peu enclin à vous accorder d'emblée sa sympathie. Tend-t-il le bras sans retenue dans votre direction ? Votre interlocuteur est extraverti et tente de vous mettre à l'aise d'entrée de jeu. C'est la poignée favorite de l'ex-Premier ministre Jean-Pierre Raffarin.

À l'instar de l'organisation préconsciente du discours verbal, il existe une organisation prélogique du langage corporel qui est totalement contrôlée par l'inconscient. Chaque mouvement traduit en permanence le cursus de la pensée tout en sous-titrant les propos de votre client ou en les trahissant à son insu. Les gestes qui lui échappent révèlent surtout l'atmosphère dans laquelle baignent ses véritables intentions. Et de l'attitude mentale à l'attitude corporelle, le temps de réaction est tellement court que la conscience n'a ni le temps ni les moyens d'empêcher le geste de se produire. Comme un client qui accepte de signer un bon de commande tout **en secouant négativement la tête de gauche à droite**. Il y a fort à parier qu'il annulera sa commande sous peu ou en refusera la livraison.

L'organisation mentale se modèle à partir de la relation que le corps entretient avec son environnement. Si vous vivez dans un appartement trop sombre, vous aurez tendance à déprimer. En revanche, un lieu de vie lumineux vous donnera toujours envie d'agir. Dans le même ordre d'idée, la culture de la réussite chasse de votre esprit toute idée morbide ou toute éventualité d'échec et, par voie de conséquence, toute attitude corporelle peu qualifiante pour votre image. Le succès débute avec les postures dans lesquelles votre corps se sent à l'aise. L'échec s'entérine dans la multiplication des **gestes décalés**.

Certaines *cover-girls* réussissent mieux que d'autres car elles reproduisent tout de suite la posture ou le code gestuel qui convient au thème de la prise de vue. C'est ce qui fait toute la différence entre le *top model* et le mannequin lambda qui court le « cacheton ». De même, le discours de certains manipulateurs de génie met en scène des gestes ou des attitudes qui effacent les barrières de défense de leur future victime d'entrée de jeu. Ils violent le territoire de leurs invités en les **touchant** affectueusement, tout simplement.

Mais revenons aux attitudes typiques du manipulateur d'entreprise !

L'idéomotricité

Quand il prend place sur un siège, soyez attentif à la position de ses pieds. S'ils sont **en retrait sous sa chaise, campés sur les pointes**, l'ergonomie de sa posture trahit un besoin de dissimuler. Par exemple, si vous surprenez votre manipulateur à **fumer sa cigarette de la main droite** (en tant que droitier), vous pourrez en déduire qu'il est sous pression. En revanche, s'il se met à **fumer soudain de la main gauche**, cela signifiera qu'il pense vous avoir mis en confiance. Cette remarque n'est pas anodine. Le changement de main fumeuse est un signal essentiel dans le contexte d'une manipulation. Il en va de même du chanteur qui empoigne son micro de la main gauche : il surfe sur ses émotions, tandis que le chanteur de la main droite se repose sur sa maîtrise de la technique vocale.

Chaque pensée ou groupe de pensées trouve instantanément sa traduction mimique sur le visage ou dans l'attitude du corps tout entier. L'idéomotricité [1] de la pensée est un phénomène connu de tous les physiologistes et de tous les hypnotiseurs. Ces derniers l'utilisent par ailleurs pour plonger leurs patients en hypnose. Si je vous suggère de boire un citron pressé, vous ressentirez automatiquement le besoin d'avaler votre

1. La création d'une pensée est l'idéation. Chaque idéation trouve sa traduction dans les chaînes musculaires du corps humain et, par conséquent, dans la motricité de celui-ci.

salive. L'évocation du citron est l'idée qui entraîne la réaction motrice de la déglutition. Chaque concept, chaque idée, chaque pensée, chaque image suggérée ou formée spontanément par votre cerveau suscitera automatiquement un écho dans l'une ou l'autre partie de votre corps, à l'instar de vos sentiments ou de vos émotions (voir le chapitre consacré à l'hypnose) !

La peur des coups provoque une tension dorsale répétée chez un enfant battu. Il aura plus tard tendance **à rentrer la tête dans les épaules** chaque fois qu'il se sentira menacé directement ou non. Si vous constatez que vous avez tendance à rentrer les épaules face à votre interlocuteur, vous êtes victime d'une manipulation.

Les codes gestuels réflexes

Parmi la somme des gestes qui échappent à votre conscience, il en est qui se reproduisent plus souvent que les autres parce que privilégiés inconsciemment. Ces expressions gestuelles particulières se sont intégrées à vos automatismes comportementaux et appartiennent à l'économie de votre personnalité. Elles sont tellement apparentes que peu de vos interlocuteurs, voire vos proches, y font véritablement attention. Ce sont vos refrains gestuels !

Croisez les bras !

Vous remarquerez que votre bras droit domine le gauche (ou le contraire) et que le geste inverse est totalement inconfortable, si vous arrivez toutefois à le reproduire. Ce refrain gestuel type est très révélateur de la manière dont vous défendez votre territoire : si le bras droit est dominant, vous protégez votre territoire comme l'auraient fait votre père ou les hommes en général, c'est-à-dire de manière plutôt agressive ou autoritaire. Vous êtes un offensif, plutôt hyperactif. Si c'est le bras gauche qui domine, vous êtes identifié à l'image maternelle, en ce qui concerne votre mode de défense du territoire, vous réagirez de manière plus consensuelle en esquivant la confrontation. Sans pour autant être un suiveur, vous éviterez de vous mettre en avant par mesure de prudence.

Il existe quelques dizaines de refrains gestuels essentiels. La capacité de les décoder en temps réel permet toujours de situer le manipulateur avant qu'il ne vous attribue le rôle de prochaine victime.

« Si ! Mais... »

Pour en revenir aux mots qui trahissent le manipulateur, je vous livre une dernière information qui concerne un tic verbal très couru que personne n'interprète dans le bon sens. Le « si » de la gamme des oui, oui/non, oui/mais, oui/mais non, est un oui restrictif. Le mais n'est jamais très loin et la manipulation non plus.

« Vous pensez que j'ai raison d'agir ainsi ? Si... mais avez-vous calculé les conséquences éventuelles de cette démarche », répond le manipulateur que les retombées de la démarche en question gênent aux entournures. Le « si » est un vrai faux « oui » qui veut dire « non » au bout du compte. On tombe trop souvent dans le panneau en imaginant que le « si » en question est un vote favorable alors qu'il n'est que les prémices d'une mise au placard de votre démarche.

Manipulation et recrutement

Il paraît que certains recruteurs se fondent sur les signes astrologiques pour trier l'ivraie du bon grain. Après la graphologie qui n'est pas à proprement parler une science exacte, les sociétés de recrutement de personnel ne savent plus comment se démarquer les unes des autres. Une journaliste de l'hebdomadaire *Le Point* me demandait récemment ce que je pensais de l'application du langage du corps à l'évaluation des candidats. Je lui ai répondu que je trouvais cette démarche perverse. Comment peut-on juger sérieusement de la valeur d'un individu fragilisé par une mise en examen de ses aptitudes au travers de ses gestes ou des attitudes de son corps ? Ma réaction l'a interloquée dans la mesure où je semblais mettre en doute ma propre expertise. Ne soyons pas stupides ! Un candidat à l'embauche se trouve dans une situation d'exception qui générera fatalement des gestes décalés de sa part, quelle que soit au demeurant la valeur de ses compétences. Je trouverais personnellement plus charitable d'enseigner les bonnes attitudes à ces candidats, histoire d'en mettre plein la vue aux recruteurs, plutôt que de créer un outil inquisiteur supplémentaire qui sera fatalement imparfait et surtout difficile à maîtriser. La signification des gestes est largement tributaire du contexte. En revanche, si les spécialistes du recrutement se rabattent sur *les refrains gestuels invariables ou alternatifs* (bras croisés, pouces prédominants, poignet menotté, etc.), ils pourraient en déduire les modes de communication des candidats dont ils cherchent à analyser les prédispositions. L'utilisation du décryptage des codes gestuels réflexes en situation de recrutement permet en effet de situer les modes de communication privilégiés d'un candidat. L'intelligence interpersonnelle n'est pas un critère anodin puisqu'il conditionne, comme vous le savez, l'intégration d'un individu dans un groupe constitué. Par exemple, **le croisement des doigts, pouce droit dominant**, est un refrain gestuel invariable. Il trahit une psychorigidité relationnelle que l'individu tente souvent de dissimuler sous un discours consensuel. Mais le pouce dominant droit est aussi la marque d'un tempérament cognitif, donc d'un individu ambitieux.

Autre aspect gestuel réflexe : la plupart des enfants **gardent la bouche entrouverte**. Ce détail traduit une spontanéité et un enthousiasme prêt à l'emploi. La majorité des adultes conservent les **lèvres fermées**, voire pincées. Dans ce dernier cas de figure, l'enthousiasme est censuré et la spontanéité est sous contrôle. Plus les lèvres s'effacent, plus le sujet est castrateur dans sa relation à l'autre.

Pour nous résumer, chaque geste est la traduction simultanée d'une émotion. On peut donc considérer la production gestuelle comme un ensemble de réponses émotionnelles aux sollicitations de l'environnement. L'émotion est défoulée par le geste, seule l'immobilité corporelle ou gestuelle la refoule.

DEUXIÈME PARTIE

Gestes manipulateurs et mots qui influencent

CHAPITRE 6

Ces gestes qui vous manipulent

« L'inné est à droite, l'acquis est à gauche. »
(Maurice Auroux)

Je vous rappelle que l'interprétation d'un geste ou d'une posture est toujours fonction du contexte de sa reproduction. Supposons que je pose **mon index en travers de mes lèvres** en relisant mon texte en circuit fermé, ce geste n'aura pas du tout le même sens que si je le reproduis face à mon interlocuteur. Dans le premier cas évoqué, je suspends mon inspiration pour me concentrer sur ma prose. Dans le second, je m'intime l'ordre de ne pas relancer le débat. À ce propos, si j'avais écouté plus souvent mes index gauche ou droit, j'aurais perdu moins d'argent, de temps et d'énergie à tenter de convaincre les manipulateurs sans scrupules qui m'ont conseillé en son temps d'investir mes économies en Bourse. Je me souviens parfaitement de cet index qui collait à mes lèvres face au gestionnaire de portefeuilles et au banquier qui attendaient impatiemment que je signe la condamnation à mort de mes maigres économies.

On trouve des manipulateurs dans tous les milieux, de la France d'en haut jusqu'à la France du 7e sous-sol. Cependant, ils sont plus nombreux au mètre carré quand il est question d'argent, ce qui fait que le premier des manipulateurs est toujours et d'abord votre banquier. L'argent est une maîtresse volage. Il va à celui qui agit et trompe sans vergogne celui qui subit. Devinez qui agit ! Dois-je vous rappeler que les hommes (ou les femmes) d'argent n'ont pas de cœur et que les hommes (ou les femmes) de cœur n'ont généralement pas d'argent.

A COMME...

Ancrages

A priori, tout ancrage d'une main sur l'autre partie du corps est un signal d'insécurité relayé par le climat mental. Mais je vous propose de définir tout d'abord le sentiment d'insécurité avant de me consacrer à l'interprétation de chaque ancrage significatif.

Qu'elle soit affective, financière, professionnelle ou sociale, l'insécurité prend sa source dans la peur du manque. Manque d'amour, manque à gagner, manque de rentabilité ou manque de relations amicales, tous ces manques explosent dans le contexte d'une crise socio-économique endémique. C'est le manque ou la peur de manquer qui amplifient le nombre des séparations, des faillites, des mauvais choix, des erreurs d'orientation professionnelles ; c'est le manque qui entraîne le sentiment d'incapacité, brise la faculté de réaction et lamine l'instinct de survie de l'individu. Chez une minorité de gens, le manque stimule la créativité, chez la majorité, elle solde cette prédisposition dont le carburant est justement l'instinct de survie malmené. Les survivants finissent toujours par s'en sortir, les autres subissent la mauvaise fortune générale. Ils accusent pêle-mêle le destin, la malchance et touillent dans la marmite mondialiste de l'anthropophagie capitaliste avant de s'y plonger pour se consoler en consommant ou pour consommer en se consolant. Ils se laissent absorber par la sinistrose jusqu'à reproduire leur mal-être par gestes interposés. Ils lèvent les poings dans les manif' pour revendiquer un passé sans devenir.

Plus les ancrages se multiplient, moins la créativité est en mesure de faire face, et plus l'insécurité s'installe dans les esprits. Chaque initiative est perçue comme une prise de risques aussi inutiles que stériles. L'immobilisme qui s'ensuit fait le lit de la régression et d'un révisionnisme des souvenirs. Les oreilles se bouchent, mais la bouche parle à n'en plus finir. La parole rassure la conscience, piètre antidote contre l'angoisse qui s'exprime aussi bien par les mots que par les gestes. Même ceux qui s'en sortent plus ou moins bien, ceux de la France d'en haut, n'échappent pas au sentiment d'insécurité général. Il suffit d'observer les hommes politiques ou les responsables de grosses structures quand ils sont invités à s'exprimer devant les caméras pour s'en convaincre. La plupart d'entre eux conservent *un stylo entre leurs doigts*, stylo auquel ils se raccrochent tout en glosant jusqu'à en perdre haleine. Il s'agit là d'un geste barrière typique chez les manipulateurs et les hommes d'influence. Leur stylo est une arme symbolique qui est censée les protéger contre le harcèlement des journalistes ou les propos d'un débatteur pugnace. C'est aussi la baguette du chef d'orchestre qui prolonge opportunément l'index autoritaire de l'homme de pouvoir !

L'ancrage des poignets est tout aussi significatif. Les poignets sont les sièges symboliques du sentiment d'insécurité. On attrape toujours les enfants en bas âge par les poignets pour leur éviter une chute. Le réflexe qui consiste à menotter son poignet gauche de la main droite ou vice versa est un réflexe de défense contre une intrusion verbale présumée hostile. Ce geste anesthésie la combativité du producteur. Il est à proscrire car il indique aussi que le sujet est sous influence ou se sent manipulé par son interlocuteur. Plus vous vous accrochez à votre poignet, plus vous entérinez votre statut de manipulé. Mais revenons justement à l'origine de la théorie des ancrages, à commencer par le poignet prisonnier.

Le poignet prisonnier

Le divorce virtuel des images parentales au sein du surmoi entraîne un sentiment d'insécurité que traduit ce refrain gestuel basique. Qu'est-ce que j'entends par divorce virtuel des images parentales ? La personnalité individuelle (individuation) se construit à partir de trois éléments de base :

1° L'hérédité
2° L'image maternelle
3° L'image paternelle

Les deux derniers constituent ce que les psychologues intitulent le « surmoi », une forteresse dans laquelle l'enfant inscrit ses interdits, ses tolérances, ses limites et ses ambitions.

« Ils sont une dizaine de postulants parqués dans une pièce minuscule qui sert de salle d'attente. Quelques-uns sont assis, la plupart sont adossés aux murs, ces derniers menottent leurs poignets, perdus dans leurs pensées. Plus de poignets gauches prisonniers que de poignets droits, les fatalistes sont en majorité. »

Confronté à certaines situations qui déstabilisent ses certitudes, le Surmoi peut être impuissant à protéger l'adulte. Il devient vulnérable et réagit en cherchant un refuge gestuel auprès des images parentales. Il remet en scène inconsciemment les rôles que son Moi enfant a attribué à ses deux parents.

Si la main droite retient le poignet gauche, c'est son

père symbolisé qui protège l'enfant contre l'insécurité vécue par l'adulte. Ce refrain gestuel indique un besoin de rationaliser le problème auquel l'adulte est confronté. Il tente de se rassurer en se fondant sur son sens critique et son esprit logique, mais il confirme par la reproduction de ce code gestuel son incarcération dans une situation qu'il ne parvient pas à maîtriser. Il se pose en fataliste. Cette interprétation correspond au droitier (homme ou femme) qui reproduit ce geste. Il n'en reste pas moins que ce refrain gestuel est un signal fort. Il indique un sentiment d'insécurité au sens large du terme : instabilité du climat mental face à une situation conflictuelle, incapacité de prendre le dessus dans un débat contradictoire, situation d'examen ou de recrutement, sentiment d'être la victime d'une influence pernicieuse, etc.

Si la main gauche retient le poignet droit, il y a inversion des rôles, l'image maternelle inhibe celle du père. En clair, le sujet observé privilégie ses émotions au détriment de sa raison. Il affirme sa vulnérabilité ou sa sensibilité. Si vous le prenez par les sentiments, c'est gagné. Si, en revanche, vous ignorez ce signal gestuel et poursuivez votre discours sur le mode rationnel, vous risquez de provoquer une conduite d'esquive ou de fuite de la part de votre interlocuteur. Vous avez affaire à un personnage impulsif et donc imprévisible.

L'ancrage de la main sur l'avant-bras. Cet ancrage révèle une attitude de méfiance. Les avant-bras sont les boucliers du visage en cas d'attaque.

La prise du coude trahit un sentiment d'échec. Les charnières principales du corps sont les coudes et les genoux, ils symbolisent les sentiments d'échec. On assiste souvent à ce type d'attitude dans les réunions professionnelles. Le sujet observé est assis, jambe en équerre, la main gauche ou droite protège le genou. Il craint de se retrouver en situation d'échec.

L'ancrage de la main gauche sur l'épaule droite et vice versa... Il indique une démotivation. Le même ancrage sur l'épaule gauche révèle un refus d'investir ses affects (enthousiasme, désirs, implication).

L'ancrage de la main sur la nuque... Ce geste trahit un besoin de prendre du recul (main droite) ou d'échapper temporairement à un sentiment de stress mental (main gauche) associé à une manipulation dont le sujet se sent prisonnier.

L'ancrage de la main gauche ou droite sur la cheville, jambes croisées en équerre. Il s'empêche de fuir à toutes jambes. Les personnes manipulées reproduisent souvent cette attitude. Cette attitude peut aussi trahir une démotivation.

B COMME...

Bagues

La combinaison de bagues à l'index droit et à l'annulaire droit.

Littéralement, mon père est mon idole ! Cette combinaison confirme que vous êtes en présence d'une manipulatrice de haut vol. Si vous avez l'âme d'une marionnette, votre couple sera à la hauteur de vos espérances. Comme toute manipulatrice qui se respecte, elle est aussi très méfiante. Vous ne lui ferez jamais prendre des vessies pour des lanternes. Si vous vous retrouvez en présence d'une femme qui porte ce couple de bagues particulier, observez-la attentivement ! Vous constaterez très vite que l'intérêt que vous lui portez ne lui échappera guère. Le regard qu'elle vous adressera alors vous donnera l'impression d'être une marchandise soupesée dans un marché aux esclaves. C'est le regard que porte un maquignon sur une belle bête.

L'index droit est le doigt symbolique de l'image paternelle, donc de l'affirmation de soi et de l'autorité. Associé à *l'annulaire droit* qui est la représentation symbolique des schémas volontaires, de la ténacité et de la persévérance, ce couple de bagues trahit la femme de pouvoir par procuration et une manipulatrice par vocation, quels que soient son origine sociale ou son statut professionnel. Elle cherchera toujours à accompagner ou à épouser un homme de pouvoir. La volonté de dominer est clairement affichée, et le degré d'opportunisme visible à l'œil presque nu. Il s'agit d'une femme difficile à déstabiliser souvent dotée d'un caractère bien trempé. Une main de fer dans un gant de velours. La prudence est une de ses qualités principales. Pour l'avoir, le candidat au mariage devra lui prouver sa valeur d'homme. Encore que... Elle est la véritable épouse de cœur de son papa, la concurrence sera rude, et il est fort probable que vous en ressortirez KO au bout du compte, si vous ne correspondez pas à l'image qu'elle se fait de l'homme idéal.

Bossu

Il envoie une tape d'encouragement dans le dos de son interlocuteur.

« Touchez ma bosse, Monseigneur ! Ça porte bonheur ! » Taper dans le dos de quelqu'un pour l'encourager n'est que le sens premier du geste. Il provient probablement de la superstition évoquée dans la réplique célèbre de Jean Marais (*Le Bossu*). Ce contact amical n'est pas désintéressé puisqu'il permet de subtiliser un peu de bonne fortune à celui qui est censé la recevoir du destin. Par voie d'extension, tous les gestes de contact associés à un esprit d'encouragement procèdent du même intérêt, même s'il est inconscient. La superstition a la vie dure !

Bras croisés

On songe immédiatement au bon élève qui croise sagement les bras pour exprimer sa soumission à l'autorité (l'instituteur). Le croisement des bras est un code gestuel réflexe invariable dont le sens varie suivant le contexte de sa production. C'est le signal-barrière frontal parfait. Il peut être maintenu très longtemps, sans paraître étrange. Il transmet inconsciemment ce message : « N'allez pas plus loin » et jouit d'une grande faveur dans les réunions où il y a foule. Cette attitude a servi pour des affiches du genre : « ils ne passeront pas ! ».

C'est une attitude hostile dans tous les cas de figure. Personne ne croise les bras en toute liberté ! Essayez et vous constaterez que, soit votre bras gauche couvre le droit, soit le droit couvre votre bras gauche. Il vous sera d'ailleurs impossible d'en changer sans devoir vous y reprendre à plusieurs reprises. Si vous êtes gauche sur droit, vous êtes défensif, abonné à l'estime de soi et surtout à celle des autres. Vous avez besoin d'être reconnu pour vos qualités. Droit sur gauche, vous êtes offensif, le besoin de vous affirmer prime sur celui d'être confirmé par le groupe social.

L'enfermement du thorax inhibe la communication sociale ou affective vers l'extérieur. C'est un refrain gestuel typique de protection du territoire mental. Les bras croisés sont aussi apparentés à l'image scolaire de l'enfant sage. Le geste est censé apaiser la révolte qui gronde au sein de la classe. Il faut verrouiller de manière la plus hermétique possible le besoin de liberté de l'enfant en lui imposant une attitude caractéristique proche de l'enfermement. Ce faisant, on introduit un automatisme de protection dont l'adulte se servira involontairement pour signaler sa soumission à son interlocuteur. Cette pseudo-soumission est souvent additionnée d'un refus du dialogue et d'un sentiment de méfiance clairement affiché. L'attitude en question est aussi polluante pour le climat mental que le fait de croiser les jambes à tout bout de champ l'est pour les chaînes musculaires de la partie inférieure du corps. On constate que la posture des bras croisés est souvent absente du langage gestuel des lauréats ou des gagnants de notre société.

Quand un collègue bavard vous monopolise au-delà d'un temps raisonnable, vous vous surprendrez à croiser les bras au lieu de le planter là sans autre forme de procès. Si un interlocuteur croise les bras en vous écoutant, arrangez-vous pour le libérer de votre présence séance tenante. Il vous en sera reconnaissant.

Briquet

Il tend son briquet à bout de bras pour allumer votre cigarette.

« Ne franchissez pas la distance qui nous sépare » est le sens premier de cette attitude. L'attitude indique un personnage dont l'espace vital est envahi ou perméable à l'invasion. Paradoxal dans la mesure où il ne se gênera pas pour envahir votre territoire, si vous lui en donnez l'occasion.

C COMME...

Cercle digital

Le pouce rejoint l'index, formant un cercle digital. Les autres doigts sont collés en plumes de sioux.

Ce geste signifie que le locuteur « garantit que... », geste à l'appui. Aurait-il besoin de garantir quoi que ce soit s'il était certain de pouvoir tenir parole ? La garantie gestuelle n'est qu'un écran de fumée destiné à renforcer une conviction chancelante ou dépourvue de fondement. Tous les manipulateurs s'en servent, sachant très bien que les garanties sont toujours assorties de conditions qui annulent les obligations ou les promesses les plus difficiles à tenir. L'apparition en série de ces garanties gestuelles trahit évidemment le manque de conviction du locuteur par rapport à ce qu'il affirme sans trop y croire.

Le pouce étant opposable aux autres doigts de la main, la reproduction du cercle digital était fatale dans l'expression gestuelle, qu'il s'agisse d'une attitude conventionnelle et/ou inconsciente. Les manipulateurs usent souvent de ce refrain gestuel pour accréditer leurs arguments.

Croyez-moi !

Il recroqueville son pouce, écrasant son index et son majeur.

« Croyez-moi sur parole ! » assure le menteur. En Italie, le même geste pointé vers le haut signifie « patience ». Et Dieu seul sait à quel point la patience est une vertu qui fait cruellement défaut aux Italiens ! Ce geste conventionnellement pédagogique est donc né de l'impatience nationale. Les Français ne sont pas impatients, ils sont menteurs. Le mensonge est chez nous une vertu citoyenne qui se traduit par ce même geste effectué horizontalement. Notre culture est une culture d'apparence, de faux-semblants, d'artifices et de poudre aux yeux. Il suffit de regarder les émissions *people* à la télé, de feuilleter les magazines qui sont exclusivement consacrés aux potins de cette nouvelle noblesse du succès populaire. Tout est faux, clinquant mais tellement réel qu'on veut y croire les yeux fermés. L'écrasement horizontal du désir (pouce droit) ou du plaisir (pouce gauche) privilégie les doigts qui dominent, à savoir, à gauche : la jalousie (index gauche) et l'estime de soi (majeur gauche), et à droite : l'affirmation de soi (index droit) et la confiance en soi (majeur droit). Les désirs des Français sont soldés par la classe politique qui abuse de ce refrain gestuel, quant au plaisir... ce n'est pas pour rien que le sexe demeure le premier sujet de conversation ou d'information dans notre société hexagonale. En France, on ne parle vraiment bien que de ce qu'on ne connaît qu'en théorie.

Le cercle digital pouce-majeur

« C'était divin, déclare le manipulateur de service en complimentant la maîtresse de maison pour ses raviolis. » Et il accompagne son compliment d'un cercle digital pulpe du pouce collée à celle du majeur. Il s'agit d'un code gestuel qui indique l'amour du qu'en-dira-t-on et des derniers secrets de Polichinelle. Il prendra des airs de conspirateur de bande dessinée pour vous annoncer les dessous de cette lamentable affaire qui défraie la chronique. C'est l'un des refrains favoris du rumoriste. *Celui qui dit tout ne sait rien, celui qui sait tout ne dit rien.*

La catapulte

Il exécute un cercle digital étrange de l'annulaire gauche ou droit qui rejoint le pouce, faisant mine de catapulter son erreur dans le vide.

Ce qui signifie symboliquement : « Je me suis fait avoir par mes émotions mais je m'en dégage ». Cela veut aussi dire que votre bonhomme fait dans la démesure ou la démagogie. Chez certains individus, ce refrain peut devenir un tic qui se reproduit mécaniquement hors de tout contexte. Il devient alors un signal névrotique trahissant un personnage vaniteux à souhait.

La surenchère

Un cercle digital pouce-index de chaque côté représente une double fraude !

Geste de simulation, de moquerie ou d'imposture dans tous les cas de figure, le double cercle est très couru par tous les manipulateurs qui se sentent en situation d'échec et tentent de retrouver la main.

La branlette

Deux cercles digitaux qui descendent et remontent avec régularité.

Métronomique. Un tic de notre ministre de l'Économie, Thierry Breton, pour ne pas le nommer. Une manière de trahir son ignorance des sujets qu'il survole avec componction. Les branleurs n'ont jamais beaucoup d'imagination, mais ils ont l'art de faire semblant avec classe.

Le tic

La main de votre interlocuteur posée sur un support quelconque, la pulpe du pouce a tendance à être rejointe par celle de l'index, pour former un cercle digital.

Ce geste inconscient indique que votre interlocuteur a ou aura des exigences impossibles à satisfaire. Le cercle digital est devenu un tic gestuel toujours prêt à l'emploi. Il trahit forcément un individu qui échoue plus qu'il ne réussit à convaincre ou à manipuler son entourage. Encore que, il y a tellement de naïfs qui aimeraient y croire.

Chevilles croisées

Les chevilles étant les sièges de la motivation, si vous avez mal aux chevilles, il y a fort à parier que votre motivation professionnelle a subi quelques revers récents ou que, tout simplement, vous êtes en période d'instabilité professionnelle ou d'échec. Symboliquement, si on vous fait remarquer que vous avez les chevilles enflées, vous pourrez considérer que votre contempteur considère que votre motivation dépasse largement vos possibilités. À vous de confirmer ou d'infirmer son diagnostic ! Soyez, néanmoins, attentif à vos chevilles et à leur mode d'expression somatique ! Les chevilles sont souvent considérées comme un point faible du corps, étant donné qu'elles sont terminées à l'arrière des jambes par les tendons d'Achille. Les tendinites d'Achille sont une pathologie articulaire fréquemment rencontrée dans les cabinets des kinésithérapeutes.

J'ai observé à plusieurs reprises que des étudiants souffrant de troubles des schémas volontaires avaient tendance à *entrecroiser leurs doigts sur leur cheville droite tout en croisant les jambes en équerre*. À l'opposé, les individus de sexe masculin souffrant de troubles sexuels ont plutôt tendance à effectuer le même geste *en entrecroisant leurs doigts sur la cheville gauche*. Existe-t-il un rapport indirect ou symbolique entre la cheville droite et la volonté humaine ? À l'inverse, la cheville gauche est-elle reliée psychologiquement aux difficultés sexuelles ? Ces questions restent ouvertes ! L'observation ne suffit pas à statuer. Elle permet tout juste de poser l'hypothèse que d'autres seront peut-être amenés, un jour, à vérifier. *Le croisement des doigts sur la cheville gauche* peut aussi trahir un manque d'enthousiasme ou une attitude de démotivation. Tout n'est pas fatalement freudien !

Cigarette virtuelle

Coudes en appui, votre interlocuteur repose son menton sur son pouce. Son index et son majeur dissimulent ses lèvres.

On dirait qu'il fume une cigarette ! Ce refrain gestuel débouche sur une alternative :

a) Soit un scepticisme inoxydable.

b) Soit un personnage surinvesti dans une stratégie relationnelle absolument fondée sur la manipulation de son interlocuteur.

L'association de l'index et du majeur gauche indique un manipulateur envieux et soucieux de l'image qu'il offre aux autres. Certains journalistes de la télévision usent de ce refrain. Index et majeur droit trahissent un personnage autoritaire, doctrinaire et radical dans ses jugements. Il sera toujours inflexible.

Coude

Le coude en appui privilégié.

On change de coude en fonction des circonstances, mais la fréquence du coude gauche en appui est significative d'une phase émergente. Quand le cerveau est mis à contribution, la tête s'alourdit et les coudes en appui viennent automatiquement la soutenir dans son effort de concentration ou de réflexion. La capacité de jugement, aussi, a besoin des coudes pour prendre tout le recul indispensable à la pensée analytique ou créative, c'est-à-dire émergente. Quand vous lisez un message sur votre e-mail à l'écran, vous posez presque automatiquement l'un de vos coudes en appui sur votre bureau, menton posé dans la paume et doigts recroquevillés en patte de fauve contre la bouche. Le jugement peut être rationnel (coude droit) ou affectif (coude gauche). Ce geste particulier procède de votre capacité d'évaluation et du mode selon lequel vous évaluez une situation : rationnel ou créatif.

L'accoudoir privilégié en position assise dans un fauteuil et l'inclinaison du corps.

Accoudoir gauche et inclinaison dans le même sens. Cette posture particulière est révélatrice d'un besoin de création ou de recréation conscient ou non de la part de la personne observée. J'ai découvert ce détail à l'origine en parlant de talent au cours d'un stage de groupe. Les cinq stagiaires qui se sentaient concernés par le sujet évoqué avaient tous le corps incliné vers la gauche. Tous les autres avaient adopté diverses postures : guindés, penchés à droite, debout en appui en train de fumer une cigarette de la main droite, etc. Par la suite, je me suis amusé à introduire le sujet chaque fois que je me trouvais en présence d'une personne dont le corps penchait vers la gauche en position assise. Succès garanti sur toute la ligne, sans compter les ortolans en accompagnement ! Parler à quelqu'un de ses talents potentiels est un mode de séduction redoutable au sens le plus large du terme. C'est aussi un mode de manipulation émérite.

Cravate

Si votre interlocuteur *attrape sa cravate et la lisse de la pince pouce index*, cela signifie qu'il envisage de changer de camp ou de credo !

Croisements

Tout croisement corporel est un code de protection du territoire mental. Qu'il s'agisse du croisement des doigts derrière la nuque jusqu'au croisement de ces mêmes doigts sur l'une des deux chevilles, chaque individu se protège contre l'invasion potentielle de son territoire mental dès qu'on tente d'exercer une influence sur ses pensées ou ses conduites. L'agressivité ou l'hostilité ambiante peut aussi favoriser l'apparition du croisement. Même s'il vous arrive de croiser les jambes ou les chevilles, vous remarquerez que vous ne croisez jamais les doigts quand vous êtes seul, sauf face à un écran de télévision. Geste barrière selon Desmond Morris, le croisement est faussement sécurisant mais totalement réflexe. C'est la seule armure dont dispose le corps pour protéger la conscience. Chaque attitude de ce registre particulier est significative. Il signale une invasion mentale au sujet qui se croise. Cela peut vous paraître exagéré, mais si vous prenez conscience des raisons qui justifient un croisement, même face à vos intimes, vous en admettrez le principe. *« Chéri, j'ai tellement envie de me payer cette petite robe si ravissante, tu sais bien, celle qu'on a vue dans la galerie marchande à... »* Vous sollicitez votre mémoire défaillante dès qu'il s'agit de dépenser des sous et vous croisez les bras ou les jambes pour stopper l'influence que votre épouse tente d'exercer sur les finances du couple. Rien de bien méchant, mais le croisement réflexe intervient à point nommé ! *« Je trouve ton attitude pour le moins hypocrite »*, s'étonne votre ami et collègue. Avant de répondre à sa critique *vous croisez les doigts derrière la nuque tout en basculant votre chaise en arrière*, une manière de fuir la critique. Ce geste est aussi un moyen de trouver la réponse mensongère adéquate la plus proche de la vérité !

Chaque croisement correspond à un climat mental particulier qui rejoint la manipulation, que vous soyez le manipulateur ou le manipulé, d'où l'implication de cette famille gestuelle dans le corpus de mon ouvrage.

Le croisement des avant-bras

Il s'agit d'une attitude de fausse désinvolture de la part d'un simulateur. Les coudes reposent généralement sur les genoux, le corps est penché en avant. Je vous rappelle que les avant-bras sont des outils de défense corporelle au sens strict du terme. Ce sont aussi les boucliers naturels du visage et de la tête. En les superposant hors contexte de violence, vous anticipez une hostilité larvée ou vous subissez une hostilité verbale de la part de votre interlocuteur.

Les doigts croisés

Nous croisons les doigts à tout bout de champ et dans une kyrielle de postures qu'il serait impossible de dénombrer et aussi inutile de répertorier. Seules certaines de ces attitudes spécifiques sont véritablement signifiantes. Chacune des attitudes reprises sous rubrique font partie de la comédie des gestes d'influence ou qui pourraient influencer votre jugement. Les croisements de doigts ne sont jamais innocents, car ils évoquent un maillage protecteur contre l'entourage et se reproduisent le plus souvent en situation d'examen ou d'exception. Il est rare qu'on y fasse appel quand tout baigne.

Le croisement des doigts exprime une multitude d'attitudes émotionnelles dans le contexte d'une rencontre, suivant le site anatomique où les doigts croisés se posent le plus régulièrement. Croiser ses doigts, c'est se donner la main (à défaut de l'offrir à l'autre) et s'accorder une dose d'affection et/ou de réassurance dans une situation de tension ou de stress. Par exemple, le *croisement des doigts en chevrons* est un signal de trac pur et dur que vous pouvez apercevoir dans la plupart des *talk-shows* télévisés.

L'occiput ou le vertex

Le sujet se sent pénalisé ou sanctionné. *Les doigts croisés sur le sommet de la tête* vous rappelleront certainement des souvenirs de l'école primaire. Mais l'attitude peut aussi traduire une attitude oppositionnelle et non aussi soumise qu'on pourrait le croire. Par convention, c'est l'attitude adoptée par les prisonniers de guerre. Cette posture est la traduction littérale d'une soumission totale à celui ou ceux qui détiennent le pouvoir ou la force.

Dans tous les cas de figure, les mains scotchées sur la tête sont des mains passives trahissant un fonctionnement par déni de la part du producteur du geste.

Les doigts croisés sur la nuque

Geste typique d'un individu qui a déjà pris sa décision sans vous l'annoncer immédiatement. Vous aurez beau continuer à vouloir le convaincre, le sol se dérobera sous vos pieds. Il s'est fait une religion à laquelle il souscrira comme un seul homme, quelle que soit votre conclusion. Le croisement des doigts derrière la nuque simule aussi une attitude de fuite. Fuite devant le stress, imitant un besoin de détente, ou fuite devant l'autre et ses exigences. La nuque est le siège symbolique de la confiance en soi.

La courte échelle

Les doigts sont croisés, paumes tournées vers le haut, comme si le sujet faisait la courte échelle.

Ce geste particulier révèle une sorte d'appel au secours. Il est fréquent chez les individus en situation précaire prêts à se soumettre à toutes les influences, si ces dernières leur permettent de sortir la tête de l'eau. L'opportunisme connoté est transparent. Cette posture est à éviter dans tous les cas de figure, car elle est décryptée inconsciemment par les manipulateurs qui en tirent un profit considérable. Posture qui trahit l'opportuniste ou le sujet qui rêve d'un coup de pouce pour stimuler ses ambitions ou sa carrière. J'ai souvent observé la courte échelle chez des vassaux face à leurs suzerains dans les palais de la République. Le geste est aussi très visible chez les jeunes artistes sans grand talent qui attendent un encouragement de leur mentor. Il trahit les courtisans en pleine action.

Le filet

Les doigts attachés se croisent et se décroisent à plusieurs reprises, les pouces restant toujours écartés.

Ce refrain gestuel est fortement prisé par tous les coupables qui se retirent derrière l'appareil pour motiver leurs actes. Geste limitant comme les mailles d'un filet dont ils se sentent prisonniers mais dont ils s'accommodent sans trop de scrupules. C'est une séquence hyper-courante dont je vous conseille de vous méfier dès qu'un interlocuteur la reproduit sous votre nez. Ce refrain gestuel indique, entre autres, que le reproducteur n'aime pas endosser les responsabilités de sa charge (voir aussi le diaphragme).

Il m'arrive de reproduire le filet quand je suis en panne d'inspiration au cours d'un débat. Je suis censé connaître la bonne réponse, mais ce n'est pas le cas. Reconnaître mon ignorance serait mal venu dans un domaine où je suis considéré comme un cador. Je me sens soudain coupable de ne pas savoir. Je me retrouve dans la situation périlleuse d'un acrobate qui exécute une figure sans filet.

Heureusement, il me reste le tricot des doigts pour me protéger des questions pièges de *« ces salauds de journalistes »*. Tous des manipulateurs !

La herse

Votre interlocuteur entrecroise ses doigts en forme de herse, doigts tendus.

Le manque de franchise est ce qui caractérise le plus le sujet qui reproduit souvent ce code gestuel, très prisé des politiciens, par ailleurs. Geste trahissant également un besoin de castrer son interlocuteur. La herse est difficile à franchir au propre comme au figuré. C'est une chicane destinée à protéger le visage. Posture de chieur ou d'emmerdeuse de service, le reproducteur pinaillera pour des queues de cerises.

L'antenne

Doigts croisés, index pointés en avant et collés l'un à l'autre.

Geste inattendu indiquant un donneur de leçons capable de couper les cheveux en quatre dans le sens de la longueur, s'il considère que vous ne vous soumettez pas assez vite à son influence. Personnage exclusif et élitiste, vous trouverez grâce à ses yeux si vous avez une envergure qui l'impressionne.

Le diaphragme

Votre interlocuteur a les doigts croisés, ses pouces s'écartent régulièrement et se rejoignent tandis qu'il tente de vous convaincre du bon sens de ses arguments.

Geste pare-chocs, destiné à l'origine à protéger son producteur contre toute attaque qui viendrait le déstabiliser, l'écartement régulier des pouces trahit le peu de conviction qu'il investit dans ses propos ou le peu de connaissance qu'il possède sur le sujet. Ce code gestuel réflexe trahit le simulateur (voir aussi le filet).

Le double canon

Index et majeurs tendus en travers de la bouche, annulaires et auriculaires croisés.

Geste redoutable du débatteur ironique qui cherche l'ouverture pour abattre son adversaire en le ridiculisant.

L'engrenage

Les doigts en engrenage croisés vers l'intérieur, pouces écartés, paumes ouvertes vers l'intérieur.

Le maillage des doigts croisés est produit à l'inverse d'un croisement habituel. Le geste est étonnant et doit être légèrement douloureux, surtout si le producteur porte des bagues aux doigts.

« Je suis en train d'expliquer à ma collègue que son dossier est mal ficelé. Son regard perd soudain de son intensité et j'y discerne une lueur d'affolement. Elle croise les doigts à l'envers. Le geste m'interpelle car ce n'est pas la première fois que je l'observe chez elle. »

Ce code particulier est une fraude manifeste. Il dévoile un individu psychorigide en contradiction avec le côté conciliant du personnage. Et si sa gentillesse très superficielle divulguait un tueur potentiel qui attend son heure pour abattre ses cartes et vous, par la même occasion ? Méfiez-vous des engrenages ! Ils révèlent des individus hyper-jaloux de leurs prérogatives ou des pouvoirs qui leur sont délégués. Si vous refusez de danser comme ils chantent, ils vous évacueront sans l'ombre d'une hésitation. L'engrenage est un refrain gestuel privilégié par des individus narcissiques et égotistes. Ils sont très faciles à manipuler. Il suffit de les interroger en permanence pour qu'ils vous trouvent très sympathique.

Le croisement des pouces en alternance

« Chantal sent parfaitement que notre couple est en train de vaciller. Chaque fois que j'ouvre la bouche pour essayer de calmer le jeu, elle m'agresse verbalement, m'empêchant systématiquement de me laisser finir mes phrases. Elle a peur. Ses doigts se croisent et se décroisent constamment. Parfois son pouce droit domine, parfois c'est son pouce gauche qui est dominant. Ses pouces m'hypnotisent et je devine que cette alternance n'est pas innocente. Son discours est décousu, quérulent. Ça ne lui ressemble pas. »

L'alternance du croisement gauche/droite pour les pouces révèle ponctuellement un état de surmenage. Ce type de conduite apparaît souvent dans les débats télévisuels chez des invités qui ne savent plus comment se sortir d'une situation qui les perturbe. Ils perdent littéralement les pédales. Si vous faites l'essai, vous constaterez que le croisement inverse de votre croisement habituel est inconfortable. Ce code gestuel réflexe est invariable pour cette raison. Sa modification indique clairement une perturbation psychologique ponctuelle chez votre interlocuteur. Si vous êtes en cause, reprenez très vite votre croisement habituel pour retrouver une assise émotionnelle et intellectuelle qui vous correspond.

Mais l'ambivalence du croisement de doigts amenant les pouces tour à tour en dominance est aussi une déviance gestuelle qui trahit un profil mutant. Cette ambivalence peut apparaître chez chacun au cours d'une période de remise en question.

Les doubles croisements, le talon d'Achille du manipulateur

Tous les manipulateurs ont un talon d'Achille gestuel qui m'est apparu à force de les observer : *le double croisement !*

Il s'agit d'une attitude de surprotection déterminée par le croisement des bras et des jambes en position assise. Ce refrain indique un retrait stratégique doublé d'une méfiance totale de la part d'un personnage qui passe son temps à violer le territoire des autres. Paradoxal mais parfaitement logique.

Dans un autre registre, personne n'ignore que les individus les plus trouillards sont ceux qui aboient le plus fort.

« Le peuple soutient le tyran », hurlent les faux-culs qui se répandent dans les rues d'une capitale quelconque. Ce sont les premiers qui brûleront son effigie dès qu'il aura été forcé de quitter le pouvoir. L'exemple récent de l'Irak est encore dans toutes les mémoires. À force de harceler les autres, les persécuteurs finissent par se méfier de tout le monde. Les plus grands manipulateurs de l'histoire contemporaine étaient des fous paranoïaques, pour ne citer que Joseph Staline et Adolf Hitler. C'étaient aussi des enfants du peuple. Les manipulateurs de talent sont souvent des *self-made men* qui ont fait leurs premières armes dans des quartiers défavorisés ou dans la rue. Les mauvais élèves ou les cancres ne sont pas en reste dans l'art de la manipulation. Ils sont redoutables parce qu'ils ont appris à rouler leurs semblables, dès leur plus jeune âge. Et tous ont cette manie de s'enfermer dans la forteresse d'un double croisement en pleine discussion, quand le vent tourne.

Les quatre cas de figure

Il existe quatre cas de double croisement possibles pour chaque sexe, donc huit en tout à mémoriser absolument dans la mesure où la reproduction de ces doubles croisements trahit le climat mental du manipulateur déstabilisé.

Si votre interlocuteur est un homme droitier défensif (croisement du bras gauche dominant) et que sa jambe gauche couvre la droite, il exprime l'échec de sa manœuvre. Il ne maîtrise plus la situation et s'enferme dans son double croisement pour se protéger d'une contre-attaque de votre part. Profitez-en pour mettre la gomme et ne lui laissez jamais le temps de se ressaisir. Tant qu'il conservera cette attitude, vous détiendrez le pouvoir et vous pourrez le contre-manipuler.

S'il s'agit d'un homme droitier défensif dont la jambe droite couvre la gauche, cette alternative indique qu'il craint de perdre le contrôle de la situation, mais qu'il se met en retrait pour un temps. Il vous laisse le champ libre en apparence, ne foncez pas dans le piège en essayant d'imposer vos vues. Interrogez-le sur ses objectifs ! Obligez-le à parler pour qu'il se dévoile. Vous le contraindrez de cette manière à quitter la protection de son double croisement.

S'il s'agit d'un homme droitier offensif (croisement du bras droit dominant) et que la jambe droite couvre la gauche, l'attitude est clairement calculatrice, mais il se protège des coups bas que vous pourriez lui assener. Laissez-le parler et éludez ses questions pour le déstabiliser ! Du style : « Alors, demande le manipulateur, que pensez-vous de ma proposition ? » « Et vous ? » Ou « Je n'en pense rien pour l'instant, j'ai besoin d'y réfléchir à tête reposée ».

Les calculateurs n'aiment pas les interlocuteurs qui réfléchissent. S'il insiste pour que vous vous décidiez rapidement, opposez-lui un refus massif sans vous justifier. Ne tergiversez pas avec ce genre de personnage, vous risquez tout au plus de vous faire rouler dans la farine.

S'il s'agit d'un homme droitier offensif dont la jambe gauche couvre la droite, vous avez gagné un répit. Votre interlocuteur affiche son insatisfaction, il sent que sa stratégie n'opère pas dans le sens de ses désirs. Prenez congé dès que possible en promettant de réfléchir sérieusement à ses propositions !

S'il s'agit d'une femme droitière défensive et que sa jambe gauche couvre la droite, elle exprime implicitement son besoin de rompre le combat. Elle risque de devenir versatile ou d'afficher des sentiments de rejet à votre égard. Donnez-lui l'occasion de s'en aller en la reconduisant civilement à la porte de votre bureau, si elle vous a rendu visite, ou prétextez d'un contretemps pour vous défiler si vous êtes le visiteur.

S'il s'agit d'une femme droitière défensive dont la jambe droite couvre la gauche, elle a clairement perdu le contrôle de la situation, mais elle s'entête à poursuivre l'entretien. Matraquez-la en usant d'arguments les plus spécieux possibles. Exercez votre mauvaise foi et mentez effrontément ! Elle ne sera pas dupe, car ce sont là ses armes favorites de manipulatrice émérite ! Mais de constater que vous utilisez les mêmes tactiques lui donnera très vite envie d'abandonner le combat.

S'il s'agit d'une femme droitière offensive dont la jambe droite couvre la gauche, vous ferez face à la quérulence personnalisée. Une interlocutrice procédurière dont il faudra apprendre à vous méfier en permanence au cas où elle serait une nouvelle collègue. Le style syndicaliste, extrémiste, de mauvaise foi ! Il est vrai que les trois qualificatifs se confondent parfois.

S'il s'agit d'une femme droitière offensive dont la jambe gauche couvre la droite, l'attitude est proche de l'hystérie. En la poussant un peu, elle vous fera un caca nerveux grandeur nature et s'enfermera dans une forteresse inexpugnable. C'est le meilleur moyen de s'en débarrasser une bonne fois pour toutes.

Si l'observation en temps réel de ces huit postures vous pose un problème, ce que je peux parfaitement comprendre, il suffit de vous souvenir que le double croisement est un panneau lumineux qui vous avertit du danger que vous courez. Il vous arrivera d'adopter cette posture pour vous protéger d'une attaque un peu trop virulente ou pour vous soustraire à une atmosphère hostile ou ennuyeuse, cela ne signifie pas automatiquement que vous êtes un manipulateur. Le double croisement ne trahit les manipulateurs qu'en situation de confrontation verbale. Il simule une incarcération du mental dans ses préjugés et un refus total de flexibilité. Le sujet s'accroche à son argumentation comme un singe effrayé à la plus haute branche de l'arbre. Toute tentative de contre-manipulation se heurte à un mur. Il est assis sur ses objections mentales et refusera de transiger, considérant qu'il a raison contre le monde entier.

La reproduction du double croisement apparaît souvent dans des débats politiques télévisés. J'ai pu constater qu'il est reproduit en règle générale par des adversaires muets du locuteur interrogé par le journaliste. Ils sont assis en retrait, dans le public. Les mimiques de leur visage s'expriment pour eux.

La symbolique du croisement

La symbolique du croisement est l'un des axes de décryptage fondamental de la gestuelle. *A priori*, les croisements sont des attitudes de défense du territoire mental. Mais qui dit défense sous-entend attaque ! Or, j'ai pu constater, depuis des années, que la fréquence des croisements corporels augmente dans des proportions considérables dès qu'un individu se trouve placé en situation d'urgence, d'examen ou d'exception. Qu'il s'agisse d'un débat télévisé, d'une conférence en circuit fermé, d'un stage de développement personnel ou de n'importe quel contexte dans lequel des individus sont confrontés les uns aux autres, le croisement est la règle incontournable. On se croise pour se protéger des autres et on finit par se croiser en solitaire pour se protéger de la pression exercée par son propre esprit. Quand un bébé de 14-16 mois croise les bras, ce n'est pas un geste mimétique ! Il apprend déjà à protéger son territoire mental agressé par le stress familial ou les angoisses de ses parents.

Curetage

Votre interlocuteur se cure les dents en dissimulant sa bouche d'une main pudique.

Manière peut élégante de faire durer le plaisir avant de vous annoncer que votre projet ne l'intéresse en aucune façon, histoire de vous faire baisser vos prétentions. Le sujet qui se cure systématiquement les dents de cette manière, après un bon déjeuner, est un manipulateur présumé. On ne se cure pas les dents devant un invité ou une relation d'affaires sans avoir une petite idée derrière la tête. Le geste offre au manipulateur un délai de réflexion confortable.

D COMME...

Démarche (mains ouvertes ou poings fermés)

Les envieux marchent avec les mains refermées, les agressifs avec les poings fermés. Les personnes compassionnelles avancent avec les mains ouvertes, paumes orientées vers les hanches. Les narcissiques marchent avec les mains ouvertes, paumes projetées en avant, bras décollés du corps. Les fatalistes progressent dans la vie avec les mains ouvertes, paumes dirigées vers l'arrière.

Distance

Elle tend le dossier à son collègue de manière à l'obliger à se déplacer jusqu'à elle pour venir le prendre.

La tactique est intéressante à analyser. Aucun homme (ou femme) de pouvoir digne de ce nom ne franchira jamais la distance qui le sépare de son interlocuteur pour lui remettre un objet. La position assise a toujours eu la préséance sur la station verticale réservée aux vassaux dans l'histoire de notre civilisation... Ne dit-on pas que l'on assoit son pouvoir ? Obliger l'autre à se déplacer est une des mille manières de lui faire mesurer la distance qui le sépare de son supérieur hiérarchique. Les *killers* abusent de cette tactique pour rabaisser leurs subalternes. En somme, celui qui veut asseoir son pouvoir au sein d'une entreprise doit toujours s'arranger pour que ce soit les autres qui se déplacent, ce qui est logique. Si vous voulez asseoir votre pouvoir au sein d'un groupe, ne vous déplacez jamais vers les autres, ce sont les autres qui doivent venir à vous.

Doigts comptables

Les abonnés aux **doigts comptables** sont des individus qui ont souvent besoin de remettre de l'ordre dans le désordre de leurs pensées. Ils ont la vue trop courte pour envisager une stratégie d'ensemble et se rabattent sur une tactique digitale primaire pour enfermer les solutions dans des bocaux de confiture. Les manipulateurs font souvent appel à ce stratagème pour canaliser le débat et incarcérer leurs adversaires dans une direction à sens unique.

L'énumération digitale est également une manie propre aux tribuns qui se retrouvent souvent confrontés à des adversaires coriaces. Elle appartient à la gestuelle de l'argumentation. Curieusement, chaque tribun privilégie son mode d'énumération et celui-ci est souvent immuable. Ce refrain particulier semble révéler une approche pédagogique progressive de la part de celui qui y fait appel, ce qui pour un tribun paraît totalement légitime. Il faut bien qu'il se ménage des appuis gestuels pour prendre du recul face à ses détracteurs ou ses auditeurs. L'énumération est aussi un moyen idéal pour remettre les choses en perspective ou rationaliser le débat avant de conclure. Hélas, le mode d'énumération est surtout une véritable traîtrise du subconscient, épris de vérité, en comparaison du conscient qui excelle dans l'usage de la contre-vérité. Il révèle les failles de celui qui se veut rassurant et donne l'impression de maîtriser son sujet. Le simple fait d'énumérer ses arguments avec l'aide de ses doigts est déjà un aveu de faiblesse en soi. Les *primo*, *secundo*, *tertio* qui ont besoin d'un appui gestuel sont des arguments auxquels il manque toute la conviction suffisante et nécessaire pour persuader l'adversaire. Voyons les interprétations en fonction du doigt de départ de l'énumération.

Majeur gauche

À bout d'arguments face à la faiblesse congénitale de vos mécanismes de compréhension, votre collègue se met à énumérer ses arguments à partir du majeur gauche vers le pouce en se servant du pouce ou de l'index de l'autre main, ce qui en langage gestuel signifie que la crédibilité de son image publique est le seul capital auquel il porte un intérêt exclusif. Il vit pour paraître et n'existe effectivement qu'à travers ses apparences.

Majeur droit

Et soudain, l'invité en plateau énumère ses arguments à partir du majeur droit en direction du pouce, ce qui en langage verbal signifie que ses préjugés lui tiennent les neurones bien au chaud. Pourquoi démarre-t-il au majeur droit ? Doigt symbolique de l'organisation mentale, le majeur droit est aussi le point d'ancrage des idées préconçues. Il remonte vers l'index droit (autorité) et vers le pouce droit (désir... de convaincre).

Auriculaire droit

Il énumère ses conditions à partir de l'auriculaire droit en se servant du pouce ou de l'index. Littéralement, il part du futur pour retourner vers le passé. Révisionniste, il est parfaitement capable de remettre la vérité historique au goût du jour.

Auriculaire gauche

Il énumère à partir de l'auriculaire gauche en se servant du pouce ou de l'index. Nostalgique d'une époque révolue, il se recentre sur son expérience passée pour progresser vers un présent qui ne le satisfait pas vraiment.

Pouce gauche

Il énumère à partir du pouce gauche en se servant de l'index droit. Je vous rappelle que le pouce gauche symbolise le plaisir, mais aussi le rêve et l'imaginaire le plus débridé. Ce mode d'énumération trahit un personnage épidermique.

Pouce droit

Il énumère à partir du pouce droit en se servant de l'index gauche. L'individu est ambitieux, voire arriviste. Il est prêt à tout ou presque pour atteindre son objectif, ce qui ne signifie pas automatiquement qu'il a les moyens de sa politique.

En conclusion, rappelez-vous toujours que l'énumération digitale est un tic majeur trahissant tous les profils de manipulateurs. Celui qui énumère fréquemment n'a pas les idées claires ! Aurait-il besoin de l'aide de ses doigts pour exposer et ordonner ses arguments si ceux-ci étaient bien rangés dans son esprit ? Non, n'est-ce pas ? Ce raisonnement tombe sous le sens.

Doigts de l'inspiration

On n'observe jamais assez le fumeur en phase de réflexion. La manière dont il se sert de sa cigarette pour réveiller son inspiration est carrément prédictive. Le manipulateur glisse toujours le même doigt libre entre ses lèvres tout en réfléchissant. Ce détail insignifiant caractérise le mode d'influence qu'il privilégie habituellement.

Il fume sa cigarette en posant régulièrement l'un de ses doigts entre ses lèvres, mais lequel ? La cigarette est maintenue entre l'index et le majeur, restent le pouce, l'annulaire et l'auriculaire. S'il s'agit de **l'auriculaire gauche**, il recherche toujours une inspiration dans son passé ou ses souvenirs. **Auriculaire droit**, il sollicite son imaginaire pour élaborer une stratégie qui lui permettra de désarçonner son interlocuteur. **L'annulaire gauche** révèle un manque d'implication dans la discussion. Il se sent largué. **L'annulaire droit** indique une perturbation de sa détermination. L'envie de conclure n'est plus aussi ferme qu'il pourrait l'affirmer de vive voix.

Il suce son pouce gauche. Il annonce le plaisir que ressent le manipulateur qui va réussir à castrer son interlocuteur. Quant au **pouce droit** glissé entre les lèvres, il trahit une motivation farouche de parvenir à rouler son adversaire dans la farine.

J'ai observé ces détails à de multiples reprises lors de réunions d'entreprises auxquelles j'étais convié en tant qu'observateur. Ma mission ne consistait évidemment pas à repérer le mode manipulateur utilisé par les intervenants. Mais comme la manipulation fait partie intégrante des rapports professionnels, je n'ai pas pu m'empêcher de les noter. À chacun ses vices ! À force, je suis devenu une sorte de monomaniaque du langage non verbal.

Dos (parler en tournant le)

Votre interlocuteur vous parle en vous tournant le dos.

Votre interlocuteur refuse de vous voir mais accepte de vous parler, comme si vous n'étiez que le dernier des larbins. *« Parle à mon c..., ma tête est malade ! »* est le sens trivial de cette attitude fortement prisée par les hommes d'influence qui ne sont pas forcément des décisionnaires. Souvenez-vous de la nuance ! Le véritable leader n'a pas besoin de vous tourner le dos. Le pseudo-leader n'a qu'un pouvoir consultatif, d'où son besoin de mise en scène pour faire passer les ordres qu'il ne fait souvent que répercuter. C'est aussi un signe de mépris de la part d'un manipulateur pervers, vous vous en doutez, cette attitude a au moins l'avantage de vous permettre de vous éclipser sans un mot d'excuse ou sans un au revoir. Ce n'est pas une boutade ! Je l'ai fait et je le referai encore.

G COMME...

Genoux

Le croisement des doigts sur les genoux est un refrain classique. « J'ai peur d'un coup de pied à ce niveau » est le sens symbolique de cette attitude. Le genou droit est le siège symbolique de la mobilité et du progrès. Le genou gauche est le siège symbolique de la fuite. On s'enfuit toujours par la gauche face au danger. Les doigts croisés sur le genou droit indiquent un écran de protection contre les attaques d'un adversaire ou un contexte défavorable qui tend à vous faire régresser. Les doigts croisés sur le genou gauche révèlent une contrainte face à laquelle votre première réaction instinctive pourrait être la fuite. Et votre instinct n'a peut-être pas entièrement tort de vous conseiller cette option. Le croisement des doigts sur le genou gauche trahit presque toujours une situation de manipulation perverse dont vous êtes la cible.

Griffonner

Des insatisfaits chroniques ! On les reconnaît à cette manie de griffonner sur une feuille, qui est le propre d'un sentiment d'insatisfaction globale sur le plan professionnel. Le sujet estime qu'il n'est pas à sa place dans la hiérarchie de l'entreprise ou que les « dieux » ne sont pas favorables à ses initiatives. Le phénomène peut apparaître par période et disparaître tout aussi soudainement. En étant au courant de sa signification, il vous aidera à faire un examen de conscience avant qu'il ne soit trop tard pour remonter dans le train de vos ambitions. Il peut aussi arriver que vous vous mettiez à griffonner quand l'interlocuteur qui vous fait face ou celui que vous avez au téléphone vous agace ou quand la situation que vous vivez ne cadre pas avec vos attentes (frustration).

I COMME...

Index du manipulateur

L'index[1] est le doigt le plus autonome et aussi le doigt le plus utilisé, en opposition avec le pouce, pour des actions délicates ou de précision. C'est l'index qui presse la détente d'une arme, qui indique le chemin, qui compose le numéro de téléphone, qui attire l'attention, qui appuie sur le bouton de la sonnette, etc. Il tient son nom de ce qu'il sert à indiquer, mais il a connu de multiples appellations, comme le rappelle Desmond Morris dans *La Magie du corps* (Éditions Grasset). Dans l'Antiquité, il était interdit d'utiliser l'index pour toute médication, car on le croyait empoisonné. Cette superstition venait sans doute de ce qu'on s'en sert pour désigner avec agressivité ou frapper, lui conférant ainsi le rôle symbolique d'une dague ou d'une épée.

Index (longueur des)

Malgré son importance, il n'est que le troisième doigt par la taille, plus petit que le majeur et l'annulaire. Néanmoins, chez 22 % des hommes et 45 % des femmes, il est le deuxième en taille sur l'une des deux mains au moins, reléguant l'annulaire à la troisième place. Cette différence selon les sexes est significative mais demeure un mystère. Je pose une hypothèse qui

---

1. Pour une information plus complète sur les index, je vous renvoie à deux de mes ouvrages essentiels : *Le Langage secret du corps* et *Ces gestes qui vous trahissent* (Éditions First).

vaut ce qu'elle vaut, mais qui a le mérite de s'appuyer sur la symbolique digitale que j'ai postulée[1].

Index droit plus court

Si l'index droit est plus court que l'annulaire droit, cela pourrait signifier que l'individu observé est plus tenace ou plus persévérant qu'investi dans le besoin de s'affirmer ou d'affirmer son autorité. Il sera donc plus fiable et plus modeste. Cela sachant que l'index droit est symbolique de l'image paternelle inscrite dans le Surmoi, tandis que l'annulaire de la même main représente les schémas volontaires. Que l'origine de cette différence de longueur tienne à l'hérédité ne change rien à cette proposition interprétative. Il existe des familles tenaces et d'autres plus orgueilleuses.

Index droit plus long

Si l'index droit est plus long que l'annulaire droit, l'individu manifestera son orgueil ou cherchera à s'affirmer en toute occasion. Il sera plus manipulateur que dans le premier cas de figure. La fin justifiera toujours les moyens utilisés.

Index gauche plus court

L'index gauche plus court que l'annulaire correspond à un premier constat : le plus grand des deux annulaires est souvent le gauche chez la plupart des femmes. Ce qui pourrait vouloir dire qu'une majorité de femmes sont plus affectueuses et altruistes que jalouses et égoïstes. Ce constat vaut pour les deux sexes évidemment.

1. Voir les deux ouvrages déjà cités.

Index gauche plus long

Autre observation que j'ai pu noter au fil de mes années de psychothérapie, les index gauches plus longs appartenaient à des individus nettement plus possessifs ou envieux qu'affectueux ou amicaux. Ils réussissent en général mieux sur le plan professionnel que les index courts. Ils sont plus manipulateurs aussi et certainement moins généreux. Il ne s'agit évidemment que d'une hypothèse qui ne repose pas sur des données statistiques suffisantes pour être confirmée. Autre observation : les femmes qui portent une bague à l'index gauche ont un annulaire gauche plus court que cet index. Hélas aucun pourcentage significatif ne vient en appui de ce constat.

Pour en revenir au fondement sémantique de la gestuelle, je pose l'hypothèse que les index sont les doigts du pouvoir paternel à droite et du pouvoir maternel à gauche. Ils sont la représentation symbolique du Surmoi (les images parentales incorporées dans le Moi) dont le rôle est d'assurer la défense des valeurs acquises et de la personnalité contre les agressions, qu'elles proviennent de l'environnement ou des profondeurs introspectives de la conscience.

Quelques figures gestuelles

L'importance des gestes associés à l'index est telle que j'ai jugé bon de leur associer des dénominations pittoresques pour faciliter la mémorisation de leur signification.

Tout contact entre les lèvres et l'index provoque une coupure de l'intelligence logique et de la réflexion qui l'accompagne. C'est le geste inconscient de celui ou celle qui compte beaucoup plus sur son instinct, son inspiration ou la chance que sur son esprit logique pour l'emporter. Les individus de tempérament créatif reproduisent souvent ce geste alors qu'il est nettement moins courant chez les hommes d'influence ou les scientifiques. Pour la liste exhaustive des postures intégrant l'index, je vous enjoins à consulter *Ces gestes qui vous trahissent*, publié chez First.

Je vous en livre quelques-uns parmi les plus significatifs et aussi les plus manipulateurs.

L'index amoureux

Votre interlocuteur, coudes en appui, croise les doigts, les index sont collés l'un contre l'autre perpendiculairement à sa bouche et pointent sous le nez.

Voilà une attitude gestuelle récurrente qui cerne une attitude mentale qui ne l'est pas moins. Votre interlocuteur est coincé ou à court d'arguments. Il se demande comment il va s'en sortir pour vous manipuler ou pour se dégager tout simplement d'une situation embarrassante. Cette même attitude change de signification quand elle est reproduite par une femme guettant un homme qui lui plaît. Elle signifie alors que le désir est de la partie. D'où la dénomination choisie pour désigner ce refrain gestuel particulier. Le geste en question est alors prédictif et représente une véritable invitation à la parade amoureuse entre deux partenaires. La séduction n'est jamais qu'un autre mode de manipulation.

L'index barbichette

L'index est posé sous la lèvre inférieure, les autres doigts forment comme une barbe dissimulant le menton.

Il s'agit d'un index dubitatif de la part d'un individu qui se demande comment il va s'y prendre pour vous convaincre ou vous soumettre à son influence. Il peut aussi traduire le doute ou la suspicion.

L'index bluffeur

L'index dissimule les lèvres de celui que vous observez, se substituant à elles en quelque sorte.

Geste typique du bluffeur qui se cherche une porte de sortie ou une vraie fausse vérité à assener à son interlocuteur. Ce geste très fréquenté trahit un petit côté cynique du personnage.

L'index diagonal

Il s'agit d'un index croisant les lèvres à environ 45° d'angle au niveau de la phalangette (dernière phalange).

S'il s'agit de l'index gauche, cela révèle une démotivation, une apathie ou une adynamie mentale ou intellectuelle de la part de votre interlocuteur. S'il s'agit de l'index droit, l'attitude de votre interlocuteur risque de devenir très vite ambiguë. Attention ! il ne tiendra pas ses promesses, même et surtout s'il vous garantit le contraire.

L'index faux témoin

Il pointe son index vers son interlocuteur, comme s'il voulait le prendre à témoin.

L'index va à la pêche d'un allié et devient dans ce cas une sorte d'hameçon. C'est le doigt fallacieux d'un individu fatalement frauduleux.

L'index explorateur

Celui qui toilette, trifouille, gratte, explore les cavités est un index indiscret ou très curieux, c'est selon.

Plus un individu se sert de l'un de ses index pour « explorer », plus il se sentira interpellé par les ragots croustillants ou les indiscrétions que vous pourrez lui fournir. Si vous prenez la peine d'observer votre cercle d'amis ou de collègues, vous constaterez très vite que les « indexplorateurs » sont généralement plus bavards (parfois jusqu'à la logorrhée) et plus agités que les autres. Souvent très actifs socialement, ils se sentent plus concernés par la rumeur dont il se font volontiers le relais.

L'index fleuret

Votre interlocuteur fait mine de vous embrocher le ventre avec son index ou pointe l'index dans votre direction en vous adressant la parole.

C'est un geste de mépris. L'individu qui abuse de son index pour embrocher son interlocuteur affiche toujours son besoin d'écraser les autres. Il se comporte en prédateur.

L'index moustache

L'index de votre interlocuteur forme moustache au-dessus de sa lèvre supérieure, le pouce en appui sur le menton ou sous l'oreille ; les autres doigts sont repliés sur eux-mêmes, coude en appui.

Ce type de posture fait partie de celles que j'ai souvent observées dans le cadre de mes interventions en milieu professionnel. Elle appartient à un individu qui sait être affirmatif, surtout quand il n'est sûr de rien, craint les ravages du qu'en-dira-t-on, brasse un maximum d'affaires en même temps sans se soucier le moins du monde de leur aboutissement. Il est bourré de préjugés et d'idées préconçues qu'il préconçoit d'ailleurs à sa mode sans plus jamais les remettre en question. Il tire en général sa crédibilité du scepticisme qu'il affiche comme si le doute était un acte religieux. C'est un individu sans foi, sans loi et sans parole ! L'index moustache est un code gestuel très courant dont je vous conseille de mémoriser la signification. Je suis certain que cet effort de mémoire vous sauvera d'une situation difficile, un jour ou l'autre.

L'index du prophète

Le sujet pointe l'index vers le plafond, paume tournée vers l'intérieur, comme s'il menaçait un enfant turbulent.

Sorte d'avertissement gestuel très couru chez les faux prophètes et les gourous de tous poils. Ce code gestuel trahit aussi la lâcheté de celui qui le reproduit. C'est le genre de manipulateur qui poussera les autres à se faire tuer tandis que lui restera prudemment à distance. Les faux prophètes, en particulier, affectionnent la posture. Pourquoi faux ? Parce que cette menace gestuelle destinée traditionnellement aux garnements qui chapardent dans les vergers n'est jamais suivie d'effets. J'en déduis donc que sa reproduction effectuée par un bravache indique bien l'inanité de la menace verbale qui accompagne le geste.

L'index revolver

Celui qui dégaine trop souvent son index ou les deux, pouces en gâchette, pour donner du poids à ses interventions est une sorte de cow-boy gestuel.

Il se prive de ses mains au profit d'un seul doigt, comme si tout son pouvoir était contenu dans son index hostile pointé vers son interlocuteur. Ce faisant, il solde la qualité ou l'impact de ses arguments sans le savoir. Il dévalorise le sens du mot communication au seul profit de son besoin d'avoir toujours raison. Il suit son index comme un chien suit son maître, sans questionner son interlocuteur, mais en affirmant qu'il connaît déjà toutes les réponses aux interrogations que l'autre n'aura jamais l'occasion de lui poser.

S'affirmer à droite, posséder à gauche, une association entre le besoin d'exister, de jouer un rôle et celui de jalouser ceux qui ont réussi à inscrire leur nom en haut de l'affiche.

Leurs conduites exaltées les dévalorisent aux yeux de ceux qu'ils cherchent à séduire. Les index en batterie sont les doigts de l'agressivité refoulée. Ils indiquent que le reproducteur tente d'imposer ses convictions ou des arguments qui ne font pas le poids. Pour les enfants qui jouent à la guerre, l'index revolver est un fac-similé de l'arme elle-même. Pourquoi en serait-il autrement pour l'adulte ?

L'index violeur

Coudes en appui, l'index droit ou gauche tendu de votre interlocuteur donne l'impression de vouloir forcer ses lèvres.

Tourné vers les lèvres de votre interlocuteur, le geste révèle une mentalité élitiste, voire un comportement de parvenu fier de ses œuvres... ou de celles qu'il empruntera à autrui. Ce geste signale un tempérament arriviste. C'est le genre d'individu qui promet généralement bien plus qu'il ne tient parole. Un plagiaire que vos traits de génie intéressent au plus haut point.

J COMME...

Jambes

Largement explicité dans mes ouvrages précédents, **le croisement des jambes** est surtout fonction de l'orientation du climat mental. En quelques mots, l'homme droitier qui maîtrise la situation croisera la jambe droite sur la gauche. La gauche sur la droite indique un trac ou un sentiment de dévalorisation. Il ne maîtrise plus la situation. Pour les gauchers, il faut inverser les rapports. Chez la femme droitière, c'est le contraire. La jambe gauche dominante révèle une maîtrise de soi et de ses émotions, la jambe droite dominante indique l'inverse. Elle se sent dominée ou déstabilisée. Il ne faut jamais se fier aux apparences. Le discours peut vous paraître parfaitement sous contrôle, et pour cause, l'individu masculin observé est investi dans l'expression de sa réflexion (cerveau gauche). Le malaise s'exprime gestuellement par le cerveau droit. Le phénomène est fondé sur l'identité sexuelle. L'homme droitier retrouve ses marques dans l'identification à l'image paternelle (cerveau gauche et partie droite du corps) ; la femme droitière se situe par rapport à son identification à l'image maternelle (cerveau droit et partie gauche du corps).

« Un cas de figure particulier ! Quand je suis assis face à mon ordinateur, je croise ma jambe gauche sur la droite. Mauvaise pioche en apparence ! J'ai bien essayé de changer de jambe, impossible ! Ce retour à une affirmation de mon sexe provoque un vertige de la page blanche. J'ai surtout remarqué que je ne reproduis cette attitude qu'en face de mon manuscrit. La jambe gauche dépend du cerveau droit (féminin) et de l'inspiration ou de la créativité indispensable à l'écriture. Est-ce la raison de ce croisement inversé ? »

Il semble que mon climat mental ait besoin d'une influence féminine (cerveau droit) et d'une mise en retrait de la maîtrise identitaire (cerveau gauche) pour libérer mon inspiration. Cette attitude explique aussi pourquoi les homosexuels droitiers croisent souvent les jambes au féminin, gauche sur droite. C'est sans aucun doute une manière inconsciente d'exprimer leur sensibilité et le besoin de maîtriser leurs émotions au détriment de leur raison.

Jambes croisées en x

Vous remarquerez que les jeunes filles ou les jeunes femmes en pantalon ou en jeans croisent les jambes en position verticale. Il s'agit évidemment d'un refrain gestuel courant. Quelle est la jambe qui prédomine ?

Si la droite croise habituellement la gauche par-devant, il s'agit d'une jeune femme qui « cérébralise » ses relations amicales. Si la gauche prend généralement le pas sur la droite, vous avez affaire à une fugueuse, parfaitement versatile, donc d'humeur changeante comme la météo de ses sentiments, mais aussi très impulsive.

Il peut arriver que votre sujet d'observation passe d'un croisement à l'autre, mais cette attitude est relativement rare. En tout état de cause, si cette alternative se présente, votre interlocutrice ne sait pas sur quel pied danser (littéralement !).

Jambes en équerre

La jambe en équerre sur la cuisse, vous croisez les doigts à hauteur du genou gauche, en position assise.

La position de la jambe en équerre est une séquence gestuelle classiquement défensive. Elle augmente le territoire corporel de l'homme assis et lui sert en quelque sorte de barrière défensive élargie.

Face à un personnage qui détient l'autorité ou une trop grande influence, nous ressentons cette impression bizarre d'un territoire rétréci.

Ce type de situation entraîne presque toujours la reproduction d'un croisement de jambes en équerre. Le croisement des doigts sur l'un des genoux renforce à la fois le sentiment d'infériorité et la protection du territoire.

Autre variante : votre interlocuteur est assis jambes croisées, une jambe en appui contre le bord de la table.

Il défend symboliquement son territoire, en prenant appui contre le bord de la table qui le protège de toute invasion.

M COMME...

Les mains du manipulateur

« Il se ballade entre les stands de la foire, les mains accrochées dans le dos. Un vendeur s'approche de lui, il décline son invitation d'un mouvement négatif de la tête. »

Dans ce contexte, les mains accrochées dans le dos traduisent une démobilisation relationnelle ou un refus de toute communication. À la limite, il est prêt à écouter son interlocuteur, mais sans le moindre engagement de sa part. La démobilisation des mains cachées dans le dos indique aussi qu'il a déjà une conviction et que vous ne le ferez pas changer d'avis à moins que ses mains ne repassent devant son corps et se mettent à sous-titrer son discours.

« Les portiers des grands hôtels ont toujours les mains planquées derrière le dos. Et vous savez pourquoi ? Parce que les portiers s'emmerdent ! »

La vérité n'est pas très loin de cette boutade. Les mains derrière le dos traduisent généralement un sentiment de désœuvrement. Détente ou passivité ! Mais le détail le plus intéressant, dans cette posture, c'est qu'elle devient un refrain gestuel invariable quand on constate que *la main gauche retient le poignet droit ou l'inverse*. Si vous testez ce geste, vous remarquerez très vite que vous êtes plutôt poignet gauche ou plutôt poignet droit. Question de confort !

Donc, si votre main droite retient le poignet gauche ou droit prisonniers, vous aurez tendance à adopter cette posture quand vous ressentirez l'aiguillon de la frustration et/ou le besoin de prendre de la distance. C'est la posture du fatalisme.

Mais si vous retenez plus volontiers le poignet droit de la main gauche, vous bridez votre esprit critique pour ne pas prendre conscience du temps perdu à écouter les divagations de votre interlocuteur. C'est la posture de l'impulsivité. Comme je l'ai déjà répété à de nombreuses reprises, les mains sont les représentations symboliques des aires cérébrales du cortex. La main droite représente donc le cerveau cognitif et la gauche, le cerveau affectif. Quand les mains s'abritent derrière le dos, cela signifie que l'activité cérébrale fonctionne a minima. Pas de réflexion structurée mais une attitude mentale passive.

J'ai aussi noté que certains individus avaient *tendance à replier un seul de leurs bras derrière le dos*, cachant ainsi la main correspondante. Cette attitude particulière mérite le détour dans la mesure où elle s'exprime quand le sujet observé est en situation d'examen ou d'exception. Si c'est la main gauche, il tente de contrôler ses émotions et... ses mensonges. S'il s'agit de la main droite, il craint de perdre le contrôle de la situation.

Une autre manière de dissimuler ses mains consiste à les cacher sous la table.

« Mon patron cache souvent ses mains sous la table quand nous discutons des projets de la boîte. »

Celui qui cache ses mains sous la table dissimule symboliquement ses pensées. C'est évidemment un manipulateur émérite qui vous évitera d'affronter sa vérité pour vous épargner des désillusions ou pour faire passer la pilule sans une virgule d'émotion. S'il dissimule plutôt sa main gauche et conserve la droite sur la table, vous aurez affaire à un personnage qui tente de contrôler la situation à son avantage. Si c'est la droite qui se cache, cela pourrait signifier que vos arguments déstabilisent ses certitudes. En tout état de cause, il est indispensable de le forcer d'une façon ou d'une autre à découvrir ses mains. *Les mains se cachent quand la bouche ment.* On ne cache jamais ses mains quand on dit la vérité. L'action de cacher traduit évidemment un besoin de simuler. Nombre d'étudiants éprouvent le besoin de cacher leurs mains sous la table quand ils sont confrontés à une inquisition de leurs (in)compétences qu'on appelle aussi un examen. Ils simulent la connaissance mais dissimulent les seuls outils (leurs mains) qui permettraient à leur mémoire ou à leur inspiration de les sauver d'un repêchage. On cache toujours la même main sous la table en situation d'exception. La gauche quand on est en panne d'inspiration, la droite quand on est face à un interlocuteur qui détient le pouvoir. Les deux quand on nage dans la mélasse. Il ne s'agit donc pas d'un tic mais d'une réaction de protection inadéquate. Les menteurs se trahissent de cette manière. En revanche, les mains se dissimulent pour ne pas rougir des gros mensonges que l'on sert à son patron pour se justifier.

Le menu mano a mano

Les mains du bouc émissaire

Les doigts sont généralement rigides et déliés, bras tendus collés au corps et avant-bras projetés en diagonale.

Ce sont les mains de la victime victorieuse ou de la défaite glorieuse ! « On m'accuse à tort et je vais vous le prouver, dit-il, en élevant ses bras vers le plafond. » « Ce n'est pas de ma faute. » « Accordez-moi le bénéfice du doute », etc. Quand vous observez un geste, pour l'analyser, il faut toujours imaginer le discours qui pourrait le surtitrer. Car la posture n'est que le sous-titrage de la communication verbale. Ce geste appartient au registre plaintif du petit commerçant crucifié par les charges que lui impose l'État.

Les mains du boutiquier

« Le patron de la boutique vient à ma rencontre en se frottant les mains, comme s'il se les lavait sous le jet d'un robinet d'eau tiède. Un large sourire fend le bas de son visage ; en matière d'accueil, on ne fait pas mieux. Me revient en mémoire une phrase entendue quelque part : "Les individus qui se frottent régulièrement les mains ont les mains sales au sens figuré." »

Les individus qui abusent de ce geste ont une mentalité de boutiquier au sens le plus péjoratif du terme. « Que puis-je faire pour vous ? » dit-il en se frottant les mains avec une satisfaction à peine dissimulée. Le regard glacial (pupilles minuscules) dément la jovialité préfabriquée qu'il affiche. Car le code des mains du boutiquier appartient à une catégorie très particulière : les envieux chroniques. Plus ils sont riches, puissants ou reconnus, plus ils vous envieront le peu que vous possédez et qui leur fait encore défaut. Si vous avez du talent, ils feront tout pour en tirer profit avant de vous évacuer comme une épluchure, quand vous leur aurez tout donné. Ils veulent tout pour rien et ne valent rien du tout, comme tous les oncles Picsou.

Rappelez-vous simplement que cette posture sociale est un code d'intention qui trahit la concupiscence du personnage, quel que soit son rôle ou son métier. Le geste sera moins choquant voire acceptable de la part d'un commerçant, évidemment, en revanche quelques animateurs des chaînes nationales y sont abonnés. Non ! Je ne vous dirai pas lesquels. Vous n'avez qu'à ouvrir les yeux. Ce code est totalement absent du langage gestuel des députés du Palais Bourbon. Je n'en ai jamais pris aucun en flagrant délit de clientélisme boutiquier. Ce qui ne les empêche pas d'être jaloux de leurs privilèges et collés à leur siège d'élu à la Superglu.

Les mains cachées...

« Il cachait ses mains sous la table tout en essayant de me convaincre de signer le contrat d'édition qu'il me proposait. Je n'avais pas très envie de souscrire à son désir, mais j'ignorais alors la signification des mains dissimulées sous la table. Et puis, je faisais mes débuts dans le métier d'écrivain, ce qui mérite des circonstances atténuantes. J'ai signé mon premier livre, je l'ai écrit et j'ai remis le manuscrit à un repreneur car le précédent venait de déposer le bilan. J'ai eu de la chance, car la faillite prononcée du précédent éditeur aurait pu représenter le chant du cygne d'une carrière avortée. »

Comme je l'ai déjà évoqué, on dissimule ses mains quand il est nécessaire de déguiser la vérité. Celui qui cache ses mains ne dit jamais ce qu'il pense ou ne pense pas ce qu'il dit. Inconsciemment, il empêche ses mains de confirmer ou d'infirmer son discours.

Ce n'est pas un tic mais une réaction de protection inadéquate. Il s'agit d'une attitude relique héritée de l'enfance. Vous avez déjà remarqué que les enfants cachent leurs mains quand ils se sont emparés d'un objet interdit, n'est-ce pas. Le mensonge est un « objet interdit », lui aussi.

La calotte

La main de votre interlocuteur couvre son vertex (le sommet du crâne), coude en appui sur la table de conférence.

Le vertex est le siège du sentiment de supériorité de

l'Homme, du sentiment d'humanité et peut-être d'une certaine idée de la divinité, par voie d'extension, *c'est surtout le siège de la superstition, donc de la plasticité intellectuelle*. Touchez du bois !

Avez-vous de la chance ? Si on élimine l'intervention du hasard en tant que chef d'orchestre des bonnes ou des mauvaises fortunes, la chance peut être considérée comme un vent d'énergie positive qui dépend de votre degré d'optimisme. On se touche le crâne à défaut de toucher du bois pour se porter chance. La *kippa* que les juifs portent en permanence sur le sommet du crâne est une marque de respect religieux. Elle couvre le vertex. Les juifs ne sont pas en reste question superstition. Je vous renvoie à la *Cabale* qui est un manuel ésotérique capable de trouver une explication et son contraire à toutes les questions que l'Homme se pose et même à celles qu'il ne se pose pas.

Les chrétiens se découvrent dans la maison de Dieu, les musulmans se déchaussent. Qu'on enlève ou qu'on rajoute, il faut toujours marquer son respect du divin par un acte, un geste (le signe de croix, les mains en prière, le balancement). Le geste sacralisé engage, implique celui qui le reproduit et qui lui accorde une valeur ou un sens. Les spécialistes de la liturgie avaient bien compris l'importance du geste ou de la posture pour renforcer l'effet suggestif ou manipulatoire sur l'esprit de l'adepte.

Le vertex est le siège de l'âme humaine pour toutes les religions. Quelle que soit la croyance, la bénédiction naturelle passe par une imposition des mains de l'un sur la tête de l'autre. Il faut que l'âme demeure en son céans. Objet immatériel, l'âme existe sans preuve. Elle est parce que l'Homme a besoin d'y croire. La mort ne peut être la fin de toute cette existence, il faut lui donner une suite logique, un espoir de se survivre.

Le corps humain est une machine tellement parfaite qu'il est difficile de croire qu'il n'est que la conséquence d'un accident de la Nature. Mais surtout, il est insupportable de le considérer comme une vidange perdue. Il y a forcément une âme consignée quelque part. D'où l'importance de la superstition et surtout des religions !

Les mains candides

Ce sont des mains qui s'écartent du corps dans le prolongement des bras tendus. La posture ne vous rappelle rien ? Celle d'un... crucifié célèbre ! Il ouvre les bras et refuse de se protéger contre ses agresseurs. « Il est nu devant tous, donc, il est authentiquement sincère », dit ce geste très particulier et très manipulateur quand le reproducteur est face à son public. Il s'agit d'une figure de rhétorique gestuelle. Un code qui, utilisé au moment ad hoc, appartient à la très petite famille des codes charismatiques totalement frauduleux.

La main du coupable

C'est surtout la main gauche qui fait office de main coupable.

Cette manie de se désigner de la main gauche doigts déliés largement ouverte est aussi un geste de possession : « C'est à moi ! » Tout dépend du contexte de la reproduction. Il advient cependant qu'un sujet observé reproduise ce code gestuel de manière répétitive sans rapport avec son discours ou la situation vécue. Il ou elle pose sa main sur sa poitrine et non sur sa gorge, comme pour se protéger d'un courant d'air. C'est aussi le code courant des gens offusqués. « Mon Dieu ! »

Pourquoi la main gauche est-elle celle de la culpabilité ?

Peut-être parce que la culpabilité est d'abord et avant

tout une émotion négative qui pollue l'équilibre psy et l'estime de soi dont le fonds de commerce dépend du cerveau droit (celui qui commande la main gauche).

Il faut dire que la main du coupable n'innocente pas plus celui qui la reproduit régulièrement, que le contraire.

La main en cornet

Votre interlocuteur dissimule sa bouche derrière sa main refermée en cornet (droite ou gauche), coude en appui.

« Un de mes faux amis reproduisait souvent cette main gauche en cornet au cours des soirées qui nous réunissaient chez moi. Je l'aimais bien, mais je sentais que sa sympathie était sujette à caution. Il ne m'a jamais invité chez lui mais venait régulièrement à mes bouffes "maison" entre copains. Et puis, un jour, il a disparu de mon horizon, sans préavis. J'ai appris bien plus tard qu'il ne m'aimait pas et me considérait comme un opportuniste. Je ne lui ai jamais rien demandé. Suite à cette mésaventure, j'ai pris la peine de mieux observer les mains en cornet. »

C'est le geste typique que chacun reproduit quand il veut éviter de roter sous le nez de son voisin. Si nous sortons du contexte « aérophagique », la main en cornet est une sorte d'entonnoir destiné à empêcher les pensées de se verbaliser, ce qui n'empêche pas l'abonné à la main en cornet d'être un adepte de la médisance gratuite. Il est vrai que dire du mal, ça fait souvent du bien. Dans le contexte d'un entretien, votre interlocuteur vous signale que votre entrevue lui paraît stérile. Si le geste perdure, vous avez tout intérêt à le faire parler avant qu'il ne vous serve un prétexte quelconque pour se débarrasser de vous ou pour se défiler. Le geste trahit une hostilité authentique.

Reproduit fréquemment hors contexte de confrontation, le tic gestuel de la main en cornet trahit un individu méprisant et très imbu de sa petite personne.

Les mains centrifuges

Ce sont des *mains qui tendent à s'éloigner du corps du locuteur* quand il s'exprime. Elles sont dirigées vers l'interlocuteur ou vers l'extérieur. Elles appartiennent aux codes gratifiants pour l'image publique. Les sujets qui ont du mal à gérer leur espace vital évitent les mains centrifuges et s'adressent à leur interlocuteur en ayant recours aux mains centripètes. Le général de Gaulle usait des mains centrifuges dans ses discours politiques. Il se donnait au peuple. La plupart des hommes de haute taille en usent. Y aurait-il un rapport entre les mains centrifuges et le nombre de centimètres en plus ? Sachez que les individus consensuels sont abonnés aux mains centrifuges.

Les mains centripètes

Les mains reviennent systématiquement vers le corps du locuteur. Le sujet se désigne régulièrement des deux mains sans rapport avec le contenu du discours. Ce mode gestuel trahit aussi un individu victime de ses devoirs et non acteur de ses entreprises. Ce qui sous-entend qu'il refusera de porter la responsabilité de ses échecs et encore moins des vôtres.

La main charismatique

La paume est tournée vers l'orateur, doigts en griffes, avant-bras tendu, le bras en angle aigu.

Ce code gestuel est une perle rare que je vous défie de reproduire. Mis à part Jean-Louis Debré pris sur le vif et Jacques Chirac en d'autres temps, je ne connais personne qui s'y soit essayé. C'était autrefois un code de grand tribun, de ces orateurs de prestige qui ont catalysé les foules et cristallisé autour d'eux des troupes dévouées. La classe, la très grande classe des hommes d'exception, qu'ils soient de pouvoir, de science, d'art ou de culture. Ce geste exprime la puissance du *maestro* qui dirige une symphonie. Cinq doigts synchrones qui représentent les cinq qualités du cerveau alterne : la libido, la maîtrise, la confiance en soi, la ténacité et l'ambition.

Les mains compulsives

Les mains compulsives de l'obsessionnel sont une dépense d'énergie permanente. Elles reposent l'une sur l'autre *a priori* mais s'écartent dans un mouvement d'ouverture à intervalles réguliers avant de revenir systématiquement à la case départ. C'est un geste de ponctuation du discours verbal. Les mains tentent de s'exprimer mais sont rappelées à l'ordre chaque fois qu'elles quittent les starting-blocks. Ce refrain peut révéler un trouble obsessionnel et compulsif, dit TOC. La situation du locuteur le met mal à l'aise, il ne maîtrise pas les événements. Les mains compulsives sont comme des portes battantes qui s'ouvrent et se referment constamment pour laisser passer les mots. Certains animateurs de télé débutants reproduisent ce tic gestuel. Le trac en est la cause, évidemment.

Il existe une variante digitale des mains compulsives : le diaphragme, sur lequel je reviens dans le chapitre que je consacre aux doigts croisés.

Les mains en couverture

Les mains sont superposées comme des tranches de pain.

Le décideur consultatif

La superposition des mains, coudes en appui ou mains à plat sur un support, à dominante main gauche, implique un personnage *sous* influence, donc *sans* influence. Il prend rarement une décision sans consulter son entourage. C'est le genre de décideur qui vous dira oui sous la pression avant de vous dire non après avoir pris conseil auprès de ses oracles. Il n'a ni une vue d'ensemble de son entreprise ou de son service ni une vision programmatique de son devenir. Toute proposition destinée à améliorer les performances du service, par exemple, est perçue comme une révolution de palais. Il est profondément conservateur, donc réfractaire par principe. Ne vous fiez pas à son tempérament dominateur ou autoritaire, ce n'est qu'une façade. Si vous êtes dans ce cas, apprenez à dire « non » avant de changer d'avis le cas échéant. Certains décideurs consultatifs sont des procrastinateurs mais aussi des individus dont l'extrême prudence se dissimule sous un jeu de rôle frauduleux. Ils « vont » tout faire mais ne font jamais rien.

Définition de la procrastination : caractéristique qu'ont certains individus à reporter aux calendes grecques ce qu'ils auraient pu faire ou décider hier déjà et qu'ils ne feront ni demain ni à la Trinité. Ce sont les adeptes inconditionnels du verbe « aller » conjugué à toutes les sauces et à tous les temps dans le style : « Je vais essayer ».

Certains décideurs consultatifs sont des marchands d'illusion. Ils rêvent à haute voix, mais agissent en fonction de leurs intérêts particuliers. Si les vôtres ne cadrent pas avec les leurs, vous avez intérêt à passer votre chemin. J'ai observé une majorité de décideurs consultatifs comparativement au camp adverse. À la lueur de mon expérience, j'ai fini par admettre, après quelques déconvenues, que j'avais toutes les raisons de me méfier de leurs promesses.

Le décideur impulsif

En revanche, si la main droite domine la gauche, son mode de raisonnement est synthétique, voire analogiquc. Il fonctionne par association d'idées et par comparaison. La synthèse est l'opération inverse de l'analyse, elle va des causes aux effets ou des principes aux conséquences. L'analyse observe les conséquences pour essayer d'en tirer des principes. Le raisonnement synthétique appartient aux décideurs. Ils court-circuitent les lenteurs de l'analyse. Dans ce cas de figure, votre interlocuteur est parfaitement capable de prendre sa décision sans en référer. Il sait ce qu'il veut et ce qu'il ne veut pas. Si votre projet lui plaît, vous aurez la réponse avant le dessert. S'il ne lui plaît pas :

a) Il vous demandera un délai de réflexion, s'il est poli. C'est mauvais signe.

b) Il vous annoncera la couleur sans prendre de gants.

Les individus qui raisonnent de manière synthétique sont des décideurs impulsifs. Ils disposent du flair utile et nécessaire au succès de leurs entreprises. Le décideur impulsif est un autocrate qui privilégie la rapidité et l'efficacité. Il lui arrive aussi de se planter.

À la lecture de ce qui précède, vous pouvez constater que l'observation de ce code gestuel est fondamental pour adopter la stratégie qui convient dans le cadre d'une négociation. Entraînez-vous à repérer ce refrain en visualisant des débats télévisés ou en observant discrètement vos collègues de bureau ou des consommateurs dans une brasserie à l'heure du déjeuner. Ce refrain gestuel est invariable, mais il peut aussi dépendre du contexte ou du degré de stabilité émotionnelle du sujet observé et devenir alternatif dans certains cas de figure.

Le travail d'observation que j'effectue régulièrement à l'Assemblée nationale sur des élus que je connais bien me permet de confirmer le mode invariable de ce réflexe et confirme également la valeur interprétative que je lui accorde.

Une variante

En situation de négociation, nombre de gens posent les avant-bras en parallèle du corps et superposent leurs mains sur la table, face à leur plexus solaire. Cet autre mode de superposition des mains rejoint celui des coudes en appui.

Le dos des mains...

Le dos de la main gauche

Il semblerait qu'un individu qui gratte régulièrement le dos de sa main gauche soit en recherche d'inspiration. Une démangeaison soudaine du dos de la main gauche serait un avertissement subconscient qui vous indique que vous faites fausse route.

Le dos de la main droite

Celui qui gratouille systématiquement le dos de sa main droite chercherait un moyen de vous rouler dans sa farine. Pour mémoire et pour ne citer qu'un exemple fameux, le président François Mitterrand était un habitué de la main droite passive gratouillée par la gauche.

Justification

Ces interprétations sont fondées sur l'observation des comportements et de l'analogie entre un contexte, un débat ou un affrontement verbal et les réactions gestuelles des sujets en présence.

La main dynamique

De quelle main se sert-il pour sous-titrer son discours ?

Il va falloir être attentif, car cette information gestuelle est souvent occultée par la focalisation sur le discours de l'autre.

La main dite « pourquoi » est l'équivalent du cerveau gauche, celui qu'on dit cognitif. La main active du droitier crée et organise la création. « Parfois la tête dit à la main d'agir. Parfois la main commande et c'est la tête qui suit. De l'ouvrier ou de l'outil, comment savoir qui donne les ordres à l'autre ? C'est la main qui a fait l'homme et non le contraire. » (Jean-François Deniau)

La main droite dynamique est la main du stress, celle qui agit, un outil efficace et pragmatique programmé pour accomplir des milliers de tâches sans participation intellectuelle. Elle est le siège de l'esprit d'initiative. L'homme qui soutient son discours de la main droite signale un individu identifié à l'autorité paternelle. Il se comportera de manière directive et axera sa communication sur le mode stratégique. Accrocheur, tenace, agressif et directif, il essayera toujours d'avoir le dernier mot. Plus tendu et parfois hyper-tendu, c'est un individu souvent plus implicite qu'explicite. Plus pourquoi que comment, il se fera toujours avoir par la main dynamique du malicieux : la gauche.

La main gauche dynamique indique un individu non directif identifié à l'image maternelle. Homme de terrain et de contact, c'est un tacticien et, parfois, un rusé renard ! Plus explicite et plus pédagogue que la main droite dynamique, il profite d'une intelligence pratique et pour certains (mais pas tous) d'une malice à toute épreuve. Lionel Jospin est une main gauche dynamique, mais pas vraiment un renard de la fable. François Mitterrand, en revanche, correspondait bien au portrait décrit.

Reste Dominique Strauss-Kahn dont la main gauche dynamique accompagne systématiquement son discours. C'est dire que notre DSK n'est pas le canard sauvage que l'on s'imagine.

La main gauche correspond à l'adverbe « comment », c'est la main de la débrouille, toujours prête à donner un coup de main à la droite, en cas de besoin. Mais cette main-là est moins spécialisée, c'est aussi la main de la tendresse, de la caresse, de la sérénité, la main contemplative pour ce qui concerne les émotions positives. Elle se mue en main du malin quand les émotions en jeu virent au négatif. Une main gauche qui est souvent en contact avec le visage ou les lèvres est la main d'un individu qui observera plus qu'il n'interviendra ou qu'il n'agira. Les actifs fréquentent plus volontiers leur main droite. La main gauche dynamique indique un individu non directif identifié à l'image maternelle. Plus créatif qu'actif ! C'est la main du cerveau qui sait toujours comment s'en sortir.

Les moteurs du discours

Parler avec ses deux mains en appui du discours est un mode séducteur parfaitement pédagogique. Cette expression gestuelle n'est pas offerte au premier venu. La plupart des débatteurs politiques ont recours aux ancrages manuels (doigts croisés) ou à leurs index revolver en lieu et place des mains. Certains utilisent une main privilégiée et scotchent l'autre sur un support. Le langage des mains est essentiel au sous-titrage du discours. Trop de gens tentent de contrôler cette expression gestuelle en figeant leurs mains sur un support ou en les cachant sous la table (voir les mains cachées). D'autres agitent la tête pour compenser inconsciemment l'inertie de leurs mains. Ce faisant, ils se privent d'un mode de communication non verbal essentiel. Cependant, il faut admettre que la mise en mouvement des deux mains n'est pas aussi élémentaire qu'il y paraît. Elle exige un entraînement qui représente pour certains un véritable parcours du combattant. La censure exercée par le cerveau cognitif (cerveau gauche) génère une expression manuelle exclusive de la main droite avec comme conséquence une psychorigidité du mode de communication et une déperdition du pouvoir d'influence. Les émotions sont censurées (le cerveau droit correspondant à la main gauche) et le discours manque de relief (ton monocorde).

Et surtout, n'oubliez jamais que le ballet des mains est toujours une ouverture en matière de communication. Le remplacement des mains par les mouvements de la tête indique une attitude de fuite simulée. Vous constaterez d'ailleurs que nombre de personnes agitent le chef en parlant, quand elles sont placées en situation de stress. Dans les accès de colère sourde, l'agitation de la tête se généralise au détriment de l'usage des mains. Mais il existe des individus qui n'utilisent jamais leurs mains et qui expriment leurs émotions de manière quasi exclusive par l'agitation de la tête.

Le double hameçon

Les deux mains se raccrochent par les doigts joints fixés ensemble comme des hameçons.

On dirait qu'elle a peur de se perdre de vue. Geste

de compassion dans certains cas de figure, le double hameçon est un refrain dont abusent les personnes qui tirent une fierté légitime ou non de leur statut social ou d'une surexposition médiatique.

Gauche sur droite

« Moi au moins, j'ai les pieds sur terre », affirme-t-elle en piaillant comme un geai et en reproduisant le double hameçon. Elle a surtout la tête dans les nuages et elle est généralement incompétente.

Droite sur gauche

« Je suis zen », objecte-t-elle. Tu parles ! Elle crie au lieu de parler et s'agite comme une Cocotte-Minute. La nervosité du personnage devrait vous apparaître assez rapidement au cours de l'entretien. Ne comptez jamais sur son aide.

Le double hameçon est un code qui trahit un comportement hystérique. Il est invariable. Si vous essayez de le reproduire dans les deux sens, vous constaterez qu'il y a une latéralité plus confortable que l'autre.

Les mains fermées

Elle n'ont rien à offrir mais tout à prendre. Le sujet observé les referme comme s'il retenait quelque chose au creux de ses mains. Les mains fermées sont la marque d'un individu possessif, comme vous l'avez deviné. Attention ! Il ne faut pas confondre les mains fermées et les poings fermés. Lionel Jospin est un adepte des mains fermées. Est-il aussi possessif qu'il y paraît ? Qui l'eut crû ?

La main du gendarme

Votre interlocuteur lève systématiquement la main en l'air, paume vers l'extérieur, quand il veut vous interrompre pour prendre la parole.

Il fait du rase-mottes sous sa ligne d'horizon comme tous les dcmi-malins qui connaissent toujours les mauvaises réponses aux bonnes questions et vice versa. Mais de quelle main se sert-il pour vous stopper dans votre élan ?

De la main droite, son objection est téléguidée par son cerveau rationnel.

Il essayera de faire appel à votre esprit logique pour convenir que vous avez tort et qu'il a forcément raison. Mais il est possible que vous ayez raison d'avoir tort, car avec un tel personnage, vous n'aurez jamais le dernier mot.

De la main gauche, son discours sera plus nuancé, plus manipulateur ! Il tentera de vous persuader en faisant appel à votre sensibilité ou en noyant vos émotions sous une pluie de caresses positives comme on dit en analyse transactionnelle, des « caresses postiches », en somme.

Les mains hospitalières

Les bras sont orientés vers le haut à 45°, mains dans le prolongement, il accueille son interlocuteur. Excellente posture quand elle est reproduite mécaniquement par l'orateur. Elle mime un geste d'hospitalité bien connu des chrétiens. C'est la posture de Jésus-Christ qui accueille les croyants au royaume de Dieu.

Les mains mortes...

Sachant déjà que les mains expriment leur version des faits ou sous-titrent le discours, celui qui se prive de leur concours donne l'impression de dissimuler une partie des informations qu'il accepte de communiquer verbalement. L'inertie des mains entraîne souvent une compensation corporelle, la tête s'agite en même temps que le discours.

Quelques figures

Le VRP est assis, les mains posées à plat sur la table ou sur son attaché-case. Il donne l'impression d'être constipé. Le fait de cacher ostensiblement ses paumes est une manière de dissimulation.

Votre chef de service pose ses mains, doigts à moitié refermés sur le bord de la table. Signe de versatilité. Il nage entre deux eaux, encore ignorant de la manière dont il mettra fin à l'entretien. Autre version : *les mains posées sur un bureau ou sur les genoux, à plat, recroquevillées comme des griffes ou poings fermés.* Il s'agit des mains de l'auditeur et non du locuteur.

Chez l'auditeur...

Les mains à plat révèlent une attitude de soumission frauduleuse ou non. Les doigts recroquevillés trahissent le côté exclusif, voire possessif. Les poings dévoilent un tempérament agressif ou une attitude mentale hostile.

Les mains ouvertes, doigts collés

Elles trahissent un individu (f)rigide qui ne sera jamais ouvert à la remise en question de ses préjugés. Si les pouces sont en érection, décollés du reste des doigts, cette particularité indique un individu fortement impliqué dans ses ambitions au détriment des vôtres, évidemment. Si les pouces restent collés, il confirme sa psychorigidité. Les militaires qui défilent au pas de l'oie ont toujours les doigts collés.

Les mains ouvertes doigts déliés

Ce sont les mains du séducteur de masse. Les doigts s'expriment en toute liberté au rythme des propos. Jacques Chirac est un abonné des doigts déliés.

Le pied de lampe

Coude en appui sur un support, la main ouverte en pronation soutient le menton de la jeune femme. Quelle que soit la position de la main ou des doigts, le pied de lampe donne toujours l'impression d'un individu qui prend la pause-photo.

Pronation droite

Cette latéralité du geste en question indique que la personne est en phase de séduction très hard. L'opportunisme du geste ne devrait plus vous échapper dorénavant. Si le sujet est en représentation, il y a affectation de sa part, ce qui traduit un manque de transparence et une sincérité très frelatée au naturel. De la simulation pure et dure pour un individu dont la date de péremption est largement dépassée !

Pronation gauche

Plus manipulatrice que séductrice, je dirais. Il ne faut jamais faire confiance aux reproducteurs des pieds de lampe. Ils affectent de s'intéresser à votre problème mais s'en fichent royalement.

Le plongeur

Les mains jointes donnent l'impression que le reproducteur va plonger dans une piscine.

Ce sont les mains du calculateur, de l'opportuniste dont aucune démarche n'est évidemment gratuite. Très courtisan, il fera tout pour se faire bien voir de tous les hommes de pouvoir qu'il pourra servir et qui pourront lui servir de tremplin dans sa longue carrière. Il bouffera à tous les râteliers qui lui fourniront du pouvoir et le protégeront du mauvais sort. Car le plongeur est un individu superstitieux, fétichiste et naïf, même et surtout s'il vous fait l'effet contraire.

Les mains en prière

C'est le geste qui fait l'homme et non le contraire.

Coudes en appui ou non, les mains de votre interlocuteur se joignent à hauteur de son nez ou sous son menton, comme s'il priait le petit Jésus.

« Je participais à un plateau télé en compagnie d'autres invités bien plus prestigieux que moi. L'un d'entre eux, un astrologue, me cueillit à la descente du plateau pour me proposer de dresser ma carte du ciel. Il avait des révélations extraordinaires à me faire gratis pro deo. J'ai refusé ses offres de service. Je n'aime pas les charlots, c'est mon droit. Il avait reproduit en permanence les mains en prière sur le plateau. J'appris quelque temps plus tard qu'il recrutait des hommes d'influence pour une secte japonaise dont il faisait évidemment partie. Son offre astrologique était sans doute une manière (un peu naïve) de ferrer le client potentiel. Aurais-je accepté de me faire “astrologiser” s'il n'avait pas reproduit ce geste ? Non, bien sûr ! L'ésotérisme n'est pas ma tasse de thé, au risque de vous décevoir. »

Les mains en prière sont une des postures sociales les plus courues dans les cercles du pouvoir. Quand les mains se rejoignent, les aires cérébrales se mobilisent pour barrer la route aux émotions. Je pourrais vous citer des dizaines de personnages célèbres, politiques, religieux, *people* ou leaders d'opinion qui ont recours à ce tic gestuel que sont *les mains en prière*, mais je risquerais de devoir changer d'identité, d'adresse, de téléphone ou de courriel comme cette auteure qui a écrit un livre dont j'ai oublié le titre ; elle a accusé un philosophe islamiste (dont j'ai prudemment oublié le nom) de jouer double jeu à l'intention des médias. Ce personnage appartient effectivement à la caste des manipulateurs autocrates de haute volée qui se sert des médias pour se refaire une virginité. Mais les animateurs de ces tribunes et les politiques qu'ils invitent sont parfois tellement naïfs que notre manipulateur en chef serait stupide de ne pas en profiter. J'ai observé ses mimiques faciales ! la récurrence de ses refrains gestuels privilégiés sur le forum photos de l'AFP. Je suis effaré de la naïveté des interlocuteurs de ce personnage. Ils ont de la m... dans les yeux et dans les oreilles.

Le code sectaire par définition

Si votre patron en use souvent, vous saurez désormais que la confiance que vous lui accordez est mal placée et qu'il vous faut d'urgence prendre vos distances pour ne pas jouer les marionnettes de service. Dois-je aussi vous rappeler que manipulation rime avec harcèlement, oppression, subversion, extorsion, langue de bois, etc. Nous sommes tous des manipulateurs au petit pied, mais certaines stars du pouvoir d'influence sont des manipulateurs dépourvus de scrupules superflus, des personnages alexithymiques (sans la moindre compassion pour autrui), des gourous qui se dissimulent derrière une réputation ou un statut pour construire les rangs sectaires de troupes dont ils squattent le cerveau. Ils seront les premiers à se dissimuler derrière la charte des droits de l'Homme, s'ils sont mis en accusation (comme ce dictateur irakien déchu dont j'ai oublié le nom) ; ils accuseront leurs amis de trente ans de crocs-en-jambe, s'ils sont destitués de leurs fonctions juteuses de président de multinationales ; leurs avocats exigeront un procès équitable, eux qui donnaient l'ordre de fusiller leurs adversaires sans autre forme de procès. Tels sont les hommes, de ces pouvoirs tyranniques, je précise, ceux qui reproduisent en toute innocence les mains en prière.

Faux-cul, trompe-couillon & corne-cul !

Ce geste n'a évidemment pas le sens qu'on lui attribue dans un contexte religieux. Il annonce la controverse. Dans l'un de mes ouvrages précédents, je décrivais ce code gestuel très particulier en ces termes : « Votre interlocuteur recherchera la polémique tout en déclarant qu'il est l'homme le plus consensuel de la galaxie. Les mains en prière ne sont pas une demande muette, mais une trahison qui dévoile le chef d'escadrille des faux-culs. C'est évidemment une attitude de pseudo-bigot qui mesure votre taille à l'aune de ses préjugés. Les paumes qui sont ajustées l'une contre l'autre en un geste de supplication n'appartiennent pas à la catégorie des refrains gestuels mais à celle des codes d'intention. Les mains se rejoignent, durant quelques secondes ou plus, pour exprimer un souhait *a contrario* du discours qui affirme détenir la solution ou son application. Nous entrons de plain-pied dans la série des gestes en décalage total avec le fond du discours. L'espace physique entre les paumes est quasi nul, elles ne peuvent donc contenir qu'une solution imaginaire. Pourtant, celui qui expose ainsi cette perspective gestuelle prétend le contraire. »

Et quand ce geste de supplication devient un tic ?

Il entérine la vérité à sens unique comme dernier terrain vague.

Tous les reproducteurs des mains jointes en prière sont des intégristes qui usent de ce geste comme d'un tic pseudo-religieux. Ne l'oubliez jamais plus et soyez toujours sur vos gardes, si on vous le joue sous votre nez. La vigilance est encore le meilleur moyen de déjouer les intentions de ceux qui nous haïssent d'être ce que nous sommes. La réussite d'une société, voire d'une civilisation dont nous sommes si fiers, c'est aussi de tenir ces gens-là à une distance respectable de notre liberté de penser et d'agir. »

« Et le curé de mon village ? » me demanderez-vous avec raison. « Dois-je aussi me méfier de ses manies ? » Le geste de supplication est un tic dans certains apostolats. Peut-on en pardonner la reproduction constante pour autant ? Les mains en prière véhiculent quelque chose d'onctueux comme cette onction de la parole ou des manières qui est censée évoquer la piété. On pense au personnage de Mazarin ou de Richelieu, des cardinaux de la main gauche que les cinéastes nous représentent souvent en train de reproduire ce code d'intention. Je crois que l'homme d'Église qui s'exprime devant ses ouailles en joignant systématiquement les mains comme deux tranches de pain grillées trahit sa mentalité fondamentaliste. Si vous adhérez, faites comme lui. Sinon, changez de paroisse ! Il existe une majorité de prêtres qui n'ont pas besoin de faire semblant de croire en Dieu. Eux sont les vrais serviteurs du peuple.

J'ai observé une systématisation des mains en prière chez des centaines de leaders d'opinion, religieux, hommes d'appareil ou d'État, présidents de société, gourous, psychopathes, animateurs de télé, mais jamais, au grand jamais, chez des gens de la France d'en bas. Et les gens de la France d'en bas, comme vous et moi, ont cet avantage énorme que n'ont pas certains leaders d'opinion, pasteurs d'âmes perdues : ils sont libres de penser ce qu'ils veulent, même s'ils ne peuvent pas toujours le dire. Et la liberté de penser, croyez-moi, est un luxe que les mains en prière ne peuvent pas se permettre sous peine de compassion.

Le mensonge verbal est toujours victime de la sincérité incontournable du langage gestuel. Par mensonge, j'entends aussi déguisement, travestissement, fraude, simulation, charlatanisme, fumisterie, escroquerie et... intégrisme. Qu'est-ce qu'un intégriste sinon un mythomane qui refuse à l'autre sa liberté de penser et qui l'oblige à croire que ses convictions d'un autre âge sont les racines de la vérité universelle.

Les mains parallèles

Les paumes sont face à face. Les mains représentent les limites qu'il s'impose. Cette attitude se justifie en fonction du contenu du discours mais devient un refrain gestuel ou un tic, si elle perdure au-delà de cette justification. Nombre de locuteurs limitent leurs compétences ou leur pouvoir d'influence en reproduisant les mains en opposition sans rapport direct avec le contenu de leurs propos. Ils se conduiront toujours comme les garde-frontières de votre réussite ou de vos succès. Ce sont des jaloux envieux de tout !

Les mains en pronation

« On se calme ! » Les paumes sont dirigées vers le bas. Ce sont les mains réductrices. Le sujet qui en use l'est également, réducteur et surtout révisionniste en cas de besoin. Ce sont les mains d'un sujet prudent, voire méfiant, qui temporisera toute décision ou tempérera les ardeurs de ses collègues. Le mode de la pronation peut apparaître ponctuellement quand il faut calmer le jeu. L'ancien ministre, Claude Allègre, abuse des mains en pronation pour contrer les arguments de ses adversaires politiques. Il faut dire que ce type de séquence gestuelle est très efficace quand il faut déstabiliser son adversaire.

Les fondamentalistes de tous les horizons, politique, religieux, scientifique, social ou philosophique, sont des individus qui privilégient les mains en pronation en tant que refrain gestuel alternatif ou non. Ce sont des réducteurs de têtes, ils repoussent vos idées vers le bas, anéantissent vos arguments en abusant d'un double langage. On en rencontre de plus en plus dans les débats « communautaristes » qui squattent les plateaux de télé. Une bonne façon d'apprendre à débusquer ces nouveaux prédateurs de la démocratie qui nous est si chère. Le révisionniste pose systématiquement les mains en pronation, c'est à la fréquence de ce code gestuel qu'on le repère.

La pierre et le papier

J'ai relevé une variante des mains en prière : le poing enveloppé de l'autre main, doigts non croisés, devant la bouche qu'un personnage monstrueux reproduisait à l'envi devant les caméras de télévision du monde entier. Je décrivais ce geste au cours d'une émission radiophonique en direct sur la station belge de RTL. En l'espace de quelques minutes, nous avons reçu des dizaines de messages SMS indiquant que Dutroux reproduisait constamment les mains enveloppées en question. Dont acte ! Que la paume droite enveloppe le poing gauche ou l'inverse n'est pas significatif. La communication, symbolisée par les mains, est censurée et le reproducteur du geste est incarcéré dans une forteresse inexpugnable. Tout argument que vous voudrez lui opposer est une perte d'énergie. Ne confondez pas le poing enveloppé et les mains superposées. Ces deux attitudes ne délivrent pas du tout le même message. Le poing droit enfermé dans la main gauche est un poing hyper-agressif qui trahit le manipulateur brutal, voire violent. Le poing gauche enveloppé dans la main droite dévoile le sujet sur la défensive, plus harceleur que manipulateur. Ces codes peuvent intervenir ponctuellement dans le cours d'une négociation sans que les interlocuteurs en soient conscients. Pourtant, le malaise ressenti par le plus empathique des deux reposera toujours sur un décryptage non conscient de la posture.

La main du rêve

La joue repose sur la paume largement ouverte, coude en appui.

La lassitude est évidente mais pas forcément hostile à l'interlocuteur. Le sujet observé est fatigué mais tente de suivre le mouvement. C'est aussi le code typique des nostalgiques qui se ressourcent dans l'album virtuel de leurs souvenirs. Jean-Louis Borloo, le ministre de la Cohésion sociale, ministère portant bien mal son titre, est un habitué de la main du rêve. Rêve-t-il de Matignon ou de la décapitation de son Premier ministre ?

Les mains de la rumeur

Elle pose sa main en paravent du côté de sa bouche pour se confier à sa voisine.

Comme vous l'avez deviné, c'est l'attitude privilégiée par les commères pour donner à leurs confidences une allure de secret d'État. Tous les tricheurs sont abonnés à ce code gestuel.

Elles sont les paravents de la médisance, un sport très couru dans tous les microcosmes de tous les pouvoirs. Mais les rumoristes sont une race à part. Il faut savoir les manipuler pour déstabiliser l'adversaire sans en avoir l'air. Ce sont les corbeaux de l'entreprise auxquels on offre un fromage parce qu'ils ont un ramage aussi moche que leur plumage. Dans ces conditions, il ne leur reste que de médire pour séduire. Plus c'est gros, mieux ça passe. Telle est la règle du jeu.

Les mains en supination

Les paumes sont dirigées vers le haut. Ce sont les mains en offrande. Elles révèlent une ouverture d'esprit de la part d'un individu coopératif et convivial. L'attitude est évidemment qualifiante pour l'image publique du locuteur. Le modèle est assez rare sous nos latitudes pourtant très compassionnelles. L'oblatif s'exprime souvent avec les mains en supination. Ce sont les mains en offrande.

Les mains en tenaille

« Il entre dans son bureau avec les mains plaquées l'une contre l'autre, en tenaille. Je l'attends depuis un bon quart d'heure, assis inconfortablement sur ce qu'on pourrait appeler un fauteuil pour intrus. Avant que j'aie la possibilité de lui expliquer la raison de ma présence, il me prévient qu'il a très peu de temps à m'accorder. J'avais compris sans qu'il ait besoin de me le préciser. Je me lève, je le salue et je m'en vais avec un sourire cynique, genre en coin baveux. Le bonhomme a l'air d'une carpe en train de se noyer. Il ne m'a pas poursuivi dans le couloir, rassurez-vous ! De toutes les manières, je perdais mon temps. Les mains en tenaille en guise de bonjour sont rédhibitoires. Votre hôte vous considère comme un importun bien avant de connaître l'objet de votre visite. Autant le circoncire de son plaisir avant qu'il ne vous renvoie chez vous avec ses salutations distinguées. Il tient le sort du monde entre ses mains et le vôtre en particu-

lier. Fuyez avant qu'il ne vous castre pour le plaisir d'émasculer votre projet ou votre produit. »

Quand les mains se rejoignent en tenaille, le corps exprime une contrainte qui varie entre le pouvoir et le savoir, mais aussi entre le mode d'action ou de réaction. On ne plaque jamais ses mains en tenaille quand on est libre d'agir à sa guise. Vous remarquerez que ce code réflexe apparaît souvent à la fin d'un entretien ou quand l'un des protagonistes souhaite conclure. Ce qui pourrait sous-entendre qu'un individu qui plaque ses mains en tenaille au cours d'un entretien trahit son besoin d'en finir alors que vous êtes encore en train de lui décrire votre projet le plus naïvement du monde. Ce refrain gestuel devient donc barométrique, s'il intervient avant la conclusion logique de l'entretien.

Le portrait classique des mains en tenaille

Il vous accueille les mains plaquées en tenaille l'une sur l'autre, mais ses mains ne reproduisent pas ce mouvement incessant de va-et-vient du frottage typique de la séquence dite du boutiquier. C'est plutôt le profil de la dame de charité ! On dirait qu'il compatit à votre douleur, même si votre démarche ne nécessite aucune sorte de compassion. Les lèvres sont pincées et les commissures ont tendance à s'affaisser dans le même temps qu'il vous écoute avec une certaine contrition. Pour ce genre de quidam, toute rencontre professionnelle est soumise à un cérémonial rigide, voire une étiquette dont il applique les règles invariantes à chaque reprise. Il vous rappellera l'image du croque-mort à l'ancienne alors qu'il officie dans une grande surface. Il vous vendra n'importe quoi pour atteindre ses objectifs du mois, mais vous laissera choir comme un mouchoir en papier si vous faites mine d'hésiter. Ce ne sont pas les chalands qui manquent. « Tu veux ou tu veux pas ? »

Daniel Auteuil est un cognitif, ce qui signifie que son pouce droit est dominant quand il croise les doigts. En revanche, quand il plaque ses mains en tenaille, c'est son pouce gauche qui domine. Cette inversion des pouces est tout à fait significative, elle trahit le provocateur, l'esprit libertaire. La plupart des acteurs de renom reproduisent involontairement cette inversion. Je vous en livre une analyse récupérée dans un ouvrage intitulé : *La Grammaire des gestes*, paru aux éditions Flammarion :

« Le cognitif est un individu rationnel mais ambitieux (le désir est chevillé au corps de ses vertus premières) et l'homme de pouvoir dispose de talents qu'il éprouve le besoin incoercible d'exprimer. La rencontre entre ces deux critères psychométriques est "détonante" et débouche fatalement sur un besoin de surexposition sociale ou publique. C'est une sorte de split de la personnalité qui découle d'une dynamique mentale contradictoire. »

La communication du cognitif est rationnelle et pragmatique. Son esprit critique le rend plus difficile à influencer ou à convaincre. Sa faculté de s'enthousiasmer est plus modérée mais aussi plus durable. En revanche, l'homme de savoir est créatif. Le sens de l'improvisation et l'esprit d'initiative sont les qualités qui dominent. Les individus qui privilégient le mode du savoir sont plus autonomes mais aussi plus imprévisibles. Cette contradiction dynamise les prédispositions du sujet et booste son esprit critique mais aussi son degré de cynisme. Champion de l'ironie à toutes les sauces, le provocateur est souvent un timide qui a jeté sa gourme. Laurent Gerra appartient à cette caste de provocateurs dont la dominance des pouces est inversée entre le code des doigts croisés et celui des mains en tenaille.

Le mode d'achèvement du « savoir » est proactif et

instinctif. Le savoir est considéré ici dans le sens des potentiels de l'individu. Il se détermine par une préhension des mains en tenaille. La main gauche domine la droite. Généralement, les individus qui croisent les doigts sur le mode affectif font partie de cette catégorie, mais il y a des exceptions.

Être un homme ou une femme de savoir, c'est avant tout être capable de s'engager ou de faire les choses avant de les maîtriser. La main gauche domine la droite.

Le mode d'achèvement du « pouvoir » est réactif, pragmatique et se révèle par une préhension inverse, la main droite domine la gauche. Les individus qui croisent les doigts sur le mode cognitif appartiennent au profil des hommes de pouvoir. Il est aussi un homme de devoir, un individu discipliné qui fonde son action sur le pouvoir d'influence. L'homme de pouvoir ressent le besoin de se soumettre à ses obligations pour se rassurer ou assurer sa sécurité au sein du groupe. La main droite domine la gauche. Les individus qui fonctionnent selon ce mode de préhension sont fidèles à leurs options, à leurs croyances et tendus vers des objectifs clairement définis dans leur esprit. Il faut se soumettre à la sanction de l'audimat pour devenir célèbre, se conformer à l'image du héros pour être distingué.

Faites l'essai de ces postures pour fixer votre appartenance à l'une des quatre postures combinées :

a) Pouce dominant gauche dans la posture des doigts croisés et dans celle des mains en tenaille. Vous êtes un créatif ou un affectif pragmatique.

b) Pouce dominant gauche dans la posture des doigts croisés et pouce dominant droit dans celle des mains en tenaille. Vous êtes un créatif ou un affectif libertaire, donc provocateur.

c) Pouce dominant droit dans la posture des doigts croisés et dans celle des mains en tenaille. Vous êtes un cognitif pragmatique.

d) Pouce dominant droit dans la posture des doigts croisés et pouce dominant gauche dans celle des mains en tenaille.

Vous êtes un cognitif psychorigide par excès d'émotivité. La provocation peut être une échappatoire pour vous défaire de cette rigidité.

La température des mains

Selon Desmond Morris, transpirer des mains est inhabituel... En fait, elles ne répondent pas à la chaleur comme les autres glandes sudoripares des différentes parties du corps, mais uniquement au stress. Quand vous avez les paumes sèches, c'est que vous êtes détendu. Et plus vous êtes anxieux, plus elles deviennent moites.

Les mains que vous serrez en guise d'entrée en matière délivrent un message barométrique essentiel auquel peu d'entre nous sont attentifs. Il est vrai que la poignée de main est souvent trop rapide pour prendre conscience de ce détail. Je vous livre en gros la signification de ces différences de température des mains.

Les mains froides et humides sont les mains de l'insatisfaction et de la frustration pure et dure. Le contact est perçu comme étant très désagréable, et pour cause.

Les mains froides et sèches sont les mains de manipulateurs. Ils sont profondément égoïstes, inflexibles, voire impitoyables et peu influençables.

Les mains tièdes ou chaudes et sèches sont les mains de l'hospitalité, de la convivialité et de la disponibilité.

Les mains tièdes ou chaudes et humides, mains

sensuelles et fondantes ! Elles appartiennent aux troupes du plaisir de vivre le plus goulûment possible. Les *carpe diem* !

Mais le plus étonnant dans ce type d'observation concerne le détail suivant : la température des mains change en fonction de la personne que vous avez en face de vous et dont vous vous apprêtez à serrer la main tendue. *Idem* pour votre interlocuteur ! Vous ne vous connaissez pas encore, mais vos inconscients savent déjà si le courant passera ou non. Il m'est arrivé de retourner une situation en ma faveur avec une main froide et humide et de saluer la personne en la quittant en éprouvant sa main chaude et humide.

Menton

Votre interlocuteur, coude en appui, repose son menton sur le bout des doigts, main ouverte vers l'extérieur, bras en torsion.

Il s'agit d'un geste décalé hautement inconfortable mais qui trahit bien l'individu ambigu dont toute conduite est fondée sur le besoin de manipuler l'autre. Il vous séduira en usant d'un double langage et en abusant de sourires enjôleurs pour vous soutirer tout ce que vous savez. Quand il saura tout, il vous évacuera comme une vidange perdue.

N COMME...

Nez du manipulateur

Quand un manipulateur *se frotte ou se pince le nez* à plusieurs reprises, il est contrarié. Un individu qui se frotte le nez est victime d'un phénomène d'excitation qui n'est pas forcément d'origine sexuelle, comme le prétendent certains experts gestuels. Les individus au tempérament colérique ont tendance à répéter ce geste dès qu'ils sont mis sur la sellette. C'est aussi un signal d'exaspération.

P COMME...

Poigne du manipulateur

« Il m'a serré la main durant une minute interminable. Je suis allé aux toilettes pour recompter mes doigts en cachette. »

Les mains se tendent, se touchent, s'étreignent parfois durant de longues secondes, elles franchissent le territoire corporel, mais les individus sont ailleurs, perdus dans leurs pensées, projetant leurs mains hostiles en éclaireurs pour bien marquer la distance. Car la poignée de main contemporaine n'est pas, contrairement aux apparences, un acte d'hospitalité. Elle est devenue un automatisme de protection du territoire dans la majorité des cas. Les mains que l'on serre pour se quitter ne jouent pas le même rôle que celles qu'on tend pour se rencontrer. La main de l'adieu est un aveu de sympathie, la main qui accueille n'est qu'une déclaration d'intention.

On connaît aussi mal les origines de la poignée de main que celle du *namaste* (salut indien les mains jointes devant le bas du visage). Les Romains se saluaient en se serrant mutuellement l'avant-bras, le siège symbolique des moyens de défense. Certains anthropologues estiment que **notre poignée de main** contemporaine est relativement récente. Les politiciens des États-Unis adorent se serrer la main et utiliser celle restant libre pour couvrir les deux mains déjà en contact (voir **les mains carnivores**). Une savante échelle de valeur permettrait ainsi, selon l'ardeur de ce geste complémentaire, d'évaluer le degré de sympathie entre les personnes. Mais cette habitude peut avoir un sens tout différent. Je vous déconseille vivement de faire appel à ce type de poignée de main pour transmettre votre affectueuse sympathie à votre interlocuteur. Elle signifie littéralement et pour rester de bon ton : « Je vous ferai un enfant dans le dos... mais en douceur. »

Comme l'écrit Desmond Morris dans *Le Couple nu*, l'usage de la poignée de main s'est généralisé au milieu du siècle dernier. Son ancêtre, la réunion des mains, s'employait bien avant cela, je le cite. Dans la Rome antique, elle servait d'engagement sur l'honneur et son rôle devait fondamentalement rester le même pendant près de deux mille ans. Elle n'a commencé à servir aux salutations quotidiennes qu'au début du XIXe siècle. Le fait de se serrer la main est un geste d'ouverture ou d'apaisement. Les protagonistes qui s'approchent ainsi l'un de l'autre se signalent mutuellement qu'ils renoncent symboliquement à un possible affrontement physique.

Vous remarquerez que, si un conflit s'élève entre deux interlocuteurs, ils se quitteront très souvent sans se serrer la main. La poignée de main en dit long sur le type d'individu auquel vous avez affaire. J'ai sélectionné celles qui signalent que votre interlocuteur est un manipulateur. Il y aurait plus de soixante-dix manières de serrer la main d'un étranger. Peu d'entre elles sont véritablement accueillantes ! Je dois avouer que je n'en ai jamais dénombré autant, mais je suppose que l'information est exacte car rapportée par Desmond Morris qui est le plus grand spécialiste contemporain du langage non verbal.

Enfin, dans un cadre plus amical ou familial, Il y a des mains que l'on serre pour ne pas subir la coutume du baiser social et marquer ainsi une distance avec des individus pour lesquels on ne ressent pas de sympathie particulière.

Les mains carnivores

Votre manipulateur vous serre la main dans ses deux mains réunies.

Il simule une attitude amicale qu'il est loin de ressentir. Prenez toujours le contrepied de ce qu'il vous raconte et descendez impérativement à la prochaine station de métro ! Au registre des poignées de main, j'ai intitulé cette attitude « les mains carnivores », c'est tout dire. Ce type de poignée révèle une conduite roublarde de la part de celui qui en fait usage. Il fait semblant de vous accueillir comme si vous étiez le rédempteur ou la star qu'il attendait de toutes ses espérances au garde-à-vous. Le geste a l'air chaleureux et on peut l'apercevoir régulièrement dans les reportages télévisés ou sur les clichés des magazines « pipoles-pipelettes ». Les politiques en abusent pour donner l'illusion d'une entente cordiale. Si votre patron vous serre la main de cette manière, vous pouvez vous attendre à un retour de bâton ou à des exigences névrotiques de sa part. S'il s'agit d'un commercial qui vous rend visite, méfiez-vous de ses propositions, il a besoin de faire du chiffre et vous êtes la proie rêvée pour lui permettre de refaire son handicap. Pourquoi a-t-il besoin de ses deux mains pour se saisir de la vôtre ? Peut-être pour incarcérer d'entrée de jeu vos mécanismes de défense ?

La grappe

Votre interlocuteur vous tend le bout des doigts en guise de poignée de main.

Tempérament fugueur d'un individu qui ne s'engage jamais autrement qu'en paroles. Cette poignée de main est hautement significative, vous vous en doutez.

L'ennui, c'est que le personnage adopte souvent une attitude conviviale qui vous fait oublier le couac d'introduction. Or, la poignée en question est un véritable aveu de simulation ou de dissimulation. Il fait semblant de vous recevoir, fera semblant de vous écouter et vous promettra d'y réfléchir en faisant semblant de vous congédier. Tout est virtuel, vous y compris ! Comment fait-on semblant de congédier un invité ? En lui affirmant qu'il peut revenir quand il le souhaite ou qu'il sera toujours le bienvenu. La formule favorite des animateurs de TV dont l'hospitalité est à géométrie variable !

L'acrobate

Votre interlocuteur vous serre la main droite et pose sa main gauche sur votre épaule droite.

L'épaule droite est l'un des sièges de l'ambition. Manifestement, il vous apprécie. Hélas, la main gauche qu'il pose sur votre épaule indique aussi qu'il vous considère comme un vassal. Vous lui devez obéissance et respect. S'il s'agit de votre supérieur hiérarchique ou de votre patron, vous n'avez pas le choix. Il vous utilisera à sa guise tout en vous distribuant des bons ou des mauvais points suivant ses humeurs. En revanche, si votre interlocuteur est un client auquel vous rendez visite, il risque de vous arracher des remises inédites et de vous virer comme un malpropre en cas de refus de votre part. L'adoubement de la main gauche est une marque d'estime à double tranchant. Le geste est chaleureux, mais la suite du scénario pourrait bien vous procurer quelques sueurs froides. Soyez très vigilant car vous êtes déjà sous influence ! Les manipulateurs sont coutumiers des douches écossaises. Ils soufflent le chaud à l'apéro et se réservent le dessert pour vous menacer d'un mauvais rhume du cerveau.

La main du diable

Votre interlocuteur vous tend la main gauche sans pour autant être gaucher.

Même si sa main droite est occupée, cette manière d'accueil est un aveu d'antipathie pur et dur opéré avec le sourire du faux-cul. Commère et manipulateur, il s'arrangera toujours pour vous coincer entre deux portes et vous soutirer les vers du nez. Il prêchera le faux pour savoir le vrai, traitera tous les autres (dont vous faites partie, d'ailleurs) de *minus habens* et prétendra être dans le secret des dieux. La prochaine fois que vous le croiserez, refusez sa main gauche, il oubliera de vous tendre la droite.

La pieuvre

Votre interlocuteur vous serre la main et l'avant-bras de ses deux mains, en guise de poignée de main.

S'emparer de l'avant-bras d'un interlocuteur est une manière symbolique de neutraliser ses moyens de défense. Ce type de poignée de main trahit un tempérament de prédateur. Les individus qui en font un usage immodéré remplacent leur intelligence par leur malice et sont dépourvus de sensibilité ou de chaleur humaine élémentaire. Les *killers* affectionnent cette entrée en matière avant de dévorer les énergies de leur interlocuteur.

Le broyeur

Votre interlocuteur vous serre la main en vous broyant les phalanges.

Le sujet a besoin d'imposer sa volonté. Il manque manifestement d'assurance, sinon il n'aurait pas besoin de broyer les mains de ses interlocuteurs. Poignée de main fréquente chez des sujets en recherche de confrontation pour échapper à un sentiment d'infériorité délétère, c'est une manière comme une autre de s'affirmer quand on se sent en position de faiblesse. « Je suis fort, donc je suis faible » est le message véhiculé par l'inconscient du broyeur. Le « patron » qui broie la main de son employé expose son tempérament soi-disant volontaire. Il manque manifestement d'assurance, sinon il n'aurait pas besoin de jouer les bravaches.

Le grappin

Il vous serre la main droite et vous accroche le coude ou le biceps droit de sa main gauche.

Voilà une poignée de main quelque peu envahissante. Si elle émane d'un ami, il n'y a rien à y redire. En revanche, si elle provient d'une relation d'affaires, il y aurait lieu de prendre du recul d'urgence. Votre interlocuteur compte vous en demander bien plus que vous ne seriez disposé à lui en offrir. Il cherchera à vous influencer ou à vous manipuler dès les premières minutes de votre entretien.

Le substitut

Votre interlocuteur vous tend l'index en guise de poignée de main.

Vous n'êtes à ses yeux qu'une image virtuelle qu'il oubliera dans les dix secondes qui suivront votre départ. Il s'apprête symboliquement à vous quitter avant même de vous avoir rencontré. Cette séquence appartient au registre des poignées de main, même si elle n'en représente qu'un ersatz. Elle traduit une démotivation souvent teintée de mépris pour celui auquel on offre ce doigt en guise de bienvenue. Elle est aussi le fait d'un individu qui ne s'engage que superficiellement dans ses entreprises et ne tient généralement pas ses promesses. Que la main de votre interlocuteur soit amputée d'un ou de plusieurs doigts, on pourrait se demander s'il y aurait une hiérarchie de l'estime que l'on vous porte suivant le nombre de doigts tendus ? Je ne le crois pas. En tout état de cause, je vous déconseille de fréquenter un personnage qui vous serre la main de cette manière. Et si vous devez le supporter malgré tout pour raisons professionnelles ou familiales, arrangez-vous pour ne plus lui tendre la main la prochaine fois ou imitez-le, tendez-lui votre index !

La main fuyante

Votre interlocuteur vous serre la main de manière fuyante.

Individu ambigu au tempérament hypocrite. À peine la lui serrez-vous que la vôtre se retrouve toute seule à saisir le vide. Vous êtes en face d'un fourbe qui, à la rigueur, vous décernera un sourire en toc pour le même prix. Il faudrait être aveugle, sourd et muet pour lui accorder sa confiance. Qui plus est, le personnage est aussi avare qu'Harpagon. Si vous espérez lui vendre quelque chose, vous êtes un fichu naïf.

La main fondante

Elle abandonne langoureusement sa main dans la vôtre.

C'est la main fondante de la séductrice en action. L'attitude est plus que suggestive et vous êtes déjà l'élu avant même d'avoir ouvert les hostilités. Attention ! Il se pourrait que votre interlocutrice tente de vous mener en bateau. Elle simule une attitude destinée à vous tromper sur ses intentions réelles. Sans pour autant devenir parano, ne plongez pas dans le piège sans parachute. Prenez de la distance et attendez d'autres signaux avant de triompher. S'il s'agit d'une relation d'affaires, ne vous trompez jamais de registre avec ce genre de séductrice ! Elle est là pour vous arracher le meilleur prix... avec le sourire en prime, mais les galipettes ne sont pas comprises dans le menu.

Le bec de canard

Votre interlocuteur vous serre la main en bec de canard.

Une poignée de main comme une autre pour vous signaler que vous n'êtes pas le bienvenu ou qu'on ne vous tient pas en haute estime. L'individu est méprisant et ne s'en cache pas. En réalité, il utilise la technique manipulatrice du rejet d'entrée de jeu pour vous forcer à abattre vos cartes. Si votre jeu lui sourit, vous le verrez changer d'attitude à votre égard en l'espace d'un instant. Il se payera même le plaisir de justifier son manque d'hospitalité initiale sous le prétexte quelconque d'un malentendu. Hypocrite et pervers, il vous tirera à vue comme un canard sauvage.

Le mollusque

Votre interlocuteur vous serre la main avec une mollesse affectée alors que vous avez pu constater que tel n'est pas forcément le cas avec d'autres personnes de votre groupe.

Cette poignée particulière indique un refus de s'engager ou de vous reconnaître comme un interlocuteur valable. La poignée de main molle appartient normalement à un individu dont le tempérament est plutôt obséquieux, même s'il dispose de certains pouvoirs. Ne vous fiez jamais à son envergure ou à sa réputation, elle est surfaite ; fiez-vous à sa poigne, elle le trahit mieux que son sourire en toc.

Pour conclure

En principe, la poigne est un vecteur énergétique important de la communication non verbale. On transfère son potentiel énergétique à l'autre ou on refuse de lui accorder cette véritable marque d'estime. La main molle représente le refus de cet échange énergétique. Vous remarquerez que la poignée de main en guise d'adieu est parfois plus chaleureuse et sincère que celle que vous serrez au premier contact. D'ailleurs, si votre entretien ne s'est pas déroulé dans les meilleures conditions, la poignée d'adieu est souvent oubliée de part et d'autre.

Certains interlocuteurs vous quitteront en vous touchant précipitamment le bras, ce qui est une manière peu amicale de vous effacer de leur mémoire.

Poignets liés

Le croisement des poignets intervient souvent quand un manipulateur se vante de détenir toutes les cartes dans son jeu. Il a les mains liées sous vos yeux mais peu d'interlocuteurs constatent ce geste qui ressemble à une attitude de détente.

Poings

Il serre les poings pour regonfler le moral de ses troupes.

Signe de force, de violence et d'agressivité ! Si tous ceux qui serrent les poings étaient des combatifs, le PIB (produit intérieur brut) de la France serait créditeur. Signe de force, de violence et d'agressivité, l'homme serre les poings symboliquement quand son destin lui est contraire ou quand il veut réveiller son courage défaillant. Il faut éviter d'abuser de ce code gestuel réflexe car sa reproduction exagérée solde la combativité. Un peu comme toutes ces gentilles personnes dépressives qui vous quittent en vous souhaitant : « Bon courage ».

Portable coincé

Il ou elle écoute son correspondant téléphonique de **l'oreille droite**, portable ou combiné coincé entre l'oreille et l'épaule.

L'oreille droite est commandée par le cerveau gauche, soit une écoute plus rationnelle, donc non émotionnelle. Les oreilles droites sont des extravertis, les oreilles gauches sont des introvertis. Les individus qui coincent systématiquement leur portable entre l'oreille droite et l'épaule sont des analystes privilégiant leur intelligence logique au détriment de leur imagination. Ils sont aussi très concernés par leur carrière ou leur statut professionnel. Leur carriérisme les poussera inévitablement à manœuvrer leurs interlocuteurs tout en se montrant souvent intolérants face aux arguments des autres. Vous êtes en présence d'un manipulateur contraignant, un *killer*, qui ne prend jamais le temps d'écouter ses interlocuteurs. Il imposera ses vues, faisant fi de toutes les mises en garde ou de toutes les suggestions qui lui seront adressées. La latéralité (droitier ou gaucher) est évidemment essentielle. D'autre part, certains individus privilégient l'une ou l'autre oreille pour des raisons de déficience auditive droite ou gauche. Il faut en tenir compte.

Pouces marionnettes

Le sujet croise les doigts tandis que ses pouces s'écartent régulièrement au rythme de ses propos.

Les pouces marionnettes reviennent tellement souvent dans les différentes chaînes de télé qu'ils méritent une réflexion plus approfondie que le premier réflexe gestuel venu. Si l'on admet que ce geste trahit le menteur, la multiplication des pouces marionnettes indique une inflation du mensonge chez les leaders et autres « pipole » susceptibles d'influencer l'opinion. Ce constat m'effraie d'autant plus que je connais bien cette séquence gestuelle pour en avoir largement abusé autrefois (ça va faire trente ans bientôt), quand je débutais comme psychothérapeute et que je devais gagner la confiance de mes premiers patients. « Vous pensez bien que j'ai l'expérience, tralala, tralalère ! » Et tous ces menteurs ont l'air tellement sincères qu'il y a de quoi s'interroger le plus sérieusement du monde. Ou je me trompe, et il m'arrive de le souhaiter du fond du cœur quand je décode un ministre au JT en train de jouer à « pouces marionnettes », ou cette séquence gestuelle réflexe signifie bien ce que je prétends qu'elle veut dire. Alors ? Alors on est mal ! On est mal parce que nous sommes dirigés et influencés par de vrais menteurs. Et un menteur, c'est surtout quelqu'un qui ne veut pas voir la réalité ou la vérité en face de peur de se brûler les yeux.

Tant qu'il s'agit d'un menteur qui vous fait face et dont les petits arrangements avec la vérité ne risquent pas d'entraîner des catastrophes nationales, pas de problème. Mais plus ce code gestuel réflexe se réplique chez nos élus et plus je crains que la réalité qu'ils refusent d'affronter ne nous éclate au visage avec son cortège de petites et de grandes misères citoyennes, puisque dans notre beau pays le citoyen passe avant l'humain. Le mensonge d'État est un déni de la démocratie. On peut ne pas dire ou s'interdire de révéler ce qui doit resté caché, mais il ne faut pas mentir. Tout le monde a le droit ou le devoir de se taire quand la vérité peut nuire. Ce n'est qu'un vœu pieux, mais j'avais envie de l'écrire.

Si vous repérez des pouces marionnettes dorénavant,

observez bien le producteur du geste. Le mensonge ne vous semblera pas aussi évident que celui proféré par un gamin de huit ans. D'autant plus que certains responsables scientifiques usent volontiers de ce code réflexe. Gênant de se dire qu'eux aussi nous servent des vérités de carnaval ! Lors de la canicule en 2003, j'ai assisté à la plus incroyable pandémie de pouces marionnettes jamais enregistrée dans mon souvenir. Tous les responsables s'y sont mis. Tous responsables mais pas coupables ! Non ! le mensonge n'a rien à voir avec le nez, sauf chez Pinocchio, mais il a tout à voir avec les pouces marionnettes.

R COMME...

Regard du manipulateur

« Une école primaire, quelque part dans Abidjan. Des centaines d'enfants issus de toutes les régions du pays. Ils ont fui l'avancée des rebelles. L'envoyé spécial de France 2 interroge un gamin de 10 ans. Il raconte sa fuite.

— J'ai entendu les pistolets et je me suis mis à courir. Mon grand-père a été rattrapé par les soldats. Ils l'ont tué.

— Ils l'ont abattu sous tes yeux ? renchérit le journaliste, avide de sensations fortes.

— Oui ! C'est ça, poursuit le gamin sur un ton étonnement neutre, le regard vide. Pas un gramme d'émotion ne s'affiche sur son visage.

— Et tes parents ? demande alors l'envoyé spécial.

— Je ne sais pas où ils sont, répond le garçon, les yeux secs.

Il ne vient même pas à l'esprit du journaliste que cet enfant raconte ce qu'il a envie d'entendre. Il ment pour se protéger. Ses parents l'ont probablement envoyé dans cette école qui recueille les enfants perdus de la guerre afin qu'il puisse y être pris en charge et manger à sa faim. Le regard vide, le visage dénué d'émotion ne sont pas des stigmates de la banalisation de la mort, dans le cas présent, c'est l'expression même du mensonge. Le journaliste s'est fait manipuler comme un débutant par un enfant de 10 ans. »

J'ai vu suffisamment d'individus désespérés par la mort ou la disparition d'un proche en temps de guerre pour pouvoir affirmer ce que je viens d'énoncer. Même un enfant choqué par la vision d'atrocités est capable de s'émouvoir quand il évoque la mort d'un parent. Les enfants africains seraient-ils si différents des autres enfants du monde ?

Quand un manipulateur se met à mentir, l'intensité de son regard est toujours nulle. *Le regard devient introspectif.* Il est impossible de mentir avec des yeux brillants de franchise. Le mensonge emprunte des circuits neuronaux totalement indépendants de l'amygdale du cerveau, ce centre de convergence des émotions qui se situe entre les deux hémisphères cérébraux. Le mensonge est un acte logique, calculé, délibéré, rationnel. Sa production dépend entièrement du cerveau gauche, le cerveau cognitif. C'est la raison pour laquelle le regard ne participe jamais à l'expression du discours mensonger. La seule manière de faire passer un mensonge pour une pseudo-vérité sur les plans mimétique et oculaire consiste à exagérer ou à minimiser une réalité ou une vérité dans lesquelles le mensonge garde ses pieds au sec.

Le regard est un mystère. Les yeux nous servent à voir, à observer, à regarder et pourtant cette fonction physiologique ne représente qu'une partie mineure de leur véritable objet. L'arrogance du cerf face à la mort se lit dans son regard. Il faut avoir observé cet animal orgueilleux d'assez près pour comprendre que les yeux servent aussi à communiquer son orgueil par-delà les mots qui lui manquent. Le regard placide d'un gorille donne l'impression d'un animal doux et serein. Ne vous y fiez pas, le gorille triche. Si vous lui déplaisez ou si vous pénétrez par imprudence dans son territoire, il vous tuera sans préavis et sans état d'âme.

Vous avez déjà remarqué à quel point le regard insistant d'un étranger est difficile à soutenir. Les regards se croisent mais évitent en règle générale de s'affronter. Le **regard direct** en face à face est un **regard globalisé** qui évite les yeux mais demeure dans leur périphérie. Le dialogue est verbal, rarement visuel, sauf chez les amoureux ou dans le contexte d'une entreprise de séduction ou de manipulation, ce qui revient au même, me direz-vous. Et vous aurez raison. Le séducteur manipule son coup de cœur. Il ne cherche pas à lui plaire mais à la soumettre à son désir. La séductrice aussi !

Un petit conseil qui ne coûte rien et peut vous rapporter gros ! Quand vous quittez une personne avec laquelle vous venez de vous entretenir, figez toujours votre regard dans le sien avant de disparaître. Ce mode de fixation oculaire est un véritable **ancrage séducteur**, au sens large du terme, qui marquera sa mémoire de votre passage. Votre visage est imprimé dans sa rétine.

Les **mouvements oculaires** qui accompagnent le discours sont toujours significatifs. Ils ne sont d'ailleurs pas faciles à suivre en vertu du principe qui veut que quand l'oreille écoute l'œil devient aveugle. En matière de décryptage, nous sommes virtuellement incapables de fonctionner sur deux niveaux d'observation. Ou vous regardez le ballet des yeux de votre interlocuteur, ou vous écoutez ce qu'il vous dit. La légende de l'écoute globale prônée par certains spécialistes de la communication est une fable quand il s'agit de décrypter les variations du regard en fonction du discours. La multitude des expressions que peut traduire un regard sont impressionnantes et insaisissables par les mots. Les impressions fugitives se succèdent à une cadence insoutenable pour le cerveau cognitif. L'analyse est impossible. Seul un individu doué d'une empathie entraînée peut parvenir à fixer quelques « regards clichés » dont il pourra tirer des conclusions.

En gros, un interlocuteur « qui fait semblant » se découvre souvent par un léger mouvement oculaire diagonal dirigé vers le bas à gauche ou à droite. Le timide recherche ses points d'appui vers la gauche, celui qui est sûr de lui vers la droite. Un individu peu motivé aura tendance à diriger son regard vers le sol. Exaspéré, il s'exprimera en levant les yeux au ciel. C'est élémentaire et plutôt décevant ! On peut discipliner les mouvements des yeux, mais il est impossible de travestir les sentiments que trahit malgré nous le degré d'intensité de notre regard. Les grands acteurs de cinéma ont ce talent de nous faire croire qu'ils détiennent ce pouvoir. Ce n'est qu'une illusion ! Ils jouent un rôle mais n'entrent jamais dans la peau de leur personnage jusqu'au fond des yeux. Les mimiques du visage suffisent à faire comme si.

Si vous regardez attentivement vos yeux dans un miroir, vous constaterez qu'ils n'ont pas la même intensité. L'œil gauche sera plus tendre que l'œil droit, par exemple. Un regard s'allume ou s'éteint en fonction des sollicitations du milieu mais aussi selon les pensées qui vous traversent l'esprit. Quand l'homme se réveille, son regard dort encore. Il est vide.

Le regard introspectif

Invité à expliquer aux Français sa politique dans une émission en *prime time*, le Premier ministre Jean-Pierre Raffarin s'est débattu comme un beau diable pour défendre son pré carré face aux manipulateurs les plus redoutables du PAF. Il a commis quelques erreurs gestuelles mineures, mais l'une d'entre elles concernait la luminosité introspective de son regard. Un regard terne accompagnait un discours bien charpenté pendant toute la durée de l'émission.

Le regard introspectif apparaît (mensonge mis à part) quand un individu est obligé de se concentrer sur une argumentation purement défensive face à des détracteurs qui ne lui laissent aucun répit. Curieusement, l'intensité lumineuse de son regard est revenue comme par enchantement en fin d'émission. Ce qui sous-entend un soulagement sincère après le parcours du combattant. Son regard introspectif lui a fait perdre une dimension essentielle de son charisme habituel. Car c'est **l'intensité lumineuse du regard** qui transporte l'émotion fondamentale du discours individuel. Imaginez un homme qui vous dirait « Je t'aime » avec un regard de poisson mort ! On peut afficher un tempérament passionné, marteler ses arguments en utilisant un registre gestuel très pédagogique et perdre en route toute la portée balistique du message qu'on souhaite transmettre à cause d'un regard introspectif. Toute situation de stress provoque ce genre de regard chez chacun d'entre nous. Mis au pied du mur, nous privilégions l'écoute attentive et l'objection mentale au détriment de tous les autres vecteurs de communication dont nous disposons pour nous défendre. Il existe pourtant une parade à cette situation qui est le mode de la double conscience dont je vous décrirai les effets dans la quatrième partie de mon ouvrage. L'application automatique de ce type d'attitude psycho-corporelle installe une barrière de défense redoutable entre les détracteurs et le bouc émissaire désigné.

Le regard polaire

Un manipulateur peut utiliser son regard pour imposer son point de vue, mais pas toujours. Certains hommes d'influence ont **un regard d'une froideur polaire**, quelle que soit la mimique qu'ils affichent, sourire compris. Cette froideur est synonyme de pouvoir. Ils n'observent pas le monde comme vous et moi, *leur vision est filtrée par les objectifs qu'ils poursuivent et non par les propos qu'ils tiennent*. Ils se considèrent comme les seuls êtres réels dans un monde peuplé d'êtres virtuels. Vous n'existez pas à leurs yeux, sauf si vous représentez un rouage ou un fusible de leur stratégie. Si le fusible saute, vous serez remplacé et ils vous oublieront aussitôt. Tout cela peut se lire dans leur regard. Ni scrupules ni états d'âme ! Le pouvoir est à ce prix.

J'ai eu l'occasion de percevoir ce sentiment d'inexistence avec des animateurs, stars du petit écran. Je me trouvais à la régie de l'émission de Laurent Ruquier en train de discuter de mon intervention sur son plateau avec la responsable de production. Il est rentré dans la pièce, m'a regardé sans me voir, s'est adressé à la productrice avant de ressortir sans un bonjour ou un au revoir. Drôle de comique ! Mais quel manipulateur ! Il en a le look et les attitudes. Il pourrait servir de modèle vivant pour cet ouvrage. Selon que vous serez puissant ou misérable...

Invité sur le plateau de son émission, j'avais l'impression étrange (comme le dit si bien Daniel Carton) « de m'être introduit dans une petite cour révérencieuse avec les puissants et dédaigneuse avec les faibles. Mais d'elle-même jamais honteuse... Ils se défoulent avec les petits et roucoulent avec les grands ».

Le regard périphérique

C'est un regard qui fuit la confrontation visuelle. C'est le regard évasif par excellence.

Le regard extraverti

Un regard chaleureux, voire souriant.

Le regard introverti

Un regard absent qui voit sans regarder. La fonction visuelle est au repos, l'acuité est débranchée, captivée par les pensées qui occupent le cerveau. Votre meilleur ami est assis en face de vous mais vous l'ignorez car votre vision est entièrement prisonnière de votre réflexion ou de vos rêves éveillés.

Le regard perforant

Il s'agit d'un regard lourd, un regard qui vous traverse et vous sonde jusqu'au tréfonds de l'âme. Les individus au regard perforant ne sont pas agressifs mais intensément observateurs.

Le regard sceptique

Il s'accompagne des sourcils froncés.

le regard méfiant

À la limite de la paranoïa, ce type de regard s'abrite sous les paupières.

Le regard agressif

Haineux, contestataire !

La nomenclature des regards est infinie, cependant, je n'ai jamais observé de regard manipulateur.

Le rôle des pupilles

Mais quand on parle du regard, il est indispensable de consacrer de la place aux pupilles.

Mydryase : dilatation de la pupille ; accommodation de l'œil à l'obscurité et à la distance.

Mysosis : rétraction de la pupille.

En lumière constante, la dilatation de la pupille intervient quand la conscience d'un individu est envahie par un désir massif. Réaction biomécanique qui se produit quand l'ombre gagne sur la lumière, cette dilatation trahit la jubilation que tente de dissimuler le manipulateur. Elle est évidemment plus visible chez les individus aux yeux clairs. En outre, les profils possessifs ou jaloux sont plus coutumiers du fait que les oblatifs. J'ai souvent observé ce type de réaction oculaire chez mes patients envieux qui venaient me consulter dans le secret de mon cabinet psy. Ils se laissaient aller à leurs fantasmes, rêvaient à haute voix de la réalisation de leurs objectifs chimériques et leurs pupilles se dilataient de la jouissance annoncée.

Ce phénomène est surtout visible chez les enfants qui guignent un jouet ou une friandise qu'on leur refuse. Quand la bouche salive, le regard se trouble. Les pupilles des jouisseurs réagissent nettement plus vite à l'émergence d'un désir que celle des sujets psychorigides. Ce qui m'amène à poser l'hypothèse que tout jouisseur qui se respecte est un manipulateur en puissance. La satisfaction de ses conduites sociales, professionnelles ou amoureuses guide ses pas en toutes circonstances. Ne voit-il pas plus loin et plus distinctement que les autres ? La mydriase s'accommode de la distance spatiale mais aussi de la distance qui est le fruit de l'art... de manipuler. L'individu est gourmand, voire glouton, de toutes les influences qu'il peut exercer sur ses semblables. *A priori*, il manipule son entourage pour le plaisir de posséder et de déposséder les autres. C'est un marchand de tapis qui veut tout pour rien et ne vaut rien du tout. Soyez toujours attentif aux pupilles de ceux qui tentent de vous manipuler ! Si elles se dilatent, vous saurez que la casserole n'est pas très loin et que vous risquez d'y passer. Évidemment, si cette casserole est sexuelle, je m'en voudrais de vous priver de votre plaisir, fût-il masochiste. Dans ce cas de figure particulier, les pupilles se dilatent, en principe, chez tout le monde, homme ou femme, manipulateur ou manipulé. C'est d'ailleurs un bon moyen de vérifier le niveau de désir sexuel d'un ou d'une partenaire. Si ses pupilles demeurent rétractées au cours des prémices, la suite risque d'être plutôt décevante, il y a de fortes chances qu'il ou elle ne prenne pas son pied. Si vous n'avez pas envie de savoir, éteignez la lumière !

« Je trouvais que ma jeune patiente avait un regard langoureux, au sens propre du terme, chaque fois qu'elle venait me voir. Je m'en suis ouvert à la secrétaire du centre psy où je travaillais. Elle s'est mise à rire comme une folle. Alertée par son éclat de rire, une collègue sexologue a ouvert la porte du secrétariat. Je lui ai répété ma constatation, un peu interloqué par la réaction de la secrétaire. La sexologue est partie d'un éclat de rire encore plus tonitruant que celui de la secrétaire. Là, j'étais largué. Qu'avais-je dit de si cocasse pour qu'elles s'excitent à ce point ? Elles se moquaient de moi, ironisant sur ma faculté d'observation gestuelle déjà légendaire. »

J'appris enfin que **ce regard langoureux** était

consécutif à la mydriase des pupilles de ma patiente et la sexologue me confirma que cette dernière était folle de mon charme belge. Voilà comment je me suis trouvé confronté pour la première fois à ce phénomène oculaire.

S COMME...

Sourcils

« Il se gratte soudain le sourcil gauche à plusieurs reprises. Alerte rouge ! J'ai dû lui bonnir une idiotie. L'ennui, c'est que dans le feu de l'action je ne me souviens plus très bien de ce que j'ai pu dire. Il se tourne vers un autre invité en plateau. J'ai perdu la main. On ne se méfie jamais assez de soi, les paroles s'envolent mais pas pour tout le monde. L'animateur ne m'adressera plus la parole jusqu'à la fin de l'émission. Je n'existe plus. »

Votre interlocuteur se gratte les sourcils du bout d'un doigt. Vous avez affaire à un sujet versatile et très capricieux, un digne représentant de cette nomenklatura fort répandue sur notre petite planète, j'ai nommé les hommes de pouvoir à géométrie variable et à responsabilité relative. Je pourrais vous en citer plein, rien que dans le « cheptel politique », il suffit de regarder les débats de l'assemblée, car il s'agit bien d'un tic qui appartient de plein droit au vocabulaire gestuel de la France d'en Haut. Et veuillez noter que j'écris Haut avec un H majuscule pour bien montrer mon infini respect de l'altitude !

Si l'élu qui vous tient en haleine se met soudain au grattage de cette partie de son visage, sachez qu'il vient de virer de bord et qu'il cherche désormais un moyen d'en finir au plus vite pour aller prêcher la bonne parole ailleurs.

T COMME...

Trépied

Votre interlocuteur appuie **son front** sur son majeur et son index, le pouce s'appuie contre la pommette pour soutenir sa tête comme sur une sorte de trépied.

J'ai souvent observé ce code gestuel chez les décideurs ou les entrepreneurs qui sont dans l'obligation de faire un choix rapide en situation de crise. Il peut indiquer une situation de stress ou un besoin de persuader l'interlocuteur par tous les moyens et dans les meilleurs délais. Il n'y a pas de différence sémantique entre la main gauche et la droite, *a priori*. Ce type d'attitude peut aussi être utilisé par l'homme public pour offrir une image télégénique de personnage responsable aux téléspectateurs.

CHAPITRE 7

Ces mots qui vous influencent

Ce ne sont pas les Hommes qui manipulent les mots, mais les mots qui manipulent les Hommes.

Le choix exclusif d'un verbe moteur dans le vocabulaire dont nous disposons n'est pas aussi innocent que vous pourriez le penser. « Je crois que » n'est pas « je pense que ». Le sceptique « croit » tout en posant ses doutes sur la table. Il lui manque la foi qui déplace les montagnes et il se sert du verbe pour (se) donner l'illusion d'y croire. L'intello « pense », mais pense-t-il vraiment ou n'est-il qu'un écho cloné de la pensée unique qui lui permet de s'identifier au politiquement correct ? Les mots sont à disposition du locuteur pour plaire à son auditoire et non pour révéler le fond de sa pensée.

Nous avons chacun une manière spécifique de nous exprimer en fonction de divers critères socioculturels (instruction, culture, intelligence, origine sociale, etc.), mais la manière dont nous agençons nos phrases, l'humour ou le sérieux sur lesquels repose le discours, la concordance des temps qui est privilégiée, l'usage de certains vocables accidentels ou à la mode, appartiennent tous à l'organisation d'un discours manipulé par l'éducation qui a modelé (ou manipulé) notre pensée. Démonstration à l'intention des futurs SDF !

« Vous n'auriez pas un euro ? »

Réponse logique : Non !

« Auriez-vous un euro ? »

Réponse pratique : Non !

« Avez-vous un euro, s'il vous plaît ? »

Réponse physique : le passant vous tend l'euro demandé.

Pourquoi ?

Le mode interro-négatif doublé d'un conditionnel induit automatiquement la négation. Le mode affirmatif doublé du même conditionnel induit l'hésitation. Le mode affirmatif reposant sur le présent de l'indicatif induit le passage à l'acte sans réflexion préalable dans la majorité des cas.

Dans cet ordre d'idée, le simple fait d'écouter l'autre, qui est un acte élémentaire, peut devenir une activité enrichissante sur le plan d'une meilleure appréhension de ses motivations. Il ne s'agit pas de pointer du doigt la pauvreté de vocabulaire dans laquelle s'enferment la plupart des gens, mais de décrypter leurs abus de langage, la langue de bois, les glissements de sens qui hypothèquent leur capacité de dialoguer.

Les ghettos du langage existent aussi, mais ce sont les individus qui s'y enferment.

Les mots peuvent être des virus ou des antidotes contre les maladies de la communication verbale. Tout dépend comment on s'en sert. Car les mots nous viennent naturellement, mais leur double signification échappe à notre conscience. L'expression adverbiale « *Tout à fait* » ponctue les réponses d'une multitude de gens. Quel est le sens réel de ce tic de langage ? Sa traduction peut varier de « Pas du tout » à « Je vous ai entendu mais je ne suis pas forcément d'accord avec vous ». Logiquement « tout à fait » devrait correspondre à « entièrement ». Mais le sens de cette expression a été dévié. Elle est devenue une réponse consensuelle destinée à apaiser les doutes de l'autre sans pour autant être entièrement de son avis. C'est aussi une bonne manière de se débarrasser d'un bavard impénitent en lui offrant cette expression en *staccato* avant de le quitter ! Voilà un bel exemple de manipulation du locuteur par le mot ! L'expression « tout à fait » jaillit d'elle-même dès qu'un manipulateur tente de vous mettre sous pression.

« "Vous avez bien l'intention de couvrir votre compte en banque avant telle date", menace le banquier. Le débiteur se dissimule derrière un "tout à fait" répété à plusieurs reprises alors qu'il n'a pas le premier sou pour rééquilibrer son compte. Le banquier raccroche, satisfait de sa prestation téléphonique. Le débiteur s'est engagé sans réfléchir à la portée de ses "tout à fait". Pour le banquier, ce tic verbal équivaut à une promesse. Le débiteur aurait pu lui demander termes et délais au lieu de jouer au perroquet. Le banquier n'aurait pas eu d'autre choix que de lui accorder du temps. Le débiteur a raté le coche et a hypothéqué sa crédibilité aux yeux du banquier. »

Ce chapitre est dédié à cet effet de manipulation du locuteur par le mot qui s'échappe de sa bouche. Un mot dont on lui a inculqué ce qu'il signifie mais dont on a oublié de lui dire qu'il véhiculait parfois le contraire de ce qu'il affirmait. Comme c'est le cas pour les gestes, les mots nous trahissent aussi à notre insu.

S'il s'écoutait, il serait effrayé de s'entendre

La communication verbale est un agrégat de phrases toutes faites, de lieux communs répétés à l'envi sans aucune prise de conscience de la construction inadéquate des phrases et/ou de la pauvreté du vocabulaire. À peine 20 % des mots émis pour exprimer une opinion ou pour rapporter un fait sont signifiants. Les

80 % restants sont de l'habillage ou du babillage, de la gesticulation verbale. On remplit les trous pour éviter que le vide, synonyme d'ennui, ne s'installe. La communication interindividuelle est à ce point inefficace qu'elle se transforme en une litanie de propos qui se suivent comme des chenilles processionnaires et se répètent à l'infini. Le problème auquel nous sommes tous confrontés repose sur la manipulation de la pensée. On ne pense pas ce qu'on dit et on ne dit pas ce qu'on pense. Il est indispensable de protéger la pensée en la dissimulant derrière un paravent d'idées préconçues et de préjugés sans âme. Et puis, surtout, l'intervention de la parole fait sauter le fusible de la conscience de soi.

Les mots s'échappent de la bouche du locuteur sans qu'il puisse censurer ses propos au préalable. « Je suis désolé, ce n'est pas ce que je voulais dire » ou « les mots ont dépassé ma pensée » ou encore « je ne pensais pas ce que je disais » sont quelques-unes des excuses qui invalident les propos émis par le locuteur imprudent, mais surtout inconscient de la portée d'un discours qui échappe à sa conscience. La communication verbale est devenue un automatisme incontrôlable parce que soumise à un stress particulier : il faut répondre à tout prix. Nous n'avons plus le temps de réfléchir avant de parler. Celui qui ne répond pas du tac au tac est considéré comme une sorte d'arriéré mental. La lenteur supposée de l'esprit devient une tare quand le temps presse. Il faut être capable de donner suite dans l'instant pour ne pas « se faire piquer son précieux temps de parole » qui est aussi *un précieux espace d'affirmation de soi.*

« J'ai envie de dire », répète la jeune contestataire à plusieurs reprises. Pourquoi a-t-elle envie de dire ce que rien ni personne ne l'empêche d'exprimer ? Avoir envie n'est pas vouloir ni affirmer sa volonté de parole.

Il s'agit d'une expression verbale relique de l'enfance : « J'ai envie d'un câlin, d'un bonbon, d'un gâteau. » Il est difficile de s'affirmer quand on a envie.

Cette jeune femme contestataire est une Française d'origine maghrébine qui revendique sa nationalité hexagonale face aux caméras de télévision. Le malaise qu'elle dénonce, avec raison, est une déchirure qu'elle subit au quotidien : la difficulté de s'intégrer dans la société française tout en respectant ses origines, sa culture et sa religion. Elle a envie mais elle ne peut ou ne veut pas vraiment affronter cette question existentielle. Comment pouvoir s'affirmer dans ces conditions ? C'est la quadrature du cercle !

Nul ne prend plus le temps de poser ses valises au présent de son existence. Le futur est l'avenir du passé, le présent n'est qu'un instant chimérique qui relie ce passé au futur, donc un espace-temps trop fugace pour qu'on s'y attarde. Nul ne pose plus de questions dont il ne connaît pas d'avance les réponses. Sans compter une majorité de gens qui font les deux, les questions et les réponses, ce qui leur fait gagner un temps fou. Mais que feront-ils de tout ce temps gagné, sinon le perdre à parler pour ne rien dire ? *« Je n'ai rien à dire, ces messieurs se sont approprié tous les mots disponibles, ironise l'invité en plateau qui a conservé le silence durant tout le débat. »* Cette petite phrase assassine suffit à faire de son locuteur un personnage charismatique. Elle efface d'un trait tous les arguments développés par les tribuns qui viennent de ferrailler devant les caméras. De quoi ont-ils parlé, en fait ? Tout est oublié, envolé, sauf la chute. Il suffit d'un mot ou d'une courte phrase pour changer le cours de l'Histoire. « Françaises, Français, je vous ai compris ! » Celui qui comprend, sait. Celui qui sait, comprend ! Il est donc digne de confiance. Simple, facile, pas cher et qui a déjà rapporté gros à son auteur ! Pensez-vous ! La formule est passée à la postérité.

Ces perles de la parole sont révélatrices d'un état d'esprit contradictoire. Nous les entendons souvent sans prendre la peine de les décoder. Et ce sont parfois de véritables morceaux d'anthologie.

Un spectateur sort d'une salle de cinéma. Il vient d'assister à un film dont Europe 1 se fait l'écho (ils ont coproduit le film en question. C'est de bonne guerre !). « Franchement ! Je ne regrette pas d'avoir vu ce film », avoue-t-il naïvement au journaliste qui l'interroge. Affirmation négative précédée d'un adverbe frauduleux. Les avis sincères n'ont jamais besoin d'étaler leur franchise. Pensait-il regretter sa toile ? Une affirmation négative sous-entend une négation de l'affirmation : - 1 + 1 = 0 en algèbre grammaticale.

La visite guidée

Je vous invite à consacrer le présent chapitre à une visite guidée des mots qui vous manipulent et trahissent l'image d'Épinal que vous souhaitez donner à votre entourage.

Je vous propose d'entamer la visite par la famille des verbes moteurs qui se transforment en autant de tics verbaux dès qu'il est question de s'affirmer aux yeux des autres ou d'exister à ses propres yeux. Dans cette optique, le verbe moteur devient une sorte de coach verbal dont vous vous servez pour lancer une phrase ou relancer la conversation. L'abus d'un verbe particulier véhicule une carence ou une incompétence du locuteur associée au sens premier du verbe. Je vous propose de commencer la visite par le verbe « aller » qui est, sans contestation possible, le chef de file de tous les verbes moteurs.

Aller

« Je vais le faire », rétorque le procrastinateur sur un ton plaintif. « Je vais y aller », rajoute-t-il pour calmer le jeu. Le verbe « aller » est le coach favori de tous ceux qui reportent au lendemain ce qu'ils auraient dû faire hier déjà. Plus son usage est courant dans le discours du locuteur, plus vous aurez la certitude que vous ne pouvez pas compter sur lui. Les procrastinateurs sont des êtres en mouvement virtuel et des manipulateurs au petit pied. L'intention est verbalisée, mais le passage à l'acte n'est pas encore programmé. « Je vais vous dire... » est une variante intéressante à écouter de toutes vos oreilles. Le locuteur qui l'emploie ne dit jamais ce qu'il pense et ne pense pas plus ce qu'il dit. En fait, il n'a rien à dire sinon de meubler l'espace entre « aller » et « dire ». Faut-il y aller pour le dire ou le dire sans avoir besoin d'y aller ? Pénétrez-vous de ce jeu de mots et vous comprendrez désormais pourquoi ceux qui « vont » agir font du surplace toute leur vie.

Essayer

Essayer, c'est introduire dans l'acte ou l'action le virus de l'échec. Les essayeurs, qui usent et abusent de ce verbe magique, sont parfaitement inconscients du message que leur dicte leur subconscient. « Essaye ! Tu échoueras mais tu auras la conscience tranquille et tu n'auras rien à te reprocher. » Essayer, c'est simuler, c'est se donner la possibilité d'échouer, donc d'affaiblir sa confiance en soi ou en l'aboutissement d'une action. « Tu peux toujours essayer ! » est le conseil ironique du manipulateur qui sait que l'échec de l'entreprise est au bout du chemin. Les essais sont autant de simulations, ils sont virtuels et non réels. On essaye pour faire comme si. « Je vais essayer de vous dépanner », dit l'automobiliste serviable mais parfaitement incompétent sur le plan mécanique. Il n'y parvient pas, qu'importe, il a essayé. Merci quand même !

« J'ai tout essayé ! » Autre refrain connu qui sous-entend : « Je n'ai pas réussi au bout du compte. » Les essayeurs sont des séducteurs, ils promettent le bonheur mais ne l'offrent jamais à leurs coups de cœur. En sont-ils incapables ? Ils sont surtout dépourvus du sens de l'achèvement dans la mesure où ils finissent rarement ce qu'ils entreprennent. Réussir, ce n'est pas aboutir mais durer. Un essai ne s'inscrit jamais dans la durée. Il ne vit que dans l'instant de sa velléité. « Je vais essayer. » La phrase qui tue. L'essayeur déporte dans un avenir incertain l'action envisagée de manière à différer son engagement. Un report bien pratique qui lui permettra d'éviter toute implication. En effet, il n'a rien promis. Il a tout au plus envisagé que peut-être-éventuellement-on verra plus tard, etc. Il pourrait, le cas échéant, agir dans le sens voulu par son interlocuteur. Mais rien n'est moins sûr ! Encore faut-il qu'il y trouve son compte.

Essayer malgré tout

« Essayer malgré tout » est une ineptie langagière qui ne mène à rien d'autre qu'à s'offrir une bonne conscience. L'adverbe « néanmoins » est synonyme de l'expression « malgré tout ». On peut la considérer comme une contraction de « moins que le néant » ou moins que rien dans un langage plus explicite. Il ne sert à rien de nager à contre-courant, sauf à épuiser ses énergies en vain. Si votre interlocuteur vous oppose l'une de ces deux expressions adverbiales, faites immédiatement le deuil de votre démarche, histoire de protéger votre projet contre une désillusion cuisante. L'essai n'est pas suffisant pour affronter le « tout » qui s'y oppose.

Croire

« Je crois que vous avez raison... ou tort. » L'utilisation abusive du verbe croire comme coach verbal trahit une foi fragilisée par ses doutes. Pourquoi le locuteur se sent-il obligé d'ajouter le verbe croire à son affirmation ? Parce qu'il émet un doute. « Je crois mais je ne suis pas certain » est le double sens de cet usage courant du verbe. Dans le fond, la foi n'est jamais qu'un doute qui a viré sa cuti.

Faire

« Je lui fais, tu devrais y penser ! » « Il me fait, ce ne sont pas tes oignons. »

Les faiseurs en paroles ne sont jamais des acteurs. Ce mode d'expression dénote un niveau intellectuel médiocre. La confusion entre le verbe faire et le verbe dire indique également que le locuteur éprouve des difficultés à communiquer avec son entourage. Ce mode verbal trahit un individu passif qui joue les actifs en paroles.

« Fais plaisir à maman »

L'injonction s'adresse à l'enfant de la part d'un statut affectif et non d'une personne qui s'identifierait par son moi. « Fais-moi plaisir ! » La mère se réfugie derrière son statut pour se faire obéir par l'enfant. L'injonction est coercitive. Si l'enfant ne s'y soumet pas, il sera sanctionné par son propre Surmoi. Si je n'obéis pas à l'injonction, Maman (le statut et non la personne) me privera de son amour. Bien plus tard, l'injonction suivante portera les mêmes fruits :

« Faites-le pour votre carrière ! Votre carrière dépend du succès de cette négociation, mon cher ami ! » La carrière se substitue à la maman. Elle devient aussi essentielle que l'amour maternel. Cet amalgame avec l'une des valeurs essentielles du Surmoi est l'un des moyens que privilégient les patrons manipulateurs pour re-motiver leurs troupes. « Il faut se sacrifier pour la Nation » est une autre injonction qui découle de la même racine parentale.

« L'entreprise (la mère) a besoin de vous. Vous êtes un rouage essentiel de son fonctionnement. Faites-moi plaisir, défoncez-vous ! Vous n'aurez pas affaire à un ingrat (le père) ! »

Le manipulateur a fondé son argument sur les deux figures divines du Surmoi de son employé. Il l'a incarcéré dans son message. Il est obligé d'y souscrire sous peine de rejet affectif. La perversité de ce mode de communication vous paraîtra évidente vue sous cet angle.

Autre cas de figure : « Appelez-moi docteur », dit le jeune médecin peut sûre d'elle-même ! Elle se dissimule derrière son statut pour asseoir son expertise. Le besoin d'afficher un titre trahit bien souvent une personnalité fragilisée, voire inexistante en dehors du statut professionnel. On peut être cultivé, bac +, intelligent et parfaitement déstructuré sur le plan de l'organisation psycho-affective. Ces individus n'ont aucune intelligence interpersonnelle, ce qu'on appelle aussi l'empathie ou la faculté de ressentir ce qui se passe dans la tête ou dans le cœur de l'autre. L'émotion, ce n'est pas leur rayon. En revanche, leur cerveau cognitif est souvent hypertrophié, mais le cerveau affectif est insensible à la détresse de leurs patients.

Falloir

Le verbe « falloir » se conjugue uniquement à la troisième personne du singulier. Déclinaison hypocrite du verbe devoir, il a l'avantage d'avoir un sujet inconnu au bataillon. Qui est « il » ? Ce n'est ni je, ni tu, ni nous ! « Il » est un personnage virtuel mais cependant tout-puissant qui impose sa volonté sans qu'il soit possible d'en débattre avec lui. Ce mode de coercition est le refrain favori des grands patrons. Ils se retranchent derrière ce personnage absent du jeu pour faire appliquer leurs directives. « Il faut que ce dossier soit réglé dans les meilleurs délais. » Pourquoi « il faut » et non pas « je souhaite ou je veux que » ? Les patrons auraient ils peur de prendre la responsabilité de leurs injonctions ? « Il » est donc le supérieur du grand patron, supérieur derrière l'influence duquel ce dernier se retranche pour obtenir satisfaction. L'usage du verbe « falloir » trahit effectivement un véritable problème de langage. Qui est le manipulateur ? Ce verbe déresponsabilise celui qui en fait usage. Il parle au nom de la raison d'État, de l'intérêt supérieur de l'entreprise qu'il ne faut pas confondre avec ses intérêts personnels. Il fait appel à une autorité insondable, une sorte de voix divine qui commande à l'exécutant et dont le patron se fait le relais. « Il » est une image symbolique du père tout-puissant.

« Il faut que j'aille faire les courses avant 19 heures », me rappelle mon épouse. Pourquoi ne dit-elle pas « Je dois aller faire les courses... ou je compte aller faire... » ? L'engagement personnel est-il trop lourd à porter ? « Il » décide à la place de « je », ça me rassure dans la mesure où ce n'est pas moi qui dois prendre la décision. « Il » sait mieux que moi ce qu'il faut faire ; « il » me soulage du poids de ma responsabilité.

L'usage abusif de cette expression verbale révèle un

manque de caractère. Un moi déresponsabilisé, incapable de prendre une décision sans en référer à « il ». On peut être tout-puissant au sein de sa boîte, d'une intelligence largement supérieure à la moyenne et souffrir d'un sentiment d'infériorité ou d'incomplétude. N'étant pas complet, je fais référence à une autorité supérieure qui couvre mes propres décisions. « Il » est la traduction d'une espèce de synthèse des images parentales intégrées dans le Surmoi. L'abus du verbe indique un Surmoi hypertrophié, nourri d'injonctions parentales tyranniques auxquelles l'adulte se doit d'obéir sous peine de sanction.

Le recours fréquent au verbe falloir est un symptôme facile à décoder dans le discours de votre interlocuteur. Il vous permet d'adopter un langage miroir dans lequel « il » deviendra le décideur final. Si vous êtes face à un individu qui abuse du « il » et que vous vous exprimez à la première personne du singulier, il percevra inconsciemment la différence qui vous sépare et rejettera votre argumentaire ou vos propositions parce que vous jouez un rôle de parent insupportable pour son ego. *A contrario,* si votre interlocuteur utilise le « je » et que vous faites référence à « il », le rejet sera identique pour cause de reflet spéculaire inadéquat. La réussite d'un entreprise ou d'une démarche tient souvent à peu de chose. Choisissez le bon pronom personnel avant de vous attaquer à convaincre l'autre. Soyez son image dans le miroir de sa pensée !

Imaginer

« J'imagine qu'il vous a fait faux bond. » L'utilisation récurrente du verbe imaginer est typique des individus qui n'ont aucune imagination. La conjugaison des sons de ce vocable musical est agréable à l'oreille. La signification du verbe est gratifiante pour l'ego de celui qui en abuse. Il se prend pour un créatif, joue de sa sensualité relationnelle et se vante souvent de son flair ou de son intuition. Ne vous fiez jamais à son flair, il a le nez bouché. Quant à son intuition, elle repose sur une conduite pulsionnelle, donc impulsive. Grattez ici !

Penser

Penser n'est pas réfléchir ! L'usage intensif du verbe penser est un signe d'intellocratie et de soumission à la pensée unique qui prévaut ! « Je pense qu'il faut étudier la question de manière plus précise avant de prendre une décision. » Les penseurs en paroles sont des acteurs stériles. À force de « penser que », ils finissent par oublier d'agir. Et s'ils sont décisionnaires, leur service ou leur entreprise s'engluent dans la stagnation ou la conservation des acquis sans la moindre perspective d'avenir. Le pouvoir de la pensée est tel qu'il hypothèque tout passage à l'acte ou tout changement. La pensée est confortable et sécurisante car elle n'oblige jamais le penseur à agir autrement qu'en théorie. « Je pense, donc je suis ! » Terminus ! Tout le monde descend !

Se demander

« Je me demande s'il a raison ? » Celui qui s'interroge de cette manière ne pose jamais de questions à son interlocuteur. Son manque de curiosité intellectuelle s'affirme chaque fois qu'il se pose la question. Il se consulte en circuit fermé, excluant tout intérêt pour l'avis de celui auquel il semble adresser cette question. « Je me demande pourquoi il a fait cela ? » Il s'interroge à haute voix, attendant une réponse de son inspiration. Si vous intervenez en lui suggérant votre avis, il n'en tiendra pas compte dans la mesure où il n'a pas sollicité explicitement votre concours. L'individu qui « se demande » est en orbite autour de son nombril. Son entourage est virtuel, la seule réalité qui le branche, c'est son ego.

Voir

« Je vois », dit-il, l'esprit vide de toute image. C'est un voyeur auquel il faut fournir des clichés pour meubler son imaginaire. Il lui faut du concret, la théorie lui donne de l'urticaire. Les « voyeurs » sont des grands amateurs de BD, ou de *home video,* pas des lecteurs. Ils sont souvent aveugles ou aveuglés par ce qu'ils croient voir. Si vous êtes borgne, vous serez le roi au pays des voyeurs aveugles. Je vous mets en garde, cependant, contre les abonnés à l'expression « tu vois ». Ce sont des paresseux qui font faire le boulot par les autres et s'approprient leur travail en prétextant qu'il ne leur convient pas. Ce sont des plagiaires et des profiteurs. Petite anecdote pour illustrer la théorie !

Une rédactrice en chef me demandait de pondre un ensemble de rubriques pour un magazine en gestation. Elle n'arrêtait pas d'utiliser le « tu vois » afin de faire passer son message trop implicite pour mes faibles neurones. Je ne comprenais pas exactement ce qu'elle attendait de moi. « Je compte sur toi », me dit-elle avant de raccrocher. La multiplication des « tu vois » m'avait exaspéré dans la mesure où je savais ce qu'ils signifieraient au bout du compte. Je n'ai pas répondu à son attente, sachant très bien que ce travail bénévole ne me rapporterait jamais un kopeck. Elle ne m'a jamais recontacté pour avoir des nouvelles du projet demandé. La manipulation n'a pas fonctionné.

Utiliser ou employer ?

Telle est la question, car ces deux verbes n'ont pas le même sens suivant les locuteurs qui les fréquentent. Les manipulateurs utilisent, les manipulés emploient.

Dire

« Je vous dis que j'ai raison ! » Et pourquoi pas « j'ai raison » tout simplement ?

Le diseur est un locuteur peu sûr de lui. Il a toujours l'impression que son interlocuteur l'entend sans vraiment l'écouter. « Je te dis de faire de l'ordre dans ta chambre », éructe le père exaspéré. L'usage du verbe moteur « dire » est superflu, mais le père ne réalise pas à quel point son injonction est affaiblie par cet intrus verbal. Le double sens est perçu de manière perverse dans ce cas précis. L'enfant décode que son père lui a dit de faire de l'ordre et non ordonné de le faire. Ce qui est dit ne doit pas forcément être fait. Ce que l'on doit faire n'a pas besoin d'être dit. C'est aussi simple que cela.

Autre variante : « Je dirais que... » L'usage du conditionnel révèle un manque de conviction du locuteur.

Se dire

« Je me suis dit que ce n'était pas la peine de t'alarmer pour si peu. »

Il se parle à lui-même, à l'instar de celui qui se demande. C'est son mode de pensée oral. Il est incapable de réfléchir dans le silence de son esprit et vous impose dès lors sa réflexion en stéréo. Ce verbe réfléchi trahit un personnage confus dont les capacités intellectuelles subissent un désordre endémique. Incompétent et de très mauvais conseil, ne lui faites jamais confiance, vous en seriez pour vos frais.

Compter

« Je compte sur vous » est un avertissement dont la menace est à peine voilée. C'est le refrain favori du manipulateur paresseux, déléguant ses pouvoirs à ses troupes. Le verbe compter est analogiquement lié aux nombres, par voie d'extension à l'argent ou au bénéfice que le manipulateur retirera de la mission dont il vous aura investi. Il ne compte pas sur vous, mais sur ce que votre initiative personnelle lui rapportera.

La concordance des temps et du temps qui passe

Je voulais prendre rendez-vous

Il conjugue son futur à l'imparfait, une curieuse manière d'envisager l'avenir, vous en conviendrez. Et pourtant, les individus qui utilisent le passé pour se projeter dans l'avenir courent les rues. C'est le mode d'expression privilégié des individus velléitaires. Ils n'ont aucune volonté propre, mais se soumettent plus souvent à celle de celui qui détient le pouvoir à leurs yeux. Ils sont évidemment manipulables à merci, tout comme leurs alter ego : les conditionnels.

« Je me disais qu'il vaudrait mieux reporter la décision à plus tard », objecte le chef de service, peu sûr de son fait. Cette phrase est un bijou de la manipulation des mots. « Je me disais » conjugué à l'imparfait ; « qu'il vaudrait mieux » indique que le décideur est virtuel sans compter l'utilisation du conditionnel ; « reporter la décision à plus tard » ou à la Trinité. Que signifie véritablement cette phrase ? Je peux vous la retraduire de manière plus explicite. Lisez lentement ce qui va suivre afin de saisir la quintessence humoristique de la situation !

« Se dire » est un verbe réfléchi. Il se parle à lui-même, se concerte en circuit fermé et déporte cet entretien entre lui et lui au passé dépassé. Ce qui lui permet d'installer une distance entre le Moi qui « se disait » et celui qui s'exprime. Le second transmet le message du premier qui a déjà pris sa décision. En tout état de cause, un locuteur qui utilise le verbe réfléchi en question n'est pas ouvert à la discussion. Il se repose sur une référence passée pour confirmer une décision qu'il vient de prendre à l'instant.

Les tyrans domestiques et les patrons despotiques usent de ce stratagème verbal pour faire passer leurs désirs. Le message véhiculé par cette phrase est évident pour tout le monde sauf pour celui auquel il s'adresse. La décision ne sera jamais prise et le projet qu'elle concernait est déjà mort avant d'avoir vu le jour.

Je voudrais

Quand les conditions montrent le bout de leur nez, l'action est déjà marquée au fer rouge par un solide handicap. L'usage du conditionnel est-il un véritable virus de langage ? Il est en tous les cas un mode velléitaire qui affaiblit le « Je veux, s'il vous plaît » et le pouvoir qui découle d'un exercice affirmé de la volonté. « On ne dit pas je veux, on dit je voudrais, quand on est bien élevé. »

La recommandation est typique de cette petite bourgeoisie qui transmet encore les valeurs apprises à l'usine ou au bureau. On ne peut s'affirmer qu'à travers les vertus du travail bien fait, qu'à la lueur parcimonieuse des mérites d'une vie dévouée à l'entreprise. C'était hier ! C'était il y a un siècle, quand une carrière pouvait encore s'inscrire tout entière dans une seule entreprise. Ce temps-là est révolu. Le conditionnel aussi ! Le présent a pris le relais avec une fenêtre ouverte sur l'avenir, mais beaucoup l'ignorent encore.

Le conditionnel est le mode favori du non-engagement. Tout individu qui privilégie ce mode agit en théorie pour satisfaire sa conscience. Un de mes amis disait souvent que *le conditionnel est un temps qui aurait pu exister*. La formule est jolie par temps de pluie. Les conditionnels sont des gens qui s'ennuient. Voilà la vérité qu'il trahit !

Les adjectifs très tendance

Nul ou génial ?

Le génie court les rues. Tout est génial ou tout est nul à ch... ! Entre ces deux critères antagonistes, il n'y a plus de chaise pour s'asseoir ! L'extrémisme des mots annonce l'extrémisme des mentalités de notre société en pleine mutation, voire l'extrémisme tout court.

La tendance est tyrannique et manipulatrice, elle commande aux goûts et aux couleurs. L'exclusion de la masse informe des jobards qui n'appartiennent pas à l'une de ces deux catégories est en marche. Car il vaudra mieux bientôt être nul que rayé de la carte des épithètes désignant ceux qui n'existent pas, comme les sans-papiers, par exemple. On dirait que notre société entame sa crise d'adolescence, après avoir soldé son enfance et toutes les valeurs familiales décadentes qui s'y rattachaient. L'avenir s'annonce génial pour une minorité et vachement nul pour tous les autres.

C'est géant ou méga

Expression à la mode chez les ados, elle est la traduction littérale et moderne de la fable de La Fontaine qui met en scène une grenouille face à un bœuf. Vous connaissez ? L'ambition des grenouilles adolescentes est équivalente à celle des ados humains. La gonflette remplace avantageusement la ténacité ou la combativité contre vents et marées. Plus on se sent minuscule, plus tout est géant. Plus on grandit, plus tout devient petit. Le nanisme de la pensée produit souvent des géants minuscules. L'expression est nuisible, mais comment le faire comprendre à votre enfant qui rêve d'être grand ?

C'est incontournable

La mode de cet adjectif est apparue il y a quelques années. Dans son acception première, il signifie qu'on ne peut éviter les conséquences d'un événement. Mais le sens premier s'est largement effacé devant l'abus du terme. L'adjectif est devenu une sorte de leitmotiv de tous les manipulateurs qui ne souhaitent pas que leurs victimes potentielles les contournent. « *Le Monde* (le quotidien) est incontournable quand on veut promouvoir son image publique », clament certains politiques qui rêvent de starifier leur stature d'homme d'État.

L'incontournable entraîne l'obligation d'agir dans le sens voulu par celui qui détient l'autorité. Or, ce terme est devenu le refrain favori de tous les manipulateurs qui sévissent dans la fonction publique. Quand le mot est exprimé à haute et intelligible voix, le couperet tombe et l'administré n'a plus qu'à se soumettre. À moins que « l'incontournabilité » ne soit qu'un leurre. Ce qui est souvent le cas. Les cotisations d'URSSAF sont incontournables. Le travailleur non salarié est obligé de les payer, rubis sur l'ongle. Sauf s'il se trouve dans l'impossibilité de s'acquitter de sa dette auprès de cet organisme tentaculaire. Imaginez qu'un individu dépose le bilan de sa société. Il se retrouve sans ressources ou presque. L'URSSAF peut se saisir de ses biens personnels pour solder sa créance, bien entendu. Mais elle préférera transiger et ouvrir les barrières de l'incontournable pour faciliter le règlement de cette dette en fractionnant le montant selon les désirs du débiteur. Rien n'est incontournable, sauf le mot lui-même. Ne l'oubliez jamais !

Quelques adverbes très variables

L'adverbe est un superlatif, une sorte de remède contre la simplicité que la plupart des gens confondent avec la médiocrité. Un qualificatif n'est plus suffisant pour exprimer son enthousiasme ou pour affirmer son Moi. L'adverbe porte frac et haut-de-forme. C'est un milord du langage et un associé inséparable de tous les manipulateurs qui écrivent des articles ou des bouquins aussi obscurs qu'abscons. Plus il y a d'adverbes dans un texte, plus il y a des chances que l'auteur appartienne à la confrérie des hommes d'influence ou qui se considèrent comme tel. Ils mettront toujours un adverbe là où un qualificatif eut suffi (amplement, largement, vraiment, franchement, au choix) à décrire leurs états d'âme. Vous remarquerez d'ailleurs que l'adverbe en question est souvent inutile dans la mesure où il n'apporte aucun éclaircissement. Et ce ne sont pas les « auteur...ements » qui manquent à l'appel.

Too much is not enough !

« C'est trop beau, trop génial, c'est trop ! »

La nouvelle expression adverbiale très tendance des

pré-ados est en train de submerger la langue française. *Too much is not enough !* Trop n'est pas assez ! Tel est le sens d'un refrain verbal qui envahit les cours de récré et qui traduit une insatisfaction profonde de la France de demain. Déjà !

La culture bimbo est le reflet de cette anorgasmie annoncée. Elles se maquillent comme des grandes, s'habillent comme leurs idoles, montrent leur nombril et admirent leurs fesses dans le miroir, à défaut d'avoir une paire de seins affriolants à mettre au balcon. Les trois quarts de ces nouvelles graines d'Ève rêvent de devenir les stars de demain. Sans complexe ! La réaction des entreprises de la mode, du jouet et des cosmétiques a été fulgurante. Puisque les fillettes ne veulent plus de leur enfance, donnons-leur les moyens de jouer aux adultes en format de poche. Et que le business manipulateur redémarre sur des chapeaux de roues ! Le paraître a encore et toujours de beaux jours devant lui. L'être, en revanche, n'a plus que ses larmes pour pleurer. Ce phénomène s'inscrit dans une époque en pleine mutation. Que se passe-t-il ? Pourquoi ces pré-ados ressentent-elles le besoin de griller les étapes ? Parce que les pères sont en voie de disparition à cause de la multiplication des divorces ? On décompose pour mieux recomposer les familles. Mais le père substitutif n'est qu'une image rapportée et, somme toute, très virtuelle du père absent. Une autre raison peut justifier cette montée en puissance de la génération bimbo : une substitution de valeurs essentielles ! Le yo-yo du chômage avec l'insécurité de l'emploi comme cerise sur le gâteau que nous préparons à nos enfants est en train de solder l'authenticité et l'originalité de l'individu au profit de la séduction tous azimuts.

Plus on est séduisant, mieux on réussit ! Or, pour devenir séduisant, il n'est pas indispensable d'être physiquement parfait. La preuve par neuf ! Jennifer, lauréate du premier Star Academy, n'était d'une petite jeune fille un peu boulotte et pas très jolie à l'origine, et voyez ce qu'elle est devenue. Elle est trop ! Un maquillage *ad hoc,* un petit régime, un bon coiffeur et surtout un choix de vêtements très sensuels et le tour est joué. Jennifer est devenue une star et un parangon de la beauté. La séduction, le thème bateau repris par tous les magazines féminins et masculins. Et cette séduction est essentiellement une question d'image. Les valeurs intellectuelles volent en éclats. Elles ne concernent plus qu'une minorité de Français. Un dernier carré qui se goberge de ses valeurs spirituelles décadentes. Des *has been* qui s'accrochent à leur postérité avant que la mort ne les emporte. Faut-il se soumettre au *diktat* de la séduction ? L'image sociale est morte et enterrée, vive l'image publique ! Le credo de ces vies toutes neuves est déjà soumis au regard de l'autre. Je n'existe que si je plais physiquement à mon entourage. Tel est la nouvelle règle largement plébiscitée par la génération montante. C'est l'avènement de la séduction passive. L'érotisme ne sert plus à allumer le désir de l'autre mais à mettre en valeur le nombril, ce symbole absolu de l'individualisme et de l'égocentrisme qui en découle.

Hélas ! Il y a ce petit adverbe stupide qui vient gâcher la fête. Ce qui est trop n'est pas assez, et ce qui guette cette génération bimbo, c'est l'hypertrophie du désir au détriment du plaisir, ou, en d'autres termes, la démesure de l'ambition au détriment du succès espéré. La mort de toute créativité au profit d'une uniformité très contrôlée et évidemment rassurante. Une génération de clones séducteurs ! La société de consolation qu'évoquent certains sociologues éclairés est en mouvement. Elle sera installée dans ses quartiers avant la fin de la première décennie de ce nouveau siècle. Dommage !

Absolument

L'absolu n'existe pas et cet adverbe ne signifie rien d'autre qu'un besoin de (se) rassurer. « Il faut absolument qu'on se voie, me confirme un éditeur enthousiaste. Nous prenons date, mais quand je me présente à la maison d'édition, il est absent. « Un cas de force majeure », s'excuse la secrétaire en grimaçant. Quelques années plus tard et quelques lapins après. « Il faut absolument qu'on se revoie, vous êtes exactement le spécialiste que je recherche depuis des lunes », m'explique ce directeur d'une boîte de formation. Fort d'une série d'expériences qui n'ont « absolument » pas abouti, je l'invite à venir discuter chez moi de ma participation à la formation qu'il envisage d'inclure dans son catalogue. J'habite un petit village à la campagne à deux cents kilomètres de la capitale. Il a annulé le rendez-vous la veille. Je savais évidemment à quoi m'en tenir. Lors d'un premier entretien, j'avais déjà pris les mesures du personnage et mesuré son émoi. C'était, comme tous les « absolument » de la terre, un éjaculateur précoce.

Vraiment & ses cousins

« Je crois vraiment qu'il faut réfléchir à la question avant de s'engager tête baissée dans un piège à con. » La phrase est délicieuse et frauduleuse à souhait.

L'adverbe « vraiment » est superflu car il décrédibilise le reste de la phrase. Tous les menteurs vous diront sincèrement ou vraiment la vérité. Tous les conseilleurs, les charlatans ou les imposteurs abuseront de cette vérité adverbiale pour avaliser leurs manipulations. *Vraiment, sincèrement, franchement, ouverte-*

ment sont quatre termes privilégiés dans le discours des simulateurs.

« Il y croit vraiment » n'est pas une affirmation renforcée mais un doute annoncé, doublé d'un gros mensonge. « C'est vrai que... tralala ! » appartient à la même famille frauduleuse des adverbes et attributs inutiles mais qui travestissent si bien la vérité que nul n'a envie d'entendre.

Éventuellement

« Je voudrais éventuellement prendre rendez-vous ! » J'avais appris à la secrétaire du centre de recherche où j'exerçais à décoder ce type de sollicitation frauduleuse. Une volonté mise sous condition assortie d'un adverbe qui « éventualisait » le rendez-vous correspondait généralement à une plage horaire perdue. J'avais trouvé la parade pour ne pas refuser tout net ce type d'entretien virtuel. « Si vous souhaitez prendre rendez-vous avec l'un de nos psychologues, je vous demande d'envoyer un chèque correspondant aux honoraires du premier entretien », sussurait-elle de sa voix charmante. La majorité des consultants qui utilisaient ce mode verbal lui raccrochaient au nez en fulminant. Je perdais des patients potentiels, mais je gagnais un temps précieux pour effectuer mes recherches. Mes confrères aussi !

Tout de même

« La direction n'est pas emballée par votre projet mais je vais tout de même les relancer », me confie mon interlocuteur sur un ton peu convaincu.

« Je vous déconseille de le faire. » « Pourquoi ? » Mon conseil le prend au dépourvu. Il a plutôt l'habitude d'avoir au bout du fil des interlocuteurs piaffant d'impatience. Je lui sers un prétexte frauduleux pour

me débarrasser de ses velléités. « J'habite trop loin de Paris pour être suffisamment disponible et j'ai pas mal de boulot en ce moment. » En réalité, quand un individu sur lequel vous comptez pour faire passer un projet au décideur utilise le « tout de même » dans son discours, cela signifie que ledit projet ne le motive plus autant qu'à votre première rencontre.

Trois invités impromptus

Oui, mais non !

Injonction paradoxale ! Expression de la double contrainte ! L'usage intensif de cette expression antagoniste trahit un individu qui vit sous la contrainte de deux choix qui s'excluent mutuellement. « Tu peux manger tous les gâteaux que tu veux, mon chéri, mais laisses-en quand même pour tout le monde. »

Pour le « oui, mais non » tout est toléré, mais rien n'est jamais permis.

Son environnement familial était déjà coercitif et pénalisant. La tolérance ne concerne que les actes dissimulés et donc non sanctionnés. « Oui, mais non tu ne peux pas... » L'interdit n'est pas franc du collier. Le couperet tombe en cas de flagrant délit. Ce type d'éducation produit des adultes contradictoires, incapables de faire un choix dans la mesure où chaque situation débouche pour eux sur deux sens interdits ou deux sanctions. L'incivilité que les médias dénoncent aujourd'hui n'est que le résultat de cette tolérance interdite. Pas vu, pas pris ! Tu peux t'empiffrer mais gare à toi si tu manges tous les gâteaux, pour en revenir au message de la mère. Oui tu peux, mais non tu ne peux pas, est le sens primitif de cette injonction paradoxale.

« Vous pourriez réussir dans cette entreprise, mais

les conditions du marché sont telles que vous n'y parviendrez pas sans mon aide », explique patiemment le manipulateur au jeune entrepreneur naïf. Double chantage !

« Le comptable de ma femme lui répétait souvent que si elle continuait à avoir autant de frais généraux dans son entreprise, elle finirait par déposer le bilan. J'ai pris la peine de ventiler ses frais pour découvrir que plus de 30 % de ces frais partaient dans la poche du comptable. J'ai viré le comptable manipulateur et le poste des frais a maigri en l'espace d'un trimestre. C'était un adepte inconditionnel du "oui, mais non" ».

La philosophie du « oui, mais non » s'applique aussi dans les campagnes gouvernementales qui motivent les chômeurs à se mettre à leur compte. Les allègements de charges sociales ou d'impôts leur sont octroyés, des prêts à taux préférentiel leur sont promis. Hélas, les banquiers ne suivent pas le mouvement. Ils exigent que vous disposiez de solides garanties, à savoir, au moins le double de la somme que vous souhaitez emprunter. La philosophie du Oui, mais non ! Et sans trésorerie, le rêve d'entreprise ne peut se réaliser. La France est un vieux pays dont toute la culture est fondée sur ce genre de contradictions.

Les pronoms

On

Pronom indéfini et indéfinissable dans le rôle de « On va le faire... », qui est on ? « On » c'est personne et tout le monde ! C'est le sujet favori des individus indécis et imprécis. Pronom indéfini, « on » n'existe pas, ce qui permet à celui qui l'emploie de reporter la charge de travail sur ceux qui le suivent ou de partager la responsabilité de l'action à accomplir. « On doit partir bientôt », dit le mari à son épouse en présence de leurs hôtes. « On », c'est évidemment « nous » (le couple) qui est concerné. Mais l'usage du pronom trahit un personnage qui se dissimule derrière l'obligation du couple pour éviter d'affirmer l'autorité dont il est dépourvu. La valse-hésitation est son violon d'Ingres. Il fera appel au pronom chaque fois qu'il sera confronté à la nécessité de prendre une décision personnelle.

Dans l'ouvrage intitulé : *Ne leur dites jamais*, que j'ai commis en compagnie de mon épouse aux éditions Flammarion, je relève le passage suivant qui exprime bien les ravages du ON.

« Pronom impersonnel, indéfini et indéfinissable dans le rôle de "On va le faire..." Qui est on ? "On" c'est personne et tout le monde ! C'est le sujet favori des individus dépersonnalisés, irresponsables, indécis et implicites. Pronom impersonnel, "on" n'existe pas, ce qui permet à celui qui l'emploie de reporter la responsabilité sur le dos des autres ou de son enfant, le cas échéant. "On t'avait bien dit de nous attendre là", se fâche le père essoufflé d'avoir couru après son fils dans tout l'hypermarché. Qui avait dit quoi ? Assurément pas le père ! L'usage du "on" s'est perdu entre les oreilles de l'enfant. Personne ne lui a dit d'attendre là ! "On" est une enveloppe désincarnée dont l'utilisation est caractéristique des individus sur lesquels vous ne pouvez jamais compter. "On" est un pronom caméléon. C'est une tenue de camouflage du parent qui refuse implicitement de s'impliquer. C'est le papa ou la maman sur lesquels l'enfant sait instinctivement qu'il ne pourra pas compter. »

Moi, je

Moi pas exister ! L'abus du « moi, je » est un symptôme patent de la faiblesse d'une personnalité ou d'une organisation mentale confuse. L'égocentrisme du locuteur est une manière de protéger cette faiblesse contre l'environnement hostile, par définition. Toute communication avec l'autre est filtrée par le « moi, je » du locuteur. Il ressent le besoin de s'affirmer en permanence pour se protéger de l'influence supposée de l'autre et se défaire d'un complexe d'infériorité tenace. Manipulable à merci, le « moi, je » ne dispose pas d'autre moyen de défense que la double affirmation de son ego à la face du monde.

À ce sujet, je vous propose une respiration, un conte pour adultes sur la relation entre « moi » et « je ».

— *Qui êtes-vous ?*

— Je suis Moi ! Et vous ?

— Moi aussi, je suis Moi !

— Enchanté de me connaître !

Moi et Je s'amusent comme des petits fous. C'est à celui qui sera le plus spirituel des deux.

— Et vous faites quoi dans la vie ? poursuit Je sur le même ton.

— Égoïste ! Je m'occupe essentiellement de moi, répond Moi avec un air très filou.

— Vous avez beaucoup de travail ?

— Énormément ! Si vous saviez ! C'est épuisant de s'occuper de soi exclusivement.

— Je pourrais peut-être vous aider. Vous n'avez pas besoin d'un assistant ?

— Qu'est-ce que vous faites dans la vie ?

— Pronom personnel ! répond Je.

— Et ça vous plaît, comme boulot ?

— On s'y fait ! Mais il m'arrive de perdre des clients.

— Ah bon ? Et comment ?

— Vous savez bien ! Ceux qui s'adressent la parole à la deuxième personne du singulier, histoire de briser leur solitude. « Tu vas bien ? Au poil, ma croûte ! » Notez que je les comprends. À force de se fréquenter soi-même, on a parfois envie de frayer avec les autres.

— Bof ! Les autres ne présentent aucun intérêt, réplique Moi, dédaigneux.

— Ne dites pas ça ! Les autres existent et on s'amuse toujours mieux à deux.

— Pour quoi faire ? Les hommes sont tous obsédés par leur nombril. Ce qui explique d'ailleurs ma réussite extraordinaire, se rengorge Moi.

Je, le pronom personnel, poursuit son inventaire :

— J'ai d'autres clients qui parlent d'eux à la première personne du pluriel. « Nous sommes arrivés, disent-ils. Nous ferons ceci, nous irons là-bas à pied. »

— Des hommes à rayons multiples comme les hypermarchés, lâche Moi en riant de son trait d'esprit.

— C'est un peu ça, convient Je, riant à son tour.

— En tout cas, les « Moi, je » sont en augmentation constante dans nos régions. On pourrait peut-être s'associer ? Et vous savez pourquoi ? reprend le Moi.

— Non, j'avoue que je l'ignore.

— Réfléchissez donc, mon cher Je ! Plus on est pauvre, plus chacun a besoin de son Moi pour se protéger de la misère des autres.

— Mais c'est une ignominie !

— C'est vrai, admet le Moi. Cependant, l'égoïsme est devenu une valeur refuge. À quoi ça sert de s'inquiéter de tous les malheurs qui frappent le voisin, quand on a déjà tant de mal à s'occuper de soi ?

Je passe au tutoiement.

— Si je comprends bien ton raisonnement, plus on est riche, plus le cœur descend vers le postérieur...

— C'est tout vu, réplique Moi.

— ... Et le portefeuille de remonter à la place du cœur, dans ce cas ? Un de ces jours, on te donnera un coup de pied au derrière et tu feras un infarctus.

Les vraies fausses invitations

On se rappelle !

Qu'on en dise pas assez ou qu'on en dise trop, la communication ne passe pas comme elle le devrait et devient source de malentendus, de perte de temps ou d'inefficacité. « On se rappelle ! », conclut-il avant de vous raccrocher au nez. Ce refrain verbal est l'un des plus courants que l'on peut entendre et dont peu de gens décodent le sens fondamental. « On se rappelle ! » signifie, je ne suis pas disponible ou vous me faites ch..., mais je reste poli et de bon ton. Et l'analyse de cette petite phrase ne s'arrête pas là. L'article indéfini « On » ne représente personne. Le sens fondamental de ce refrain est donc : « Personne ne rappelle personne. » Effectivement, celui qui vous sert le « On se rappelle » ne risque pas de reprendre contact avant la Trinité, sauf, bien entendu, si vous pouvez lui être utile. Tous les manipulateurs en abusent. La balle est dans votre camp. Si vous le rappelez, il n'aura pas une seconde à vous consacrer. Si vous lui laissez un message sur sa boîte vocale, il l'effacera sans une virgule d'hésitation. Il n'a pas de temps à perdre avec un personnage qui ne lui rapporte rien et qui lui vole son temps si précieux.

« Il faut qu'on se fasse une bouffe ! », dit-il en guise de conclusion de sa conversation téléphonique. Cette pseudo-invitation traduit une contrainte déportée dans un avenir incertain vis-à-vis d'une personne avec laquelle on ne souhaite pas, peut-être inconsciemment, partager le temps d'un repas. La fréquence répétitive

du verbe « falloir » dans le cursus d'une conversation trahit un personnage qui vit sous la contrainte d'une autorité insondable. Il sera fatalement contraignant avec ses interlocuteurs.

« Il faut qu'on se parle. Il faut qu'on se revoie, etc. » Toutes ces pseudo-invitations sont autant de contraintes annoncées avec la plus parfaite naïveté par le manipulateur qui les emploie. Il « utilise » le langage comme un véhicule destiné à satisfaire ses ambitions. C'est aussi un adepte inconditionnel du verbe « utiliser » dont la connotation manipulatrice ne devrait plus vous échapper dorénavant.

Les faux témoins

Bon courage !

La formule favorite des dépressifs qui se projettent sur leurs interlocuteurs. Un refrain d'adulte adolescent. Son existence est sortie du rêve immature de l'enfance pour entrer de plain-pied dans une réalité adulte inattendue et peu gratifiante. La vie n'est pas un cadeau. « Ayez du courage, car je n'en ai plus ! » La volonté ne s'exerce qu'au prix d'un effort constant. L'expression qui reprend du poil de la bête en période de crise économique. J'ai remarqué une augmentation de sa fréquence ces derniers temps, mais ce constat ne peut pas constituer une généralité, évidemment. Curieusement, les habitués féminins de cette formule portent souvent une bague à l'annulaire droit, en compensation d'une alliance à l'annulaire gauche. Or, le doigt en question représente symboliquement les schémas volontaires. Bizarre, n'est-ce pas ?

C'est clair !

Mais est-ce tellement évident quand la confusion des sentiments vient obscurcir le jugement ? Il s'agit d'une expression en forme de ponctuation privilégiée par un individu qui absorbe le discours de l'autre de manière superficielle. Il se refuse le droit de poser sur la table les objections mentales qui éclatent à la surface de sa conscience. Il navigue à vue dans le brouillard de son existence, curieux de l'avenir mais refoulant son passé pour ne pas devoir affronter un présent peu excitant. L'obscurité ou la clarté sont des critères spirituels que les mots sont impuissants à traduire. Chez ce genre de personnage, le manipulateur est souvent perçu comme un porteur de lumière. Il faut donc qu'il arrête de ponctuer les phrases de l'autre pour y voir clair, enfin, et retrouver le chemin de ses propres désirs.

C'était sympa

« C'était sympa », dit-il en parlant de la soirée à laquelle vous l'avez invité.

Le salaud ! « Comment as-tu trouvé mon intervention sur le plateau ? » « Sympa ! » me renvoie ce confrère, vert de jalousie. Ce qui est sympathique n'est certainement pas génial. C'est une sorte de lot de consolation qu'on sert à l'autre pour déglutir sa propre jalousie.

Ce n'est pas mal

Mais ça lui ferait mal aux seins d'avouer que c'est bien ! L'utilisation de « ne pas » ne gomme pas le sens premier de l'attribut. Ce qui n'est pas mal n'est pas forcément bien. La critique est à peine voilée, mais le manipulé ne l'entend pas de l'oreille droite, celle qui dépend du cerveau cognitif, donc rationnel. Pas mal, pas mal ! Un satisfecit pour encourager l'artiste !

Elle est mignonne

Forcément ! Comme ce n'est pas un canon, l'euphémisme est une porte de sortie élégante. « Comme il est mignon (ce petit monstre), il ressemble tout à fait à son père », s'exclame la commère avec un sourire mécanique. Le bébé ne ressemble à personne, il est atroce, mais il faut bien flatter l'orgueil ou la vanité des parents. Par pure politesse, s'entend. « C'est mignon de ta part », une louange qui trahit une demi-satisfaction, voire une insatisfaction déguisée. Ce qui est mignon est petit, mesquin, pas géant, quoi !

Faites-moi confiance !

« Pourquoi ? Vous n'êtes pas fiable », devrait être la réponse ad hoc ? Celui qui demande la confiance n'a ni confiance en lui ni en personne. Il utilise cette formule pour se rassurer. Les incompétents en abusent, les manipulateurs aussi. Vous constaterez avec l'expérience que les manipulateurs qui usent de cette formule magique cachent presque toujours leurs mains sous la table. Peut-on faire confiance à un individu qui dissimule les prolongements symboliques de ses cerveaux affectif et cognitif aux yeux de ses interlocuteurs ?

Je dis ça pour votre bien !

« Comme c'est gentil de vous préoccuper de ma petite santé, Monsieur le persécuteur ! » En quoi mon bien lui importe-t-il ? Celui qui « dit » est un conseilleur, pas un faiseur. Ce qu'il dit ne lui encombre ni le cœur ni l'esprit. Il se pose en sauveur, mais c'est un tricheur qui s'exprime. Cette formule trahit le manipu-

lateur qui ne s'intéresse qu'à préserver ses avantages acquis contre toute invasion de son territoire. En revanche, il n'hésitera pas à envahir le vôtre avec armes et bagages, si vous vous montrez trop aimable, donc vulnérable. Les gentils sont des proies rêvées pour ce genre de prédateur social.

Je ne suis pas contre...

« Si j'étais pour, je l'annoncerais d'une voix de stentor. Mais comme je ne suis pas contre, je préfère le dire *mezzo voce.* »

« Je ne suis pas contre » ne signifie pas automatiquement qu'il est pour. Cette dernière litote est une manière de se défiler. Elle sera souvent suivie d'un « mais » castrateur qui permettra au locuteur de prendre la tangente.

« Je n'ai rien contre les Juifs », vous affirmera en toute sincérité cet antisémite. Il sera le premier à dénoncer les turpitudes des Juifs en aparté.

Pas de problème

C'est la litote favorite du menteur patenté et de l'incompétent notoire, doublé d'un manipulateur peu scrupuleux. Il existe une multitude de tics de langage dont les manipulateurs incompétents se servent pour exprimer leurs pseudo-motivations ou leurs enthousiasmes frelatés. L'expression « Pas de problème » en fait partie. Elle traduit exactement le contraire de ce qu'elle affirme. Le problème existe, mais le locuteur tente de le conjurer en usant de cette litote particulièrement tendance. *No problemo* est aussi un gaffeur qui ne se sentira jamais responsable de ses erreurs. La répétition un peu trop fréquente de cette expression devrait vous alerter, à partir de maintenant.

La rumeur

On dit que... Il paraît que...

Suivant le théorème de Thomas (psychosociologue américain) : « Si quelqu'un croit quelque chose qui n'est pas vrai, les conséquences sont les mêmes que si cela l'avait été. »

La rumeur fait le trottoir comme une prostituée. Elle est provocante, indiscrète, libertine et irresponsable. La rumeur tue plus sûrement que le ridicule. La rumeur est le sport national des commères tous sexes confondus et des magazines « pipole-pipilettes » dont elles se délectent. Or, la commère est un harceleur tout-terrain. Méfiez-vous des individus qui utilisent le verbe paraître à tout bout de champ pour véhiculer leurs informations, ils vivent pour la galerie à défaut d'y être admis. Leurs héros appartiennent à la *jet set*. Ils adorent les *talk-shows* et surtout les *reality-shows* dont l'indiscrétion est leur pain bénit. « Il paraît que Jean-Pierre va se remarier », vous confie ce collègue très au fait des derniers bruits de couloir. Tout le monde est déjà au courant mais, pour le harceleur, rien ne peut « être », tout est dans le « paraître ».

Les virus de la parole

Le « quoicomane » (« arrête, quoi ! »)

Le quoi est un pronom interrogatif détourné de sa fonction première dans la phrase. Il est inutile en l'occurrence mais il sert d'interjection compulsive de par sa répétition intempestive. C'est aussi un terme qui ponctue une intervention verbale, trahissant le degré de frustration de celui qui en abuse. Généralement, le locuteur est parfaitement inconscient de la répétition de ce tic verbal. Si vous écoutez attentivement, vous réaliserez très vite que le ton du « quoi » est souvent plaintif ou récriminateur. **« Laisse-moi parler, qwaaaaa ! »** Il sert aussi de trampoline qui permet au locuteur de rebondir. Ce tic est clairement associé à un état dépressif réactionnel à une situation vécue comme étant sans issue. Le locuteur est une victime de la société ou de son entourage. Personne ne fait l'effort de le comprendre, de l'assister, de l'aider à s'en sortir. C'est une demande de type anaclitique de la part d'un adulte en pleine régression infantile. Les individus atteints de « quoicomanie » sont très influençables et peuvent être manipulés sans opposer la moindre résistance à la manipulation. Ils ont un besoin vital de se confondre avec celui qui détient l'autorité à leurs yeux : le rédempteur.

Le « n'est-ce pas...omane »

« À force de le répéter, l'interro-négation de mon prof de compta était devenue une sorte de "s'pas" à peine audible. À la récré, certains élèves jouaient à l'imiter. Les enfants sont cruels avec les adultes qui détiennent l'autorité. »

Le besoin d'approbation procède d'un complexe d'infériorité coulé dans l'ambre de la personnalité du locuteur. Le « n'est-ce pas... omane » est très manipulable pour autant qu'on lui vote une admiration frauduleuse sans bornes.

Le « bon...omane »

« Bon ! Maintenant je vais vous dire la vérité. C'est vrai, bon, mais ce n'est pas de moi que ça vient. Je veux vous rendre service, bon. » Il s'agit évidemment d'un symptôme courant lié à un passage névrotique, réactionnel à un conflit non résolu. La prise de conscience du tic verbal aide l'individu à retrouver ses marques.

L'« etc... omane »

Etc., etc., etc. est un symptôme de procrastination. Un individu qui ne finit jamais ce qu'il commence et reporte systématiquement au lendemain ce qu'il aurait dû faire hier, déjà.

CHAPITRE 8

Influence et manipulation chez nos politiques : du geste à la parole

Quelques postures typiques des politiques

Quand un politicien exécute un cercle digital dans lequel l'annulaire rejoint le pouce, faisant mine de catapulter ses propos dans le vide, il signifie symboliquement à ses électeurs qu'il se laisse emporter par ses émotions dans l'instant, mais qu'il s'en dégagera le moment venu, c'est-à-dire dès qu'il sera élu. Cela signifie aussi que notre bonhomme fait dans la démesure. Mais chaque métier a ses contraintes, n'est-ce pas ?

Le politicien *qui rebondit sur ses talons*, comme s'il était monté sur ressorts, s'indignant ou exigeant la rupture avec le passé, s'il est élu, ne fait rien d'autre que reproduire l'attitude de l'enfant capricieux qui saute sur ses pieds pour imposer son caprice à ses parents. La démagogie commence très tôt dans la vie de l'enfant gâté.

Les politiciens qui s'expriment à la tribune posent souvent leur *avant-bras gauche* sur le lutrin pour se confier à leurs militants. Leur corps penche à gauche, côté cœur. Ils sont parfaitement inconscients de l'efficacité balistique de cette attitude et pourtant, tous les grands tribuns la reproduisent au moment *ad hoc*, comme s'ils s'étaient donné le mot. Paradoxalement, cette posture alimente leur combativité.

La dépose de l'avant-bras droit ne délivre pas le même message sur le plan de la connivence avec le public. Il faut se souvenir que l'avant-bras droit fait partie du bras moteur, donc de ce bras qui sert à agir. Son immobilisation est *un aveu de passivité*. L'immobilisation de l'avant-bras gauche délivre un message différent. Ce dernier est le bouclier symbolique de protection du visage, sa désactivation est un aveu de confiance et de connivence adressé au public des militants.

Les actions les plus banales que les politiques répètent au quotidien sont généralement les plus révélatrices, comme boutonner son imper ou son manteau en sortant d'un conseil des ministres à Matignon.

Le politique qui reboutonne son manteau de la main gauche, sans s'aider de la droite, est manifestement contrarié. En revanche, s'il reboutonne son manteau de la main droite sans s'aider de la gauche, il quitte la réunion, satisfait, avec le sentiment d'avoir été à la hauteur. S'il reboutonne son manteau en s'aidant des deux mains, il est perturbé ou contrarié.

Prenez la peine d'observer les ministres qui sortent de leur réunion hebdomadaire ou ceux qui viennent de se faire tancer vertement par le président ou le Premier ministre, vous saurez immédiatement qui porte le bonnet d'âne ou qui est premier de la classe. Les ministres appelés à défendre un projet de loi au micro face aux députés de l'Assemblée boutonnent systématiquement leur veston avant de prendre la parole. Ce geste est une sorte de rituel de protection. Cependant, un élu ou un ministre qui prend la parole sans y avoir recours mérite un intérêt accru pour sa personne. C'est une marque d'affirmation de soi et de courage politique.

Autre posture : les *bras télescopiques* ! C'est la posture classique des députés à l'Assemblée nationale. Les députés se dressent sur leurs ergots, tels des coqs de combat, prêts à en découdre avec l'adversaire politique qui défend son pré carré au micro. Les députés télescopiques (ils ne le sont pas tous) sont des agressifs, voire des individus qui rêvent de plaies et de bosses, mais ils ne font que rêver, ce qui est bien dommage. Le spectacle de l'Assemblée y gagnerait et le courage physique des élus pourrait être une stimulation pour les citoyens. Un *reality-show* hebdomadaire que les chaînes s'arracheraient dans le monde entier.

Les pulpes des pouces sont en appui, ils restent scotchés. Il s'agit d'une attitude de refus « gestualisée ». Le sujet est oppositionnel et de mauvaise foi. Il objecte mentalement mais n'exprime pas pour autant son refus. Les pouces scotchés n'expriment ni désir ni plaisir. Ils sont neutres et trahissent un individu psychorigide dans 99 % des cas.

Le politique que vous observez a les doigts croisés, ses pouces s'écartent régulièrement tandis qu'il tente de vous convaincre. Ce geste-là, vous devez le connaître comme le loup blanc. On peut le voir tous les jours à la télé, dans tous les débats politiques un peu chauds, dans toutes les émissions grand public où chacun a droit à son quart d'heure de célébrité. C'est le code gestuel typique, soit :

a) du docteur es fumisteries, celui qui explique dans un vocabulaire très hermétique un phénomène dont tout le monde se fiche, mais qu'on fait semblant de trouver fabuleusement intéressant.

b) du traqueur, pas forcément droit dans ses bottes.

Geste pare-chocs, destiné à l'origine à protéger son

producteur contre toute attaque qui viendrait le déstabiliser, l'écartement régulier des pouces, accompagné d'un maillage des doigts, trahit le peu de conviction que le locuteur investit dans ses propos ou le peu de connaissance qu'il possède sur le sujet qu'il prétend maîtriser.

Il existe *une variante du cercle digital* très fréquentée par l'ex-ministre des Finances du gouvernement de Villepin, Thierry Breton, que j'ai intitulé « le piston ». Deux cercles digitaux qui glissent sur coussin d'air de haut en bas et retour. Quand le cercle digital joue les pistons, il évoque une manie essentiellement politicienne. Le tribun assène ses arguments en les sous-titrant au moyen d'un cercle digital qui voyage de haut en bas à plusieurs reprises. Le piston sert à faire avaler des vérités frelatées à l'usage de l'audience ou du public.

Les doigts du politique

L'utilisation des doigts de la main gauche ou droite *pour énumérer ses arguments* est un code gestuel réflexe plutôt invariable. Instinctivement, le tribun fait toujours appel à la même main pour appuyer son argumentation. La main active est celle qui désigne, la main passive est celle qui sert de boulier. Ce code gestuel ne devient significatif qu'à partir du moment où vous observez quel est le doigt qui sert de *starting-block* à l'énumération.

S'il s'agit de la main gauche en tant que main passive, son discours repose sur la manipulation des émotions de son interlocuteur, il sera implicite et manipulateur, comme Nicolas Sarkozy ou Jacques Chirac. Bon sang ne saurait mentir. Ce détail a son importance. Nicolas Sarkozy est moins candide que ne voudrait nous le faire croire une certaine presse. Excessif et parfois mal conseillé, mais certainement pas naïf. Itou Jacques Chirac.

S'il utilise la main droite comme main passive, son mode d'argumentation se fonde sur son besoin de faire autorité.

Primo, secundo et *tertio* ne peuvent s'exprimer sans les doigts ! J'ai observé que les tribuns se servent généralement de la même main pour effectuer ce genre de gymnastique comptable. J'en ai donc déduit qu'il s'agissait d'un refrain gestuel plus invariable qu'alternatif. Ils font appel à ce stratagème pour canaliser le débat et incarcérer leurs adversaires dans une direction à sens unique. L'énumération digitale est également une manie propre aux tribuns qui se retrouvent souvent confrontés à des adversaires coriaces. Elle appartient à la gestuelle de l'argumentation. Curieusement, chaque tribun privilégie son mode d'énumération et celui-ci est souvent immuable.

Le tribun se met à énumérer ses arguments à partir du *majeur gauche vers le pouce* en se servant de l'index de l'autre main, ce qui en langage gestuel signifie que vous mettez en péril sa crédibilité ou son image publique.

Et s'il énumère ses arguments à partir *du majeur droit vers le pouce* ? Doigt symbolique de l'organisation mentale, le majeur droit est aussi le point d'ancrage des idées préconçues. Il remonte vers l'index droit (autorité) et vers le pouce droit (désir... de convaincre). Il tente de vous embrigader dans ses préjugés.

Il énumère ses conditions à partir de *l'auriculaire droit* en se servant du pouce ou de l'index. Littéralement, il part du futur pour retourner vers le passé. Il revisite l'Histoire comme tout révisionniste qui se respecte.

S'il énumère à partir de l'auriculaire gauche, il aime replacer les choses dans leur contexte historique. C'est un conservateur.

Le pouce gauche symbolise le plaisir, mais aussi le rêve et l'imaginaire le plus débridé. Le mode d'énumération qui démarre *au pouce gauche* en direction de l'index de la même main trahit un personnage épidermique, bordélique et illogique, et un sophiste distingué, bref un interlocuteur poids plume.

S'il énumère à partir *du pouce droit*, l'individu est ambitieux, voire arriviste. Il est prêt à tout ou presque pour atteindre son objectif, ce qui ne signifie pas automatiquement qu'il a les moyens de sa politique.

En règle générale...

Celui qui énumère fréquemment n'a pas les idées claires ! Aurait-il besoin de l'aide de ses doigts pour exposer et ordonner ses arguments si ceux-ci étaient bien rangés dans son esprit ? Non, n'est-ce pas ? Ce raisonnement tombe sous le sens. Il peut arriver à tout le monde d'avoir recours aux doigts comptables sans pour autant se retrouver avec une étiquette de manipulateur collée sur le front. On y a généralement recours quand on n'est pas très sûr de soi.

Venons-en maintenant aux *index amoureux* ! Le politique fait semblant d'écouter le débat, les index tendus en travers de la bouche, les autres doigts sont croisés, coudes en appui.

Geste redoutable du débatteur ironique qui cherche l'ouverture pour abattre son adversaire en le ridiculisant. À l'origine, cette attitude provient du langage gestuel de la séduction. Dans ce contexte, il représente une invitation aussi inconsciente qu'implicite à une partie fine. Si on le sort de ce contexte aussi jouissif que jubilatoire, il change de sens à tous points de vue et devient un geste prédictif : votre interlocuteur vous avertit « à l'insu de son plein gré ». Littéralement, cette séquence gestuelle signifie : « je vous ferai un enfant dans le dos ». Le notable tellement « popu », tellement sympa, tellement motivé à vous convaincre de l'utilité de son action en faveur de sa circonscription est un manipulateur émérite qui finit par se trahir en reproduisant, entre autres gestes traîtres, les index amoureux tout en faisant semblant de vous écouter religieusement.

La réunion des index indique une prépondérance du Surmoi chez le reproducteur du geste. Et le Surmoi, qui est la représentation des interdits dans le subconscient individuel, est affreusement conservateur et totalement réfractaire à tout changement. Si votre député favori multiplie les index amoureux au cours de sa campagne, vous saurez désormais à qui vous avez affaire. Si vous aimez vous faire rouler dans la farine, n'hésitez pas à voter pour lui, ainsi soit-il !

Les mains du politique

Les mains à l'ancre sont une autre posture typique de l'Assemblée nationale quand les députés sont saouls de fatigue, comme Borloo qui bosse 7 jours sur 7 et 18 heures sur 24. Car le métier d'élu n'est pas toujours une sinécure, contrairement à ce que prétendent les mauvaises langues. Les députés s'accrochent à l'arête du pupitre pour garder leur équilibre et ne pas s'endormir durant les débats. Ils font semblant d'être attentifs, mais seul le corps est présent.

Coudes en appui ou non, les mains de votre interlocuteur se joignent à hauteur de son nez ou sous son menton, comme s'il priait le petit Jésus.

« Les mains en prière » est l'une des postures sociales les plus courues dans le monde des intellos intégristes de toutes tendances et de tous bords. Per-

sonnellement, je n'ai jamais vu un quidam reproduire cette posture dans un bistro populaire. Il est sans doute difficile de s'enfiler un canon et de réfléchir en même temps. Car il s'agit *a priori* d'un geste lié à la réflexion et non à la compassion. Quand les mains se rejoignent, les aires cérébrales se mobilisent pour barrer la route aux émotions.

Si votre député en use souvent, vous saurez désormais que la confiance que vous lui accordez est mal placée et qu'il vous faut d'urgence prendre vos distances pour ne pas jouer les militants de service. Dois-je aussi vous rappeler que manipulation rime avec oppression, subversion, extorsion, interdiction de dire la vérité (ou langue de bois), clientélisme, etc. Nous sommes tous des manipulateurs au petit pied, mais les stars du pouvoir d'influence, ceux qu'on nomme les leaders d'opinion, sont des manipulateurs dépourvus de scrupules superflus, des personnages alexithymiques (sans la moindre compassion pour autrui), des gourous qui se dissimulent derrière leur notoriété pour construire les rangs sectaires de troupes qu'ils dirigent d'une main de fer et sans gant de velours. Ils seront les premiers à se dissimuler derrière la charte des droits de l'Homme, s'ils sont mis en accusation (comme ce dictateur irakien déchu dont j'ai oublié le nom) ; ils accuseront leurs amis de trente ans de crocs-en-jambe, s'ils sont destitués de leurs privilèges ; leurs avocats exigeront un procès équitable, eux qui donnaient l'ordre de fusiller leurs adversaires politiques sans autre forme de procès. Tels sont les hommes, de pouvoir, je précise, ceux en particulier qui reproduisent en tout innocence les mains en prière. Ce geste annonce aussi la controverse.

Et quand ce geste de supplication devient un tic, il entérine la vérité à sens unique comme dernier terrain vague. Tous les reproducteurs abonnés aux mains jointes en prière sont des intégristes, des autocrates qui usent de ce geste comme un tic pseudo-religieux. La politique, aussi, est une religion. Ne l'oubliez jamais plus et soyez toujours sur vos gardes, si on vous le joue sous votre nez.

La vigilance est encore le meilleur moyen de déjouer les intentions de ceux qui nous haïssent d'être ce que nous sommes. La réussite d'une société, voire d'une civilisation dont nous sommes si fiers, c'est aussi de tenir ces gens-là à une distance respectable de notre liberté de penser et d'agir.

Aux trois refrains génériques, fondateurs de *La Grammaire des gestes*[1], s'ajoute *celui des mains en tenaille*, appellation qui désigne des mains plaquées et accrochées paume contre paume. Dans ce quatrième code gestuel invariable, la position du pouce dominant définit l'homme (ou la femme) de savoir et l'homme de pouvoir.

Quand les mains se rejoignent en tenaille, le corps exprime une contrainte qui varie entre le mode d'action ou de réaction. On ne plaque jamais ses mains en tenaille quand on est libre d'agir à sa guise. Vous remarquerez que ce code réflexe apparaît souvent à la fin d'un entretien ou quand l'un des protagonistes souhaite conclure. Ce qui pourrait sous-entendre qu'un individu qui plaque ses mains en tenaille au cours d'un entretien trahit son besoin d'en finir alors que vous êtes encore en train de bavarder le plus naïvement du monde. Ce refrain gestuel devient donc barométrique, s'il intervient avant la conclusion logique de l'entretien.

Le mode d'achèvement du SAVOIR est proactif et instinctif. Le savoir est considéré ici dans le sens des

1. *La Grammaire des gestes*, paru chez Flammarion, est articulé autour des trois postures de base de la gestuelle : les bras croisés, les doigts croisés et l'oreille téléphonique.

potentiels de l'individu. Il se détermine par une préhension des mains en tenaille. *La main gauche domine la droite*. Généralement, les individus qui croisent les doigts sur le mode affectif font partie de cette catégorie, mais il y a des exceptions. Le savoir évoqué est aussi bien synonyme de talent, de possibilité ou de potentiel que d'éventualité. Être un homme ou une femme de savoir, c'est avant tout être capable de s'engager ou de faire les choses avant de les maîtriser. Praticien plus que théoricien ; technicien plus que scientifique, le sens de l'improvisation, l'esprit d'entreprise, l'esprit d'initiative sont les qualités qui gouvernent. Les politiques qui privilégient le mode « savoir » sont autonomes mais aussi plus imprévisibles. Le mode d'achèvement du POUVOIR est réactif, pragmatique et se révèle par une préhension inverse, la main droite domine la gauche. Les individus qui croisent les doigts sur le mode cognitif appartiennent au profil des hommes de devoir qui sont aussi les hommes de pouvoir. L'homme de pouvoir/devoir est discipliné et fonde son action sur le pouvoir d'influence. Il ressent le besoin de se soumettre à ses obligations pour se rassurer ou assurer sa sécurité au sein du groupe. Les individus qui fonctionnent selon le mode du pouvoir sont fidèles à leurs options, à leur socle de conviction et tendus vers des objectifs clairement définis dans leur esprit. Il faut se soumettre à la sanction des électeurs pour devenir populaire, se conformer à l'image du héros pour être distingué par les suffrages.

Lorsque le menton du politique prend appui sur le dos de la main ouverte, coude en appui, la posture dénote un besoin de vivre pour la galerie mais aussi un malaise évident. D'autres postures dans lesquelles la main et le menton ou le bas du visage entrent en contact débouchent sur la même interprétation. *Il faut paraître pour ne pas disparaître*, dit le proverbe.

Les bras du politique

Quand un tribun *lève les deux bras en l'air* pour accueillir les vivas de ses militants, il ressemble à un chromosome Y. D'où la persistance du machisme en politique. *« [...] Dans le souci peut-être d'acquérir par analogie un peu de la virilité des lutteurs, les hommes politiques ont adopté eux aussi le style des mains jointes dressées au-dessus de la tête. Ils utilisent également le geste assez répandu des deux bras dressés : bras qui cherchent le ciel, légèrement obliques, mains aux paumes ouvertes, doigts tendus et dressés. Une variante de ce geste peut être réalisée en présentant les doigts ouverts pour le V de la victoire. »* (*La Clé des gestes*, Desmond Morris, Grasset)

Savoir accueillir les ovations du public est un art que peu d'élus consomment avec noblesse et élégance. Le geste est traître, car il est invariable ou presque. Si le tribun lève les deux bras en l'air sous les ovations, il reproduit le style du « tyran » démocrate. Le pouvoir le rendra fou, mais il ne le sait pas encore. Les premiers symptômes de la tyrannie apparaîtront quand il aura beaucoup baissé dans les sondages. C'est à ce niveau qu'il ressemble à un chromosome Y et qu'il confirme son sexisme militant. Les élues lèvent rarement les deux bras en l'air devant leurs militants.

Voyons maintenant le cas du politique qui se serre les mains, bras en l'air, sous les ovations. Traduction dans le texte : « Je vous félicite de me plébisciter ! » Il se présente comme le meilleur choix possible en l'absence d'une concurrence à la hauteur. Ce genre d'élu défend surtout ses intérêts propres et se préoccupe de ceux de ses administrés quand il en a le temps. Tous les politiques qui ont recours à cette posture se servent (ou se sont servis) de l'État plus qu'ils ne le servent.

Et s'il lève le bras en l'air sous les ovations et ferme le poing ? Style syndical agressif ou caractériel, ce qui revient au même, comme vous l'avez déjà deviné. Le poing fermé est typique du combatif déprimé qui soutient la doctrine et la pensée unique, sans la moindre conviction, mais en se disant qu'il vaut mieux rester pauvre mais honnête sur soi. On rencontre statistiquement plus de poings levés chez les militants d'extrême gauche que chez ceux des partis traditionnels, qui ne sont pas forcément riches et malhonnêtes.

Il lève régulièrement le bras droit sous les ovations : le style du tribun intello, rigoureux et un peu psychorigide. Il lève régulièrement *le bras gauche sous les ovations* : le style du tribun émotif et compassionnel.

Il lève alternativement le bras droit, puis le gauche sous les ovations : le style du tribun utopiste et gaffeur !

Et s'il lève les deux bras au ciel sous les ovations, index et majeurs tendus en V, geste qu'il réédite toujours face à ses militants ? Il existe différentes façons d'accueillir les vivas en levant les deux bras, mais toutes sont une caractéristique des démagogues. Statistiquement, la reproduction de ce geste, en tant que code gestuel conventionnel, s'observe généralement chez les individus disposant d'un pouvoir absolu... (...ment démocratique, évidemment). Les V pour victoire peuvent aussi se traduire par un double V pour « vaincu d'avance ». D'accord, le ton est humoristique, mais le fond est rigoureusement observé.

Le tribun lève les bras, *mains accrochées en série à celles de ses amis politiques*. Que voilà une bonne façon d'associer son succès à ses amis ou de faire rentrer dans le rang des ennemis potentiels. « Si nous nous serrons les mains face à nos militants, c'est que nous sommes d'accord sur tout, n'est-ce pas ? » Le dissident ne peut qu'approuver gestuellement son retour au bercail. Et voilà le travail ! Un bras levé est aussi un signe de ralliement.

En général, une femme lève le bras droit terminé par un poing présenté paume de face et cassé vers l'arrière pour accueillir les vivas de ses militants. Le poing levé d'Arlette Laguiller, par exemple, n'est pas un poing offensif ou agressif mais très féminin qui trahit une hyperesthésie des contacts sociaux, une ouverture psychologique et un degré de suggestibilité limite.

Les poignées de main

Dans le registre des poignées de main, la main dominante est-elle supinatrice ou pronatrice ? En d'autres termes, si votre paume de la main motrice domine la paume de votre interlocuteur, vous êtes en pronation, paume orientée vers le sol tandis que la paume de votre interlocuteur est en supination, orientée vers le ciel. La plupart des profileurs penchent en faveur de la domination de la paume pronatrice, celle qui est orientée vers le sol. Ils se trompent et je vais vous le prouver scientifiquement.

N'importe quel éducateur sportif pourrait vous expliquer comment agissent les forces d'étreinte des fléchisseurs des doigts. La poignée de main pronatrice s'exécute vers le bas, le poignet se situe dans le prolongement de l'avant-bras tendu. Cette action d'abaissement nécessite une petite course musculaire et une relative rigidité articulaire. Il s'agit dès lors d'une poignée de verrouillage qui donne l'impression de domination sans moyen d'action musculaire. La main n'est que le prolongement du bras. C'est la main qui contrôle mais ne domine pas.

Dans le cas de la main supinatrice, l'action musculaire est plus importante car la main est positionnée en saisie, un geste dans lequel les fléchisseurs de l'avant-bras opèrent conjointement avec les fléchisseurs du poignet. Dans cette action, le petit palmaire et le cubital antérieur développent une force supérieure à celle des extenseurs. C'est la main de la maîtrise.

De plus, l'interlocuteur supinateur peut poser sa main gauche pronatrice sur le dos de la main de son hôte pour enfermer la main pronatrice de ce dernier.

Après cette courte balade gestuelle, je vous invite à passer par la porte qui conduit du geste à la parole. Quelques exemples de phrases contaminées, analysées par la méthode polysémique que nous avons initiée, mon épouse Caroline et moi-même.

La parole des politiques

Si les politiques ont des gestes spécifiques, ils ont aussi leurs tics verbaux...

Aller

« Je vais essayer d'y répondre sincèrement. »

Un bijou de la sarkolangue ! Car il existe une langue sarkozienne singulière et qui n'est parlée que par l'intéressé. Un mélange de procrastination (je vais), de simulation (essayer) et d'un bel effort d'honnêteté verbale (sincèrement). Hélas, la sincérité politique est une sorte d'ovni dans ce milieu où le mensonge d'hier tient lieu de vérité d'Évangile aujourd'hui. Comme le remarque Jean-François Kahn (*Marianne*, 10.6.2006) : « ... le mensonge et le double langage sont les ingrédients nécessaires à la cuisine politique ».

Les politiques abusent des mots pour déguiser leur pensée. Je ne critique pas, je constate et j'ai pitié de ce présidentiable qui pourrait, j'en suis sûr, apporter à la France un vent d'air frais. « Qui pourrait » s'il cesse de « procrastiner », de simuler ou de jouer aux vierges effarouchées.

Condoléances

« *La France adresse ses condoléances attristées à l'Arabie Saoudite.* » (Déclaration de Jacques Chirac)

Il serait difficile d'adresser des condoléances festives ou joyeuses, vous en conviendrez. Cette circonlocution trahit malheureusement la pauvreté de vocabulaire des scribes qui écrivent les discours du président, mais aussi une certaine maladresse verbale chez Jacques Chirac. Témoignage de sympathie à la douleur d'autrui, les condoléances attristées me font penser à ces fourbes de comédie qui geignent au chevet du moribond tout en lorgnant sur l'héritage.

Croire

« *Mitterrand nous permettait de croire que l'impossible était possible.* » (Jack Lang, *Le Figaro*, 1.2.2006)

Il y a des phrases qui tuent et hypothèquent lourdement la survie politique de ceux qui les relaient en public. L'impossible n'est jamais possible, par définition. Et celui qui veut faire croire que cet impossible est possible est un charlatan qui se goberge de formules « abracadabrantesques » pour avoir l'air.

Si Mitterrand a vraiment dit cela, ce dont je doute, alors il faut croire que son immense culture n'était pas supportée par une intelligence aussi subtile que celle qu'on lui prêtait sans intérêt. Mais Jack Lang use de la formule : « nous permettait de croire », ce qui laisse supposer qu'il s'agit d'une libre interprétation de Sa Parole (celle que Mitterrand n'a pas dit) par l'un de ses apôtres.

Démocratie

Anne Hidalgo, première adjointe du maire de Paris, réclame *« une vraie démocratie militante qui ne soit pas la démocratie des sondages »*. (*Le Figaro*, 25.4.2006)

Un sondage est une méthode d'étalonnage totalitaire qui enregistre les mensonges de pseudo-citoyens hypnotisés par une presse aux ordres de ses propres fantasmes. À propos, « démocratie » et « militante » sont deux mots qui ne respirent pas le même air. Dans le concept du militantisme, il y a une manipulation du libre-arbitre qui se marie de la main gauche avec le mot démocratie.

Essayer

« *La politique, ce n'est pas forcément faire du spectacle, c'est essayer de résoudre les problèmes des gens.* » (*Le Parisien*, 6.5.2004)

C'est essayer de résoudre les problèmes des gens... Patatras ! Il l'a dit alors qu'il aurait été mieux avisé de le faire au lieu de le dire. Essayer, c'est simuler un possible aboutissement ; c'est le verbe du non-engagement par excellence. Les gens ont des problèmes depuis la nuit des temps, ils vivent avec, dorment avec, souffrent avec. Essayer de les résoudre, c'est leur donner un espoir qu'ils ne pourront jamais toucher du bout des doigts.

Faire ou dire ?

« Avant, on faisait et puis on faisait savoir, explique Nicolas Sarkozy. Maintenant il faut faire savoir et on voit si on peut faire[1]. »

---

1. *Bien entendu... c'est off*, Daniel Carton (Albin Michel).

Une version remaniée

« D'abord on dit ce qu'on veut faire et ensuite on voit ce qu'on peut faire. » D'abord on parle, on rêve en chœur, « on met son zèle à fabriquer de grandes circonstances avec de petits évènements [1] », on dit ce qu'on veut faire ou ce qu'on va faire, mais on ne fait pas forcément ce qu'on dit. En politique, les promesses sont comme les réclames, il y a toujours beaucoup de fumée et très peu de feu. C'est comme qui dirait une toute petite vérité dans un grand paquet de mensonges. « Je dis ce que je veux faire » est ce qu'on appelle une intention. Or, avoir l'intention, c'est faire semblant, c'est proposer sans imposer le bénéfice de ses promesses.

« D'abord on dit ce qu'on veut faire... » (JT de TF1, 4.5.2004)

Mais on peut analyser cette déclaration dans un autre sens.

Si on y ajoute le verbe vouloir, l'action envisagée est loin d'être opérationnelle. Les diseurs sont de piètres faiseurs. Si Nicolas Sarkozy cherche à faire preuve d'autorité, le verbe est mal choisi. Ce qu'il vous dit n'exprime que sa crainte de ne pas être entendu. Il ne fait que manifester son impuissance à imposer cette autorité, or, il ne manque certainement pas d'autorité. Dire n'est pas faire. D'autant que celui qui « dit » perd généralement son sang-froid et se laisse submerger par ses émotions. Il ne maîtrise plus la situation.

« ... ensuite on voit ce qu'on peut faire. »

Le voyeurs voient, regardent, observent, distinguent, discernent, perçoivent, admirent, contemplent, sont fascinés, etc. Tous ces verbes leur servent de marchepieds. Ils vivent de leurs yeux, pour leurs yeux, à

1. *Les Mots*, Jean-Paul Sartre.

travers leurs yeux. Grands consommateurs d'images, ils sont fans de télé, de ciné et de magazines dans lesquels le poids des mots est largement occulté par le choc des photos. Ce sont des individus surinvestis dans leur image publique au détriment de la crédibilité de leurs propos.

Falloir

« Je considère, moi, qu'il faut remettre une morale sociale collective au cœur du projet que nous devons porter dans les mois et les années à venir. Il faut mettre un coup d'arrêt à cette descente, il faut rompre avec ce défaitisme, avec cet alignement vers le bas. Et c'est possible !... Il faut rétablir un ordre juste par le retour de la confiance... » (Ségolène Royal, *Le Nouvel Observateur*, 6/12.4.2006)

En règle générale, madame « il faut » n'est pas ni je veux, ni nous devons. Madame « il faut » est une fana de sacrifice sous la contrainte. Elle se réfère à « il », une sorte d'ectoplasme grammatical. Madame « il faut » adore jouer avec les idées pour en faire des concepts ou des confitures verbales.

Le verbe « falloir » avec ou sans accompagnement, un verbe intolérant par nature, fait partie de ces mots que nous fréquentons malgré nous et qui nous contraignent sans se forcer. Qui plus est, l'auteur de la contrainte est une troisième personne du singulier dont nul ne sait de qui il s'agit. Ce « il » est comme le « on », il désigne un personnage qui n'existe pas mais qui a tous les pouvoirs.

Mentir

« Je ne me résigne pas à mentir, même si je sais qu'en politique, ça marche souvent très bien », a déclaré Yves Cochet à *Libération* (10.4.2006). Ne pas

se résigner à mentir ! En voilà une drôle de confession ! La sincérité du propos est étranglée par l'utilisation de l'affirmation négative. Est-ce tellement dur de ne pas avoir recours au mensonge ? Se résignera-t-il aussi à dire la vérité ? L'écologie du discours ne s'embarrasse pas de vérités polluantes, il faut mentir pour se détendre les neurones et faire entendre à l'autre la chansonnette qu'il a envie d'écouter de toutes ses oreilles. Il faut croire que la vérité est un stress dont les conséquences peuvent laisser des séquelles incurables en politique.

Mériter

« Les chômeurs doivent faire l'effort de chercher très activement des emplois pour mériter d'être rémunérés », écrit l'ex-conseiller du président Mitterrand, Jacques Attali. (*L'Express*, 2.2.2006)

L'auteur de *Verbatim* est atteint de verbalisme galopant, il chevauche les mots pour exprimer du vide. « Faire un effort pour mériter » ressort d'une logique évidente mais qui n'a pas cours en France. Chez nous, le mérite ne repose pas sur l'effort mais sur les bonnes relations, les bons plans et les grandes écoles.

Modernité

Parlant de François Baroin, Jacques Chirac se laisse aller : *« François est un homme jeune qui incarne la modernité et le renouvellement. Il a beaucoup de talent, il est intelligent et il m'est d'une fidélité à toute épreuve. »* Passons l'éponge sur la fidélité du vieux jeune homme. C'est quoi la modernité ? Pour ce qui est du renouvellement, je peux encore comprendre qu'il fait référence aux 39 ans de l'époque du jeune homme en question. Un âge de poupon en politique. Mais la modernité est un mot kitsch qui me fait songer aux vieux chômeurs parlant un français de brocante. Sortons-le un court instant de son contexte : la modernité. Ce qui est moderne est dans le coup, en principe. Être moderne, pour un vieux, est une manière de secouer la naphtaline de son discours. Le vocable « moderne » est un mot de vieux, un mot soldé, une ringardise succulente qui déforme le tracé des lèvres. La modernité a vécu son heure de gloire dans les années d'après-guerre, au siècle dernier. Quand les Parisiens allaient encore se moderniser les neurones à la Foire de Paris. La modernité appartient à la proto-histoire de l'ère alpha-numérique dans laquelle nous baignons. Si François Baroin incarne la modernité, il est singulièrement obsolète pour un jeune espoir de la politique.

Oser espérer

« *Je n'ai pas mis en avant ma qualité de femme, mais plutôt mon parcours. Pour être franche, j'ose espérer que le facteur compétence passe avant* », avoue naïvement Françoise de Panafieu, gagnante des primaires pour la Mairie de Paris en 2008 (*Le Parisien*, 27.2.2006). « Elle ose espérer » ! Marier l'audace et l'espoir est une manière de sauter à l'élastique sans baudrier de sécurité. Les audacieux qui espèrent se gargarisent de leurs discours, les audacieux qui agissent sont généralement plus efficaces et surtout moins bavards. Celui ou celle qui ose n'a pas besoin d'espérer pour réussir. Celui qui espère n'a pratiquement jamais le courage d'oser. Il ne fait que le dire.

Penser

« *Laurent (Fabius) n'est pas loin de penser que, sur le dossier corse, JP Chevènement n'avait pas tort* », explique Henri Weber. (Propos rapportés par *Libération*, 2.3.2006)

Il n'est pas loin de penser, mais il ne pense pas de près puisqu'il lui reste du chemin à parcourir pour rattraper le verbe. Quand je ne suis pas loin de la maison, je ne suis pas chez moi, n'est-ce pas ? « T'es où ? Je ne suis pas loin, j'arrive. »

Qu'il n'a pas tort

Pourquoi employer l'envers pour l'endroit ? Sans doute parce que l'endroit n'est pas kasher. « Je n'ai pas tort » ne veut pas dire d'autorité que j'ai raison. Il existe une *no man's langue* quelque part entre « j'ai raison » et « j'ai tort » dans laquelle des expressions comme « je n'ai pas raison » ou « je n'ai pas tort » peuvent trouver un emploi au rabais. Peur d'affirmer haut et fort ? Sans aucun doute. Peur de s'affirmer, de s'estimer à sa juste valeur ? « Il n'a pas tort » se protège en utilisant la négation pour atténuer son opinion. Un euphémisme, en somme. Les « ne... pas » sont des pessimistes qui s'ignorent.

« Moi je pense »

Interrogée sur les réactions (et les jalousies) que provoque chez ses camarades du PS sa percée dans les sondages, la compagne de François Hollande s'est mise soudain à parler avec insistance. *« Moi, je ne m'arrête pas aux papotages conjoncturels. Je pense que ces commentaires ne sont pas à la hauteur des enjeux. Moi, je pense que la précarité est un handicap pour l'efficacité économique. Moi, je pense que l'on peut concilier l'efficacité économique et l'efficacité sociale. »* Un tic de langage qui n'est pas sans rappeler un certain Lionel Jospin. (*Le Parisien*, 17.1.2006)

Celui qui pense en parole ne réfléchit jamais aux conséquences de ses propos. Il promène son immaturité en laisse pour ne pas la perdre en chemin. Les penseurs sont des objecteurs de conscience, ils fonctionnent par déni. En fait, ils ne se sont jamais vraiment défaits du « non » de leur enfance, comme s'ils avaient toujours besoin de s'affirmer en contestant. *Refuznik* par nature, ils ne fonctionnent que sur des préjugés incassables.

Penser n'est pas réfléchir ! L'usage intensif du verbe « penser » est un signe de soumission à la pensée unique qui prévaut ! Les penseurs sont des acteurs stériles. À force de « penser que », ils finissent par oublier « d'agir pour ». Et ils plombent leurs propos d'une force d'inertie sans la moindre perspective d'avenir. Le pouvoir de la pensée (qui n'est pas la réflexion) est tel qu'il hypothèque tout passage à l'acte ou tout changement. La pensée est confortable et sécurisante car elle n'oblige jamais le penseur à agir autrement qu'en théorie. « Je pense, donc je suis ! » Terminus ! Tout le monde descend !

La vie est une scène de théâtre. Il n'y a personne en coulisse pour vous souffler les bonnes répliques. Si vous supprimez le verbe penser, que reste-t-il au penseur militant ? Rien ! C'est que l'affaire n'est pas simple à résoudre. Pour trouver le mot juste, il est nécessaire de changer son mode de fonctionnement mental. « Je pense que » est prisonnier du besoin de spéculer. Son credo : « je pense, donc je suis » le dispense d'agir.

Préparation (en)

Hervé Gaymard annonce, dans L'Express *(4.5.2006), qu'il a plusieurs ouvrages en préparation.* Quand un écrivain parle d'un ouvrage en préparation, cela signifie qu'il y pense mais que l'action est déportée dans un avenir sans devenir. Celui qui passe son temps à se préparer n'est jamais prêt dans les délais. À retenir !

Procrastination

« On va y arriver. » (Une formule sarkozienne entendue au cours d'un meeting de l'UMP)

Attention, procrastinateur en vue ! Aller est le verbe fétiche de celui qui reporte toujours au lendemain ce qu'il aurait pu ou dû faire des lunes auparavant. Un portrait de l'inefficacité, corroboré par un « on » désincarné caractéristique des individus irresponsables sur lesquels vous ne pouvez pas compter. « On » est le joker favori de ceux qui refusent d'endosser leurs responsabilités. Ce joker les préserve de tout engagement et leur permet de rester dans un flou qui n'a rien à voir avec l'art ! Quand on ne sait pas où l'on va, on fait semblant ; c'est déjà ça de pris.

Les procrastinateurs sont des êtres en mouvement virtuel. L'intention est verbalisée, mais le passage à l'acte n'est pas encore programmé. « Je vais vous dire... » est une variante intéressante à écouter de toutes vos oreilles. Le locuteur qui l'emploie ne dit jamais ce qu'il pense et ne pense pas plus ce qu'il dit. En fait, il n'a rien à dire sinon de meubler l'espace entre « aller » et « dire ». Faut-il y aller pour le dire ou le dire sans avoir besoin d'y aller ? Pénétrez-vous de ce jeu de mots et vous comprendrez désormais pourquoi ceux qui « vont » agir font du surplace. Les formules à l'emporte-pièce sont révélatrices des intentions effectives. « On » n'y arrivera jamais, mais il fallait le dire à défaut d'y croire.

« ... Arriver à »

« Arriver » est un verbe typique qu'on retrouve dans le discours de tous les anxieux. Sans la valeur ajoutée de l'effort, aucune action ne mérite une ovation. Tout ce qui est facile n'a aucune valeur. Il en faut de la sueur, du sang et des larmes de dépit pour qu'un effort soit considéré à sa juste valeur. Voilà, en substance, la teneur du message judéo-chrétien. Nous vous renvoyons au verbe « arriver » qui est érigé comme la face Nord du pic du Midi, infranchissable, vertigineuse. Les « arriveurs » ont un gros défaut, ils mesurent toujours la distance avant de l'avoir franchie, ce qui fait qu'ils n'arrivent jamais. Espérons que le champion de la droite lira ces quelques lignes, s'il en a le temps ou si ce bouquin échappe à la vigilance de sa garde rapprochée. Il serait dommage de ne pas corriger ces formules échappées de ses enthousiasmes qui, eux, sont sincères.

Les promesses

« Promis ! J'arrête la langue de bois », un titre, oh combien révélateur, d'un livre de Jean-François Copé qui ne craint pas d'avouer par défaut que le mensonge était son ordinaire avant cet aveu grand public. Les promesses sont comme les nuages, elles ne font que passer.

Rester

« Je suis là pour rester », confie Cécilia Sarkozy, de retour de New York. (*Fig-Mag*, 17.6 - *Canard Enchaîné*, 21.6.2006)

Pourquoi parle-t-elle de rester ? Aurait-elle l'intention de repartir ? Est-elle revenue pour la campagne présidentielle ? En CDD ? J'imagine mal un journaliste lui poser la question de savoir si elle est de passage à Paris.

Réussir ensemble

« Réussir ensemble », proclame le projet du PS. Réaction d'Henri Emmanuelli : *« On ne connaît personne qui veuille échouer séparément ! »* (*Marianne*, 3/9.6.2006)

Ce genre d'ironie est la marque d'un libertaire par nature. Cela étant dit, il est vrai que l'association du verbe « réussir » et de l'adverbe « ensemble » est censée réunir les forces de gauche. Le verbe « réussir » a déjà tellement donné qu'il ne véhicule plus d'émotions dans l'esprit d'une France en situation d'échec. Parler de réussite à un demandeur d'emploi, c'est comme si un smicard essayait d'imaginer ce que représentent 250 millions d'euros en plus-value boursière. Pour le moment, les Français échouent séparément, comme l'évoque le député des Landes, ils ne sont pas programmés pour réussir ensemble.

Revendiquer

« Je revendique le droit de parler librement. » (*Le Monde*, 6.5.2004)

La revendication est un sport national en France. On manifeste, on conteste, on révolutionne, on démonte, on se montre à la télé au JT pour faire poids contre-mesure. Celui qui revendique un droit doit aussi se prévaloir des devoirs de sa charge. Peut-on parler librement quand on est ministre ? J'en doute. Alors ? Encore un effet d'annonce ? Je revendique le droit de parler librement... et de mentir en cachette. Parler n'est pas dire la vérité ! Il ne faut pas se laisser abuser par l'adverbe « librement » qui dégage un faux parfum d'authenticité. Et puis, parler n'est pas agir, surtout quand on commence par revendiquer le droit à la parole. Pourquoi les politiques ne revendiquent-ils jamais le droit d'agir ? Où irait-on si nos élus se mettaient à agir sans en parler d'abord ?

Risque

Bernard Kouchner se verrait bien en « candidat du sursaut » en 2007 (*JDD*, 23.4.2006) : *« Pourquoi pas ? Je souhaite montrer que le risque peut être positif. »*

On dirait que, dans son esprit, le mot « risque » est associé au terme « échec ». Il émet le souhait de prouver que... Il n'en a pas la volonté, ni le désir. Le verbe souhaiter est cousin germain du souhait, ce vœu pieux qui ne se réalise jamais. « Vous avez droit à un seul souhait. » Quant à l'interrogation « pourquoi pas ? », elle est le refrain de tous les stratèges de salon.

S'en sortir

« Ils ont la possibilité de s'en sortir, s'ils s'en donnent la peine », proclame Nicolas Sarkozy interviewé par un journaliste de TF1 sur le 20 heures. (4.11.2005)

Il fait évidemment référence à la « racaille » qui violente les bonnes consciences en se livrant à la guérilla urbaine et aux jeunes des cités en général. Dérapage sémantique ? La polysémie du discours trahit toujours le fond de la pensée de celui qui parle sans prendre de précautions oratoires élémentaires. Avoir la possibilité n'est pas avoir l'obligation morale de... Le possible ouvre la porte à l'alternative du diable. Ce qui est possible n'est jamais certain.

Que signifie la locution verbale « S'en sortir »... ?

« S'en sortir » suggère que la tâche sera rude. La formule fonctionne comme une loupe grossissante ; on transforme le caillou en montagne. S'en sortir : la locution verbale du fataliste militant. « Je ne m'en sortirai jamais ! Il s'en sort toujours haut la main ! Je veux m'en sortir, je dois m'en sortir. » Le fatalisme est une conduite de soumission. C'est écrit dans le ciel ! À chacun son destin ! Quand on est marqué par la malchance, on ne peut pas s'en sortir. « S'en sortir », le verbe favori des victimes de la société. Le mauvais œil, vous connaissez ? La superstition n'est pas loin. « Je voudrais bien m'en sortir, mais... » La formule est un classique du genre. La traduction en clair est : « Je voudrais bien renaître sous un autre ciel, mais je n'en ai pas le courage. Il faut donc que je subisse ma vie jusqu'à la mort qui sera ma délivrance. » Je vous accorde que le programme des réjouissances est un peu morbide. « Tu crois que tu arriveras à t'en sortir ? » signifie en sous-main « Je doute que tu t'en sortes ».

Sentiment

Comme le disait si bien Jacques Chirac au président Bush lors des commémorations du 60e anniversaire du débarquement des Alliés en Normandie, *« il faut redonner aux Irakiens* ***le sentiment*** *de la liberté retrouvée »*. Juste une impression, pas une réalité ! Mais peut-être, après tout, que la liberté n'est qu'une illusion, un mot magique qui submerge l'esprit du citoyen Chirac. Y aura-t-il encore une vie libre après l'Élysée ou juste le sentiment d'une liberté retrouvée ?

Sérénité

« Je suis déçu mais serein », une profession de foi exprimée par Jean-Pierre Raffarin devant les caméras au lendemain des dernières élections régionales.

Être à la fois serein et déçu, deux sentiments qui n'ont pas le sens de la cohabitation ! La déception n'est que la façade, politiquement correcte, qui dissimule le soulagement, politiquement incorrect, procuré par l'échec. D'où cette sérénité incongrue mais tellement franco-française ! Jean-Pierre Raffarin sait communiquer (il est prof de communication dans le civil), mais il ne pèse pas la valeur des mots qu'il utilise. Il sait communiquer ses émotions, mais ne sait pas utiliser les mots, question de balistique du langage. Les mots sont des projectiles. Il faut savoir viser quand on veut convaincre la Nation. Et à ce niveau, Jean-Pierre Raffarin n'est pas un tireur d'élite.

Si

« François Fillon n'exclut pas une privatisation d'EDF ou de la SNCF, si Sarkozy est élu. » Le « si » annonce toujours une carotte ou un bâton. « Si » est une conjonction manipulatrice, un instrument de chantage. La conjonction « si » est porteuse du virus de la contrainte. La carotte ne gratifie pas les compétences d'un individu, mais les résultats atteints. Quant au bâton, il sanctionne la non-réalisation d'un objectif.

Sincérité

« Je le dis en toute sincérité », avoue Nicole Fontaine.

La sincérité est un sentiment et non une qualité. La sincérité politique est une façon de brader ses émotions dont tous les courtisans du pouvoir connaissent le mode d'emploi. De toutes les sincérités, l'hypocrisie est la seule qui ne fait de tort à personne.

Tout à fait

« Je ne suis pas tout à fait d'accord avec mon père », déclare Marine Le Pen.

Pas tout à fait d'accord et pas du tout d'accord ne signifient pas la même chose. Quand je dis que je ne suis pas tout à fait d'accord avec vous, mon cher lecteur, j'insinue que nos positions ne sont pas aussi antagonistes qu'elles en donnent l'air. On peut ne pas être tout à fait d'accord et penser pareil ou faire partie du même camp, n'est-ce pas ? Je ne veux surtout pas que vous considériez cette formule de style comme un antagonisme incontournable. Je mets de l'eau dans mon vin avant de vous évacuer sans un regret quand j'aurai récupéré suffisamment de pouvoir pour jeter, comme on dit, le bébé avec l'eau du bain.

Violence

« *La délinquance en baisse, les violences en hausse.* » (titre du *Parisien*, 9.6.2006) Il faudrait inverser les valeurs pour faire baisser les violences : augmenter la délinquance. Ce genre de titre est typique d'une langue de bois journalistique. Comme si les violences ne faisaient pas partie intégrante de la délinquance. Les subtilités sémantiques ne sont pas la tasse de thé du Français lambda. Quand il a l'impression de naviguer à vue dans le brouillard médiatique, il se dit que ça ne vaut plus la peine de payer pour s'informer et il se rabat sur les gratuits (*Métro, Vingt minutes, Direct soir*). Les directeurs de quotidiens ou d'hebdos se demandent comment enrayer la chute de leurs ventes ? Simple et pas cher ! Il suffit d'écrire pour les lecteurs et non de (se) faire plaisir en brouillant les cartes.

Volonté

Le jeune Baroin a déjà pris des leçons de langue de bois. Jugez plutôt la belle envolée radiophonique : « *Une vraie volonté sincère* » de François Baroin sur Europe 1. Comme il existe de « fausses velléités frauduleuses » dans le camp d'en face. *Une vraie volonté sincère !* Existe-t-il de fausses volontés ? Le terme lui-même indique une qualité humaine fondamentale qui se passe d'un adjectif pour le surqualifier. La volonté est toujours vraie, même si l'on peut considérer qu'elle n'est pas marquée du sceau de la sincérité. Mais une volonté sincère est également une bizarrerie langagière. Il est vrai qu'on parle couramment de bonne ou de mauvaise volonté. Notez que la sincérité d'une volonté est une option toute neuve qui annonce peut-être un nouveau courant en politique. Il y aura la volonté hypocrite de certains opposée à la volonté sincère des autres. D'autre part, l'accouplement des deux adjectifs *vrai* et *sincère* est un mariage de la carpe et du lapin qui ne véhicule aucune émotion de reconnaissance. Une formule sans portée balistique, c'est comme une cartouche à blanc ou comme un pet de nonne.

Pour conclure la visite...

Les tics de langage sont généralement ignorés par ceux qui y ont recours et gommés par ceux qui les écoutent. Seuls les manipulateurs les entendent instinctivement et parviennent à en tirer tout le profit nécessaire et suffisant au bénéfice exclusif de leurs objectifs. Nous sommes tous susceptibles de recourir à ces tics de langage à l'une ou l'autre époque de notre vie. L'important est d'en prendre conscience aussitôt afin de pouvoir les évacuer en reconnaissant le facteur qui les a favorisés. Et ce facteur favorisant est, en règle générale, fondé sur le stress ambiant qui nous déborde sans que nous puissions l'éviter.

Sauf si... Car il existe un moyen qui est à la portée de tous ou presque. Un moyen qui repose sur une vision originale des rythmes du corps, une approche ancrée dans l'écoute et l'observation intérieure du vaisseau spatial dans lequel chacun évolue pour un meilleur usage de sa communication interpersonnelle. C'est la raison pour laquelle il est indispensable d'être présent ici et maintenant et d'en tirer tout le profit ou le plaisir que les manipulateurs tentent de nous ôter. Et ce profit ou ce plaisir, c'est selon, débute avec la mise en place d'un espace de protection, une bulle sociale, qui vous permettra de gérer votre capital relationnel sans subir la pollution qu'ils tentent de vous imposer.

Rendez-vous dans la quatrième partie de cet ouvrage : la stratégie du miroir.

TROISIÈME PARTIE

Les profils manipulateurs

Introduction

Partant du principe que les manipulateurs exercent *a priori* leur influence par jeu plus que par nécessité, je n'ai pas pu résister au plaisir d'établir une typologie de la manipulation. L'acquisition du pouvoir entraîne inéluctablement ce type de conduite. Il est indispensable pour un manipulateur de protéger son territoire et les prérogatives qui s'y rattachent. La manipulation de l'autre devient dès lors un jeu social incontournable. « Dites au pouvoir que la manipulation l'attend dans l'antichambre ! »

Tous les débats télévisés qui accueillent les stars de la politique ou les leaders de la pensée unique sont des arènes de la manipulation. Les manipulateurs s'y répandent pour s'affronter et mesurer ainsi leur pouvoir d'influence sous l'œil du manipulateur en chef, j'ai nommé l'animateur du débat. Il se contente souvent de convier des invités manipulables à merci pour rehausser son image de marque. Il se pose en juge et partie de la valeur d'un ouvrage présenté par son auteur, de la beauté d'une création artistique ou de la pertinence d'une entreprise. Les invités servent de faire-valoir à son immense ego. Ce sont les règles d'un jeu stupide institutionnalisé par la suprématie des médias. Presque aucun créateur ne peut s'en passer dans la mesure où le succès événementiel de sa création en dépend. Il faut donc en passer par là sous peine de se noyer dans l'anonymat. Le talent de la création ne peut se passer du pouvoir de manipuler l'opinion. C'est le prix de la reconnaissance !

Il en va de même en ce qui concerne le savoir-faire au sein de l'entreprise, il doit s'associer au « faire savoir » et à l'influence des hommes de pouvoir pour gagner ses galons. Ces considérations justifient, à mon avis, l'utilité d'une typologie de la manipulation destinée à tous ceux qui créent, les manipulés, et dont le destin dépend toujours du pouvoir d'influence du manipulateur qui tirera les marrons du feu à leur place. Encore faut-il savoir entre les mains de quel genre de manipulateur on place sa création ou son avenir professionnel. Cette grille originale de la manipulation vous permettra, je l'espère, de situer le meilleur d'entre eux et d'éviter les anthropophages qui se serviront de vos projets pour booster leur carrière sans même vous laisser quelques miettes du gâteau.

CHAPITRE 9

Le harceleur

« Le harceleur s'exprime sans articuler, en mâchouillant ses mots, des mots que sa bouche expectore avec toute la conviction de ses préjugés. Son débit verbal est tellement rapide qu'on se demande quand il prend le temps de respirer. Des phrases sans virgule, sans chute, sans point à la ligne. Le timbre de sa voix pollue mes oreilles comme une onde radiophonique constellée de chiures de mouche, de postillons et de crachotis. Son discours inutile glisse sur des superlatifs, surfe sur des poncifs dont il se gargarise. Ses mots se bousculent comme une foule de banlieusards pressés d'attraper le dernier métro aux heures de pointe. Il parle pour exister, mais quand il se tait ses oreilles se bouchent au profit d'un staccato de pensées parasites. Elles se dispersent comme des schrapnells dans sa conscience étriquée. Il entend vaguement la réponse de celle qui le subit, mais n'écoute vraiment que les objections mentales qui se bousculent dans son esprit. Un peu comme les bulles languissantes d'un champagne éventé qui éclatent à la surface du liquide sans libérer le moindre arôme. Je lui tourne le dos, assis sur une banquette de la gare. Je ne vois pas son visage, mais ai-je vraiment envie de coller un visage sur cette voix anonyme, sur ce discours filandreux qui me dégouline des oreilles comme une coulée de cérumen ? La non-rencontre s'achève, il s'en va pour attraper le train qui vient d'entrer en gare. Déjà, je ravale son souvenir fugace comme une morve dégoûtante que j'aurais mieux fait de cracher. Mais cracher est interdit dans un lieu public, tout comme il est interdit de se boucher les oreilles quand le discours d'un harceleur vous dérange. C'est mal poli ! Sa compagne se lève à son tour. Elle passe devant moi, elle a l'air épuisée. »

Selon JM Abgrall, « le harcèlement donne à la manipulation une dimension supplémentaire... Le harceleur prend conscience du pouvoir qu'il exerce ».

Étymologiquement, les termes « obséder » et « harceler » sont très proches. Dans son acceptation ancienne, « obséder » veut dire « être assidu auprès de quelqu'un, de manière à l'isoler des autres personnes ; importuner par ses assiduités » et, par extension, « en parlant de certaines idées, tourmenter assidûment » (*Littré*).

« Le phénomène a été étudié dès 1976 par un psychiatre américain, Carroll Brodsky, dans un livre intitulé *The Harassed Worker*. Pour lui, le harcèlement consiste en des attaques répétées et opiniâtres d'une personne sur une autre, pour la tourmenter, la miner, la frustrer, la provoquer. Il en pointe les effets destructeurs sur la santé et, à juste titre, il remarque qu'il ne s'agit sans doute que de la partie émergée de l'iceberg [1]. »

Il est donc indispensable de faire une distinction entre la manipulation et le harcèlement. La persécution procède de la volonté délibérée de nuire pour contraindre le persécuté ou lui rendre la vie impossible. Le persécuteur vampirise les énergies de sa victime de diverses

1. Cité par Marie-France Hirigoyen.

manières. C'est le voisin envahissant qui fera intrusion chez vous à tout moment sans se gêner ; c'est le collègue qui vous empruntera systématiquement de quoi se payer des cigarettes en vous promettant de vous rembourser. Promesses envolées. C'est le chef de service qui vous retient dans son bureau pour vous abreuver de conseils paternalistes, mais qui se met en colère quand le dossier qu'il vous a confié n'est pas terminé dans les temps. Comment lui dire que les trois heures de débriefing de la veille vous ont mis en retard ? Vous avez une oreille tellement compatissante (une caisse de résonance) qu'il s'est pris au jeu et vous monopolise pour s'écouter parler. C'est le patient qui appelle son médecin cinq fois par jour pour lui expliquer par le menu les symptômes de sa maladie. C'est le rédacteur en chef qui oblige le pigiste à réécrire dix fois son article avant de s'entendre dire que la publication de son papier est reportée aux calendes grecques.

Les persécuteurs harcèlent leurs victimes pour échapper au sentiment d'échec dont ils souffrent, ce qui ne les excuse pas pour autant. Beaucoup de responsables ne savent pas ménager les susceptibilités individuelles et manient plus facilement le bâton que la carotte. Dans ce cas, les personnes se bloquent et ne peuvent plus avancer. Ils ont besoin de faire trébucher les autres pour se soulager de la croix qu'ils portent en permanence.

« Une mamy bon chic, bon genre entre dans une boutique de jouets. Elle recherche un jouet d'éveil pour son petit-fils de 12 mois. Elle demande l'aide de la vendeuse qui s'empresse auprès d'elle. Une demi-heure plus tard, elle ressort de la boutique en promettant de revenir le lendemain. La vendeuse est épuisée. Elle a tout déballé. La mamy reviendra sept fois de

suite dans cette boutique, toujours indécise. La vendeuse est écœurée mais demeure polie et de bon ton.

Lors de sa huitième visite, la mamy est accompagnée de sa fille, de son gendre et de l'adorable petit-fils qui va toucher à tout, comme de juste. Ils resteront plus d'une heure dans la boutique pour acheter, enfin, un boulier à 10 euros. Arrivée en caisse, la mamy demande à la vendeuse s'il y a une remise sur cet article. "Non", répond la vendeuse, laconique. L'acheteuse se tourne vers sa fille et son gendre, toujours indécise. Dans ces moments-là, le temps se dilate. La vendeuse est exaspérée mais se retient encore. La mamy repose le jouet sur le comptoir, la bouche en cul de poule. Elle va quitter la boutique sans achat, se dit la vendeuse. "Vous êtes sûre qu'il n'y a pas de remise, mademoiselle ?" s'inquiète-t-elle encore. Et c'est là que l'orage éclate. "Non, madame, et je vous prie de sortir et de ne plus remettre les pieds dans cette boutique." La grand-mère est interloquée. Ses enfants sont effrayés par la colère qui perce sous les propos de la vendeuse. « Dehors ! Et emmenez ce sale gosse avec vous !" rajoute-t-elle en hurlant. Elle a pété les plombs ! Les persécuteurs s'en vont la tête haute et la bave aux lèvres. "Vous entendrez parler de nous, conclut le beau-fils en refermant la porte, furieux. Votre patron sera averti de l'affront que vous nous avez fait. – Ne vous donnez pas cette peine, il est déjà au courant, rétorque-t-elle, le patron ici, c'est moi !" »

Les persécuteurs sont les rois des emmerdeurs, dès qu'ils pénètrent dans une boutique. Ils achètent rarement, mais exigent toujours du vendeur une disponibilité totale pour lui poser toutes les questions qui leur passent par la tête. Ils se renseignent pour plus tard, avouent-ils, et promettent toujours de revenir bientôt. Si vous travaillez dans une boutique, vous devez connaître le profil de ce genre de clients.

Peut-on parler de manipulation ? Oui et non ! Car le client harceleur est visible à l'œil nu à moins d'être particulièrement myope et naïf. Le client manipulateur, en revanche, est beaucoup plus subtil dans sa démarche et, le plus souvent, le vendeur ne voit rien venir avant la conclusion...

« Guido T... donne l'impression qu'il va dévaliser la boutique et fixe son choix sur des articles haut de gamme. Cette démarche focalise l'intérêt du vendeur, ce qui est logique. Les produits s'accumulent sur le comptoir et le vendeur est de plus en plus enthousiaste. Quel client ! Arrive le moment de la douloureuse ! "J'espère que vous allez me faire une remise intéressante, il y en a tout de même pour pas mal d'argent", suggère le client manipulateur. Le vendeur vient de passer une heure à conseiller Guido T... et à entasser les produits. Le manipulateur s'est informé au préalable, le vendeur est bien le patron de la boutique. Il n'a pas perdu son temps. Forcé et contraint, le vendeur fait l'addition. Il y en a pour 3 578 euros. "Je vous laisse le tout à 3 500", annonce-t-il avec un large sourire. Le manipulateur ne l'entend pas de cette oreille. Il prend sa calculette et rétorque : "Comment ? Vous me faites à peine plus de 2 % de remise, c'est une blague ?" Le vendeur est paniqué. Il comprend qu'il est piégé. "Mais je ne peux pas vous faire plus que...", bredouille-t-il. "Je trouve que 10 % serait fair-play de votre part, il y en a quand même pour une sacrée somme. Vous n'avez pas des clients comme moi tous les jours, n'est-ce pas ?" 358 euros de remise est aussi une sacrée somme pour le vendeur ! Il finit par accepter de mauvaise grâce de se soumettre aux exigences du client, soit 3 220 euros. "Si je vous paye en liquide, on peut arrondir à 3 200 ?" rajoute le client. Le vendeur déglutit, il se gratte l'occiput, manifestement interloqué par le culot du client. Ce dernier a

déjà sorti plusieurs billets de 500 euros pour régler sa note. Il les compte lentement sous le nez du vendeur. Trop tard pour refuser ! La vision de ces gros billets est hypnotique. 3 200 ! "Le compte y est", assène le client manipulateur qui pose l'argent sur le comptoir. Et il rajoute pour la bonne bouche : "Les bons comptes font les bons amis, n'est-ce pas ? Vous pouvez m'emballer mes achats !" Les billets sont toujours sur le comptoir. Le vendeur n'en peut plus. Il finit par avancer une main craintive vers le pactole. »

J'ai assisté à cet épisode en compagnie de Guido T..., le manipulateur. Nous étions dans une boutique de luxe du 6e arrondissement de Paris. Cette histoire m'a coûté une bouffe. J'avais parié avec Guido T..., un P-DG dont j'étais le consultant en image publique, qu'il n'obtiendrait pas 10 % de remise dans une boutique de ce tonneau. J'aurais mieux fait de me taire. Les manipulateurs, les vrais de vrais, sont redoutables en affaires. Ce P-DG encaissait chaque mois un salaire de 150 K€ (vous avez bien lu), sans compter les avantages sociaux.

Morale de cette histoire : ce sont ceux qui gagnent le plus qui payent le moins.

Pour en revenir à la réflexion qui introduit ce chapitre, je trouve que la contrainte se manifeste également dans les deux cas, qu'il s'agisse de harcèlement ou de manipulation. La grande différence consiste dans les stratégies respectives adoptées par le persécuteur ou le manipulateur. Le premier ne cherche qu'à nuire pour satisfaire un plaisir sadique, le second vise à tirer le maximum de profit d'une opération ponctuelle. *Le manipulateur presse le citron, le persécuteur l'écrase sous son talon.*

Le harceleur vous salue bien

Après la vogue de la version sexuelle, le harcèlement moral est aujourd'hui très tendance. On montre du doigt les harceleurs qui dévorent les énergies de leurs victimes consentantes ou non. Les victimologues sont assaillis de demandes d'assistance à personne en danger. Comme toujours, les médias viennent de découvrir l'eau chaude. Et pourtant, l'influence et la manipulation ont toujours été les deux moteurs de base de la vie relationnelle de toute société humaine.

Toute notre éducation est fondée sur le chantage affectif et la double contrainte, la carotte et le bâton, et l'apprentissage sans intelligence des préjugés les plus stupides. Autrefois on parlait de bourrage de crâne. Les spécialistes analysent la société dans une litanie d'ouvrages sans le moindre esprit de pédagogie à l'intention du lecteur lambda. Ils s'adressent à une élite ou tournent en orbite autour de leur nombril. Le vocabulaire dont ils font usage est hermétique au premier venu. Un bel exemple de manipulation de la connaissance qu'ils préservent ainsi du vulgaire. « Vous n'avez rien compris et c'est tant mieux car si c'était si simple, tout le monde y aurait accès. » Le dialogue a rendu son tablier, débouté par l'intronisation du monologue pataphysique de la plupart des stars de l'expertise sociétale.

La gestuelle des harceleurs est particulièrement riche, quel que soit le milieu social auquel ils appartiennent et quel que soit leur niveau d'organisation intellectuelle. Certains sont particulièrement stupides et caricaturaux, d'autres sont brillants et difficile à cerner. Cependant, le vocabulaire commun auquel ils ont recours est invariable. Leurs ambitions, leur comportement socioprofessionnel, sont subjugués par les mêmes objectifs : harceler l'autre jusqu'à ce qu'il demande grâce. C'est sans doute le seul plaisir qu'ils sont capables de savourer comme un entremets princier.

Le chantage du harceleur est son occupation favorite. Commère, il adore colporter les bruits de couloir et les enjoliver pour les rendre encore plus croustillants. Élitiste, il hait la France d'en bas, sa trivialité, son ignorance, même et surtout s'il en fait partie comme vous et moi. Il hait le plaisir épicurien, le seul désir qui le guide est boulimique. Il veut s'approprier tout ce qui ne lui appartient pas. Le harceleur est d'abord et avant tout un jaloux, envieux parfois, exclusif toujours et surtout cupide jusqu'au délire concupiscent.

« Il m'a tendu un index en guise de poignée de main. J'étais interloqué par ce code gestuel plutôt rare et je me suis mis à l'observer sur deux niveaux dès le début de notre entretien. Le mépris qu'il affichait à mon endroit était patent. J'aurais pu ne pas m'en apercevoir si je n'avais pas réagi à sa poignée amputée. Je n'étais à ses yeux qu'une image virtuelle qu'il oublierait dans les dix secondes qui suivent la fin de notre entretien. C'est le genre de manipulateur qui s'apprête symboliquement à vous quitter avant même de vous avoir rencontré. Cette scène s'est produite pour la première fois dans mon cabinet psy. Mon harceleur était d'origine libanaise et avait pris rendez-vous pour envisager un coaching d'image publique sur le conseil d'un de ses collaborateurs. Il a commencé par m'expliquer qu'il dirigeait dix-sept sociétés. Rien que ça ! Une heure durant, j'ai eu droit à l'histoire de sa réussite en long, en large et en travers. Fort de l'information gestuelle initiale, j'ai décidé de tripler le tarif que je demandais habituellement pour un stage de quelques jours. Quand je lui ai annoncé la couleur, il n'a pas tiqué. Nous nous sommes quittés sans nous serrer la main et il n'est jamais revenu. Ouf ! S'il avait accepté

mon offre, je me serais retrouvé dans une situation précaire. Il faut savoir que les harceleurs ne payent leurs factures que dans un cas de figure : quand elles sont inférieures à ce qu'ils jugeaient utile de décaisser. Sans compter les tracas, les reproches, les critiques inévitables qu'il m'aurait adressés pour diminuer encore le montant de mon intervention. Alors, rappelez-vous le doigt qui se substitue à la poignée de main, si cela vous arrive un jour. Fuyez avant qu'il ne soit trop tard. À propos, mon client ne m'a jamais payé l'entretien initial. Par la suite, j'ai exigé un payement anticipé bien avant le premier rendez-vous. Ceux qui en refusaient le principe en s'offusquant d'une telle pratique étaient généralement des manipulateurs au petit pied. »

Les chevaliers de l'index

L'autorité et la jalousie ont chacun leur territoire digital propre. De là à imaginer qu'un individu qui utilise son index droit de manière récurrente est en recherche d'autorité sur son interlocuteur, il n'y a qu'un pas. Quant à celui qui privilégie l'index gauche en tant que droitier pour sous-titrer ses envolées, il serait plutôt un gros jaloux.

Selon Marc Jeannnerod, dans un article détaillant la production du geste pour *Science et vie*, à partir de données recueillies sur des mains fossiles, les anthropologues ont découvert que notre ancêtre *Paranthropus Robustus* (1,8 million d'années) possédait déjà une telle pince de précision, au même titre que *Homo erectus* (1,5 million d'années). En revanche, si l'on remonte à 4 millions d'années, nos lointains ancêtres disposaient de mains de chimpanzés, pour lesquelles seuls le pouce et l'index peuvent s'opposer. Des singes comme les macaques, qui ont un pouce très court, ne peuvent que l'appuyer sur l'extrémité de l'index ou, au mieux, sur le côté de la première phalange (opposition latérale). Cette prise, si elle permet la saisie de petits objets, rend toutefois impossible la manipulation fine ou l'utilisation d'outils. Les singes les plus primitifs ne sont capables que d'une prise en bloc ou prise de force : c'est la main entière qui se referme au contact de l'objet qui se trouve alors enfermé entre la paume et la pulpe de tous les doigts. Cette prise primitive correspond à celle d'un enfant de moins de six mois, ou encore à la prise résiduelle observée chez des sujets souffrant de lésions du cortex moteur. Ce fait nous rappelle que la main adroite de l'Homme n'est pas seulement liée à des modifications de sa structure comme la colonne osseuse du pouce qui est indépendante de celle des autres doigts, ou encore la longueur du pouce, mais surtout au perfectionnement de l'appareil de commande neuro-musculaire des doigts.

Pour mémoire, je vous rappelle que les index sont les doigts du pouvoir paternel à droite et du pouvoir maternel à gauche. Ils sont la représentation symbolique du *Surmoi* (les images parentales incorporées dans le Moi) dont le rôle est d'assurer la défense des valeurs acquises et de la personnalité contre les agressions, qu'elles proviennent de l'environnement ou des profondeurs introspectives de la conscience.

La barbe du prophète

L'index est posé sous la lèvre inférieure, les autres doigts forment comme une barbe dissimulant le menton.

Il s'agit d'un index dubitatif de la part d'un individu qui se demande comment il va s'y prendre pour vous convaincre. Il peut aussi traduire le doute ou la suspicion. Or, le doute est l'antichambre du harcèlement verbal.

Le pic à glace

Elle lui dédie un sourire pincé tout en posant son menton sur un index tendu de manière affectée.

L'index planté dans le menton est une déviation d'un geste conventionnel. Visser l'index sous le menton révèle un état d'esprit vindicatif. Et plus revanchard que le harceleur n'est pas possible.

Le farfouilleur

Celui qui toilette, trifouille, gratte, explore les cavités est un index indiscret ou très curieux, c'est selon.

Plus un individu se sert de l'un de ses index pour « explorer », plus il se sentira interpellé par les ragots croustillants ou les indiscrétions que vous pourrez lui fournir. Souvent très actifs socialement, ils se sentent plus concernés par les bruits qui courent et auxquels ils ne peuvent s'empêcher d'emboîter le pas. Leur mode de harcèlement est étroitement associé à la rumeur dont il se charge de la propagation. Les journalistes d'investigation sont, à l'instar des policiers, des harceleurs émérites. À ce niveau, on peut considérer que le harcèlement devient une véritable compétence professionnelle et non plus une pollution psychosociale.

« Dick Cheney, vice-président en titre et probablement président effectif des États-Unis, est un harceleur de premier plan. Il n'arrête pas de poser des questions très détaillées, à la manière de Socrate, à ses interlocuteurs, ce qui lui permet de mettre en évidence les lacunes de leur raisonnement. Il a la réputation d'un homme qui pose toujours des questions précises mais ne donne jamais son opinion. » Il semble clair qu'il

manipule le Président en titre et que le pouvoir de la Maison-Blanche est entre les mains des quelques collaborateurs qui entourent George W. Bush, dont Dick Cheney tient la queue du Mickey.

La râpière

Votre interlocuteur fait mine de vous embrocher le ventre avec son index ou pointe l'index dans votre direction en vous adressant la parole.

C'est un geste de mépris. L'individu qui abuse de son index pour embrocher son interlocuteur affiche toujours son besoin d'écraser les autres. Il se comporte en prédateur. En règle générale, l'index menaçant est surtout utilisé par des fanfarons qui jouent les gros bras pour avoir l'air et, surtout, les harceleurs qui ne peuvent se passer de ce procureur gestuel.

Le limeur

Votre interlocuteur assis frotte machinalement son index sur l'arête de la table.

La séquence gestuelle indique une conduite d'échec et d'auto-agressivité ! Elle peut évidemment être transférée à la deuxième personne du singulier. « Il doute que vous soyez en mesure... » Et quand le doute s'installe, le harcèlement verbal n'est pas très loin.

Le paratonnerre

Votre interlocuteur lève l'index droit vers le plafond pour appuyer ses arguments.

Petit professeur imbu de sa petite personne mais carrément versatile si le vent tourne et les événements ou les faits lui donnent tort. Et votre interlocuteur de surenchérir en soulignant ses propos d'un index (gauche ou droit) pointé vers le plafond ou le ciel. Par expérience, je dirais qu'il s'agit d'un harceleur au tempérament versatile, voire cyclothymique. Il peut aussi s'avérer violent (en paroles, uniquement), changeant d'avis comme le vent tourne, se faisant une règle de ne prendre que des risques sans danger et se disputant avec tout le monde. Suivant que cela serve ou non son intérêt, il sera en révolte contre le système, les règles ou les tabous sur lesquels repose l'équilibre de la structure sociale dont il fait partie. Il est assez psychorigide et incapable de mettre de l'eau dans son vin si nécessaire.

Le purgatoire

L'index droit pointe vers le bas à gauche ou à droite.

Son index pointé vers le bas et vers la gauche, pour signifier que la place que vous occupez s'apparente au purgatoire. Manipulateur imbu de son pouvoir ou de ses prérogatives, si vous lui avez déplu, il vous harcèlera jusqu'à ce que vous vous retrouviez en enfer.

Le violeur

Coudes en appui, l'index droit ou gauche tendu de votre interlocuteur donne l'impression de vouloir forcer ses lèvres.

Tourné vers les lèvres de votre interlocuteur, le geste révèle une mentalité élitiste. Ce geste signale une attitude manipulatrice, voire une mentalité de parvenu fier de ses œuvres ou de celles qu'il bâtira sur les ruines de Pompéi. C'est le genre d'individu qui promet généralement bien plus qu'il ne tient parole, sauf si vous jouez le rôle de bouc émissaire à la perfection. Il adore harceler ses collaborateurs.

Le chieur

L'index posé sous la lèvre inférieure.

Il s'agit d'un index qui peut traduire le doute ou la suspicion mais il est le plus souvent symbolique d'un point d'interrogation ironique qui attend sa réponse. C'est l'attitude récurrente du questionneur dit aussi « le chieur ». Les journalistes de télé en abusent au vu et au su de tous les observateurs. Parité oblige, il y a plus de chieuses que de chieurs.

La croix des bannis

Doigts croisés, index en croix pointés en diagonale.

Votre interlocuteur ne l'a pas fait exprès mais il faut croire que ce geste appartient à la culture imprimée dans l'inconscient collectif de tous les harceleurs.

Le procédurier

Il plante le bout de ses index tendus au bord de ses narines, doigts croisés devant sa bouche.

Geste pernicieux car il trahit le peu d'estime que votre interlocuteur éprouve pour vous. Et ce n'est qu'un euphémisme ! Si vous vous incrustez dans son univers, il se servira de vous pour mener à bien ses affaires les plus douteuses et vous harcèlera jusqu'à ce que vous réussissiez ou jusqu'à ce que vous lui rendiez votre tablier. N'essayez pas de lui faire payer un quelconque dédit, il est très procédurier et vous en fera baver jusqu'à ce que vous abandonniez la partie.

Le double canon

Il croise les doigts, index pointés côte à côte en double canon en direction de l'interlocuteur.

Voilà un refrain gestuel qui est de plus en plus tendance en cette époque d'insécurité endémique. C'est un geste tueur, destiné à tenir l'interlocuteur ou l'adversaire à distance. Cependant, je l'ai plus souvent remarqué chez des harceleurs que chez des *killers*. Certains responsables de la Police nationale interviewés par les chaînes de télévision reproduisent souvent ce geste. Or, un bon « flic », c'est avant tout un harceleur de haut niveau et non une assistante sociale, comme certains pourraient être tentés de le croire.

Une dernière anecdote pour clôturer ce profil du harceleur. Elle décrit une attitude que je vous conseille vivement de mémoriser car le geste reproduit est une sorte de passeport du harcèlement.

« Pour la énième fois, il me tend la main gauche en guise de poignée de main. Je hais ce bonhomme, c'est un voisin que je croise au bistro de temps à autre. Il n'est pourtant pas gaucher. Même si sa main droite est occupée, cette manière d'accueil est un aveu d'antipathie pur et dur. Mais c'est aussi un signal fort de harcèlement. Ce genre d'individu ne vous avouera jamais son antipathie, en revanche, il s'arrangera pour vous prendre à témoin de ses malheurs et de ceux qui en sont à l'origine. Il vous harcèlera en vous pompant votre énergie ou en phagocytant votre temps pour vous imposer ses théories paranoïaques. »

Pour votre sauvegarde, j'emprunte à Marie-France Hirigoyen la liste des agissements hostiles (in *Le Harcèlement moral*, Syros)

1) Atteintes aux conditions de travail

— On retire à la victime son autonomie

— On ne lui transmet pas les informations utiles à la réalisation d'une tâche

— On conteste systématiquement toutes ses décisions

— On critique son travail injustement ou exagérément

— On lui retire l'accès aux outils de travail : téléphone, fax, ordinateur...

— On lui retire le travail qui normalement lui incombe

— On lui donne en permanence des tâches nouvelles

— On lui attribue volontairement et systématiquement des tâches inférieures à ses compétences

— On lui attribue volontairement et systématiquement des tâches supérieures à ses compétences

— On fait pression sur elle pour qu'elle ne fasse pas valoir ses droits (congés, horaires, primes)

— On fait en sorte qu'elle n'obtienne pas de promotion

— On lui attribue contre son gré des travaux dangereux

— On lui attribue des tâches incompatibles avec sa santé

— On occasionne des dégâts à son poste de travail

— On lui donne délibérément des consignes impossibles à exécuter

— On ne tient pas compte des avis médicaux formulés par le médecin du travail

— On la pousse à la faute

2) Isolement et refus de communiquer

— On interrompt sans cesse la victime

— Ses supérieurs hiérarchiques ou ses collègues ne lui parlent plus

— On communique avec elle uniquement par écrit

— On refuse tout contact même visuel

— On l'installe à l'écart des autres

— On ignore sa présence en s'adressant uniquement aux autres
— On interdit à ses collègues de lui parler
— La direction refuse toute demande d'entretien

3) Atteintes à la dignité

— On utilise des propos méprisants pour la qualifier
— On utilise envers elle des gestes de mépris (soupirs, regards méprisants, haussements d'épaules et des dizaines d'autres postures)
— On la discrédite auprès de ses collègues, des supérieurs ou des subordonnés
— On fait courir des rumeurs à son sujet
— On lui attribue des troubles psychologiques (on dit que c'est une malade mentale)
— On se moque de ses handicaps ou de son physique ; on l'imite ou on la caricature
— On critique sa vie privée
— On se moque de ses origines ou de sa nationalité
— On s'attaque à ses croyances religieuses ou à ses convictions politiques
— On lui attribue des tâches humiliantes
— On l'injurie avec des termes obscènes ou dégradants

4) Violence verbale, physique ou sexuelle

— On menace la victime de violences physiques
— On l'agresse physiquement même légèrement, on la bouscule, on lui claque la porte au nez
— On hurle contre elle
— On envahit sa vie privée par des coups de téléphone ou des lettres
— On la suit dans la rue, on la guette devant son domicile

— On occasionne des dégâts à son véhicule

— On la harcèle ou on l'agresse sexuellement (gestes ou propos)

— On ne tient pas compte de ses problèmes de santé

Édifiant, n'est-ce pas ? Effrayant, surtout !

CHAPITRE 10

Le gourou

L'élitisme est la philosophie des baigneurs du dimanche dont les pseudo-gourous sont les plus représentatifs. Leur doctrine se noie à la petite profondeur mais, malheureusement, ils sont sauvés des eaux par leurs adeptes.

L'imposture est une manière élégante d'avoir l'air quand on ne connaît pas les paroles de la chanson. La plupart des gourous sont des charlatans qui pratiquent l'imposture avec un art tellement consommé qu'on croit qu'ils connaissent les paroles de la chanson. Impossible ! Les gourous n'ont pas de mémoire quand ça les arrange.

Gourou, sa religion s'appelle superstition. Intrusif, il sonnera à votre porte comme un vendeur à la sauvette, pour vous solder le salut de votre âme. De tous les manipulateurs, le gourou est sans aucun doute le plus doué de toute la bande pour subjuguer ses ouailles. Je ne vais pas refaire ici le procès des sectes, d'autres s'en sont chargés avant moi. En quoi ils ont cru faire œuvre utile d'information ! Ils ont effectivement informé tous les lecteurs qui ne mettront jamais les pieds dans une secte. Comme je vous le montrerai par la suite, les futurs adeptes des sectes multiples et variées qui envahissent le paysage spirituel des pseudo-religions ont un profil très particulier et une carence que seule une autre aliénation peut combler. Que cette aliénation soit psychanalytique, psychothérapeutique ou sectaire, qu'importe, il est vital pour ces personnes de sortir d'un destin qui n'est pas taillé à leurs mesures.

Ce qui nous intéresse, puisqu'il est question dans cet ouvrage d'influence et de manipulation, ce sont les ressorts sur lesquels repose le degré d'influence exercé par le gourou et *in fine* le langage gestuel auquel il aura recours pour asseoir son ascendant. Et dans le cas qui nous occupe, ce langage corporel n'est pas une composante mineure du rôle que joue le gourou.

Qu'il soit plombier à l'origine, comme l'était le gourou du Mandarom, ou chanteur raté et journaliste sportif comme celui des Raéliens n'est pas pour m'étonner. Les gourous sont généralement des hommes frustes mais autodidactes qui parviennent à codifier leurs délires et à ériger leur propre mythomanie en religion. Ce sont aussi des individus dont la première partie de leur existence est souvent un échec grandeur nature. Cet échec vital se transforme en une blessure narcissique profonde dont ils vont tirer l'énergie nécessaire et suffisante pour endosser l'habit du gourou. C'est une forme de résilience comme une autre. Car en matière d'ésotérisme, l'habit fait toujours le moine. Tous les perdants de la vie détiennent ce pouvoir d'influence à la racine de leurs rêves de puissance bafoués, mais peu d'entre eux parviennent à le métamorphoser. Il y a en cette matière une alchimie difficile à cerner. Ils s'inventent un personnage, érigent une doctrine tellement hermétique qu'ils trouvent dans leur entourage quelques personnes vulnérables qui la considéreront comme géniale. Ces prosélytes de la première heure seront les meilleurs propagandistes du gourou. Ils l'aideront à asseoir sa crédibilité aux yeux des adeptes disponibles sur le marché très rentable de la spiritualité de supermarché.

« À l'occasion d'un stage d'auto-hypnose que j'animais à Bruxelles au début des années 1980, j'ai remarqué un stagiaire qui sortait du lot. Il était médecin et surtout très curieux d'en connaître plus sur la méthode que j'enseignais. Il me posait sans cesse des questions pertinentes. J'étais évidemment flatté qu'un médecin trouve autant d'intérêt à la technique auto-hypnotique. Bien des années plus tard, j'apprenais le drame de l'Ordre du temple solaire en Suisse. Mon médecin si sympathique faisait partie des dirigeants de cette secte, il s'appelait Luc Jouret.

Ce personnage n'avait absolument pas la dimension ni le charisme d'un gourou lorsque je l'ai rencontré. C'était au contraire un homme ouvert, curieux, affable. De son propre aveu, il était en recherche d'une voie spirituelle. Point. Connaissait-il déjà Joseph de Mambro, le véritable gourou de l'OTS ? No lo sé ! »

Il existe des centaines de sectes discrètes animées par des gourous de pacotille sur tout le territoire de l'Hexagone. Elles ne fonctionnent pas toutes sur les fondements d'une doctrine suicidaire ou carcérale. Ce sont de petits groupes d'individus satellisés autour d'un personnage, souvent un thérapeute alternatif, avec lequel ils forment l'embryon d'une secte qui ne dit pas son nom. Une forteresse collective et fusionnelle. Le succès de cette graine de secte dépend alors de plusieurs paramètres :

a) Du degré de démagogie du thérapeute !

b) Jusqu'à quel point ses théories fumeuses rencontrent les besoins mythomaniaques de ses futurs adeptes.

c) Du nombre d'éléments de sexe féminin avec lesquels il entretiendra des rapports sexuels privilégiés pour asseoir son influence sur le groupe. Un paramètre essentiel !

d) Du volume de participation financière qu'il retirera de ses futurs adeptes. S'il vise des personnes isolées socialement mais riches ou aisées, il pourra créer les bases de sa future croyance. L'argent est le nerf de création d'entreprise. Les sectes ne font pas exception à la règle.

e) De son sens de la délégation de pouvoirs à des adeptes ambitieux, des sous-gourous en quelque sorte, qui représenteront l'infrastructure de son entreprise charismatique. Ils seront les apôtres de sa Parole et les garants de son pouvoir occulte.

Je vous ai cité quelques recettes pour fonder votre propre secte, si le cœur vous en dit. Je pense qu'une formation à diverses techniques alternatives ne serait pas inutile, si vous souhaitez vous donner tous les atouts pour réussir dans le domaine. Mais je blague, évidemment ! Ce ne sont pas là les seuls voies et moyens qui permettent au futur gourou de transformer le plomb en or. Comment fait-il ? Est-il charismatique de naissance ? Quel est le secret de sa réussite ?

Le pouvoir initial du gourou repose sur la capacité de posséder l'autre dans ce qu'il a de plus fondamental : son Surmoi, c'est-à-dire la synthèse des deux images parentales sur laquelle repose l'organisation de sa personnalité. Pour ce faire, le gourou cherchera d'abord à se substituer au Surmoi fragilisé de sa future victime en manipulant chez lui des émotions contradictoires. En rupture de ban avec ses images centrales (images paternelle et maternelle), l'adepte est en phase de dissociation. Ce qui veut dire qu'il n'y a pas de synthèse parentale au sein de l'organisation de sa personnalité. La fracture de ces images représente le défaut de la cuirasse qui amènera l'individu à se transformer en brebis potentielle pour venir grossir le troupeau du gourou. Voilà, en quelques mots, le processus qui permet au gourou de manipuler ses adeptes. Gourou mais aussi leader politique extrémiste, par exemple, animateur de télé très entouré, idole des jeunes ou psychopathe médiatique, etc., tous auront recours involontairement à ce pouvoir de substitution.

Au cours de mes vingt années de pratique psychothérapeutique, j'ai eu l'occasion de rencontrer plusieurs adeptes repentis et d'autres qui ne l'étaient pas encore mais qui cherchaient désespérément un moyen de se soustraire à l'influence de la secte. Tous avaient en commun une fracture des images parentales et surtout une image paternelle dévalorisée. Ils reproduisaient fréquemment le même type de refrain gestuel en position verticale, ce que je nomme *un ancrage. Soit de la main sur l'avant-bras ; de la main sur le coude ; de la main sur le biceps.* Ce qui ne veut pas dire que tous ceux qui reproduisent ces gestes sont automatiquement de futures victimes des gourous. À ce propos, le geste antagoniste de ceux que je viens de vous décrire est *l'ancrage des mains derrière le dos.* Il est adopté, en règle générale, par des individus plutôt incrédules et foncièrement rétifs à toute forme d'influence.

J'ai aussi approché quelques apprentis-gourous entourés d'un cercle restreint de fidèles. Leur force de conviction était délirante mais parfaitement structurée. Ils avaient construit un mythe en se fondant sur une série de clichés basiques d'une naïveté confondante. *Leur regard hypnotique* était souvent difficile à soutenir. *Leur gestuelle enveloppante* était toujours basée sur le toucher et la proximité. Ils *touchent pour posséder l'autre*, l'inféoder et lui confier la mission de prosélyte qui agrandira la famille. Je me souviens de l'un d'entre eux qui *m'a serré la main* pendant une longue minute avant de la libérer. J'ai failli recompter mes doigts pour vérifier qu'il m'en restait toujours autant. Il faut se méfier des longues poignées de main. Elles ne sont jamais innocentes. Ces poignées m'ont d'ailleurs permis de constater que le degré d'humidité de la main de ces personnages est particulier. C'est un détail auquel je vous conseille d'être hyper-attentif, car il peut vous en apprendre plus sur l'individu qui vous serre la main que sur le geste en lui-même. Les petits gourous ont souvent les *mains humides et froides.* Ils absorbent votre énergie à travers un geste qui doit être un échange énergétique et non une prise de pouvoir. Qu'ils soient proxénètes, chefs de bande, patrons d'entreprise ou séducteurs de bistro, les pseudo-gourous ont toujours les mains humides et froides.

Parmi les techniques utilisées pour attirer leurs futurs adeptes, la culture des vies antérieures touche une majorité d'amateurs d'ésotérisme. Elle a l'avantage de chasser leur angoisse de la mort, mais elle représente aussi un mode d'influence pervers dont abusent les spécialistes de cette mascarade hypnotique. L'imagination des sujets induits en hypnose est sans limite, leur naïveté aussi. Or, crédulité et naïveté sont les terreaux les plus fertiles de la manipulation des esprits vulnérables.

Passons maintenant à la partie du décryptage gestuel des manipulateurs de ce profil particulier. Les refrains gestuels qu'ils utilisent sont faciles à retenir et, en tout état de cause, je vous conseille d'y être attentif. Les pseudo-gourous courent les rues dès que la situation économique se dégrade. La sorcellerie a encore de beaux jours devant elle. D'autant plus qu'avec la vogue des divorces et des familles recomposées, les images parentales ne remplissent plus leur office au sein de la conscience. Commençons donc par cette poignée de main interminable !

La poignée interminable

Plus une poignée de main s'éternise, plus l'entente supposée entre les deux individus en présence est tout sauf cordiale. Ce type de poignée de main est un acte de manipulation, une sorte d'affrontement travesti sous une apparence conviviale. La main que l'on serre est logiquement la droite, celle qui symbolise l'aire cérébrale gauche, le cerveau rationnel. La durée anormale de cette poignée est un véritable processus d'absorption et de destruction calculées des mécanismes de défense. Ce refrain gestuel est l'une des conduites privilégiées du gourou. Il n'a pas besoin de vous mais de votre adhésion sans condition à sa doctrine.

S'il s'agit d'un ami, je vous conseille de prendre vos distances, car l'amitié qu'il vous porte est entièrement subordonnée au profit qu'il en retire. Le geste vise à pénétrer vos systèmes de défense. La poignée en question est souvent doublée de ce que je nomme, par ailleurs, *les mains carnivores* ou une invagination. Votre main devient une sorte de pénis prisonnier du vagin constitué par les deux mains rassemblées de votre interlocuteur.

« Je peux récupérer ma main ? » Ce trait d'esprit est pratiquement le seul moyen idéal de reprendre suffisamment de distance avec le manipulateur sans pour autant le froisser. Si vous observez attentivement son regard quand il lâchera sa prise, vous constaterez une lueur apparentée à de la déception. Comme s'il savait que vous aviez déjoué sa conduite et que vous aviez récupéré votre sens critique. Cependant, n'abaissez jamais votre garde aussi longtemps que durera votre entretien, les poignées de main qui durent trop longtemps sont aussi synonymes de menace déguisée de la part de celui qui tente de « posséder » votre main et, par voie de conséquence, votre esprit critique.

La main prisonnière

Autre contexte ! Autre besoin de prendre le pouvoir sur celui ou celle qui se trouve piégé dans une poignée de main interminable ! La situation de séduction ! L'initiateur de la poignée tente de faire passer un message de type amoureux à une personne qui lui plaît infiniment mais à laquelle il ne peut ou ne veut décemment déclarer sa flamme. Il retient la main prisonnière aussi longtemps que possible, guettant dans les mimiques du visage de sa « victime » une ébauche d'abandon ou de complicité implicite. Il arrive, dans ce cas de figure, que le doublement de la prise se situe au niveau du poignet, siège symbolique du sentiment de sécurité ou d'insécurité. Un moyen inconscient de chercher à rassurer l'autre tout en élargissant le passage du flux émotionnel.

« Lors d'un travail de doctorat en criminologie auquel j'étais associé avec mon directeur de thèse, j'ai approché des proxénètes à plusieurs reprises, jusqu'à partager des "bouffes" qui m'ont permis de mieux étudier les mécanismes relationnels de ces personnages. Certains sont de véritables petits gourous possédant un staff de plusieurs prostituées. L'un d'entre eux avec lequel j'ai pu établir des liens d'"amitié" m'a briefé sur sa manière de séduire les jeunes caissières d'hypermarché. Elles représentaient sa cible idéale. La poignée interminable était l'une des tactiques dont il usait en parfaite connaissance de cause. Son physique macho, son regard de braise et sa carrure faisaient le reste, j'imagine.

L'horizon virtuel

Il serre la main de son interlocuteur en regardant par-dessus son épaule.

La poignée de main est mécanique, mais le regard s'échappe en direction d'un horizon virtuel. Fascinant à observer dans la mesure où l'attitude offre au manipulateur un air quasi biblique. « Je vois plus loin que le bout de votre nez » est le sens supposé de cette poignée de main. Certains hommes politiques en abusent sans se rendre compte qu'ils déprécient leur image publique de cette manière. Les dictateurs sont coutumiers du fait, mais eux n'ont rien à craindre sur le plan électoral.

Il oublie de vous tendre la main

Comment se fait-il que cet homme charismatique, tellement accueillant lors de votre première visite dans son ashram ou son entreprise, oublie soudain de vous saluer ? Auriez-vous démérité à ses yeux ? Ce mode de salutation a pour seul but de vous déstabiliser sur le plan émotionnel. Il veut vous frustrer d'un accueil qui serait normal en d'autres circonstances, mais qui, en l'occurrence, vise à augmenter votre désir de lui plaire.

— Pourquoi êtes-vous parti si vite lors de notre dernière séance ? me demande le formateur du stage auquel je participe.

Je fais l'idiot pour éviter de lui répondre ! Il insiste.

— Si vous attendez une réponse, mon cher ami, nous risquons d'en rester là et je souhaite poursuivre ce stage jusqu'au bout.

Ma réplique l'intrigue. Les autres se sont tus. Ils sentent confusément qu'un clash se prépare. Le formateur est moins subtil que je ne l'imaginais. Il attend mon explication, affichant une certaine morgue. « Très suffisant, le mec ! » Et je continue à refuser de me justifier. Car là est tout le jeu du pouvoir que le gourou tente d'exercer sur celui qui ose lui tenir tête. Mon silence buté a fini par le lasser, et nous avons repris la formation. À l'issue de celle-ci, je me suis payé un petit plaisir en lui disant que j'avais apprécié son enseignement à sa juste valeur et que je pensais qu'il devrait se cantonner dans son rôle de formateur au lieu de jouer les apprentis-gourous. Comme il faisait semblant de ne pas comprendre, je lui ai décliné mes titres, comme on dit. Il a dégluti l'espace d'un instant avant de poser la main sur mon épaule pour entamer une conversation « entre spécialistes ». Conversation à laquelle j'ai coupé court. L'enveloppement de l'épaule est une intimité typiquement manipulatrice dès qu'il se situe en dehors d'un geste d'amitié ou d'une parade amoureuse.

Votre hôte vous accueille en serrant votre main dans les deux siennes réunies (voir les mains carnivores).

Ce type de poignée trahit un tempérament chaleureusement manipulateur très prisé outre-Atlantique. Les individus qui la privilégient sont totalement dépourvus de chaleur humaine élémentaire. En fait, ils simulent une attitude amicale qu'ils sont loin de ressentir. Prenez toujours le contre-pied de ce qu'ils vous racontent et descendez impérativement à la prochaine gare ! Elle ne vise que votre adhésion à la doctrine, s'il s'agit d'un représentant d'une faction quelconque ou d'une Église extraterrestre.

Le fusible

Tout contact entre les lèvres et l'un des index provoque une coupure de l'intelligence logique et de la réflexion qui l'accompagne. C'est le geste inconscient de celui ou celle qui compte beaucoup plus sur son instinct, son inspiration ou la chance que sur son esprit logique pour l'emporter. Les individus de tempérament créatif reproduisent souvent ce geste alors qu'il est nettement moins courant chez les chercheurs ou les scientifiques. Parmi les créatifs, on trouve aussi pas mal de manipulateurs, des pseudo-gourous, notamment. Ce geste est tellement courant à observer que je souhaite introduire une nuance dans mon propos. Tous ceux qui font appel au « fusible » ne sont pas automatiquement des manipulateurs. En revanche, tout individu détenant un pouvoir quelconque qui reproduit ce geste est un manipulateur. J'espère que vous avez saisi la nuance.

Au téléphone

Il tient le combiné des deux mains, gauche pour le saisir et droite pour protéger le micro ou l'inverse.

L'aspect cachottier du personnage ne devrait pas vous échapper. Il aime l'occulte, la fausse discrétion, les conciliabules et les bruits de couloir.

Il peut arriver qu'il branche le haut-parleur en votre présence sans que le coup de fil vous concerne pour autant. Le personnage est sectaire. Il a besoin de vous rendre complice de ses secrets qu'il vous demandera d'ailleurs et paradoxalement de garder pour vous. Un polichinelle !

« Chaque fois que nous nous réunissons pour méditer, André M., le gourou de la bande, s'assoit en tailleur sur un siège », me confie une patiente qui craint de s'être fourvoyée dans une secte qui ne dit pas son nom. Mis à part le tailleur qui use de cette posture pour des raisons professionnelles, les individus qui l'imitent dès qu'ils se trouvent en face ou au sein d'un groupe sont des êtres virtuels qui se prennent pour des figures, voire des apprentis gourous. Pompeurs d'énergie, vexants mais très susceptibles, parodiques jusqu'à la caricature, ce sont souvent des conseilleurs dont les leçons sont loin d'être gratuites et dont les avis peuvent coûter très cher à la collectivité. Cette attitude est très prisée par les inconditionnels de la paix, héritiers des hippies des années 1960.

Votre interlocuteur est assis avec une main enfoncée dans sa poche.

Le fait de plonger ses mains dans ses poches dépend de la position du corps. Si cette attitude est normale en position verticale, elle ne l'est plus du tout en position assise. Un individu qui plonge systématiquement sa ou ses mains dans ses poches en position assise n'est pas droit dans ses souliers. Il a forcément quelque chose à cacher. Le besoin d'emprisonner une ou deux mains de cette manière est toujours un signal prédictif de manipulation. Les manipulateurs privilégient cette attitude dans la mesure où ils se déguisent pour asseoir leur crédibilité. Or, les mains, quand elles sont libres de s'exprimer, trahissent une sincérité qui n'est pas de mise pour le manipulateur.

Votre interlocuteur est assis avec les deux mains enfoncées dans ses poches.

Dans ce cas de figure particulier, dissimulation rime avec simulation, au propre comme au figuré. Même s'il détient l'autorité, ne vous faites pas trop d'illusions sur l'étendue de ses pouvoirs. Il joue un rôle destiné à vous attirer dans son jardin des Hespérides. S'il agite des pommes d'or sous vos yeux, couvé par le regard enamouré de quelques nymphes sur le retour, n'oubliez pas le rôle du dragon dans ce jardin mythique. Il est le gardien d'un paradis inaccessible au mortel que vous êtes. Mais il faut bien vous donner l'illusion qu'il vous y accueillera pour vous incarcérer dans le giron de ses croyances. Un marchand d'illusions !

Suivez toujours son regard !

Votre interlocuteur vous adresse la parole en fixant son regard sur un site anatomique de votre corps autre que votre visage.

Style faux prophète aux avis frelatés. Si vous lui faites remarquer l'ineptie de ses prédictions, il objectera mentalement mais conservera un mutisme entêté tout en continuant à fixer votre nœud de cravate ou le décolleté que vous lui offrez si généreusement.

Il lève régulièrement les yeux au ciel chaque fois qu'il commence ou termine une phrase, comme s'il y cherchait son inspiration ou un appui divin par-delà les nuages qui encombrent fatalement son esprit génial. La fuite du regard est un véritable aveu de tricherie. Même s'il ne dure qu'un bref instant, le dérapage oculaire systématique est la traduction d'un stress fondé sur le mensonge ou le besoin de manipuler son interlocuteur.

Si, en plus, le regard de votre interlocuteur plonge vers le bas chaque fois qu'il parle, ce mouvement oculaire plaide en faveur d'une sincérité à géométrie variable.

Il baisse les paupières jusqu'à fermer les yeux en terminant chacune de ses phrases.

La fermeture des yeux pour ponctuer un mot fort est une réaction typique de simulation. Il ne dit pas ce qu'il pense et ne pense fatalement pas ce qu'il dit, comme tous les manipulateurs. Rien de plus énervant que cette manie particulière, typique des pseudo-gourous et de tous les individus qui prétendent détenir la vérité, toute la vérité, rien que la vérité. La fermeture récurrente des paupières est totalement hypnotique pour l'interlocuteur. Elle coupe le contact un court instant, empêchant toute réplique ou toute interruption du locuteur.

Il détourne le regard tout en vous parlant.

On détourne le regard ou le visage quand on a peur de trahir sa mauvaise foi.

Les sourcils du gourou

Ils sont très fournis et il y apporte un soin particulier dans la mesure où son crâne est souvent chauve et aussi bien briqué qu'une paire de godillots militaires. Ce sont des sourcils « faustiens ».

Signal gestuel très tendance chez le manipulateur patenté ! Coudes en appui, il se lisse les sourcils du bout des doigts.

En voilà un qui se collera un air de cabaliste sur le front et un air de Rabanne distingué au coin des lèvres (comme Paco). Dans tous les cas de figure imaginables, il vous conseillera – avant – la plus mauvaise solution possible et vous reprochera de ne pas avoir choisi la meilleure – après.

Votre interlocuteur se gratte le sourcil du bout du doigt avec une régularité de métronome.

Vous avez affaire à un sujet capricieux et un digne représentant de cette *nomenklatura* fort répandue sur notre petite planète, j'ai nommé les hommes de pouvoir à géométrie variable et à responsabilité relative comme le sont tous les gourous de la planète.

Coudes en appui, il se lèche les doigts avant de lisser ses sourcils.

Geste typique du manipulateur satisfait de ses

œuvres. Une manière de se décorer pour services rendus à soi-même.

Manipulateurs mais aussi tricheurs

Fraude, simulation, tricherie, imposture, magouille appartiennent à la même famille gestuelle au point qu'il est parfois difficile de les départager. Toutes ces qualités insignes font partie du profil du gourou. Difficile de tracer le portrait du manipulateur sans un passage rapide mais obligé par la gestuelle de la triche, sur laquelle je reviendrai d'ailleurs dans le portrait consacré au tricheur *stricto sensu.*

Par exemple, si votre banquier *se gratte les commissures des lèvres de l'auriculaire droit ou gauche.* Il n'a pas la conscience tranquille. Comme tous les tricheurs ! Surtout qu'il vient de vous annoncer la chute brutale de votre portefeuille d'actions que vous lui aviez confié en toute innocence. Les gourous de la finance sont une engeance qui se démultiplie avec les performances de la Bourse.

S'il se passe régulièrement la main sur le crâne comme s'il lissait ses cheveux défunts. Il vit dans l'heure et tire ses décisions à la courte paille. Ce geste est typique d'un individu qui n'a pas la conscience tranquille.

Votre patron, debout, appuie régulièrement son bas-ventre contre le bord de la table ou du bureau qui le sépare de ses collaborateurs, tout en conservant son équilibre en prenant appui sur ses mains. Quel que soit l'objet de la réunion, ce type d'attitude trahit un homme de pouvoir dont les arguments prennent appui sur un discours frauduleux et fortement teinté d'intolérance vis-à-vis de tous ceux qui ne pensent pas comme lui.

Assis dans son fauteuil présidentiel, il entrecroise ses doigts en forme de herse, doigts tendus.

Le manque de franchise est ce qui caractérise le plus le sujet qui reproduit souvent ce code gestuel, très prisé par tous les manipulateurs. Geste pare-chocs, la herse est difficile à franchir au propre comme au figuré. Elle protège sa doctrine ou les croyances qu'il partage avec ceux qui le suivent.

Votre interlocuteur a les doigts croisés, ses pouces s'écartent régulièrement tandis qu'il tente de vous convaincre.

Geste pare-chocs, destiné à l'origine à protéger son producteur contre toute attaque qui viendrait le déstabiliser, l'écartement régulier des pouces trahit le peu de conviction qu'il investit dans ses propos ou le peu de connaissances qu'il possède sur le sujet. Il vous mène en bateau mais croit sincèrement que son action frauduleuse est justifiée.

Le front se plisse tandis que les sourcils se soulèvent toutes les dix secondes alors qu'il tente de vous convaincre.

Le front ridé est-il le signe des hommes qui portent de lourdes responsabilités ? Faux ! C'est en fait la conséquence d'un tic très courant chez ceux qui écarquillent systématiquement les yeux chaque fois qu'ils doivent persuader les incrédules. Des tricheurs qui se muent parfois en défenseurs de la pensée unique.

La superstition : un fonds de commerce

On ne peut quitter le portrait du gourou manipulateur sans faire un dernier détour par la superstition qui représente son fonds de commerce incontournable. La superstition est une croyance qui se conjugue plus volontiers au féminin qu'au masculin. Pour la petite histoire : *DS* et *Jalouse*, deux magazines de la presse féminine « Bac + », avaient tenté courageusement de supprimer l'horoscope de leurs pages. Leurs rédactrices en chef ont dû très vite se raviser, sous la pression des lectrices.

« Invité sur le plateau de l'émission de Laurent Ruquier à France 2, je lui ai proposé d'échanger son stylo Mont-Blanc *qui lui colle à la main comme un vieux chewing-gum contre une peluche humoristique représentant un chat. Après m'avoir remis son* Mont-Blanc*, il s'est mis en colère et a jeté la peluche par terre avant de s'enfuir du plateau. Un caca nerveux inattendu et non programmé sous l'œil goguenard des caméras ! Revenu animer son émission, il a avoué en public qu'il était incapable de mener le jeu sans son stylo fétiche. Comme on peut se tromper sur les gens célèbres, moi qui croyais qu'il avait suffisamment de talent pour se passer d'un gri-gri ! »*

Les *gris-gris modernes* sont les objets que nous incorporons à notre image sociale et qui nous accompagnent partout, tels les bagues, boucles d'oreilles, montres, stylos à bille de luxe, briquets, etc. Ils font tellement partie de nous que nous finissons par oublier qu'ils nous sont étrangers sur le plan morphologique. Dans le fond, ces objets sont des sortes de doudous adultes, de tétines ou de fétiches sans lesquels il nous serait impossible de fonctionner normalement en société. Vous connaissez certainement des individus dans votre entourage qui se sentiraient comme des morts vivants sans leur portable, des fumeurs qui chérissent leur briquet Dupont et l'exhibent à tout va, des maniaques du temps qui affichent leur Rolex à la moindre occasion. Tous ces exemples concernent ce que je nomme *les objets incorporés à l'image sociale*[1].

Certains de nos gestes sont de véritables rituels inconscients de conjuration du mauvais sort ou d'incantation de la bonne fortune. Des TOC inconscients ! Ainsi quand *vous croisez les doigts ou quand vous joignez vos mains en prière sous le menton,* ces séquences gestuelles ne sont pas aussi innocentes qu'on voudrait bien l'imaginer. Les mains se rejoignent souvent pour que nos énergies négatives et positives puissent communier au profit d'une *buena fortuna* qui a une fâcheuse tendance à nous échapper.

La paume qui vous démange

Petite information à valeur ajoutée à l'attention des lecteurs superstitieux ! Le chatouillement de la paume gauche ne signifie pas automatiquement que vous allez gagner de l'argent et celui de la paume droite que vous allez en perdre. En ce qui concerne le chatouillement topique que l'on peut parfois ressentir dans le creux de la main, il ne se manifeste jamais, si la malice n'est pas convoquée par la conscience. Ainsi, le chatouillement perçu dans la paume gauche pourrait indiquer que l'inconscient cherche à affiner les perceptions de la conscience, tandis que le chatouillement de la paume droite lui signale qu'il ferait mieux de suivre le mouvement au lieu de se révolter contre les événements qui le contrarient. Mais rien en vous empêche de croire à la première version si les chats noirs, le sel devant la porte ou le mauvais œil appartiennent à vos traditions familiales ou culturelles.

---

1. Je vous renvoie à mon ouvrage intitulé : *Les Objets qui vous trahissent* (Éditions First).

Les doigts croisés, index en croix pointés en diagonale, déjà évoqués par ailleurs, sont la croix symbolique des bannis ! Votre interlocuteur ne l'a pas fait exprès, mais il faut croire que ce geste appartient à la culture imprimée dans l'inconscient de tous ceux qui cultivent les rituels magiques pour se protéger de la réalité. Ce type de geste dégage un fort parfum de malédiction. Attention de ne pas vous mettre en pétard avec le gourou qui le reproduit sous votre nez !

Il lève la main droite, l'index, le pouce et l'auriculaire sont tendus comme une griffe de jardin.

Le geste est voisin d'un signe ésotérique vouant l'adversaire au mauvais œil. Cette dernière séquence clôture ce chapitre. Elle appartient au registre exclusif du gourou ou de tout manipulateur dont la superstition est le fonds de commerce.

CHAPITRE 11

Le pervers

L'effet pervers de l'alcool

Pour comprendre les motivations et les conduites du manipulateur pervers, je vous propose de faire un détour par la plus perverse des drogues de tous les temps : l'alcool.

« Ils roulaient à contresens sur l'autoroute. Malgré les appels de phares des automobilistes qui slalomaient pour éviter leur voiture, ils ont poursuivi leur chemin jusqu'à s'emboutir dans un autocar de touristes. Conclusion : trois morts et un blessé grave. Le conducteur avait plus d'un gramme et demi d'alcool dans le sang. »

L'influence de l'alcool pervertit le sens des réalités de manière redoutable. Le buveur se sent soudain investi d'un sentiment de toute-puissance et d'invincibilité totalement frauduleux. Il redevient un enfant de 6 ans qui s'élance dans les airs avec son costume de Superman et s'écrase quelques étages plus bas sur l'asphalte. Irresponsable et bien mort ! Il croit qu'il est capable de conduire son bolide en toute quiétude, aidé de ses réflexes habituels. En vérité, ses automatismes de conduite sont inhibés. Il croit que la route lui appartient. L'euphorie alcoolique le pousse à appuyer sur le champignon en dépit du bon sens le plus élémentaire. La princesse Diana serait encore de ce monde si les occupants de la puissante Mercedes et leur chauffeur n'avaient pas ingurgité des cocktails tueurs avant de prendre le volant. Ils se croyaient en sécurité, comme tous les alcooliques qui se retrouvent dans une situation identique. Mais à 200 km/h dans un tunnel étroit comme celui de l'Alma, même un conducteur sobre doit s'accrocher à son volant pour ne pas percuter les piliers du tunnel.

L'alcool manipule le cerveau, gommant tout sens critique et cédant la place à l'imaginaire le plus débridé. En fait, l'alcool à haute dose ouvre les portes de la pulsion de mort dont le carburant n'est autre que la culpabilité. Les hommes boivent pour oublier leur sentiment d'impuissance, mais ils croient qu'ils boivent pour se changer les idées. Ils boivent parce qu'ils ont peur de la vie, bien plus que de la mort. On peut dès lors considérer l'alcoolisme comme une pulsion suicidaire qui libère l'homme de la charge de son existence. Le passage à l'acte est téléguidé par cette pulsion suicidaire enfouie dans son subconscient. Trente pour cent des accidents sont dus à ce fléau, nous apprennent les médias. Les quelques milliers de morts et les centaines de milliers de blessés sont les victimes de la pulsion de mort du conducteur en état d'ébriété. Il ne recherche pas l'accident de manière délibérée, il va vers l'accident comme unique issue à son angoisse existentielle la plus morbide. L'alcool est l'agent manipulateur qui lui permettra de flirter avec la mort ou d'aboutir au but qu'il recherche sans oser se l'avouer. La boisson est manifestement une fuite en avant vers nulle part. Le manipulé (l'alcoolique) se sent obligé de manière compulsive de lever le coude jusqu'à ce qu'il ait atteint le point de non-retour.

J'ai eu l'occasion de recevoir plusieurs alcooliques

repentis dans mon cabinet. Ils étaient envoyés par une association d'alcooliques anonymes. Ils avaient tous arrêté de boire. Cependant, leurs confidences me mettaient parfois mal à l'aise. J'y discernais toujours les séquelles psychologiques de l'attitude mentale spécifique de l'ivresse. Les idées suicidaires, le sentiment ambivalent de puissance/impuissance, le mal-être existentiel omniprésent et surtout une espèce de superstition très particulière : le démon de l'alcool transformé en démon sociétal. La société est remplie de personnages virtuels qui n'attendent qu'un faux pas de la part de l'alcoolique repenti pour le faire replonger dans son vice. De la paranoïa ! Voilà la réponse de sa conscience à l'alcoolique repenti, il devient paranoïaque et se croit investi d'une mission dont il est à la fois victime et bénéficiaire absolu.

« Je me souviens d'un cas en particulier, un restaurateur qui me suppliait de l'aider à combattre son alcoolisme. J'ai réussi à le déprogrammer, mais tout le bénéfice lui revient. Il était hypermotivé parce qu'il était amoureux d'une jeune Philippine qui refusait de l'épouser s'il buvait encore une goutte d'alcool. Sevré et croyant être débarrassé à jamais de ce fléau, il a épousé son coup de cœur, pour le meilleur et surtout pour le pire. Cet homme jovial qui levait le coude avec ses clients est devenu amer et de moins en moins convivial. Sa clientèle a fini par déserter son établissement jusqu'à ce qu'il soit forcé de déposer le bilan. La jeune et jolie Philippine l'a quitté et il s'est remis à boire. Il a remonté un petit restaurant avec les moyens du bord et il a refait sa clientèle en l'espace de quelques mois. La conclusion de cette histoire n'est pas morale, mais elle explique les avantages et les inconvénients de l'alcool sous un jour original.

S'il avait continué à boire au lieu de venir me supplier de l'aider, son ex-épouse aurait refusé le mariage et il serait toujours l'heureux propriétaire de son premier établissement. En acceptant d'épouser cette jeune femme (qui ne parlait pas un mot de français tandis que lui connaissait à peine trois mots d'anglais), il a signé des deux mains le suicide de son entreprise. Il s'est remis à boire pour noyer le chagrin de sa séparation. Et c'est reparti ! »

Le mythe de Sodome

Un autre genre de perversion montre le bout de sa truffe humide : l'intrusion du porno *hard* dans le *showbiz*. Madonna est dépassée, reléguée au grenier des accessoires inutiles par les nouvelles nympho de la chanson : rappelez-vous le couple saphique t.A.T.u d'origine russe dont les disques ont déferlé sur l'Europe de l'Ouest ou l'Américaine Christine Aguilera qui se pavane sur scène en body ajouré Minimex, pour ne citer qu'elles. Les premières s'embrassaient à pleine bouche en tenue de collégienne dans la vidéo d'un de leurs tubes, la seconde chante sur fond de clip homosexuel dans lequel deux garçons s'embrassent également. Elles jouent la provocation sexuelle. L'effet pervers de ce type de clip ne vient pas du sexe en soi, mais de la limite franchie à destination des fans souvent très jeunes de ces nouvelles idoles. Jusqu'où ira-t-on trop loin ? Loin de moi l'idée de critiquer les amours homosexuelles dans la mesure où elles s'inscrivent dans une relation de couple. Ce qui me semble pervers, c'est l'usage de telles images à destination d'un public essentiellement pré-ado ou ado. Comment peut-on encore leur interdire l'accès aux sites pornographiques du web si la pornographie déferle sur la variété et les écrans de télé qui en font leurs choux gras ? J'ai choisi ces deux aspects majeurs de la perversion en tant qu'entrée en matière pour mieux camper le personnage du manipulateur pervers dont tous les ressorts trouvent leur source dans le même type de transgression. Et c'est à travers sa gestuelle toute particulière que vous allez apprendre à le dissocier des autres profils manipulateurs de cette typologie.

L'index moustache

Il est facile de discréditer son voisin ou son adversaire quand on est un manipulateur pervers. Le discrédit est l'une de ses armes favorites. La rumeur aussi. Le pervers n'a aucun scrupule mais se dissimulera toujours derrière sa très grande probité intellectuelle, de la même manière qu'il dissimulera ses lèvres derrière un index en forme de moustache tout en vous écoutant attentivement. Vous écoute-t-il ou fait-il semblant ? Selon mes observations, la vide intersidéral de son regard quand il reproduit ce refrain particulier me persuade qu'il fait « comme si » mais réfléchit déjà à la manière dont il arrivera à vous piéger. *L'index moustache* est le geste favori du pervers, sur le plan intellectuel et relationnel s'entend.

« J'exposais un projet de rubrique à un directeur de rédaction qui avait daigné me consacrer trois minutes de son temps, montre en main. Quand j'ai achevé mon exposé, il a reproduit l'index moustache sous mon nez. Je savais déjà que c'était mal parti. Le courant ne passait pas entre nous.

— Je me demande si ce projet convient à votre magazine ? lui dis-je avant qu'il n'ouvre la bouche pour me congédier selon les usages en vigueur.

Cela peut vous paraître stupide de ma part, mais j'avais décidé de prendre les devants, de le frustrer avant qu'il ne me pilonne avec mon dossier. Il s'est mis à zapper, tournant son alliance autour de son annulaire. Toujours en silence ! Ce deuxième refrain non verbal me confirmait que j'étais en présence d'un manipulateur pervers. Il hésitait à refuser ma proposition. La frustration est un sentiment que les pervers ne supportent pas dans la mesure où ils la pratiquent personnellement pour castrer le plaisir des autres, ce plaisir qu'ils ne connaissent pas.

— Vous croyez vraiment ? commença-t-il sans terminer sa phrase. Il reprit : Mais quelles sont les preuves scientifiques de ce que vous avancez sur la gestuelle ?

Je me suis mis à rire.

— Vous pensez bien que, si ces preuves existaient, je ne viendrais pas vous proposer de vous pondre des articles sur le sujet, rétorquai-je.

Il s'attendait à une justification de ma part mais pas à cette réponse ironique. Il était manifestement interloqué. C'était l'effet que je recherchais pour en finir avec cette mascarade. Il perdait son temps et me faisait perdre le mien.

— Et pourquoi ? demanda-t-il enfin, après avoir repris ses esprits.

Je sentais que tout se jouait à ce moment-là.

— Parce que le lectorat de votre magazine ne travaille pas au CNRS, que je sache.

La chute me convenait à merveille. Sur ces entrefaites, je me levai pour prendre congé en lui jetant en pâture un "on se rappelle" très cynique qui, comme chacun s'en doute, signifie "Va te faire voir !"

Mon attitude l'a dérouté au point qu'il m'a rappelé pour m'inviter à déjeuner et me commander un dossier sur un thème particulier de la gestuelle. Je dois dire que ce type de réaction est exceptionnel. Je me suis plus souvent fait avoir que le contraire.

« Nous sommes en train de discuter d'un projet de

livre, l'éditeur qui me reçoit tient sa cigarette coincée entre le pouce et l'index, le majeur, l'annulaire et l'auriculaire sont côte à côte sur le dessus du cône. Un peu comme s'il tenait une flûte à bec minuscule entre les doigts. Que je n'aime pas ce geste ! Je me trouve face à un despote qui affecte une convivialité parfaitement frauduleuse. Nous en venons à discuter des à-valoir que l'on verse à l'auteur quand les parties s'entendent sur l'élaboration d'un livre. Il élude adroitement mes questions un peu trop directes. "On verra plus tard, objecte-t-il ! Ne vous inquiétez pas, nous en reparlerons le moment venu." J'insiste lourdement pour en parler illico.

Mon insistance le met mal à l'aise. ***Il écrase sa cigarette à moitié consumée*** *tout en prêtant une oreille pseudo attentive à mes arguments sonnants qui ne le font pas trébucher pour autant. Il a l'air contrarié,* ***son regard s'échappe par-dessus ma tête****. Il fuit le débat et ses responsabilités de financier. Je commence à prendre conscience du temps perdu à palabrer pour défendre mon porte-monnaie. J'essaye d'accrocher ses yeux, en vain. Je réalise soudain qu'il a posé* ***son index en moustache au-dessus de sa lèvre supérieure****. Il est vrai que j'ai l'habitude d'observer mes interlocuteurs à deux niveaux, mais il m'arrive aussi souvent d'oublier de surveiller leur gestuelle dans le feu de l'action. Je suis impardonnable car l'index en moustache équivaut comme vous le savez déjà à la signature du manipulateur pervers. »*

Ce type de refrain gestuel fait partie de ceux que j'ai souvent observés dans le cadre de mes interventions en milieu professionnel. Plus souvent encore chez les journalistes politiques qui attendent patiemment leur tour pour piéger le porte-parole du ministre en pleine conférence de presse. Elle appartient à un individu qui sait être affirmatif, surtout quand il n'est sûr de rien, craint les ravages du qu'en-dira-t-on, brasse un maximum d'affaires en même temps sans se soucier le moins du monde de leur aboutissement. Il est bourré de préjugés et d'idées préconçues qu'il préconçoit d'ailleurs à sa mode sans plus jamais les remettre en question. Il tire en général sa crédibilité du scepticisme qu'il affiche comme si le doute était un acte religieux. Exigeant avec lui-même, despote avec ses proches collaborateurs, rapace dans le cadre de ses négociations, il sait mettre ses interlocuteurs dans leurs petits souliers. Il prend d'ailleurs un malin plaisir à angoisser ses collaborateurs pour leur redonner du cœur à l'ouvrage. Un portrait précis issu d'une longue pratique des réunions d'entreprise et des débats politiques. Mais ce geste peut aussi être reproduit par un personnage qui fait mine de rire de ses propres plaisanteries, se comportant dès lors comme un fourbe de comédie. Il est évidemment dépourvu d'humour.

Je n'ai pas signé de contrat avec cet éditeur, mais je n'ai pas perdu mon temps. Chaque confirmation sur le terrain du sens caché des refrains gestuels que je traque représente une brique de l'édifice gestuel que je tente de construire.

Quand les lèvres s'effacent...

Je me souviens d'une couverture du *Nouvel Obs* sur laquelle George W. Bush pose sa main droite sur son cœur et pince les lèvres en forme d'assiette de potage renversée. L'attitude est théâtrale, voire caricaturale. Il est en train d'écouter l'hymne national de son pays. Le dessin de ses lèvres trahit une amertume inattendue chez l'homme le plus puissant de la planète, ou en tout cas considéré comme tel par les médias. Ce type de mimique ne peut être contrefait, sauf peut-être par des comiques comme Sol ou des mimes comme Marceau au faciès très mobile. Elle s'imprime sur le visage en rapport avec le vécu. L'origine de cette amertume inscrite dans le visage du président des États-Unis ne peut être expliquée que dans la mesure où on connaît son histoire personnelle. Ancien alcoolique repenti, George W. Bush a réinvesti ses énergies dans l'abstinence et les vertus de la prière. Hélas, vingt années de fréquentation éthylique ont laissé des traces morphologiques. L'alcool et le système digestif ne font pas spécialement bon ménage. Les douleurs gastriques sont quotidiennes chez l'alcoolique mondain ou vétéran. C'est de cette consommation régulière que provient la grimace de l'assiette de potage renversée. Elle ne se constate d'ailleurs que chez les alcooliques repentis ou non.

En revanche, pour les lèvres pincées, c'est un autre débat qui s'ouvre. Il s'agit bien d'un tic gestuel et pas des moindres. La quasi-disparition de la pigmentation des lèvres révèle un niveau de cruauté qui vaut le regard féroce de son ex-ennemi atavique, Saddam Hussein. Bush et Saddam appartiennent à la même coterie, celle des manipulateurs pervers. Ce sont de véritables clones. C'est sans aucun doute l'un des facteurs qui les ont mobilisés l'un contre l'autre.

Mimique des individus pudibonds ou vertueux, au choix, le pincement des lèvres exprime aussi le dégoût. On pince les lèvres de cette manière quand on ne peut pas se boucher le nez en public. Le dégoût est aussi synonyme d'une attitude globale de rejet. La misanthropie suscite ce genre de mimique, la misogynie aussi. L'ouverture sociale commence au bord des lèvres avec les mots qui nous permettent de communiquer. La fermeture s'inscrit logiquement au même endroit. Toutes ces formes de rejet finissent par s'imprimer dans le registre mimique de la face quand un individu passe du rejet pur et simple à la violence des sentiments qu'il éprouve face à un contexte ou un vécu inextricable. Elle se métamorphose alors en cruauté contrainte, et justifiée en ce qui concerne Bush par son idée fixe et un contexte économique de crise sur le plan international. Car Bush n'est pas un homme cruel par nature, il est surtout atteint de monomanie. Il s'est senti investi d'une mission de rédempteur depuis le drame des Twin Towers à New York, faisant allègrement l'amalgame entre Saddam et Ben Laden, entre dictature locale et terrorisme international. Il a manipulé l'opinion de l'Amérique profonde sans se soucier le moins du monde des retours de manivelle possibles de son obsession « familiale ». Le fils voulait-il achever le travail du père ? C'est en tout cas l'impression qu'il donnait. Était-ce encore une affaire stratégique et économique (les sources de pétrole) ou était-ce devenu une *vendetta* corse à l'échelle planétaire ? Et cette manipulation est d'autant plus facile à instaurer qu'il s'adresse à une population dans laquelle les deux tiers des adultes responsables sont issus de familles éclatées. Soit la proportion de divorces la plus vaste du monde.

Quel est le rapport entre la manipulation et le fait que deux Américains sur trois ont grandi avec une image paternelle absente ou démissionnaire ? Le degré d'influence d'un adulte élevé dans une famille éclatée (parents divorcés ou père défunt) et celui issu d'une famille unie et stable dans le temps ne se situe pas du tout au même niveau d'entrée. L'absence, le rejet, la disparition ou la démission de l'image du père entraîne automatiquement un besoin incoercible de compensation de cette image. Jusque-là, rien que de très logique ! L'enfant de parents divorcés sera, par la force des choses, un adulte plus influençable que celui qui grandira au sein d'une famille unie. Ma longue pratique thérapeutique de l'hypnose m'a permis de constater que, statistiquement, ces adultes-là sont plus réceptifs aux manipulations hypnotiques que les autres. Il ne faut pas oublier que l'image paternelle est un facteur essentiel dans la construction du Moi et surtout dans l'élaboration de la maîtrise de soi et de ses potentiels. Si la mère est maîtresse de la faculté de s'investir, d'aimer, de posséder, l'image du père cimente la construction de la personnalité et renforce l'esprit critique de l'enfant. Dans la réceptivité des sujets à la manipulation hypnotique, le lien de causalité revient encore et toujours à l'absence de l'image du père à laquelle l'hypnothérapeute se substitue. Chez un sujet réceptif à l'hypnose, l'image paternelle est idéalisée, voire idolâtrée, et pas forcément de manière consciente. L'absence de cette image l'a rendue plus massive dans l'organisation du Surmoi que l'image correspondante de la mère. Il y a comme une sorte d'hyperesthésie à l'évocation des souvenirs liés au père absent. L'hypertrophie de cette image fondamentale a institutionnalisé une vulnérabilité constitutionnelle chez le sujet. Par voie d'extension, toute image d'autorité sera amalgamée dans son esprit à celle du père absent, comme celle du père de la Nation, par exemple. Plus le niveau d'influence du personnage est élevé, plus le niveau d'esprit critique est faible chez le manipulé, jusqu'à aboutir à une crédulité qui frise le ridicule.

« Au cours d'une expérience d'hypnose encadrée, j'ai suggéré à une jeune femme particulièrement réceptive qu'elle avait rencontré le président Mitterrand, soi-même et en personne. Réveillé de son hypnose somnambulique, le sujet m'a soutenu mordicus qu'il avait bien rencontré le président au cours d'une de ses promenades dans un jardin public. J'ai eu beau lui expliquer qu'il s'agissait d'une suggestion sous hypnose, rien n'y a fait. »

Sous hypnose, le sujet absorbe l'affirmation de celui qui détient l'autorité comme du pain bénit. Il ne lui est ni possible ni permis de la remettre en question dans la mesure où elle provient d'une image pseudo-parentale. Cette expérience banale démontre à quel point la conscience de ces sujets est malléable à merci, comme celles des jeunes enfants.

Usant du même type de dispositif hypnotiseur, le poids des médias et surtout de la télévision peut influencer le jugement d'une majorité de personnes sans qu'il soit possible de revenir sur les affirmations qu'ils ont avalées sans le moindre discernement. Ce qui a été montré dans la lucarne s'est imprimé dans le préconscient et est devenu parole d'Évangile. Les téléspectateurs ne peuvent pas imaginer un seul instant que la caméra peut les manipuler en péchant par omission, tout simplement. On pointe du doigt ce qui est mal, gommant tout ce qui va bien du même coup. La technique est d'une simplicité plus qu'élémentaire. Il suffit de monter le reportage assorti d'un commentaire qui atteint directement l'émotion du téléspectateur et non de relater des faits bruts. Dans le même ordre d'idée, certains *talk-shows* ou *reality-shows* suivent les mêmes règles.

Dormez ! Je le veux !

Et la vigilance s'efface, la conscience se met en veille et le préconscient (ou antichambre de la conscience) absorbe l'influence. Il faut savoir que le préconscient n'a pas de barrière de défense comme la conscience dans la mesure où il s'agit d'une conscience de type infantile. L'information y accède sans aucune discrimination. Le sujet sous hypnose croit dur comme fer à toutes les allégations de l'hypnotiseur. Le crédit qu'il lui accorde est aussi démesuré que celui qu'un enfant de trois ans accorde à ses parents.

Toute manipulation de l'information correspond à un dispositif hypnotiseur qui agit à son insu sur la conscience de l'auditeur par le locuteur auquel il accorde sa croyance. Dans le contexte de l'émission « Tout le monde en parle », Thierry Ardisson avait tellement bien intégré ce principe qu'il obtenait de son public en plateau une participation massive à toutes les clowneries qu'il lui demandait d'exécuter. Et ça mettait de l'ambiance ! Tout le monde s'amuse et le maître du jeu assouvit son besoin de manipuler le public. Ardisson, manipulateur ? Tous les animateurs le sont. Leur position de séducteur de masse les y oblige fatalement. L'animateur séducteur devient alors le manipulateur qui instaure la discipline du groupe au nom de l'ordre totalitaire qui doit régner sur le plateau. Applaudissez ! L'objectif est transparent, il faut marginaliser les *outsiders* qui contestent l'influence exercée sur la majorité obéissante. Le procédé est pervers, mais les chiens qui aboient n'empêchent pas la caravane de passer. Mais chut ! On ne dit pas du mal de Thierry Ardisson, ce manipulateur pervers !

Retour en Amérique

Pour en revenir à Bush, peut-on considérer que le Président a mis une partie des Américains sous hypnose ? Peut-être, car il a bénéficié du choc émotionnel incommensurable subi par tous les Américains lors de l'attentat du World Trade Center.

Pour en terminer avec les lèvres pincées, le degré de cruauté des individus qui reproduisent cette mimique leur permet d'exercer une contrainte sur leur victime avec l'approbation de cette dernière. C'est un corollaire du syndrome de Stockholm (l'otage devient l'allié inconditionnel de son bourreau). Cette attitude m'amène à soupçonner le président des États-Unis de perversité. Ce qui pour un puritain de son acabit est un comble, je vous le concède. Mais jugez plutôt : « *Quand le président entre dans une pièce, tout le monde se lève. Bush aime tellement cette tradition qu'il s'est amusé, au début de son mandat, à faire asseoir, se relever, se rasseoir le personnel d'un simple geste de la main, comme un chef d'orchestre.* » Cette anecdote, rapportée par le *Nouvel Obs,* est de notoriété publique aux États-Unis. Puritanisme et ferveur religieuse ostentatoire – chaque réunion de cabinet débute par une prière – sont des indices qui rejoignent l'accusation de perversité. L'intégrisme religieux a toujours engendré des dérapages totalitaires.

Le manipulateur pervers est incontestablement le plus dangereux de tous. Il ne s'affiche pas comme les autres, mais se retranche derrière une doctrine pour justifier ses actes. Et c'est le seul qui reproduit la mimique des lèvres pincées.

Trois poignes perverses à souhait

Votre interlocuteur vous serre la main en bec de canard, bloquant du même coup dans le vide la poigne franche que vous lui tendez. Signal méprisant de la part d'un individu manipulateur. Une poignée de main comme une autre pour vous signaler que vous n'êtes pas le bienvenu ou qu'on ne vous tient pas en haute estime. On dirait qu'il a peur des microbes que votre paume pourrait lui transmettre. La poignée en bec de canard est totalement perverse.

Même combat pour celui qui vous tend le bout des doigts en guise de poignée de main. A priori, il peut s'agir d'un tempérament fugueur de la part d'un individu qui ne s'investit jamais autrement que du bout des lèvres. Mais que je vous compte la mésaventure qui m'est arrivé avec une poignée du bout des doigts avant que j'y fasse vraiment attention.

« Je devais me faire refaire un bridge chez un dentiste que des amis m'avaient vivement conseillé. Premier rendez-vous ! Il m'accueille en me serrant la main du bout des doigts. J'aurais pu me méfier, j'ai fait taire la petite voix qui me disait de fuir à toutes jambes. Il m'a réalisé le bridge commandé et l'a fixé entre les molaires qui me restaient. L'opération m'a coûté moins cher que prévu car j'ai payé le dentiste en liquide. Ce n'était tout même pas donné. Trois semaines plus tard, je déjeunais dans un restaurant avec des amis quand soudain... je passe la langue sur la gencive, plus de bridge. Je scrute mon assiette. Rien ! Je venais de l'avaler avec une bouchée de frites. Bon appétit ! Selon le dentiste, ce bridge était plus solidement accroché à ma gencive que mes propres dents. À la suite de cet accident de bouche, je rappelle mon dentiste pour lui narrer cet incident. Je tombe sur sa secrétaire et lui transmets le message. "Il vous rappellera, me dit-elle, il n'est pas disponible." Huit jours plus tard, n'y tenant plus je débarque dans son cabinet. Il me voit et, sans me saluer, il s'éclipse par une porte dérobée. La secrétaire ne trouve pas trace des soins que j'ai subis dans ce cabinet dentaire et prétend que le docteur a dû s'absenter inopinément. Il m'a évité à plusieurs reprises jusqu'à prétendre qu'il ne me connaissait pas. J'avais payé en liquide, ni vu ni connu. Il m'a bien eu. »

Suite à cette mésaventure dentaire, j'ai toujours été attentif aux bouts des doigts ou aux autres poignées de main peu protocolaires. Et je crois avoir pu éviter bien des mésaventures avec des manipulateurs pervers que j'envoyais promener dans les dix premières minutes de l'entretien.

Si votre interlocuteur ***vous serre la main de manière fuyante***, fuyez ! L'ambiguïté du personnage vaut le tempérament hypocrite que vous découvrirez bien assez vite. À peine la lui serrez-vous que la vôtre se retrouve à saisir le vide. Vous êtes en présence d'un manipulateur pervers.

Pour conclure...

On peut considérer la perversion comme une sorte de déguisement de carnaval. Tout est faux, mais le déguisement est vrai. Le manipulateur pervers joue un rôle qui lui donne l'impression d'exister aux yeux des autres ou qui justifie la mission dont il se croit investi.

À ce propos, les gens qui vous parlent du destin qui les attend de pied ferme, de leur mission de vie ou de la vôtre sont des pervers qui manipulent le sens de l'existence en lui attribuant un objectif surnaturel. Ils ne considèrent pas la vie comme un chemin naturel dont le succès ou l'échec est fonction des efforts fournis par chaque individu mais comme une croisade destinée à enrichir leur âme après la mort. Une théorie spiritualiste qui trouve ses adeptes dans les rangs de tous ceux qui croient que la chance ou le miracle remplace avantageusement la persévérance ou le travail investi.

Inauthentique à tous les niveaux, le manipulateur pervers se recrée une image d'authenticité en se présentant comme l'apôtre d'une doctrine qui lui permet de conserver au chaud son pouvoir d'influence. Il sacrifiera ses plus fidèles supporters sur l'autel de ses intérêts personnels, embrassera le c... du diable en appelant Dieu à son secours, si la survie de son pouvoir en dépend. Pour le pervers, tout événement est instrumentalisé en sa faveur. Sa seule survie le concerne au premier chef, quelles que soient les conséquences supportées par ses collaborateurs les plus fidèles. Dégâts collatéraux ! Même les amis de trente ans n'ont pas plus de poids à ses yeux que ses ennemis d'hier ou de demain. Le pacte qu'il a signé avec le pouvoir (le diable) guide ses pensées les plus intimes et légitime ses actes les plus inhumains, sans considération pour tous ceux qui lui apportent leur aide. Les poissons pilotes du pervers sont généralement des êtres veules et suffisamment lâches pour ne jamais se mettre en travers de sa route. Le monde qui l'entoure est virtuel, le seul être réel qui l'habite, c'est lui.

Chapitre 12

Le tricheur

Le flair est la capacité de sentir la fragrance inodore de l'argent.

La prolifération des manipulateurs tricheurs est soutenue par le développement sauvage de la toile (le net). N'importe qui peut monter son site en ligne, se dissimuler derrière l'écran de son ordinateur et jouer un rôle dans la transmission de ses superstitions. La tricherie devient la règle puisque l'information peut y être manipulée sans se soumettre à aucune règle éthique.

Réalité, vérité et honnêteté ou rigueur intellectuelle ne sont plus que des mots creux face au mensonge séducteur véhiculé par les tricheurs du web. Et ces tricheurs-là se répandent dans la vraie vie comme une pandémie. Certains ont du génie. Ils réussissent souvent mieux que tous les individus de talent qui s'échinent à se faire reconnaître par leurs pairs. Eux refusent de tricher et en payent le prix : l'oscar de l'anonymat.

Le mensonge et les gestes

« Quel meilleur moyen que de plonger au cœur du cerveau pour traquer le mensonge ? Le mensonge peut berner le corps, mais pas le cerveau, car c'est le cerveau lui-même qui le produit. Il suffirait donc, en théorie, d'avoir accès à l'activité cérébrale d'un menteur pour découvrir qu'il ne pense pas ce qu'il dit. Comment distinguer un menteur d'une personne sincère d'après son activité cérébrale ? Les capteurs placés à la surface du crâne mesurent l'activité des neurones, les cellules nerveuses parcourues par des décharges dès que l'on pense, dès que l'on parle ou que l'on perçoit un objet. Ainsi, certains neurones produisent une activité électrique liée à la parole, d'autres à la pensée. Que se passe-t-il lorsque la parole et la pensée entrent en contradiction ? » « Traquer le mensonge au cœur du cerveau », Hubertus Breuer (*Cerveau & Psycho* n° 1).

Je dirais que les gestes du sujet entrent à leur tour en décalage. Le regard fuit ou se fixe et s'introvertit ; les mains se dissimulent ; la tête se dévisse ; la jambe gauche couvre la droite chez un sujet masculin ou la jambe droite couvre la gauche chez un sujet féminin ; la lèvre supérieure se fige, et bien d'autres tics se manifestent.

Cynique, de mauvaise foi, menteur comme un arracheur de dents, le tricheur est un manipulateur qui se trahit souvent par un travers facile à repérer au niveau de son regard. Il n'écoute jamais le discours de son interlocuteur dans la mesure où son objectif consiste à le rouler dans la farine. Dès qu'il prend la parole, *son regard se met à zapper* dans tous les sens. Il est parfaitement incapable de fixer votre visage tout en vous débitant son boniment. Ce qui en soi est logique. Mentir en fixant sa victime droit dans les yeux relève du grand art, et une infime minorité de manipulateurs en sont capables. Très gratifiant pour l'ego de son interlocuteur, le simulateur noie le poisson en lui servant un *regard naïf* dès que ce dernier objecte ou approuve ses propos. Alors, rappelez-vous son mode de communication : il zappe quand il parle et vous fixe avec une intensité naïve dans le regard quand il vous écoute. Attitude basique qui ne résume pas, loin s'en faut, les multiples facettes du personnage. Les tricheurs sont des envieux. Ils vous joueront la comédie de la générosité et de la disponibilité excessive tant qu'ils n'auront pas gagné vos faveurs. L'accord obtenu ou le contrat signé, ils deviennent intouchables. Vous ne les intéressez plus, il y a d'autres poulets à plumer.

La bave du crapaud

L'ironie est l'arme favorite du manipulateur envieux et simulateur à souhait. Il faut prendre ses distances avec les individus souvent cyniques qui manient l'ironie et le sarcasme en guise de discours de bienvenue. Ils trouveront votre idée ou votre projet génial, « mais »... Et cette conjonction castratrice sera le signal de la mise à mort de vos espoirs. Car ces crapauds sont souvent, sinon presque toujours, des décideurs dont dépend, hélas, votre avenir. Je dois dire que j'en fréquente quelques-uns par nécessité professionnelle, le métier d'écrivain comporte ses risques comme toute activité. Ce petit « mais » ne remet pas en cause votre projet, il vous signale que votre manipulateur recherche un moyen de se l'approprier sans avoir besoin de votre aide pour le finaliser. Ces personnages disposent dans leur entreprise d'un ou plusieurs poissons pilotes capables de tirer le meilleur profit possible de votre génie.

« L'une de mes amies, Isaline, est auteur-compositeur, entre autres activités poétiques. Elle s'est un jour présentée chez le producteur d'un artiste célèbre pour lui proposer une chanson. Le producteur lui a demandé une copie de cassette du morceau proposé et dûment déposé à la SACEM, la société des droits d'auteur. Le ton du bonhomme était ironique. "À mon avis, votre chanson ne convient absolument pas à XXX, mais j'aurais peut-être un autre poulain de mon écurie (on

a les bourrins qu'on peut avoir et pas ceux qu'on rêve de cornaquer) à qui elle pourrait convenir. Je vous tiendrai au courant, chère petite madame." Et de la congédier aussi sec après avoir passé sa pince pouce index à plusieurs reprises sur les commissures de ses lèvres. Isaline a remarqué le geste et m'en a touché un mot, sachant mon intérêt pour la gestuelle.

Sans nouvelles depuis plus de six mois, Isaline allume la radio tout en faisant son ménage. Surprise surprise ! Sa chanson est interprétée par l'artiste auquel elle l'avait indirectement présentée. Elle court acheter le CD au supermarché du coin et y trouve en signature d'auteur et compositeur le nom du producteur associé à celui du chanteur. Sympa ! Avertie, la SACEM n'a pas bougé le petit doigt pour dénoncer ce plagiat. On lui a même conseillé de la mettre en veilleuse, si elle ne voulait pas se retrouver avec un procès coûteux aux fesses. Le chanteur caracole toujours dans les hit-parades, et Isaline continue à écrire de délicieux poèmes. »

La pince pouce index est bien pratique pour éliminer la salive qui s'incruste au coin des lèvres quand on ment ou quand on s'apprête à rouler son interlocuteur, un refrain coutumier chez les simulateurs. C'est *le toilettage des commissures des lèvres de la pince pouce index*. Le geste est largement diffusé dans la corporation des manipulateurs toutes catégories. Cependant, sa reproduction est plus coutumière chez les spécialistes de la magouille. Il est suscité par *une salivation abondante* qu'il n'est pas toujours possible de déglutir dans le feu de l'action. Résultat : la salive déborde discrètement au coin des lèvres et donne au manipulateur l'impression de commissures poisseuses. Les chiens salivent face à un bout de viande dont l'odeur excite leurs papilles gustatives. Le tricheur salive dans le même ordre d'idées, sauf que vous avez pris la place du succulent bout de viande.

Les ignorants se moquent de ceux qui savent parce qu'il craignent la connaissance autant que la vérité. De l'ironie à la moquerie en passant par la dérision, le prix à payer est le même pour tous ceux qui en sont les victimes : le sentiment d'être ridicule qui ne tue heureusement plus que les fiers à bras. Encore que... On dénombre un accroissement des actes délictueux ou des altercations entre jeunes des cités de banlieue pour des raisons aussi ridicules qu'une moquerie mal vécue par celui qui en fait l'objet. Mais l'ironie est aussi une arme absolue contre le dogmatisme de la pensée unique. Le registre gestuel de l'ironie est riche et parfois très cocasse sans être toujours intentionnel. Alimentée parfois par le mensonge, sans lequel elle manquerait de piment, l'ironie demeure un moyen de se gausser de l'autre sans craindre de retour de flamme dans la majorité des cas. Voyons pratiquement ce que ça donne !

Il agace ses lèvres avec son index sans émettre le son caractéristique du bébé, coude en appui. Il s'agit d'une attitude de perplexité de la part d'un individu en proie au doute. Peu courant mais tellement éloquent que je ne résiste pas au plaisir de vous le traduire. Sa réaction gestuelle équivaut à un pied de nez.

Il se gratte sous les bras, à l'angle qui sépare le bras de l'épaule.

« Je me moque de vous » est le sens littéral de cette attitude.

Il grimace en tendant la commissure gauche ou droite de sa lèvre vers la joue correspondante.

Demi-grimace typique des personnes hypersensibles qui tentent de se protéger en affichant une moue ironique.

Il enfonce son index dans sa joue gonflée.

Geste conventionnel de moquerie.

Coude en appui, il enfonce son index et/ou son majeur dans sa joue pour soutenir sa tête.

Cette séquence gestuelle particulière préfigure le geste moqueur conventionnel de l'index qui dégonfle la joue.

Il touche le bout de son nez de son index tendu, l'air concentré sur son sujet.

Un pied de nez de l'index ou du pouce signifie la même chose. Il se moque de vous de manière un peu détournée.

Tirez la langue !

Organe remarquable aux multiples fonctions, sa surface rugueuse est couverte de 9 000 à 10 000 papilles gustatives capables de détecter quatre saveurs différentes : le salé et le sucré sur le bout de la langue, l'acide sur le côté et l'amer à l'arrière. Mais la langue est aussi un organe de communication visuelle, comme de tirer la langue qui est le mode typique de la moquerie et l'équivalent d'un pied de nez. Ma propre mère avait pour habitude de tirer la langue quand elle se moquait de quelqu'un. Le geste souvent mal interprété par les observateurs politiques. Ils attribuent cette attitude au tempérament farceur de celui qui la reproduit. Erreur ! Et j'en veux pour preuve la langue tirée par Laurent Gbagbo, président de la Côte d'Ivoire à l'issue des rencontres de Marcoussis. Ce geste très conventionnel avait un sens détourné facile à décrypter. Il était clair que le président ivoirien remettrait les accords signés en question dès qu'il remettrait les pieds dans son pays. Ce qu'il n'a pas tardé à faire effectivement.

Votre interlocuteur *pousse sa langue à l'intérieur de sa joue avec un demi-sourire.* La mimique est complice, non dépourvue de sympathie pour celui auquel elle est adressée, mais moqueuse pour celui qui en fait les frais.

Le rire de votre nouvel ami est franchement sarcastique, genre gloussement de vieux clopot.

Le climat mental est frauduleux et le bonhomme ironique. Bien sûr qu'il se paye votre tête, même et surtout si son rire s'adresse à votre voisin tandis qu'il vous prend à témoin ! Ne lui faites jamais confiance, il vit aux dépens de ceux qui l'écoutent.

Il penche la tête à droite en souriant.

Si vous faites l'essai de pencher la tête à droite après avoir testé l'effet inverse, vous constaterez que le ressenti est tout différent de l'inclinaison à gauche. Le sourire que vous exprimez manque de chaleur humaine ou ressemble plus à une grimace qu'à un sourire. Le sentiment qui accompagne cette inclinaison à droite de la tête vous paraîtra beaucoup plus hostile que plaisant. Cela pour autant que vous soyez droitier, évidemment. Cette inclinaison traduit plutôt une jalousie masquée par un fond d'ironie qu'un besoin de séduire.

Mentez ! Mentez ! La vérité vous en saura gré

Dans une société où le mensonge est roi, chacun s'accommode de cette hypocrisie quotidienne. Norme consacrée par le temps, le mensonge ne pose plus de problèmes de conscience à quiconque. De dire une chose et de faire le contraire ou de renier sa parole, quelle importance puisque nos politiques savent passer si facilement de la vérité au mensonge, comme on l'a vu avec le scandale Clearstream, entre autres.

Saint Augustin distinguait huit types de mensonge, tous répréhensibles au regard de la doctrine chrétienne de l'époque. Emmanuel Kant soutenait de même qu'aucun mensonge ne peut se justifier, même s'il permet de sauver la vie d'un être humain. D'autres philosophes, plus indulgents, considèrent que les mensonges faits dans l'intérêt d'autrui ne sont pas répréhensibles, ils adoptent une conception « utilitariste » du mensonge. Les mensonges devraient plutôt être évalués en fonction de leurs conséquences que suivant leur caractère trompeur. Selon Jean Piaget, les enfants jugent de la gravité d'un mensonge en fonction de la distance séparant l'énoncé mensonger et la réalité.

Tricheurs ou menteurs sont frères de sang. Aviez-vous déjà remarqué que les mots du mensonge sont moins amers que les mots de la vérité ? On ment pour apaiser l'angoisse ou l'agressivité de son voisin. Et pour mentir dans ce but, il est important d'avancer les lèvres comme un simulacre de baiser.

Je ne citerai pas de noms, mais je vous enjoins à visionner diverses émissions télévisuelles de variétés, le simulacre de baiser y est la norme. « Il est génial », s'exclame la nouvelle star en parlant d'un chanteur qui lui fait de l'ombre. *Elle avance les lèvres comme pour faire le baiser de la mort à l'absent.*

Charlatan, magouilleur, menteur, le tricheur a tout pour vous plaire et vous le croisez tous les jours au bistro du coin sans même vous en rendre compte. Imposteur, usurpateur, prometteur, il vous fera avaler toutes les couleuvres, vous fera croire l'incroyable. Et si vous refusez d'y croire, il vous montrera du doigt, vous traitera comme un paria, il parviendra même à liguer le groupe contre vous pour vous faire endosser la responsabilité de votre incrédulité. Bouc émissaire, porteur de scoumoune, victime propitiatoire ! Les autres vous jetteront à la fosse aux lions parce que vous vous distinguez de la masse informe de tous ceux qui adhèrent à son credo. Il faut rentrer dans le rang, si vous voulez faire partie de la famille du tricheur.

Le bouc émissaire

Pour illustrer cette autre facette de son portrait, je vous livre une mésaventure qui m'est arrivée autrefois.

« J'ai été invité dans une émission de radio un peu déconnante destinée aux ados et jeunes adultes qui n'ont pas encore jeté leur prépuce à la poubelle. Je venais à peine de rentrer dans le studio quand la régie tomba en panne, coupant le son des micros et obligeant l'animateur, un certain Cauet, et sa bande de potes à filer comme des pets sur une toile cirée vers le second studio. Réinstallés, ils reprennent l'émission et poursuivent l'interview. J'étais là évidemment pour promouvoir mon dernier livre. Crac ! Boum ! Le second studio tombe en panne de son. C'est la Berezina ! Ça court dans les couloirs ! L'ingénieur du son de la station se démultiplie, il galope comme un troupeau de gnous affolés du local technique aux deux studios. Hyperstressé, le bonhomme ! On aurait dit la fin du monde ! Finalement, il parvient à réparer et l'émission reprend. La bande s'éclate sur commande et l'animateur vedette fait son show. *Il me pose une première question pour la troisième fois. Je réponds. La sauce prend. Trois minutes ! Crac ! Boum ! La panne sèche. Le son ne passe plus vers les auditeurs. Même scénario catastrophe ! Ça court, ça gueule dans les couloirs ! Le patron de la station descend mettre son grain de sel. "Ce n'est jamais arrivé quatre fois d'affilée", clame-t-il en me prenant à témoin sans même savoir ce que je fais là. Je suis l'invité malchanceux qui devait être interviewé par l'animateur vedette. J'avais été accueilli avec une convivialité qui m'avait fait chaud au cœur à 8 heures du matin et après deux heures de train pour rejoindre Paris. L'atmosphère électrique avait bien changé. J'étais en passe de devenir le coupable idéal de toute cette kermesse radiophonique.*

“C’est de sa faute”, crie l’un des poissons pilotes qui trace dans le sillage de la vedette du studio. Et les autres de hurler avec les loups en me désignant comme bouc émissaire. “Vous portez la scoumoune, Messinger, c’est la dernière fois que je vous invite dans ce studio.” Je n’ai pas l’intention de m’y recoller, qu’il se rassure. Mais je me tais et je déglutis en lui réservant pour plus tard un chien de ma chienne.

Apostropher un invité par son patronyme est une manière d’asseoir son pouvoir face au reste de la bande. C’est aussi une manie de beauf’ pas très futé ! »

Ce mode verbal est généralement utilisé par les manipulateurs de tous bords. C’est aussi une marque de mépris pure et dure. Sympa ! le mec ! Lors d’une récente émission sur la Une, Bernard Tapie interpellait la plupart des humoristes qu’il avait invités en plateau par leur petit nom, sauf un : Thierry Muller. Celui-là avait droit à son patronyme sec et sans glace. Il est vrai que Bernard Tapie avait été choqué par un sketch de Muller évoquant la pédophilie. De l’humour à la limite de la perversion !

« *Mais revenons au droit fil de ma mésaventure radiophonique ! L’agressivité contre ma personne est latente, les visages se chargent de mimiques sarcastiques. Ils vont finir par croire pour de vrai que je suis coupable des pannes successives de leur studio, aussi incroyable que cela puisse vous paraître. Ce doit être mon fluide maléfique. Il faut dire que, mis à part leur aptitude à faire les cons derrière un micro, ils n’ont pas véritablement inventé l’eau chaude. Ce sont des simulateurs au petit pied. Ils influencent des auditeurs qui leur ressemblent et qui, comme eux, ont de la peine à quitter l’adolescence. Il en faut pour tous les goûts. Mais voilà, je fais tache dans le décor, j’ai l’âge d’être leur père, avec lequel ils ont sans doute des comptes en retard ou des conflits mal résolus. Me voilà donc attaché au poteau d'exécution, prêt à être fusillé pour une faute que je n'ai pas commise. "Je suis innocent, je le jure !" n'est pas le moyen* ad hoc *pour sauver sa peau dans des circonstances analogues. J'ai désamorcé la bombe et je vais vous expliquer comment.*

Comme tous les chefs de bande, notre ami Cauet, qui n'est pas un séducteur de premier plan, est narcissique jusqu'à la pointe de son prépuce. Il adooooore qu'on lui parle de lui à la troisième personne en prenant les autres à témoin. La méthode est parentale et manipulatoire à souhait. Elle est infaillible, croyez-moi sur parole ! Elle infantilise le sujet désigné tout en flattant son orgueil. Vous commencez par le moins. Je m'explique. J'ai dressé dans l'urgence une liste succincte de ses petits défauts avant de lui assener une vérité que j'ai observée dans son regard. Le plus ! Il avait une lueur dans les yeux qui démentait totalement son agressivité de chef de bande : de la douceur. Je conclus, contre toute attente, en déclarant que mon hôte était un gros nounours pétri de chaleur humaine qui se dissimulait sous le manteau du grand méchant loup. Le compliment fondé sur une observation liée au langage du corps a porté ses fruits. Le taux d'agressivité général à mon endroit s'est transformé aussi sec. J'avais retrouvé sur-le-champ mon aura de spécialiste du geste et ma crédibilité pleine et entière. J'ai contre-manipulé la situation pour ne pas être fusillé séance tenante, et j'ai sauvé ma peau et mon livre du pilori. »

Cauet se retrouve dans cette catégorie de manipulateurs pour une raison très simple. Il a ouvert mon bouquin pour la première fois vers la fin de mon intervention, c'est-à-dire après la quatrième panne, et s'est mis à me poser des questions comme s'il avait dormi dessus toute la nuit. L'attitude en question est clairement associée au portrait du joueur de bonneteau des Puces de Saint-Ouen. Il fait semblant de savoir de quoi il parle et parvient à se rendre crédible parce qu'il a, comme tous les menteurs, le sens de l'esbroufe. Cette critique ne remet pas en cause son savoir-faire en tant qu'homme de radio, il a manifestement un certain talent (on aime ou pas !), mais il devrait cesser de s'entourer d'une cour de poissons pilotes qui, à mon avis, n'enrichissent pas forcément son image publique. Pourquoi a-t-il besoin de cette basse-cour est un autre débat qui sort du thème de cet ouvrage.

Cela étant dit, ce ne sont pas les tricheurs très médiatisés qui manquent à l'appel. Quelques écrivains qui surfent de best-seller en best-seller et cumulent les millions d'exemplaires vendus appartiennent à cette coterie particulière. Ils ont au moins le talent de dénicher des nègres capables de coucher sur le papier les idées qu'ils leur jettent en pâture pour construire l'intrigue de leurs bouquins à très grand succès. L'un d'entre eux, archi-célèbre, avait pour habitude d'arriver chez son éditeur avec une simple feuille de papier sur laquelle il avait couché quinze lignes résumant le synopsis de son futur accouchement. Vous comprendrez que je ne peux citer de noms sans récolter des procès coûteux. Je leur reconnais pourtant du génie, tout tricheurs et charlatans qu'ils soient. Ils ont su tirer parti de leurs idées sans avoir la capacité d'en écrire le premier paragraphe sans faute d'orthographe. En plus, il faut être un manipulateur de haute volée et un menteur olympique pour convaincre nègre et éditeur du succès potentiel des produits littéraires qu'ils ont rêvé d'écrire par personne interposée.

Le maillage des doigts

Doigts croisés, les pouces s'écartent au rythme du discours. Le geste est très télégénique et beaucoup de faiseurs d'opinion et autres leaders invités à s'exprimer sur un plateau de télévision y sont abonnés, en toute innocence. Le maillage des doigts et l'écartement régulier des pouces ressemblent à un geste de protection du territoire mental, geste souvent reproduit par les individus mis en situation de stress ou d'examen. Mais l'usage intensif du geste révèle avant tout le profil de l'individu qui le reproduit : c'est un tricheur pur et dur.

« Chaque fois qu'il m'est arrivé de dupliquer ce refrain gestuel particulier, clair, je mentais effrontément à mon interlocuteur ou à mes détracteurs pour protéger ma pratique de l'hypnose. Je me souviens d'un plateau de télévision sur lequel j'ai été cloué au pilori (c'est une habitude) par les intervenants. Le sujet de l'émission tournait justement autour de l'hypnose. Acculé par des individus de très mauvaise foi mais beaucoup plus "intelligents" et plus diplômés que moi, j'ai protégé mon sentiment d'infériorité en maillant mes doigts et en contre-attaquant pour ne pas sombrer dans le ridicule. Je l'ai été, ridicule ! Mes pouces s'écartaient et se rapprochaient continuellement au rythme d'une série de contre-vérités que je jetais sur la table pour me défendre, mal évidemment ! Cette émission a été un fiasco. Avec le recul, j'ai analysé ce qui s'était réellement produit et je me suis souvenu de la congruence entre mes mensonges et ce fameux refrain gestuel réducteur dans lequel je me suis embastillé malgré moi. Depuis lors, j'ai appris à mentir ou à simuler sans me trahir gestuellement. »

Ce n'est pas parce que je suis le cordonnier que je dois être le plus mal chaussé, n'est-ce pas ?

Fort de cette autoanalyse, je me suis attaché à observer ce geste et j'ai découvert progressivement le rapport qui unit le mensonge et la simulation à cette séquence gestuelle. La rupture du contact entre les pouces coupe les énergies qu'ils symbolisent. Le pouce droit représente le désir au sens large du terme, le pouce gauche symbolise le plaisir. Le désir se dissocie du plaisir. Un désir sans plaisir est comme une sexualité sans orgasme. Le geste est restrictif. Il réduit le discours, encadre les propos et trahit des personnages sans état d'âme mais capables de s'émouvoir comme des ados boutonneux quand leurs intérêts personnels sont en jeu.

Nous sommes tous susceptibles de reproduire ce refrain comme je l'ai évoqué dans l'anecdote ci-dessus. Et pourtant je ne suis pas plus menteur ou simulateur que la majorité des gens. Il est vrai, cependant, que la pratique empirique de l'hypnose avait déteint sur mes comportements et mon discours. Incapable d'expliquer scientifiquement ce phénomène totalement parapsy, je me suis sans doute identifié à tous ces charlatans qui la pratiquent sans en connaître les dangers sur l'organisation psychique ou psychosomatique de leurs patients. J'avais écrit, il y a quelques années, pour me dédouaner ou pour me purifier, un ouvrage traitant des vrais faux pouvoirs de l'hypnose. Il n'a eu aucun succès et a été pilonné avec son auteur. Comme quoi, la vérité n'est pas la tasse de thé des inconditionnels du milieu parapsy. Seuls les charlatans s'en sortent haut la main. Plus les mensonges sont gros, plus ils ont des chances d'être crédibles.

Le mensonge est la traduction simultanée de toutes les vérités dont la sagesse populaire nous apprend qu'elles ne sont pas toujours bonnes à dire, d'où l'intérêt du mensonge. Dans le fond, il est plus confortable de rêver que d'agir, plus simple d'espérer que de vouloir, plus facile de promettre que de tenir parole, plus confortable de se mentir que d'affronter la vérité.

Les vraies fausses poignées de main

Nous ne sommes jamais assez attentifs à la poignée de main qu'on serre en guise de bienvenue. La manipulation commence souvent à ce niveau d'un entretien. La main fuyante et molle, la poigne du bûcheron ou la poignée de main interminable, pour n'en citer que trois parmi tant d'autres, déterminent toujours le genre d'individu auquel vous avez affaire. Manipulateur ou non ! Il faut trancher avant de se dévoiler à l'autre.

Vous est-il déjà arrivé de tendre la main à un individu qui n'a pas répondu à votre marque de sympathie gestualisée ? Sans doute que oui ! Cette réaction est un aveu d'antipathie pur et dur de la part de votre interlocuteur. Si cela vous arrive encore, prenez la porte sans même vous excuser ! Vous aurez gagné un bénéfice largement plus estimable que celui que vous espériez de votre rencontre. Quand on refuse de serrer une main, le rejet est évident et l'aboutissement d'un accord, impossible.

L'envahisseur vous serrera la main droite en vous accrochant le coude ou le biceps droit de sa main gauche. L'envahisseur est aussi et toujours un vilain tricheur. Il vous invite de force dans son camp. Il vous incarcère dans ses désirs. Sa poignée de main est un micro-message qui exprime son objectif aussi clairement que le nez qui trône au milieu de son visage jovial. Il compte sur vous bien avant que vous n'ayez donné votre accord sur quoi que ce soit. Si cette poignée de main émane d'un ami, il n'y a en principe rien à y redire. Encore que ! Il y a des amis dont on ferait mieux de se faire des ennemis. En revanche, si elle provient d'une relation d'affaires, il y aurait lieu de prendre du recul d'urgence. Votre interlocuteur compte vous en demander bien plus que vous ne seriez disposé à lui en offrir.

Dans la même veine, si votre interlocuteur vous serre la main et l'avant-bras de ses deux mains, en guise de poignée de main, vous êtes piégé.

Un mode d'accueil très prisé outre-Atlantique. Les individus qui utilisent ce mode investissent leur intelligence dans leur malice et sont dépourvus de sensibilité ou de chaleur humaine élémentaire. Ils vous envahissent et tentent de neutraliser d'entrée de jeu vos mécanismes de défense. Je vous rappelle que l'avant-bras est le bouclier naturel du visage.

Les commères

J'ai sélectionné quelques portraits gestuels de tricheurs indiscrets pour vous édifier et reconnaître les *aficionados* de la rumeur publique, les commères professionnelles, au premier coup d'œil. Les gens curieux ne sont pas forcément des indiscrets. Il ne faut pas confondre ceux qui veulent savoir avec ceux qui veulent tout savoir. L'amalgame est vite fait, et il faut s'en défendre en précisant bien à quel camp on appartient. « Je suis curieux, pas indiscret », dira le tricheur indiscret qui sait se tenir en société.

Il se penche systématiquement vers vous jusqu'à vous toucher pour vous confier un trait d'esprit dans le creux de l'oreille.

Attitude privilégiée par les indiscrets, cette conduite trahit un besoin de violer le territoire des autres. Ce qui signifie aussi un non-respect de votre espace vital. Si j'étais vous, j'éviterais de glisser, même avec l'excuse d'un verre de trop, sur le chapitre de la gaudriole. Il est vrai que son comportement de proximité pourrait vous abuser. Son humour *mezzo voce* ne vaut même pas le sourire dont vous vous fendez par politesse.

Il se frotte régulièrement le nez en aller-retour, à plusieurs reprises, du dos de l'index.

Il est en manque de sa drogue favorite : les ragots croustillants qui égayent son ennui quotidien. Si vous êtes un assidu de *talk-shows* télévisés, vous observerez une majorité de « frotte-nez » sur les plateaux. L'indiscrétion est leur Prozac quotidien.

Le bluff comme mode de communication

Le genre humain a la musculature faciale la mieux développée et la plus complexe de tout le groupe des primates. À vrai dire, nous avons même le système d'expressions faciales le plus subtil et le plus complexe de tous les animaux vivants. Grâce à d'infimes mouvements de la chair autour de la bouche, du nez, des yeux, des sourcils et du front et en recombinant ces mouvements suivant les façons les plus diverses, nous parvenons à rendre toute une gamme de changements d'humeur très complexes. Impossible d'empêcher la production de ces expressions qui vous trahissent bien plus que des séquences gestuelles statiques. Les bluffeurs se repèrent de cette manière dans la mesure où leur mobilité gestuelle est sous contrôle.

Nous avons tous nos refrains gestuels, sorte de rituels corporels qui échappent au contrôle de la conscience. Ainsi, la plupart des joueurs de poker tiennent leur jeu de la même main et tirent leurs cartes de l'autre, sans relation aucune avec le fait qu'ils soient droitiers ou gauchers. J'ai pu constater que celui qui tient son jeu de la main gauche et tire ou entre une carte dans son jeu de la main droite est un joueur au tempérament offensif, contestataire et revendicateur. Je dirais, *a priori*, qu'il est yang. Dans l'option inverse, il s'agit d'un joueur plus défensif, plus réservé ou plus secret qui prendra du recul avant d'étaler son jeu, il est plutôt yin et surtout très manipulateur. Le contexte du jeu de poker est particulier, car on y joue toujours pour gagner ou perdre beaucoup d'argent. Ce qui signifie que la carapace musculaire de chaque joueur participe totalement et inéluctablement à l'atmosphère tendue de la partie. Chaque joueur est sous pression, son corps ne peut pas ne pas suivre le mouvement, quelles que soient les apparences derrière lesquelles il dissimule sa vraie fausse nonchalance. En observant les joueurs assis autour de la table, un témoin attentif constatera très vite que certains codes gestuels se reproduisent plus souvent que d'autres chez chacun d'entre eux. Ce sont ces codes ou refrains gestuels qui trahissent les chances du jeu qu'ils tiennent en main, mais qu'aucun de leurs adversaires ne remarque. Ce ne sera pas le meilleur bluffeur qui gagnera, mais celui qui aura appris à décrypter les signaux subtils dont l'expression passe inaperçue parce que noyée dans un fatras de gesticulations destinées à tromper l'adversaire.

Et si en plus il ne rit que de ses propres plaisanteries... Son rire a notamment pour but de chercher à se plaire dans le miroir que vous représentez. Ce type de rire est surtout le propre des bluffeurs ou des tricheurs sous toutes les latitudes. Son rire est aussi un écran de fumée destiné à affaiblir vos barrières de défense.

Les mains se cachent pour mourir

Les mains se cachent pour dissimuler la vérité qui est, comme chacun le sait, l'épitaphe du mensonge. Le sujet qui s'exprime sans mettre ses mains à contribution peut, soit les positionner sur un support quelconque, soit les dissimuler sous la table, dans ses poches ou croiser les doigts pour les fixer à demeure.

Sachant que les mains expriment leur version des faits ou sous-titrent le discours, celui qui se prive de leur concours dissimule une partie des informations qu'il accepte de communiquer verbalement. De même, quand les mains sont scotchées à plat sur la table ou sur un attaché-case. Le fait de cacher ostensiblement ses paumes est une manière de dissimulation et un refus d'accorder du crédit à son interlocuteur.

Le fumeur qui rassemble ses deux mains en paravent pour allumer sa cigarette, tandis que vous tenez le briquet dans un endroit clos, cache le feu pour dissimuler son hostilité ou des sentiments hypocrites.

Dans un autre registre, *votre nouvelle amie porte une coiffure trop apprêtée,* comme si elle sortait à peine de chez son coiffeur. Signal d'alerte rouge ! Le besoin de discipliner une chevelure rebelle, ou non, est la marque d'un caractère dissimulateur. Aurait-elle quelque chose à cacher ?

Avez-vous déjà remarqué dans votre entourage un individu *qui téléphone la main libre plongée dans la poche* ? Dorénavant, vous vous poserez automatiquement la question : « Qu'a-t-il à me cacher ? »

Les bisous dans le vide sous prétexte d'un maquillage au cordeau sont des bisous de tricheuses.

Les hypocrites

Les hypocrites sont des gens heureux. Ils ne s'embarrassent pas d'une sincérité douteuse ou de ces vérités qui puent la franchise à plein nez alors qu'un petit mensonge de rien du tout fait tellement plaisir à ceux qui les espèrent.

« Qu'il est beau votre bébé ! » est quand même plus convivial que *« Vous ne l'avez pas raté ! »*

— *Qu'est-ce que tu penses de mon bouquin ?*

— *Super !*

— *Tu l'as lu ?*

— *Euh ! Pas encore !*

— *Comment ? Vous ne connaissez pas mon dernier film ?*

— *Vous êtes metteur en scène ?*

— *Évidemment !*

— *Et votre film s'intitule... mais bien sûr que je connais. Il faut que j'aille le voir cette semaine. Absolument !*

— *Dommage ! Il n'est plus à l'affiche depuis trois ans.* »

L'hypocrite ne dit jamais ce qu'il pense et ne pense jamais ce qu'il dit, une politique qui se décrypte, malheureusement pour lui, comme le nez au milieu du visage. Heureusement que les profileurs ou les experts gestuels ne courent pas les rues.

Votre interlocuteur caresse sa lèvre inférieure du bout de l'index.

L'intervention des lèvres dévie le sens premier de la caresse, action de gratification. Il trouve que vous manquez de franchise à son égard ou, s'il s'agit d'une femme qui vous plaît, que vous manquez d'audace pour l'aborder. Le geste prend, dans ce dernier cas, un sens évaluateur.

Il dissimule généralement l'une de ses mains sous le bureau.

Il n'est pas franc du collier. Et c'est le moins que l'on puisse dire. Pourquoi ressent-on le besoin de cacher ses mains ? Parce qu'il est difficile de cacher sa tête ou de dissimuler son visage pour ne pas se trahir. On ne cache ses mains que dans un cas de figure et un seul : quand on n'a pas la conscience tranquille. Et rappelez-vous toujours cette règle essentielle en matière de sémiotique gestuelle : l'action de cacher traduit évidemment un tempérament simulateur ou un discours frauduleux. Élémentaire, mon cher menteur !

De même, s'il se met à rire bruyamment de manière un peu forcée, un rire qui trahit un individu obséquieux avec les puissants et forcément odieux avec les autres. Certains de nos humoristes célèbres ont cette fâcheuse tendance. Je ne fais pas référence au rire de scène, mais à celui dont ils abusent quand ils se retrouvent hors contexte, invités sur un plateau de télé pour promouvoir leur dernier spectacle. On découvre alors que le personnage se dissimule derrière le comique et qu'il perd toute trace d'humour quand il devient la cible des critiques. À ce propos, il est bon de signaler que les comiques sont généralement des simulateurs émérites. Ils manipulent l'information en usant de la dérision pour décrédibiliser les personnages dont ils se moquent. La moquerie qui atteint le voisin est toujours plus spirituelle que celle qu'on pourrait faire à vos dépens. Quand le député André Santini, maire d'Issy-les-Moulineaux, se défend d'avoir dit de... Juppé qu'il est descendu tellement bas dans les sondages qu'il risquait de trouver du pétrole. Le trait d'esprit est excellent, mais la cible ne l'a pas pris avec humour... Santini y a perdu son poste de ministre, selon ses propres dires. Le rire bruyant et forcé ne devrait plus vous échapper dorénavant. Du rire au sourire, c'est juste l'étage en dessous.

Le sourire est un sous-rire

Le commercial ne sourit jamais sans raison. Pour lui, le sourire est une arme offensive. Chacun de ses sourires est un tapis rouge et une expression de son angoisse qui veut qu'un sourire ne soit rien d'autre qu'un mouvement du visage destiné à apaiser l'agressivité latente qui préexiste toujours au premier contact. Mais ce sourire commercial peut se métamorphoser en sourire mécanique ! Loin de détendre le bas du visage, il crispe les lèvres tout en renforçant les ridules ou les plis d'amertume de la bouche. Plus il est sollicité, comme c'est le cas dans certains métiers de contact, plus il devient grimaçant.

Tous les sourires ne sont pas des expressions de détente ou d'apaisement. L'obligation sociale qui est faite d'accueillir un étranger avec un sourire a transformé cette manifestation d'hospitalité en sentiment de contrainte, d'où la grimace stéréotypée qui cède la place au sourire. Certains sont passés maîtres dans l'art de jouer du sourire. Pour pouvoir faire la différence entre un sourire et un sous-rire, il suffit d'observer la luminosité du regard de votre interlocuteur. Cette dernière doit obligatoirement être en phase avec le masque. Les yeux sourient en même temps que la bouche. La bouche qui sourit sans le concours des yeux est un sourire de tricheur. Si vous vous mettez à observer les sourires de vos proches, amis, collègues et autres, vous constaterez très vite que les niveaux de température entre la bouche et les yeux diffèrent dans la majorité des cas. Alors, vous vous sentirez stupide d'y avoir cru. Mais vous ne mourrez pas idiot !

Le sourire évanescent est un sourire qui disparaît aussi soudainement qu'il est apparu. L'effet est souvent saisissant pour une personne non avertie. Elle provoque un stress immédiat susceptible de déstabiliser n'importe qui. C'est le sourire typique des manipulateurs. Leur degré d'hypocrisie frise généralement le niveau olympique, mais il est indispensable pour conserver leur crédibilité.

L'ouverture gestuelle suggestive produite par la réunion des pouces écartés des doigts en bouquet s'effectue souvent quand le propos du locuteur glisse sur un sujet épicé.

Cette ouverture suggère évidemment la vulve, ce qui en fait un geste hautement évocateur qui se produit aussi quand deux adversaires se heurtent sans pouvoir affirmer leur leadership. Le sens de cette séquence gestuelle pourrait être : « Je vous roulerai dans un matériau plus *hard* que la farine » pour rester poli, chic et bon genre.

Le nez de Pinocchio

Il m'est impossible de passer sous silence la gestuelle du mensonge, conduite star entre les stars, depuis que le nez de Bill Clinton, l'ex-président des États-Unis, s'est allongé à force de mentir à ses concitoyens. Nous sommes tous des menteurs qui fuyons la vérité pour ne pas perdre la vue et la vie, comme la femme de Loth au cours de la destruction de Sodome et Gomore.

Les mouvements oculaires qui accompagnent un discours sont toujours significatifs. Mais le décryptage du mensonge n'est pas aussi élémentaire, rassurez-vous, cher menteur. Dans un article publié par le magazine *VSD,* un chercheur américain prétendait que les gestes associant le nez trahissaient le mensonge. Il fondait ses allégations sur le fait que le président Clinton touchait très souvent son appendice nasal. L'amalgame dans l'esprit du public est l'une des techniques d'argumentation utilisée par tous les manipulateurs pour accréditer leurs spéculations. Clinton a menti dans sa relation intime avec Monica Lewinsky et se tripote beaucoup le nez ; Pinocchio a menti et son nez s'est allongé ; conclusion : quand un homme touche son nez, il ment. CQFD ! La propagation d'une rumeur fonctionne exactement de cette manière. Comme dans l'anecdote suivante qui est exemplaire :

« L'un de mes collègues était beau comme un dieu et n'avait pas de petite amie connue. Il vivait encore

chez ses parents à un âge où la virginité devient une suspicion de mysogynie ou d'homosexualité. L'amalgame fut vite fait. Il a été l'objet de toutes les rumeurs et est devenu malgré lui un "pédé notoire". Sa timidité maladive vis-à-vis des femmes ne se voyait pas comme le nez au milieu du visage, car il paraissait tellement extraverti, n'est-ce pas ? Il a été viré par un patron homophobe jusqu'à ce qu'on apprenne son mariage avec la fille du P-DG de la société concurrente. Il avait l'air malin, notre patron. »

Mais revenons à nos narines ! Reprenant le flambeau du mensonge nasal, le très sérieux *Courrier international* s'est lancé à son tour dans le décryptage des gestes présidentiels en traduisant un article du *New York Times* traitant de la gestuelle du mensonge. Toujours les mêmes bobards !

Dans *Le Singe nu,* Desmond Morris écrit : « [...] Il est intéressant aussi de noter que le nez protubérant et charnu de notre espèce est un autre trait unique et mystérieux que les anatomistes sont incapables d'expliquer. L'un d'eux en a parlé comme d'une simple "variation exubérante sans signification fonctionnelle". Il est difficile de croire que quelque chose d'aussi distinctif parmi les appendices des primates ait évolué sans fonction précise. Lorsqu'on lit que les parois latérales du nez contiennent un tissu érectile spongieux qui provoque l'élargissement des conduits nasaux et des narines par vasodilatation lors de l'excitation sexuelle, on commence à se poser des questions [1]. » Partant de ce constat physiologique et d'une pratique quotidienne et antédiluvienne de l'observation des gestes, il m'est apparu que le nez est souvent sollicité dans deux cas de figure distinctifs mais non exhaustifs : le premier

1. Desmond Morris, *Le Singe nu*, Le Livre de poche, chap. II, p. 76.

concerne les allusions à caractère sexuel au sein d'une discussion de bon ton ; le second révélerait un besoin de prendre du recul par rapport à une situation embarrassante, donc une attitude mentale spéculative (*cf.* le boxeur qui se frotte le nez sur le ring pour évaluer l'angle d'attaque) annonçant un mode de défense fondé sur la manipulation.

Le manque de nuances des Américains dans les jugements qu'ils sont capables de porter sur autrui et la culture des préjugés est un sport de société outre-Atlantique. Essayez donc de renoncer à décorer votre maison pour la fête de Noël, vous risquez de vous retrouver au tribunal pour trahison des traditions. On diabolise à tour de bras et tous les moyens sont bons pour désigner le coupable. Le décryptage gestuel y fait un tabac au point que les plus grands quotidiens américains recommandaient à l'époque d'observer l'attitude corporelle (le *body language*) de Miss Lewinsky quand elle a lancé la campagne de promotion de son autobiographie. Du décodage des gestes à celui du mensonge, le pas est vite franchi dans une société où la paranoïa, l'arnaque et l'insécurité endémiques sont des niches médiatiques presque aussi rentables que « le cul et les écus » dans notre douce France. De là à imaginer que le décryptage des gestes pourrait avantageusement remplacer le penthotal ou le pseudo-détecteur de faux mensonges des vrais scientologues, les Américains ne sont pas des cartésiens pur sucre, ils ont gobé tout cru l'opportunité parce qu'elle flattait leur paranoïa nationale. Or, le mensonge en tant que tel n'est pas décelable hors d'un contexte précis. Les gestes changent de signification suivant le contexte dans lequel on les observe.

Paul Eckman, l'un des experts américains de la sémiotique gestuelle (théorie des signes et du sens de leur circulation dans la société), s'est spécialisé dans les mensonges à enjeu important et dispense des cours aux forces de l'ordre dans son pays. Cette démarche, bien que sûrement très rentable, est potentiellement pernicieuse et susceptible de renforcer tous les dérapages judiciaires. Nous sommes déjà tous coupables d'être nés et, suivant les moyens utilisés pour s'en convaincre, des spécialistes de la police obtiendront des aveux pour des crimes que des faux coupables n'ont pas commis, simplement parce qu'ils sont persuadés (la police) qu'ils en sont les instigateurs (les faux coupables). Ils se mentiront à eux-mêmes, en quelque sorte, transformant leurs soupçons en conviction intime, pour se confectionner un coupable sur mesure. Les exemples d'erreurs judiciaires fondées sur l'intime conviction des enquêteurs ne manquent pas. Ces Messieurs de la police sont parfois aussi menteurs et manipulateurs que leurs clients. Ce qui n'est pas un jugement de valeur mais un constat. Il faut dire à leur décharge que nul ne peut vivre dans un milieu où le mensonge et la manipulation sont la règle sans finir par leur prêter aide et assistance. J'ai pu observer certains responsables de la police reproduire un geste particulier qui trahit clairement le manipulateur. *Les doigts croisés, les index collés côte à côte en double canon sont pointés vers la caméra* qui les filme pour les besoins de l'actualité. Les index pourraient préfigurer l'arme qu'ils pointent en direction du délinquant qu'ils viennent d'arrêter. C'est en quelque sorte une déformation professionnelle qui s'exprime virtuellement à leur insu.

L'affirmation gratuite est à la mode chez une floraison d'experts qui se targuent de décrypter le *body language*. Seuls quelques-uns ont adopté une démarche de réflexion fondée sur la logique et la recherche des origines et non essentiellement sur la spéculation. Desmond Morris appartient à ce très petit nombre. Selon ce dernier, les seuls gestes du mensonge, ou assimilés comme tels, sont des gestes de simulation que reproduisent tous les gamins de la planète quand ils essayent de ressembler aux adultes. Ce qui signifie que tous les gestes de fraude, de simulation, de dissimulation, d'esquive ou de substitution peuvent être considérés comme des manifestations satellites du mensonge.

Le regard qui fuit ou esquive, ou encore le regard par en dessous, qui chez un enfant est l'aveu d'une grosse bêtise, appartient au registre de la manipulation. Par extension, le refus d'affronter le regard d'autrui révèle un tempérament simulateur chez l'adulte. Avez-vous déjà remarqué que la bouche d'un enfant qui ment a tendance à se tordre et à trembler ? En réalité, *cette torsion ressort d'une rigidité de la lèvre supérieure.* La lèvre supérieure d'un adulte se raidira pareillement en cas de mensonge ou de fraude verbale.

Certains Raminagrobis politiques ont une tendance récurrente à se lécher constamment les babines tout en haranguant leurs troupes. Ce tic provient évidemment d'un défaut de salivation lié au stress. Cependant, il ne faut pas oublier que le mensonge provoque un stress important dans l'esprit du menteur et une restriction automatique de la production des glandes salivaires. Il s'agit là d'une réaction biologique fondée sur un phénomène de substitution. Il faut cependant éviter de conclure trop vite et analyser tous les paramètres qui obligent le politicien à se lécher les lèvres. Si le décryptage des gestes était si simple, il y a longtemps que cette spécialité très pointue serait devenue une science humaine à part entière. Et ce n'est pas le cas ! Désolé !

Il n'existe pas de gestes du mensonge, à proprement parler, mais trois catégories gestuelles transversales qui s'en rapprochent, à savoir le geste constitutif trahissant un tempérament simulateur, le geste de diversion, notamment le geste ambigu de l'homme de pouvoir, et enfin le geste litote ou métasignal modifiant la signification de tous les gestes qu'il accompagne. Font partie de cette dernière famille gestuelle les gestes comédiens. Par exemple : deux interlocuteurs s'enguirlandent en public, mais l'expression de leur visage trahit un esprit de comédie (sourires réprimés).

Votre interlocuteur fait le tour de ses lèvres avec le bout de sa langue.

Je trouve cette mimique pantagruélique. Elle est pourtant assez courante et signifie effectivement que votre interlocuteur s'apprête à vous manger tout cru. Symboliquement, rassurez-vous ! Comme je l'ai déjà évoqué, le mensonge dessèche les lèvres du menteur, comme si les glandes salivaires refusaient de participer à une trahison de la vérité. Il est curieux de constater qu'on salive normalement quand on dit la vérité et que cette salivation se tarit quand on la déguise, envers soi-même ou envers les autres. En réalité, le fait de mentir entraîne automatiquement dans son sillage un sentiment de malaise ou de culpabilité, vite réprimé par la conscience du menteur. C'est ce dernier sentiment qui est à l'origine des troubles de la salivation.

Quelques airs sans parole

S'il toussote poliment dans son poing avant de poursuivre, le toussotement trahit une gêne et bien évidemment l'annonce d'un mensonge bien emballé.

Ou s'il s'éclaircit régulièrement la voix, bruyamment ou non, et que sa main couvre sa bouche. La conclusion est la même.

En position assise, elle lève souvent ses bras en extension au-dessus de sa tête en affichant un air nonchalant.

Tempérament simulateur doublé d'un esprit fantaisiste. Cela m'arrivait souvent quand j'étais pendu au téléphone avec un responsable de magazine auquel j'essayais de vendre ma prose. Heureusement, il ne me voyait pas. J'arrangeais toujours mes affirmations au goût du jour pour l'impressionner.

S'il rejette le corps en arrière avant de vous répondre, cela signifie qu'il prend du champ pour éviter de vous répondre à chaud. Ce léger répit lui permet de mettre en scène une réponse plus conforme à son image, ce qui laisse supposer qu'il peut faire appel au mensonge pour éviter de se heurter de front à une vérité ou une réalité mal venue.

Celui qui énumère ses conditions à partir du pouce gauche vers l'index, le majeur, etc., de la main gauche en se servant de son index droit sait que ses arguments ne tiennent pas la route. Il jouera les révisionnistes avec une mauvaise foi à l'épreuve de tous les supplices.

Il réunit son pouce et son index de la main gauche en cercle digital. Les autres doigts sont étalés en plumes de sioux.

Ce geste signifie que le locuteur « garantit que... ». Si ses doigts restent collés, la signification change et trahit le manque de conviction du locuteur par rapport à ce qu'il affirme sans trop y croire.

Deux cercles digitaux pouce-index à chaque main représentent une double fraude ! Geste de simulation, de moquerie ou d'imposture dans tous les cas de figure.

Dans la même veine, *les doigts réunis en bec de canard*, il affirme détenir la solution. Curieusement, son regard s'éteint l'espace d'un instant. Juste le temps de faire passer son gros mensonge. Répété à l'envi, ce code gestuel trahit un individu qui est dans l'incapacité de saisir les opportunités qui passent à sa portée mais qui prétendra toujours le contraire. Dans sa reproduction circonstancielle, le geste évoque un mauvais choix à faire ou une alternative ne débouchant que sur deux mauvais choix. Curieusement, les propositions que ce geste accompagne semblent toujours aboutir à des solutions idoines, s'il faut en croire les propos de celui qui reproduit le bec de canard.

La main gauche gratte subrepticement le dos de la main droite ou l'inverse au moment où il sert son madrigal. Il ne pense pas un mot de ce qu'il dit. Les chatouillements sont toujours significatifs et interviennent généralement en corrélation avec leur représentation symbolique sur le plan mental. Si je me gratte la nuque, j'ai un problème de confiance en moi ; si je me gratte la paume de la main gauche, mon instinct est en éveil ; un chatouillement à celle de la main droite indiquera que je me trompe peut-être de chemin parce que je raisonne au lieu d'imaginer. Et ainsi de suite.

Et de croiser ses poignets en terminant sa phrase !

Démenti gestuel ! Les poignets sont le siège symbolique de l'insécurité ou de la sécurité. Les croiser est une manière de dire qu'on a les mains liées et de suggérer le contraire de ce que l'on affirme de vive voix.

Il a posé son menton dans l'ouverture de son poing avant de vous répondre. « Je te tiens par la barbichette... » Geste qui révèle un climat mental perplexe et le besoin de protéger son menton d'un uppercut verbal qui risque de mettre KO le gros mensonge qu'il vient de servir à son interlocuteur.

Il se pince le nez en direct sur le plateau de télé.

La logique veut qu'on se pince le nez quand on veut s'éviter de respirer une mauvaise odeur. On peut aussi reproduire ce geste parce qu'un chatouillement de la pointe du nez ou des narines le rend inévitable. On peut enfin l'effectuer inconsciemment pour évoquer symboliquement la puanteur de propos déplacés ou pour se démarquer de ses propres mensonges. En tout état de cause, le geste décrit trahit généralement un manipulateur. Vous le constaterez souvent quand votre interlocuteur est assis, le cul entre deux chaises, au sens figuré, bien entendu.

La main de votre interlocuteur glisse dans l'échancrure de sa chemise contre sa poitrine.

La fabulation est une propension à présenter comme réelles les productions imaginaires de l'esprit. C'est une sorte de compensation subjective chez un sujet qui imagine ce qu'il aurait voulu vivre et qu'il n'a jamais vécu. Les fabulateurs ne manquent pas à l'appel, mais votre interlocuteur devrait, en principe, détenir le pompon en la matière. Si c'est le cas, vous avez affaire à un simulateur. Versatile comme la météo, toutes ses décisions professionnelles sont guidées par ses fantasmes. Il va où le vent de ses illusions le pousse.

Elle évite manifestement de vous regarder dans les yeux tout en s'exprimant : n'oubliez jamais que le fait d'offrir son regard à l'autre est une marque d'estime, voire de sympathie. On peut aussi observer cette manière courante de dialoguer sans les yeux chez des personnes habituées à simuler ou à déguiser la vérité. Trop d'esquive oculaire trahit le menteur patenté, *a contrario,* le regard accrocheur peut révéler un tempérament frondeur.

Elle ferme les yeux de manière appuyée. C'est une des nombreuses manières de faire passer un gros bobard tout en donnant à sa bouche une forme caractéristique proche de la bouche en cul de poule.

Il esquive le regard... L'esquive ne dure qu'un dixième de seconde. Le regard fuit quand la bouche ment. S'il s'agit d'un ami qui agit souvent de la sorte, sachez qu'il ne dit jamais ce qu'il pense et ne pense pas ce qu'il dit. S'il s'était agi d'un enfant on dirait qu'il a le regard d'un menteur.

Il détourne la tête... A priori, vous détournez toujours la tête pour balancer une vérité frelatée ou quand vous n'êtes pas sûr de vous. Le décalage entre le dérapage du regard et l'angle de rotation du chef est un signe évident de double contrainte !

Votre interlocuteur opine mécaniquement du chef, comme pour approuver vos propos.

Celui qui opine mécaniquement n'écoute jamais ce qu'on lui dit et usera d'un gros mensonge quand vous lui demanderez son appui.

J'arrête là pour vous permettre de reprendre votre respiration. Le tricheur représente une majorité écrasante au sein du grand club de la manipulation. D'où la longueur inhabituelle de ce chapitre ! Cependant, il ne faut pas perdre de vue le fait que la gestuelle d'un manipulateur peut appartenir à plusieurs profils différents. Définir son profil exact n'est pas toujours facile. Certains de ses refrains gestuels favoris reviendront de manière assez fréquente pour que vous puissiez le situer exactement. L'autre moyen de décoder son profil consiste à observer l'intensité de son regard dans différents contextes. Si Clinton était un simulateur, Bush est un pervers, Mitterrand était un *killer* et notre président actuel, Jacques Chirac, est un séducteur norme NF et non un super-menteur (donc un tricheur) comme le suggéraient les marionnettes de Canal +. On peut avoir de l'humour et de la m...outarde dans les yeux ! Ce n'est pas incompatible ! Et puis, il paraît que la projection (attribution d'un défaut au voisin) n'est jamais qu'une image rapportée dont on veut se débarrasser. C'est celui qui le dit qui l'est.

Encore un truc de tricheur !

CHAPITRE 13

Le *killer*

Du leadership à l'autoritarisme, l'autorité est une qualité que nous partageons tous mais dont le bénéfice ne revient qu'à ceux qui ont la chance de pouvoir la développer dans un contexte familial favorable. Les futurs hommes ou femmes de pouvoir sont généralement des meneurs ou des animateurs en herbe. Chefs de bande ou chefs de file, ils trouvent un terrain d'élection pour éveiller cette qualité dès l'école maternelle. Ils sortent du lot au premier coup d'œil. Leur gestuelle est plus qualitative mais aussi plus autoritaire que celles de leurs petits camarades. Ils abusent très vite de leurs index pour donner leurs ordres. Ce ne sont pas forcément les plus intelligents mais sans conteste les plus malins et surtout les plus filous. Leur avenir est déjà programmé et on les retrouve toujours et sans exception à des postes clés de la fonction publique ou dans le directoire des grandes entreprises et des multinationales. Ce sont des *killers* et tous ceux qui s'en aperçoivent s'écartent de leur chemin pour ne pas être écrasés, d'autres les suivent pour ramasser les miettes des repas qu'ils laisseront derrière eux. Le *killer* est un faucon, un être radical, doctrinaire et surtout psychorigide à un point qui dépasse l'entendement.

Maniaque de l'index revolver, *il dégainera systéma-*

tiquement son index ou les deux, pouces en gâchette, pour donner du poids à ses interventions. C'est une sorte de cow-boy gestuel. Il se prive de ses mains au profit d'un seul doigt, comme si tout son pouvoir était contenu dans son index hostile pointé vers son interlocuteur. Il dévalorise le sens du mot communication au seul profit de son besoin d'avoir toujours raison. Il suit son index comme un chien suit son maître, sans questionner son interlocuteur, mais en affirmant qu'il connaît déjà toutes les réponses aux questions que l'autre n'aura jamais l'occasion de lui poser.

De l'autocrate domestique à celui dont l'autorité n'est soumise à aucune règle et à aucun autre pouvoir que le sien, comme le sont certains de nos élégants Messieurs de la Finance hexagonale et leurs homonymes du village mondial, les *killers* se trahissent tous par un langage non verbal tellement standardisé qu'il en devient caricatural. Ils n'ont que des exigences, tous les droits et aucun devoir envers ceux qui les suivent comme des moutons de Panurge.

Il recourra à l'index guillotine, posant son doigt en travers de sa pomme d'Adam. Une manière symbolique de couper littéralement la gorge de son interlocuteur. Et le comble dans la reproduction de ce geste, c'est que l'interlocuteur sucrera visuellement le message gestuel. « Comment ? Vous n'avez pas remarqué le geste en question ? » Non ! Le locuteur n'a rien constaté. Il était absorbé par son discours. Le *killer* a réfuté tous ses arguments et l'a congédié sans autre forme de procès.

« Un P-DG m'a fait le coup lors d'un premier entretien en vue d'une collaboration ponctuelle. Il m'a écouté attentivement avant de poser son index en travers de sa gorge. Quand j'ai eu terminé, il a commencé à critiquer l'empirisme de la méthode que je proposais. Il exigeait des preuves scientifiques. L'entretien a

capoté, bien entendu. Je me suis levé, sans préavis, et je suis parti en lui suggérant qu'il me faisait perdre mon temps. »

Je n'ai jamais supporté les patrons *killers*, ce sont des individus bornés, machiavéliques et d'une stupidité étonnante, dès qu'on les extrait de leur domaine de prédilection. L'un d'entre eux s'est lancé dans l'image publique récemment. Je l'ai rencontré en face à face et j'ai pu apprécier le bonhomme sur le plan gestuel. Il n'a remporté que des casseroles alors qu'il excelle dans son domaine spécifique : la publicité. Le dépassement systématique de son niveau d'incompétence est la norme du *killer*. Il se croit supérieur à tout le monde et surtout infaillible.

Le blason de la tyrannie

Comme vous le savez déjà, le degré d'influence est symbolisé par le doigt vedette de la main motrice : l'index. Doigt qui accuse, doigt de l'image paternelle, de la domination, du despotisme, de l'orgueil ou de l'autorité, l'index droit du droitier est la star des doigts. Chargé d'une bague, il trahit l'apprenti dictateur ou le tyran domestique en fleur, la jeune femme en recherche d'un substitut de l'image du père ou encore la femme surinvestie dans sa carrière au détriment de sa vie amoureuse.

La cuiller psychorigide

S'il vous arrive d'observer les consommateurs au bistro, vous en remarquerez parfois qui *font tourner machinalement le manche de leur cuiller sur lui-même entre le pouce et l'index gauche ou droit tout en remuant leur café*. Ce sont des individus au tempérament autoritaire, voire autoritariste, fortement investis dans leur besoin de tout contrôler. Despotes de comptoir, ils entretiennent la parcelle de pouvoir qu'ils s'accordent comme un lopin de terre indispensable à leur survie sociale.

Le patron voyou

Certains *killers* adorent se *faire craquer les articulations*, un moyen comme un autre de se débarrasser de la pression qu'on leur fait subir en la faisant endurer à leur entourage. Leurs corps et leurs mimiques sont toujours sous contrôle, et les émotions des autres ne les atteignent que rarement. Ils vivent pour eux, à travers eux et en fonction d'eux. Les autres ne sont que des astéroïdes sociaux, des avatars dont ils se servent quand la nécessité s'en fait sentir, mais dont ils se débarrasseront sans état d'âme si leur intérêt supérieur le leur commande. Ils ne sont pas psychorigides, mais s'apparentent plus au psychopathe socialisé pour les besoins de sa cause. Une sorte de voyou socialement acceptable et tout le monde accepte, car il réussit généralement mieux que tout le monde dans ses entreprises.

Le *killer* n'est pas qu'un homme d'affaires ou un chef de bande, il peut être aussi une mère abusive et tyrannique, comme vous le constaterez dans l'anecdote qui suit.

La mère « killeuse »

« À l'époque où je pratiquais l'hypnose thérapeutique, l'un de mes tout premiers patients, impatient d'arrêter de fumer, a débarqué dans mon cabinet. Son objectif déclaré et plutôt frauduleux : préserver sa santé. Génial ! Il posa son paquet de cigarettes sur le bureau qui nous séparait avant de plonger dans un état de transe profonde, à ma très grande surprise.

J'avais à peine commencé à lui faire quelques suggestions de détente. Sans plus. Était-il tellement motivé à se débarrasser de sa drogue ? Vu l'état de transe hypnotique dans lequel il s'était lui-même plongé, il me semblait qu'il était vraiment très motivé. J'en profitai pour accéder à son désir et lui fis les postsuggestions suffisantes et nécessaires pour qu'il se désintoxique immédiatement de la cigarette. Il ressortit de son état de transe sans aucun souvenir de son contenu. Je lui proposai alors de pêcher une cigarette dans son paquet, ce qu'il fit. Il l'alluma, avala la fumée et fut pris d'une violente quinte de toux comme s'il fumait pour la première fois. Sa réaction violente le persuada un peu vite qu'il était débarrassé de son vice. Quand il revint me voir quinze jours plus tard, il avait repiqué et me raconta que sa mère lui avait interdit de se laisser "hypnotiser" (sic). Elle lui avait racheté des cigarettes et l'avait obligé à recommencer à fumer. Cela paraissait fou, et pourtant...

Ce patient était âgé de 28 ans. Il vivait avec sa "maman", selon ses propres termes. Une sorte de Tanguy avant la lettre ! Bien décidé à damer le pion à sa maman, il me demanda de renforcer les suggestions antitabac et replongea illico en transe somnambulique. Loin de me douter, à l'époque, du pouvoir affectif absolu que détient une mère sur son enfant, fût-il adulte, majeur et vacciné, je repris naïvement les mêmes suggestions posthypnotiques, obtenant au réveil du patient les mêmes effets que précédemment. Ravi du résultat, il me quitta en reprenant rendez-vous quinze jours plus tard, rendez-vous auquel il brilla par son absence. Un peu plus d'un mois après les faits rapportés, il m'appela au téléphone pour s'excuser. "Je me suis cassé une cheville en descendant du bus devant chez vous", m'avoua-t-il sur un ton piteux. "Vous fumez toujours ?" Il hésita un instant avant de se jus-

tifier. Sa maman avait gagné la partie, à cent contre un. »

Que peut-on conclure de ce miracle avorté par la grâce d'une mère tyrannique et manipulatrice ? Que l'hypnose ne fait pas le poids face à l'influence maternelle ou à son image incorporée dans le Surmoi. Une seule opportunité peut altérer le pouvoir détenu par une mère tyrannique sur son fils : l'amour d'une autre femme. Et encore ! La démonstration reste à faire. Telle a été ma première confrontation avec la manipulation version « *killer* ». J'ai déjà évoqué cette technique très parapsy dans le troisième chapitre de ce livre, pour illustrer le mécanisme élémentaire des influences qui absorbent nos énergies et qui se fondent toutes sur des dispositifs de type hypnotique dont nous sommes tous des victimes inconscientes mais aussi consentantes. Car, comme vous pourrez le constater à la lecture de cet ouvrage, la manipulation n'est pas qu'une vue de l'esprit et elle mérite mieux qu'un débat d'experts. Le mot s'affiche sur toutes les couvertures de magazine, se démultiplie dans toutes sortes d'émissions radiophoniques ou télévisuelles mais je n'ai encore jamais lu un seul ouvrage ou article de presse qui en illustre les effets sur le terrain.

Le baiser de la mort

Pourquoi ressent-il le besoin d'embrasser littéralement le micro de son combiné ? Le *killer* se comporte comme un ogre qui déguste les mots qui sortent de sa bouche tout en dévorant son correspondant. À ce propos, observez donc les chanteurs qui se produisent sur les plateaux de télé lors d'une prochaine émission de variétés. *Certains prennent de la distance avec leur micro, d'autres donnent l'impression qu'ils ne vont pas tarder à l'avaler.* Ces derniers sont des *killers.* Toutes leurs manifestations d'affection professionnelle sont à prendre en contrepoint, ils détestent la concurrence et si vous y êtes attentif, vous constaterez très vite que leurs sourires sont des placebos d'amitié. Ce sont des sourires évanescents qui s'effacent souvent aussi vite qu'ils sont apparus.

Les dents de la chance

Les *killers* ont aussi une autre manie sonore qui les dessert, *ils aspirent souvent l'air entre le diastème de leurs incisives supérieures.* Aspirer équivaut à absorber pour détruire. C'est un réflexe de rejet, voire un tic qui trahit un personnage tyrannique. D'après mes observations personnelles, et qui n'engagent que moi, la plupart des individus qui ont les incisives fortement écartées sont susceptibles de ressembler à ce portrait. On dit souvent de ce genre de personnage, qu'ils ont les dents de la chance. C'est un peu facile. Mais il est possible qu'il y ait réellement un rapport entre la chance et la tyrannie du personnage. Les manipulateurs tyranniques sont plus déterminés que la moyenne des gens. Leurs ambitions ne sont pas des rêves illusoires. Quand ils visent un objectif, ils marcheront sur la tête de ceux qui les ont aidés pour l'atteindre. Ils ont soif d'absolu, d'une perfection qui les perdra en chemin.

L'arme favorite du *killer*

Mon hôte serre son stylo en travers de sa paume, le bloquant inévitablement avec son pouce. J'ai l'impression d'être un poulet qu'il s'évertue à embrocher. Je me suis même surpris à reculer instinctivement mon siège pour me mettre hors de portée. Cette histoire de stylo m'en rappelle une autre, déjà évoquée partiellement au début de cet ouvrage.

« J'étais invité à promouvoir un de mes livres à une émission sur France 2. Celle de Laurent Ruquier et de sa bande. Arrivé sur le plateau, je lui demande de me prêter son Mont-Blanc pendant le temps de mon intervention, en échange de quoi je lui offre une peluche figurant un chat de gouttière. L'échange s'opère sans que l'animateur comprenne vraiment ce qui lui arrive. Il croit à un gag. Et puis, soudainement, Ruquier réalise qu'il a perdu la baguette du chef d'orchestre et me réclame son stylo. Je refuse de le lui remettre et le tends à l'un de ses acolytes. Furieux, l'animateur jette le chat en peluche à terre et quitte le plateau sans une larme d'humour. Je ramasse la peluche et je la pose sur le siège vide de Ruquier. Le public rigole, mais les mulets de l'animateur, un peu désarçonnés par la sortie non programmée du chef, se demandent manifestement comment cet outrage va se terminer. Finalement, Ruquier revient sur le plateau, et la mise à mort de l'écrivain commence. Hélas, je ne suis pas un poulet de grain et j'ai plutôt l'habitude de mordre quand on m'attaque. Les critiques fusent. Claude Sarraute me défend. Isabelle Alonso, la chienne de garde, renchérit et justifie même l'utilité de la gestuelle. Mais Ruquier m'en veut de lui avoir subtilisé son gri-gri. Comme il n'arrive pas à me désarçonner, il me jette plus qu'il ne me remercie de ma visite. Exit, le spécialiste des gestes ! Au suivant ! Un médecin qui a écrit un ouvrage sur le sexe des bébés. "Celui-là, ils ne l'ont pas raté !" On se venge comme on peut, pas comme on veut. »

Mais je ne suis pas un ingrat ! Je lui dois des remerciements car la vente de mon bouquin s'est multipliée comme des petits pains à la suite de mon passage dans son émission. Comme quoi, le cynisme de Ruquier ne jette pas toujours le discrédit sur un livre qu'il aurait pu lire avec profit s'il en avait eu le temps. Mais qu'en est-il du stylo qu'il conserve dans sa main pendant toute la durée de sa prestation ? Je lui avais proposé un échange de doudou. Il m'a répondu qu'il considérait son Mont-Blanc comme un gri-gri. Superstitieux, le monsieur de la télé est surtout très susceptible ! Ruquier est à mon sens le parangon des *killers* ! Plus fort que Tapie (un autre *killer* du PAF) parce que plus talentueux dans le domaine qui est le sien. Un animateur génial et d'une intelligence hors du commun, comme tous les manipulateurs tyranniques. À propos, celui qui a besoin de conserver son stylo dans la main pour donner du poids à son discours révèle ainsi ses problèmes d'autorité, mais aussi le caractère odieux qu'il dissimule derrière une tonne de sourires. Mais on lui pardonne (à Ruquier) tant qu'il continue à nous faire rire. Il est vrai que la plupart des humoristes de talent sont des tyrans dans le civil.

Les tribuns et les locuteurs qui ont besoin de se raccrocher en permanence à un stylo, une règle ou un trombone appartiennent à la famille des *killers*, même et surtout s'ils n'en ont pas l'air, croyez-moi, ils en ont déjà la chanson.

Dans le même registre, le stylo équivaut au trombone que votre chef de service plie, déplie ou replie sans cesser de vous rabaisser ou de fouler aux pieds le travail accompli. Le fait de triturer un objet entre ses doigts trahit un individu tyrannique qui torture son trombone au lieu du quidam qui se trouve en face de lui.

Souriez ! Vous êtes filmé !

Est-on responsable de son sourire ? Je crois que oui ! Car le sourire est évolutif et non coulé dans l'ambre des mimiques préprogrammées comme les manières d'éternuer ou de rire. Cette question m'a été posée à maintes reprises, ce qui m'a forcé à réfléchir à la réponse. J'ai toujours observé une dichotomie entre deux manières distinctes de sourire : *le sourire des dents du bas et celui des dents du haut.* J'en suis arrivé à constater que le sourire qui dévoile les dents du dessus est un sourire sans une once de générosité. C'est notamment le sourire des *killers* qui espèrent donner le change en dévoilant largement les quenottes de la mâchoire supérieure. Ils retroussent les babines comme les matous qui se délectent d'une souris prise au piège. Ce sourire des dents du haut est souvent mais pas toujours (heureusement) un sourire glacial additionné d'une lueur réfrigérante du regard qui ressemble à celle du vide et que l'on peut percevoir dans le regard du fou dont les pupilles sont totalement rétractées. Le visage est animé, souriant, mais le regard est ailleurs. Il ne participe pas à la fête mimique du visage. C'est le genre de détail fugace qui exige une observation critique et des arrêts sur image multiples pour étudier l'intensité du regard du sujet observé. C'est en visionnant des cassettes vidéo d'émissions nombreuses et variées que j'ai pu mettre le doigt sur ce détail. En rattachant le sourire des dents du haut à certains *killers* médiatiques que j'avais eu l'occasion de côtoyer, j'ai pu me faire une religion sur le degré de froideur de leurs sourires toutes dents dehors. Alors, méfiez-vous *a priori* des sourieurs de ce type, ils ne rentrent pas tous dans la catégorie des *killers,* mais s'ils détiennent une parcelle de pouvoir ou de notoriété, tout est possible.

Le doigt de la jalousie

Il tend continuellement son index gauche légèrement arqué pour soutenir son discours.

Doigt de la jalousie, l'index gauche représente le cerveau droit émotionnel, donc irrationnel. Le fait que l'index ne soit pas tendu est un détail signifiant en soi. Il révèle que le locuteur se sent dépossédé de son pouvoir de nuisance. Car il s'agit bien d'un code gestuel appartenant à un profil despotique. Son besoin de tout contrôler est manifestement contrarié, sinon l'index gauche serait au chômage au profit du droit et non arqué mais tendu.

Le manège des pouces

Votre interlocuteur se tourne les pouces, doigts croisés sur son ventre.

Dans le contexte professionnel, ce geste montre un raffinement exquis dans la cruauté. Une virtuosité inégalable dans le genre méchanceté gratuite et perverse. Mais ce geste traduit aussi une lassitude. Les pouces tournent l'un autour de l'autre dans le sens des aiguilles de la montre, ils indiquent un besoin d'accélérer le temps pour se débarrasser d'un ennui qui agace le producteur du geste. Reproduit face à un interlocuteur, il dépasse son sens initial pour devenir un signal de cruauté annoncée. Les rares fois où j'ai observé ce refrain gestuel en situation de négociation, je me suis immédiatement intéressé à la personnalité du producteur. Ils étaient tous enrobés et dotés d'un regard inexpressif. Les lèvres closes et pincées, ils semblaient attendre la fin de l'entretien. La conclusion a toujours été abrupte et consistait en une fin de non-recevoir exprimée sans ronds de jambe. Quand les doigts se croisent, mais que les pouces ne sont jamais en contact, ce qui est le cas dans cette attitude, les notions de désir ou de motivation (pouce droit) ne conduisent jamais au plaisir de l'achèvement (pouce gauche). Ce geste devient dès lors une sorte de refus détourné. Le producteur attendra d'ailleurs la fin de l'entretien pour couper la tête de son interlocuteur.

Le geste de Machiavel

L'avant-bras est replié sur le bras, main à hauteur de l'épaule, la joue repose sur le dos de la main, coude en appui. La main opposée tient le coude du bras qui sert de support. Ce dernier détail est essentiel. Les coudes sont les sièges du sentiment d'échec. Le *killer* est un individu qui craint l'échec de ses entreprises par-dessus tout. Cette attitude est fortement prisée par les personnages machiavéliques. Elle s'accompagne souvent d'un balancement du fauteuil présidentiel sur lequel ils sont assis quand ils n'y sont pas rivés comme s'il s'agissait d'un trône qui leur confère tous les pouvoirs. Certains individus, hommes ou femmes, en situation de parade amoureuse, sont susceptibles d'adopter cette posture. Généralement, ils ne soutiennent pas leur coude mais le posent en appui sur l'accoudoir du fauteuil. Ils évaluent leurs chances en cherchant activement un moyen de manipuler la situation à leur avantage. Quand ils sont en situation de séduction, les *killers* ne peuvent jamais se départir de cette gestuelle particulière qui est leur marque de fabrique.

Les mimiques du visage d'un *killer* sont généralement explicites. Il donne l'impression de maîtriser la situation, même et surtout quand il ne maîtrise rien du tout. Cette attitude influence parfois sa cible, impressionnée par l'assurance qu'il affiche. À ce propos, quand votre interlocuteur vous paraît très ou trop sûr de lui, prenez toujours le contre-pied de ce que son attitude globale suggère. Il manque totalement de confiance en lui. Une assurance trop affichée est comme une publicité mensongère.

La parole excisée

La pince pouce-index dissimule la bouche, comme une sorte de cadenas qui scelle la bouche. Le geste est typique du *killer* pour autant qu'il le reproduise fréquemment. Dissimuler sa bouche, c'est aussi dissimuler la parole ou la censurer. Toute attitude qui oblitère la bouche aboutit au même constat. La pince pouce-index est un code très particulier qui se démarque des autres modes de dissimulation dans la mesure où il s'agit d'un outil anatomique qui sert à une préhension fine quand les pulpes des deux doigts sont réunies. Reproduit en solitaire, ce geste peut accompagner un mode de réflexion ; effectué face à un interlocuteur, le sens n'est plus du tout le même. Celui qui censure la parole de cette manière est un castrateur. Il refuse le dialogue car seuls les mots qui sortent de sa bouche ont une valeur ajoutée à ses oreilles. Avec un peu de pratique, vous remarquerez que ce geste apparaît quand vous tentez de persuader votre interlocuteur de la justesse de vos vues. Plus votre argumentation tient la route, plus votre discours est percutant, plus il aura tendance à avoir recours à la pince pouce-index pour protéger son credo du bombardement émotionnel dont vous le submergez. Il cassera la logique de vos propos quand vous reprendrez votre souffle. Il vous laminera en douceur, vous ôtera jusqu'à vos dernières illusions. Restez toujours sur vos gardes face à un individu qui dissimule sa bouche derrière sa pince pouce-index.

Sans état d'âme

J'observais une interview de Tarek Aziz, ex-vice-Premier ministre du gouvernement irakien défunt sur TF1. PPDA, l'inexpugnable, était aux commandes. Le sujet tournait autour de la position irakienne face à la guerre annoncée. Son attitude corporelle globale m'a interpellé. Il parlait sans le soutien de ses mains, le visage peu expressif et le regard incolore, inodore, vide de toute lueur. Ni colère ni angoisse ! Un homme sans état d'âme. À l'occasion d'une enquête réalisée dans le cadre d'un doctorat sur la prostitution auquel j'ai participé, j'ai eu l'occasion de rencontrer des voyous qui se comportaient, peu ou prou, sur le même mode. Le corps figé, l'air désabusé, ils s'exprimaient sans état d'âme. Aucune émotion particulière ne filtrait de leur discours. Au cours de ma pratique thérapeutique, j'ai été amené à m'occuper de sociopathes. Mon observation de leur comportement gestuel concordait en tous points avec le profil des voyous et celui observé chez Tarek Aziz. Plus un homme est cruel, froid ou calculateur, moins il aura besoin d'émouvoir son auditoire. Il détient un pouvoir absolu sur ses émotions, un pouvoir qu'il ne doit pas contrôler en permanence, car son attitude est parfaitement naturelle. Elle colle à son personnage. Leur insensibilité est parfaitement effrayante pour la majorité des gens. Il ne joue pas un rôle. Leur vision du monde réel est aussi virtuelle que celle du téléspectateur qui assiste à un reportage sur les atrocités commises par des bandes armées sur des populations sans défense. Ce portrait est la version la plus extrême du *killer*. Même PPDA était mal à l'aise, ce qui est rare pour un manipulateur de son niveau. Il faut dire que, face à un *killer*, aucun journaliste ne fait le poids. Seul un autre *killer*, voire un pervers, est capable de désarçonner son clone. On peut reprocher beaucoup de choses aux journalistes, mais certainement pas d'être des *killers*.

CHAPITRE 14

Le séducteur

Les leaders d'opinion

« Avant, on faisait et puis on faisait savoir, explique Nicolas Sarkozy. Maintenant il faut faire savoir et on voit si on peut faire[1]. »

Certains leaders d'opinion sont fascinants. Si on les observe d'un peu plus près, on constate très vite que leur vocabulaire gestuel est entièrement dédié à leur image publique. Ce que Daniel Carton, journaliste politique défroqué, nous confirme : « ... les politiques pensent toujours pouvoir jouer avec leur image, il arrive que ce soit leur image qui se joue d'eux. Quand ils le réalisent, c'est toujours trop tard ».

Rien de plus facile que de les épingler sur votre tableau de chasse, le premier refrain gestuel que je vous propose de décrypter entre dans la catégorie exclusive des gestes du pouvoir. Il appartient au vocabulaire non verbal des séducteurs de tous horizons mais aussi au manipulateur qui se dissimule obligatoirement derrière chaque séducteur de masse.

Vous connaissez ce petit jeu ? Sans aucun doute : la paire de ciseaux coupe le papier, le papier enveloppe

1. *Bien entendu... c'est off*, Daniel Carton (Albin Michel).

la pierre et la pierre casse la paire de ciseaux. Le séducteur cache sa pierre sous le papier pour ne pas effrayer le ciseau que vous tenez entre vos mains et qu'il cassera symboliquement quand le moment de la mise à mort aura sonné.

Fixer quelqu'un droit dans les yeux pendant un certain temps ne se fait que dans des situations d'amour ou de haine intense. Pour la plupart des gens, un regard soutenu au-delà de quelques secondes est trop menaçant et ils détournent les yeux. Entre amoureux, il existe une telle confiance mutuelle qu'ils peuvent se fixer ainsi sans une ombre de crainte. Et, tandis qu'ils se dévisagent, ils vérifient inconsciemment le degré de dilatation de la pupille de l'autre. S'ils voient de profonds lacs noirs, ils savent intuitivement que leurs sentiments sont partagés, mais s'ils voient de minuscules têtes d'épingles, ils peuvent commencer à être mal à l'aise, devinant que les rapports ne sont pas parfaits. Les manipulateurs séducteurs sont les seuls individus capables de fixer leur interlocuteur dans les yeux sans lui donner l'impression d'une provocation agressive.

Un autre geste typique

La main gauche de votre interlocuteur couvre la droite, coudes en appui. De temps à autre, il gratouille le dos de la main porteuse.

Rien ne vous empêche d'intégrer ce refrain dans votre vocabulaire gestuel. Il offrira à vos interlocuteurs une image d'un homme ou d'une femme directif, incisif, capable de transformer ses penalties. Une image mais pas forcément une réalité.

Il est essentiel d'analyser ses propres refrains et de choisir ceux qui vous sembleront les plus ergonomiques, c'est-à-dire ceux qui seront en conformité avec votre ressenti du moment. Tel est le sens premier de la stratégie du miroir dont vous retrouverez les règles dans la dernière partie de cet ouvrage. Si vous souhaitez adopter ce refrain gestuel particulier pour offrir une image plus pondérée à vos interlocuteurs que celle des sempiternels doigts croisés.

Le démon de la gagne

Si les leaders de notre société étaient des enfants de chœur, ça se saurait ! Quel que soit le rôle qu'ils jouent face aux médias, leur cote de sympathie ou leur degré de surexposition à la vue du public, tous sont des artistes consommés de la manipulation de masse. Si certains vous semblent honnêtes, détrompez-vous, ils ne le sont qu'en surface. Car l'honnêteté déclarée et médiatisée est la pire des manipulations qui soit. Elle est une vertu du peuple et un vice chez l'homme de pouvoir. Mais, pour mieux appréhender le mode manipulateur des séducteurs de masse, il est nécessaire de faire un rapide détour par l'ambition vorace qui les pousse à flirter avec le démon de la gagne.

L'ambition est l'un des sentiments dont on parle le plus volontiers sans fausse pudeur. Nous sommes tous ambitieux en paroles, mais le passage à l'acte représente un pourcentage relativement médiocre en comparaison de celui des déclarations d'intention. C'est qu'il en faut, de la persévérance, du courage ou de la ténacité, pour transformer le rêve de réussite que beaucoup confondent naïvement avec l'ambition pure et dure. Car la foi doit être le moteur de l'ambition pour que cette dernière aboutisse. Ce qui est loin d'être le cas pour la majorité des graines d'ambitieux, très motivés à l'emporter vite fait mal fait, mais pas aussi ambitieux à long terme qu'ils le clament sur tous les toits.

Sur le plan pratique, je ne résiste pas au plaisir de vous livrer quelques secrets bien gardés par les ambitieuses que vous croisez dans les couloirs de la société qui vous emploie ou ailleurs. *Le besoin de tirer les cheveux en arrière pour dégager le front* est un signal de l'ambition chez la femme comme chez l'homme. Le front est la proue du caractère, le cacher sous une frange peut traduire un manque de tempérament mais aussi un besoin d'afficher une sensualité un peu trouble.

L'épaule droite est le siège symbolique de l'ambition (chez les droitiers). Une ambition réfrénée, pénalisée ou castrée pourrait entraîner des douleurs rhumatismales à l'épaule droite ou dans le deltoïde correspondant, voire une tendance aux torticolis. Mais les douleurs rémanentes des trapèzes peuvent aussi être dues au shopping ou à la nécessité de porter de jeunes enfants sur de longues distances. Conclusion : il ne faut pas statuer trop vite.

Parlons maintenant des pommettes sans lesquelles les joues ne seraient que des étendues de chair flasques, il s'agit ici de l'ossature qui soutient les joues. Proéminentes chez certains, elles sont à peine visibles chez d'autres. La mise en valeur de pommettes par le biais du maquillage est significative. Il ne suffit pas d'avoir les pommettes hautes pour ressentir le besoin de les maquiller. Cette mise en valeur d'une partie du visage traduit bien souvent un « soupçon d'ambition », à la limite de l'arrivisme, chez l'*executive woman* que vous croisez tous les jours dans les couloirs de votre entreprise. Ne lui en tenez pas grief ! Chacun choisit et fourbit ses armes en fonction de ses qualités, qu'elles soient professionnelles ou plastiques. Il est cependant fortement conseillé aux collègues des *pommettes rouges* de regarder attentivement où ils mettent les pieds. Elles

(les pommettes turgescentes) sont assez féroces dans leur genre.

*

La frontière entre la motivation et l'ambition est floue. Pour les départager, il suffit de se souvenir que la motivation est un sentiment dynamique qui s'investit à court terme tandis que l'ambition exige du souffle et une ténacité à l'épreuve des balles. De plus, sans l'apport d'une foi inextinguible, l'ambition n'est qu'un discret pet de nonne. Nul ne devient un séducteur sans surfer sur les pentes de la manipulation. C'est grâce à elle qu'il peut survoler le temps et l'espace, prendre suffisamment de recul pour adapter son discours, son comportement ou ses conduites à l'image publique qu'il souhaite transmettre. Le séducteur de masse est d'abord et avant tout un leader d'opinion, un alchimiste de la manipulation qui connaît d'instinct le secret du mélange entre émotion et raison. Mais on ne peut aborder son profil en gardant sous silence l'un des outils dont il abuse pour doser ce mélange particulier. Cette ultime remarque est l'essence même de la manipulation et du degré d'influence.

Les doigts du pouvoir

Dans un ouvrage précédent intitulé : *Le Sens caché des gestes* [1], je présentais l'index comme un doigt indiscret, menaçant, hostile, agressif, un doigt qui désigne, dénonce, embroche l'adversaire quand il ne se transforme pas en canon de revolver virtuel de l'enfant tur-

1. Publié chez First.

bulent à l'adulte en colère. L'index anticipe, prévient, accuse, admoneste, pénalise. C'est un doigt sans nuance, parfois franchement antipathique, mais tellement pratique pour sous-titrer des propos qu'il vaut mieux éviter de verbaliser, langue de bois oblige. Mais l'index est surtout et avant tout le doigt du pouvoir, de l'influence et l'outil de prédilection de tous les manipulateurs, comme vous avez pu vous en rendre compte au fil des différents portraits de cette galerie.

À ce titre, l'utilisation de l'index dans le feu d'un débat n'est jamais insignifiante, comme vous allez le constater en quelques lignes. Pour confirmer la signification que j'accorde à chacune des figures décrites, je vous propose de les reproduire en étant attentif à votre ressenti pour chaque reproduction. Vous serez étonné de constater à quel point l'association du ressenti et la reproduction conscientisée d'un geste permet d'en comprendre le sens illico.

L'index présenté de face est suspensif, le tranchant correspond à une mise en garde et le dos de l'index indique l'avènement d'un argument massue. L'index pointé en direction de l'adversaire est accusateur quand le poing se situe en dessous, menaçant quand le poing est situé à gauche de l'index droit ou à droite de l'index gauche. Le pouce en érection index tendu est un index hostile et tueur. Mais l'index gauche n'est pas l'index droit, comme je l'ai déjà évoqué précédemment, sachant que l'index privilégié par un débatteur est souvent le même mais pas toujours. Jaloux et manipulateur à gauche, l'index est autoritaire et affirmatif à droite, et surtout il symbolise le degré d'influence de celui qui en abuse. L'utilisation récurrente de l'index gauche est donc le seul mode qui signale le séducteur pur et dur et le distingue des autres manipulateurs.

Il faut donc être attentif à l'index utilisé. L'alternance entre l'utilisation des deux index existe, bien évidemment. Que signifie-t-elle ? Que l'influence du locuteur est mise à mal par son adversaire ou son entourage et qu'il doit dès lors verser dans le registre de la manipulation fruste pour se retrancher et défendre sa position.

Pour devenir un homme de pouvoir, il faut savoir déléguer ce pouvoir, et pour déléguer ce pouvoir, il faut savoir se servir de ses index. Ce qui n'est pas donné au premier venu. Il en résulte que l'homme de pouvoir influent se démarque du manipulateur en fonction de l'index qui vient en appui de son discours. Simple, efficace et facile à observer. Et méfiez-vous des index gauches ! Ceux de séducteurs de masse ! On a tellement envie de les croire.

Le leader politique

À force d'observer les hommes politiques en associant les gestes reproduits au contexte ou à leurs discours, j'ai décrypté une somme infinie de séquences gestuelles typiques du langage corporel des hommes de pouvoir. Et, décidément, les gens d'en haut ne fonctionnent pas du tout sur la même fréquence modulée que les gens d'en bas. Vus d'en bas, ils vivent sur un petit nuage. Les règles qui régissent leurs rapports sociaux diffèrent fondamentalement des nôtres. Le mensonge, la simulation, la rumeur et l'hypocrisie représentent le fonds de commerce de leurs modes de communication à tous les étages du pouvoir. Ce n'est pas une critique mais un constat qui explique pourquoi les élus du peuple, par exemple, ont tant de mal à se faire comprendre de ceux qui les ont plébiscités. Leur rôle serait grandement facilité s'ils remettaient en question les règles qui régissent leurs rapports avec la base. Mais est-ce possible ? La question reste ouverte. À mon avis, il gagnerait en crédibilité à une époque où la classe politique est fortement chahutée par les affaires.

Comment fait-on la différence entre un vrai technocrate et un faux visionnaire, par exemple ? Le premier, le technocrate, oppose souvent les pulpes de ses doigts quand on lui pose une question embarrassante sur un sujet qu'il ne maîtrise pas du tout, mais qu'il fait semblant de connaître. Le second, le faux visionnaire, utilise le cercle digital pouce-index pour garantir sa détermination toute neuve.

Il existe ainsi un vocabulaire gestuel d'une richesse inouïe dont les politiciens ont le secret et dont le secret leur échappe. Car si les *lapsus linguae* sont le propre de l'homme politique, les *lapsus* gestuels occasionnent plus de dégâts sur le plan de la communication non verbale, dont je vous rappelle qu'elle représente près de 80 % de l'essentiel de notre communication. Toute attitude gestuelle significative est toujours prédictive. Elle annonce qu'un changement de climat mental est en train de s'opérer chez le locuteur bien avant que ce dernier n'en prenne conscience. Lors d'un débat politique, la compréhension des signes annonciateurs d'un revirement des positions de l'adversaire est une arme offensive redoutable. Elle permet aussi d'orienter le débat ou de se retrancher sur une position de repli tactique pour éviter l'affrontement. Ce constat est souvent ignoré de nos hommes politiques plus enclins à prêter attention à leur look vestimentaire ou à la rhétorique de leur discours qu'à la trahison gestuelle de leur corps. Il faut dire que leurs conseils en communication sont des vendeurs de paquets Bonux qui se prennent pour des *spin doctors*.

Ainsi, quand un politique rassemble ses doigts de l'une ou l'autre main (ou des deux) en faisceau pour appuyer ses arguments, il reproduit un geste rituel qui marque une idée de rassemblement des moyens mis en œuvre pour aboutir au résultat. En revanche, si les pulpes de ses doigts dirigés dans la direction de la caméra se touchent comme l'ossature d'une calandre automobile, vous pouvez considérer que la consistance de ses idées est certainement aussi virtuelle que la couche d'air qu'il tient entre ses mains. Ce geste symbolise l'aspect désossé de son discours. Il fait semblant d'être dans le coup ou de comprendre ce qu'il ignorait trente secondes auparavant. On ne peut pas tout savoir, et il serait plus productif d'avouer son ignorance que de simuler. L'aveu d'ignorance pourrait lui redonner une image d'honnêteté toute virtuelle qui le rapprocherait de ses élus.

Voilà une attitude que j'ai souvent appliquée quand j'ignorais le sens d'un geste. J'ai pu constater que cette réaction plaisait à mes interlocuteurs dans la mesure où elle offrait une image rassurante et non celle d'un « je sais tout » qui agace. Elle est fondée sur le principe suivant : il est plus facile de dire oui après avoir dit non que le contraire. Il est plus valorisant d'avouer son ignorance, quitte à modifier la donne après coup.

Révisionnisme et langue de bois, tel est le sens synthétique de ce geste particulier et surtout très politique. Quand un tribun écarte les paumes pulpes jointes, cela signifie qu'il parle sans filet d'un sujet qu'il ne maîtrise pas ou qu'il tente de noyer le poisson ou de manipuler son adversaire ou le journaliste qui l'interroge.

Il joint les mains en prière et appuie ses lèvres contre ses pouces. Les mains pressées trahissent un vide qu'il va falloir combler avec des mots. Les lèvres posées contre les pouces sont une façon de préparer une réponse politiquement correcte.

Il arrive aussi que le politicien exprime son adhésion ou son accord par un rire poli d'approbation. Un rire très politique, bien entendu. Il fait partie du grand club de ceux qui à force de grimaces sont devenus des figures, comme l'écrivait fort justement Diderot.

Mais tous les politiques ne fonctionnent pas, et heureusement, dans le même voltage. Certains petits nouveaux semblent avoir un véritable avenir en politique. Ils ont une gestuelle de vrais séducteurs de masse !

Démagogie, quand tu me tiens !

Le mode rhétorique de la démagogie est la langue de bois dont tous les politiciens de la planète sont des spécialistes incontestables. Le second mode qui caractérise la démagogie dans les milieux de la télé et du *showbiz* est le rôle du cireur de pompes que la majorité des animateurs reprennent sans se priver.

La démagogie est montrée du doigt comme s'il s'agissait d'un vilain furoncle sur le nez réservé aux seuls partis d'extrême droite alors que la plupart des hommes politiques, d'une extrême à l'autre, y recourent plus qu'à leur tour quand ils font du clientélisme en période électorale. Il suffit de les écouter et d'y ajouter une connaissance superficielle de la gestuelle pour s'en persuader. D'ailleurs, est-il pensable de se lancer dans une carrière politique ou télévisuelle sans être doué pour la démagogie ? *« Le virus du pouvoir ne s'alimente pas de bonnes paroles ou de vaines promesses qui n'engagent que ceux auxquelles elles sont adressées »,* comme le disait fort justement Jacques Chirac en renvoyant Philippe Douste-Blazy, le maire de Toulouse, à ses rêves de premier ministrable. Or, le politique qui promet en période électorale n'est pas tenu en tant qu'élu de réaliser sa promesse. Ça se saurait !

Quand un politicien exécute *un cercle digital dans lequel l'annulaire rejoint le pouce, faisant mine de catapulter ses propos dans le vide,* il signifie symboliquement à ses électeurs qu'il se laisse emporter par ses émotions dans l'instant, mais qu'il s'en dégagera le moment venu, c'est-à-dire dès qu'il sera élu. Cela signifie aussi que notre bonhomme fait dans la démesure ou la démagogie, c'est selon. Mais chaque métier a ses contraintes, n'est-ce pas ?

Le politicien qui rebondit sur ses talons, comme s'il était monté sur ressorts, s'indignant ou exigeant le changement s'il est élu, ne fait rien d'autre que reproduire l'attitude de l'enfant capricieux qui saute sur ses pieds pour imposer son caprice à ses parents. La démagogie commence très tôt dans la vie de l'enfant gâté.

Je me félicite

Desmond Morris note qu'un type de manifestation de triomphe s'est développé dans le monde des courses automobiles. Le vainqueur monte sur un podium, et on lui offre un magnum de champagne qu'il secoue avant d'en asperger la foule. Il maintient le pouce sur le goulot de la bouteille, puis laisse le champagne se dégager peu à peu. Il en sort, sous la pression, un long jet blanc et mousseux qui gicle sur les têtes des admirateurs. Ce geste symbolise d'une manière frappante l'éjaculation. Et comme tel, il s'apparente bien, dans cet événement particulier, à la virilité triomphante.

Dans le souci peut-être d'acquérir par analogie un peu de la virilité des champions, les hommes politiques ont adopté eux aussi le style des mains jointes dressées au-dessus de la tête. Ils utilisent également le geste assez répandu des deux bras dressés : bras qui cherchent le ciel, légèrement obliques, mains aux paumes ouvertes, doigts tendus et dressés. Une variante de ce geste peut être réalisée en présentant les doigts ouverts pour le V de la victoire.

Ces attitudes triomphalistes sont des petits bijoux comportementaux.

Un tribun qui se serre les mains, bras en l'air, se félicite soi-même et en personne. Celui qui lève les bras en l'air sous les ovations et ferme les poings révèle une attitude typique d'un tempérament quérulent, voire revanchard.

S'il lève régulièrement le bras droit sous les ovations, il est partisan d'un pouvoir fort, fondé sur le respect de l'ordre et des règles en vigueur qu'il refusera de remettre en question. *A contrario,* le politique qui lève régulièrement le bras gauche sous les ovations est investi dans la dimension sociale et affective de son rôle public. Autre manifestation gestuelle moins reluisante : il lève alternativement le bras droit et gauche sous les ovations. Il est parfaitement capable de retourner sa veste, en cas de besoin.

Le tribun lève les deux bras au ciel sous les ovations, index et majeurs tendus en V, geste qu'il réédite toujours face à ses partisans. Statistiquement, la reproduction de ce geste, en tant que code gestuel conventionnel, s'observe généralement chez les autocrates visant un pouvoir absolu.

Si on descend un court instant au niveau de la France d'en bas, il faut savoir que le poing levé dans les manifestations de rue est un geste de revendication pure et dure, comme vous vous en doutez, mais c'est aussi une attitude de triomphalisme habituelle chez ceux qui ont déjà tout perdu avant d'avoir combattu. Le V de la victoire reproduit par les manifestants est aussi le V d'un vœu pieux dont chacun sait qu'il ne se réalise que dans les contes de fées.

À ce propos, il est intéressant de noter que l'érection du bras droit n'a pas le même sens que celle du bras gauche. Lors des manifestations encadrées des kamikazes de Saddam Hussein, pendant la deuxième guerre du Golfe, la proportion de bras gauches valait celle des bras droits. Sachant que les droitiers qui lèvent le bras gauche sont des simulateurs, à l'instar des gauchers qui lèvent le bras droit, soit une proportion de 50 % de manifestants qui étaient déjà prêts à déposer les armes au premier contact avec l'ennemi. Le reste des manifestants levant le bras droit, ayant déjà tout perdu avant d'avoir combattu, cela ne laissait pas grand monde pour défendre Bagdad, comme les faits l'on démontré. Les chiens qui aboient ne mordent pas. J'aurais plus tendance à me méfier de celui qui pleure ses morts que de son voisin qui crie vengeance les yeux bien au sec.

Le leader boulimique

La coordination entre le geste et la parole est un art de tous les instants. L'homme de pouvoir qui néglige cette règle, surtout en situation de conflit ou de confrontation publique, ne mérite même pas un accessit. L'argumentation verbale ne suffit pas à convaincre l'auditoire dans la mesure où le sous-titrage gestuel est le complément indispensable à la dimension émotionnelle d'un discours efficace. Or, un tribun qui ignore la dimension gestuelle (et ils sont plus nombreux qu'on ne le suppose) se conduit comme un acteur de série B qui se prend pour une star.

Les gestes décalés se démultiplient quand le leader séducteur ploie sous le poids des critiques. Il faut être héroïque pour conserver une sérénité de moine bouddhiste sous le feu roulant de ses détracteurs. Jean-Marie Messier, l'ex-petit génie de la finance hexagonale, n'a pas fait exception à la règle. Privé de son huit-reflets de magicien du village mondial, il est redevenu un homme vulnérable, voire un phénix qui renaîtra peut-être de ses cendres, car il en a la carrure. J2M est un enfant génial qui avait besoin de devenir adulte. C'est fait ! Rien de tel qu'une bonne baffe du destin pour responsabiliser un homme de pouvoir déchu. Car le pouvoir a le défaut de déresponsabiliser et de déculpabiliser celui qui siège dans la galerie des figures. Il est au-dessus des lois qui ne sont faites que pour les vilains, lisez la France d'« en bas », très bas. Ceux de la France d'en haut, comme Jacques Toubon, ne sont pas soumis aux mêmes lois. Il peut rouler dans les couloirs de bus tout en téléphonant sur son portable, envoyer les képis au diable quand ils le verbalisent, griller un feu rouge sans se faire sucrer son permis. Voilà un bel exemple de mépris des règles d'une société dont il se veut l'un des (ex-)élus. Mais ce n'est là qu'un tout petit poisson rouge en comparaison de la figure que représentait hier encore Jean-Marie Messier, dit J2M.

Ses pairs Arnault, Pinault, Bolloré & consorts sont tous atteints de cette même maladie que les médias comparent à une boulimie, un besoin d'étendre leur pouvoir au-delà des limites du raisonnable, d'accumuler des richesses personnelles inimaginables. L'argent/pouvoir rend fou. Ce n'est pas une métaphore mais une réalité. Bernard Arnault est un homme équilibré quand il n'est pas impliqué dans la défense de son capital. Mais que son ambition sans limites vienne le chatouiller, et l'intensité de son regard devient fiévreuse, une lueur assassine s'y inscrit et l'homme devient implacable, tyrannique et alexithymique. Il n'y a plus aucune émotion qui se dégage de sa gestuelle. Tout est sous contrôle. Il est froid comme la banquise et a tout perdu sauf une mécanique intellectuelle qui raisonne impeccablement. N'est-ce pas Pirandello qui disait qu'un fou est un individu qui a tout perdu sauf l'usage du raisonnement ?

Sur le plan gestuel, le leader boulimique se caractérise par une conduite récurrente dont vous avez déjà été le témoin ou la victime dans votre vie professionnelle. Il adore parler à ses collaborateurs en leur tournant le dos. Trônant dans son fauteuil de dirigeant ou debout devant la baie vitrée qui représente son horizon favori, il refuse de vous voir mais accepte de vous parler, comme si vous n'étiez que le dernier des larbins. Il se parle à lui-même. Vous ne lui servez qu'à justifier son monologue qui est, en somme, un mode de réflexion à voix haute. Ce qu'il dit ne vous concerne en aucune façon, ne vous y méprenez pas. Si cela vous concernait effectivement, il ne vous montrerait pas son dos.

Le leader boulimique exige, il ne suggère jamais. Comment pourrait-il s'exprimer autrement que dans la démesure de son personnage tellement imbu de lui-même ?

Tout cela nous éloigne du leader séducteur. Qu'il soit boulimique, démagogue, politique, le but est toujours le même : séduire ! Séduire les électeurs, les boursicoteurs, les bailleurs de fonds qu'on appelle opportunément en anglais des *sleeping partners* (associés dormants). Ce type de séducteur ne joue pas de son charme de *Latin lover,* il séduit pour suborner et non pour fasciner son entourage. Il séduit pour réduire la voilure de l'opposition ou de l'adversaire, mais ne cherche pas comme le *killer* à le réduire à néant.

CHAPITRE 15

L'arriviste

Celui qui sait déléguer ses pouvoirs « bosse » fatalement par procuration.

Un petit pas de deux pour identifier un outsider de la manipulation ! Un dernier portrait pour la route avant d'en finir avec cette typologie. « L'arrivisme est une surexposition de l'ambition au soleil de sa propre vanité », écrivait un philosophe dont j'ai oublié le nom. On les montre du doigt en parlant d'eux, en cachette d'une main hypocrite. On les critique mais on les craint car ils réussissent souvent comme tous les *outsiders*. Très caricatural, l'arriviste fleurit sous toutes les latitudes et parvient souvent à ses fins parce qu'il croit à la réalité du personnage qu'il incarne sur l'écran de ses rêves. Je les fréquente à l'Assemblée nationale où je sévis en cette veille d'élections présidentielles. Les ambitieux sont en majorité dans l'Hémicycle et surtout dans les couloirs sans fin du Palais Bourbon. J'adore les observer car ils me font penser à des héros de BD qui se seraient fourvoyés dans la vraie vie.

Pour revenir aux arrivistes hors du landerneau politique, l'un d'entre eux, écrivain célèbre et très arriviste qui n'a jamais écrit un livre de sa main, m'a inspiré une histoire cocasse dans des circonstances que je ne résiste pas à l'idée de vous narrer.

Le vrai faux écrivain

« Nous arrivons dans une ville minuscule dans l'est de la France. Je conduis la voiture, il est assis à la place du mort. Où se trouve la librairie qui nous a invités à venir dédicacer nos bouquins ? Nous la trouvons enfin. Elle est située juste en face d'une pompe à essence. Une librairie-papeterie-jouet de gros village de montagne. Mon écrivain tire sa tête des mauvais jours. "Non, mais tu réalises où tu m'as emmené, moi, le grand... ?" Elle est furax, la star. On nous conduit à l'hôtel du village. Il continue à me poursuivre de son acrimonie. La séance de dédicaces est prévue de 18 à 20 heures. "Si j'arrive à signer trente livres dans ce boui-boui, je mérite une médaille olympique", rajoute-t-il en râlant de plus belle. La seule chose qui l'enthousiasme, c'est le nombre de ses livres qu'il parviendra à fourguer à ses admirateurs. Il les achète lui-même à son éditeur à des conditions préférentielles et les revend au libraire au prix de vente public moins dix pour cent de remise, la commission du libraire. Pas vite gênée et très pingre, la star !

Il sera assailli par plusieurs centaines de lecteurs avides de rencontrer le célèbre écrivain parisien et dédicacera (vendra) plus de deux cents ouvrages en l'espace de deux heures. Pendant ce temps-là, j'en signerai modestement dix des miens. Même pas de quoi me payer le plein pour retourner à Paris. Heureusement, les frais d'hébergement et de cantine sont pris en charge par... le président du conseil général de la région de l'époque. Pour ma star, c'est tout bénef ! Il a fait un chiffre d'affaires colossal, inattendu. Il ne râle plus du tout. Il est même très content et me propose de partager les frais d'essence. Quelle générosité ! Il a gagné près de 10 000 francs (1 500 euros) en deux heures et il me propose de partager les frais d'essence, le pourri. Déjà, il m'offre d'être son prochain nègre. Le précédent lui a donné ses huit jours. "Tu auras 2 % de mes droits", me confie-t-il. Il touchait plus de 15 % de droits d'auteur, à l'époque des faits. »

Je ne vais pas vous priver du seul bénéfice que j'ai retiré de cette aventure en compagnie de mon écrivain arriviste aussi célèbre en France et ailleurs que les plus grands des plus grands. Je l'ai intitulé : vendue !

Vendue !

— Qu'est-ce que tu fais ? interroge le slogan.

— Je téléphone à un auteur ! répond la citation gonflée de son importance.

— Quelle idée ! Et pour quoi faire ?

— Pour me vendre, pardi !

— C'est bien la première fois que j'entends ça. Une citation qui tente de se vendre à un auteur, au lieu d'attendre qu'on la choisisse.

— C'est que les temps sont durs et la concurrence, de plus en plus féroce. Tu n'as pas remarqué ?

— Ouais ! Mais il n'empêche que tu n'es pas la seule citation sur le marché, ma jolie.

— Cela va de soi, mais si j'attends que les alouettes me tombent toutes rôties entre les mots, l'hiver sera long.

— Et tu as déjà des résultats ?

— Bof ! Ils sont toujours trop occupés pour écouter ce que j'ai à leur dire.

— C'est vrai que tu es un peu longue avec toutes ces subordonnées qui te suivent. On dirait un train de marchandises.

— Note que j'aimerais bien me raccourcir un peu, mais je ne sais pas comment faire. Et si tu m'aidais à faire ma toilette ? On dit que les slogans ont le sens du jeu de mots.

— Pourquoi pas ? Je n'ai rien de mieux à faire, en attendant qu'on me sélectionne pour vanter les mérites d'un produit...

La citation interrompt le slogan. Un auteur au bout du fil, enfin !

— Allô ! Monsieur l'auteur ? Bonjour ! Je suis une citation inconnue qui recherche un emploi dans un livre à paraître. Et...

— ...

— C'est ça, monsieur ! Mais...

— ...

— Oui ! Bien sûr ! Je vous envoie le texte par la poste, aujourd'hui même. C'est ça ! Merci, monsieur l'auteur.

Et la citation raccroche le combiné avec des étoiles dans les yeux.

— C'était Monsieur..., dit-elle rêveuse, à voix haute. Celui du *Serpent à plumes* ! Non, mais tu réalises !

— Et que t'a-t-il dit ?

— Il m'a demandé de lui parvenir par courrier. J'en suis encore toute retournée, rajoute-t-elle, rêveuse.

— C'est tout ?

— Comment ça, c'est tout ! Mais c'est déjà beaucoup ! Tu n'imagines pas ce que ça représente pour moi. Enfin quelqu'un qui me désire ! Et pas n'importe qui ! Le grand... ! Qui sait ? Je serai peut-être le titre de son prochain ouvrage. Et je deviendrai immortelle, délire-t-elle.

— On peut toujours rêver, ma belle, mais tu es un peu longue comme titre. La première de couverture n'y suffirait pas.

Bon prince, le slogan aide la citation à se débarrasser de toutes les subordonnées inutiles qui l'encombrent.

Le résultat n'est pas mauvais, mais pas encore assez percutant, de l'avis du slogan.

« *Faut-il avoir plus de chance que de talent ou plus de talent que de chance ?* », dit-elle en substance. Grande question pour laquelle le slogan estime qu'il faut trancher, en toute simplicité !

— J'ai entendu dire que ton auteur aimait les phrases sobres, dit-il. Voyons un peu ! Je te propose... « *La chance est au talent comme la pluie est aux champs.* »

La citation se regarda dans le miroir pour apprécier d'un œil critique l'ordre des mots qui la composaient.

— Tu crois vraiment que ça lui plaira ? minauda-t-elle.

— En tout cas, c'est logique comme citation, lui répondit le slogan, en train d'admirer son œuvre.

Quelque temps plus tard, le slogan croisa sa copine pleurant comme une Madeleine.

— Mais qu'est-ce qui t'arrive, s'exclama-t-il ?

Une petite trompette dans son mouchoir pour retrouver son calme avant d'annoncer la catastrophe :

— J'ai été engagée comme slogan par une marque de céréales !

— Et ton auteur ?

— C'est lui qui m'a venduuuuue !

Et elle repart en pleurant toutes les larmes de son corps.

*

Ambition ou motivation ?

« "Je ne comprends pas la différence que vous faites entre ambition et motivation", intervient une personne

qui assistait à une de mes conférences. La motivation est, en quelque sorte, une ambition à court terme. Elle s'éveille pour supporter un argumentaire, une participation à un projet. L'ambition est une motivation à long terme. Elle porte la carrière, le projet de vie d'un individu. Je peux être motivé à animer une conférence portant sur un sujet que je maîtrise, mais ce n'est pas là mon ambition vitale. L'ambition est cousine de la réalisation de soi, elle vise l'achèvement. Elle est une projection de soi dans le temps et sur la durée. La motivation n'a pas assez de souffle pour se succéder à elle-même durant toute une vie. Un sujet de livre peut me motiver, mais mon ambition ne se résume pas à l'écriture de ce livre. La motivation est une bataille, l'ambition, c'est la guerre. »

Le registre gestuel

Le petit doigt

« J'étais hypnotisé par *la bague qu'il portait à l'auriculaire de sa main droite.* Un superbe diamant brillait en son centre. Au moins deux carats ! Je lui demandai distraitement si c'était un zircon ? Il se mit à rire et me répondit par l'affirmative avec un sourire complice. Mais pourquoi cet auriculaire-là ? Il n'avait jamais réfléchi à la question. Il lui semblait naturel de la mettre à ce doigt. Le personnage était vaniteux mais superbement ambitieux. Son projet me semblait totalement fumeux et pourtant il a réussi à convaincre des investisseurs de lui faire confiance. Il a fait fortune dans l'immobilier en l'espace de quelques années. Cela se passait au début des années 1990. »

La chevalière est une bague peu courante à notre époque. Blason de grande famille que l'on porte généralement à l'auriculaire gauche, le doigt du passé et des racines et que les arrivistes arborent à l'auriculaire droit, peut-être pour que leurs descendants puissent un jour la remettre à l'auriculaire gauche.

« C'est mon petit doigt qui me l'a dit », dévoile la maman si sûre de ses sources en agitant son auriculaire sous le nez de son enfant. Et l'enfant de se demander comment sa mère fait pour communiquer avec cet auriculaire mystérieux. Mais d'abord, auquel des deux fait-elle référence ? Probablement l'auriculaire droit ! Ce doigt symbolise la somme des désirs refoulés dans l'inconscient, ce qui en fait le représentant exclusif des ambitions. L'auriculaire droit est aussi le doigt de la vanité, de la curiosité, des ambitions et de l'arrivisme, de l'avenir, des rêves de réussite et des projets qui parfois se réalisent. Orné d'une bague, il révèle un personnage plus ambitieux que la moyenne et parfois aussi plus vaniteux ou prétentieux. Les ambitions de ces sujets sont souvent inadaptées à leurs potentiels, d'où le dérapage vers l'arrivisme.

Il avait une autre manie qui me dérangeait au plus haut point et dont j'ai décrypté la signification depuis. *Il posait systématiquement ses bras sur les dossiers des fauteuils voisins, comme s'il déployait ses ailes.* Il avait besoin d'agrandir son territoire. Sachez que si cette posture se répète fréquemment, elle désigne un individu très ambitieux. Ceux qui ressentent toujours le besoin de poser un bras en appui sur une chaise à leur gauche ou à leur droite ne font pas exception à la règle. Leur degré d'ambition est le même, sauf qu'il leur manque une chaise pour l'afficher à 100 %.

L'arrivisme n'est jamais qu'une déclinaison névrotique de l'ambition et non la maladie pataphysique du perdant magnifique. Dans certains milieux, politique notamment (mais il n'est pas le seul, peu s'en faut), les arrivistes fleurissent comme des coquelicots éphémères. Heureusement, les ambitieux leur damnent presque toujours le pion. Car les arrivistes sont des individus qui manquent de souffle. De plus, leur socle de convictions est tellement fragile qu'il ne tient pas longtemps la route. Des convictions aux pieds d'argile.

Imaginez la scène ! Il possède trois portables sur des réseaux différents. Toujours pendu au bout du fil, façon de parler, *il replie l'index, le majeur et l'annulaire droits tout en tendant le pouce et l'auriculaire vers l'extérieur comme s'il était encore en ligne* après avoir coupé sa dernière communication. L'homme alphanumérique. Ce geste est encore une perle rare en voie d'apparition ! La nouvelle donne des télécommunications est en train de transformer la gestuelle des maniaques du portable. Ils miment un appel sans même en prendre conscience. Mais le geste est aussi typique du leader boulimique prêt à tout, tellement investi dans son ambition et qui serait disposé à marcher sur les cadavres de ses collègues pour y arriver avant tout le monde.

Tandis que vous lui exposez votre projet, il se met à énumérer ses conditions à partir de l'auriculaire droit en se servant du pouce ou de l'index, *vous aurez la preuve par neuf qu'il s'agit d'un révisionniste plus vrai que nature. Pourquoi ? Parce qu'il fonctionne à l'inverse de la marche du temps. Temps qui démarre dans l'avenir et s'en retourne vers le passé. Le mode normal d'énumération consiste à démarrer du pouce droit vers l'auriculaire de la même main. Celui adopté par le personnage décrit trahit un besoin d'anéantir le projet pour repartir sur des bases de discussion qui lui conviennent à lui mais pas forcément à vous.*

Et si vous vous rebiffez, il posera ses coudes en appui, *tandis que son index droit ou gauche tendu vous donnera l'impression qu'il tente de forcer ses lèvres closes.* Un geste qui révèle une mentalité élitiste et un comportement de parvenu fier de ses œuvres... ou de celles qu'il empruntera à autrui, c'est-à-dire à vous. En revanche, si vous vous soumettez à ses conditions, vous aurez la surprise de le voir *se lécher les ongles du bout de la langue.* Un mode gestuel assez banal qui exprime le mépris dans lequel votre interlocuteur tient tous ceux qui ont la chance de pouvoir l'approcher. Il pourrait *aussi se frotter les dents du bout de l'index.* Un code gestuel qui confirme son ambition dévorante, doublée d'une indifférence totale au sort de l'Humanité.

Enfin, notre manipulateur arriviste sortira de ce chapitre sur la pointe des pieds *en faisant tinter sa menue monnaie dans la poche de son pantalon en toile de lin, cigarette au bec, coincée entre ses dents.*

Pour conclure...

Je dirais que les leaders deviennent manipulateurs par nécessité et non par vocation. Leur niveau d'influence est évidemment proportionnel à celui de leurs responsabilités professionnelles. Et quand les responsabilités deviennent trop envahissantes pour être supportées par un homme seul, il est indispensable de placer la vérité sous séquestre et de revisiter les mensonges qui serviront à maintenir l'équilibre de l'édifice dont il a la charge. Ce n'est pas critiquable en soi et je vais vous expliquer pourquoi en quelques mots en usant d'une extrapolation thérapeutique.

« En tant que psychothérapeute, je recevais parfois des patients dont la solution à leur problématique m'apparaissait clairement dès les premiers entretiens. J'aurais pu leur en toucher un mot. Je l'ai fait une ou deux fois par erreur au début de ma pratique, jugeant que ces personnes étaient en mesure de se tirer d'affaire sans souscrire à un processus thérapeutique

long et coûteux. J'avais tort. Non seulement ils ont refusé de voir la vérité en face, mais ils ont en plus décompensé. J'ai très vite compris que j'étais tenu par le secret d'une vérité qui les concernait, certes, mais qu'ils n'étaient pas prêts à entendre. Je me devais donc de poursuivre le processus thérapeutique jusqu'à ce qu'ils découvrent par eux-mêmes la solution que je détenais depuis le début de leur thérapie. Certains n'ont jamais affronté leur vérité dans la mesure où ils ont abandonné en chemin. Je me souviens en particulier d'une jeune femme très catholique qui est venue me consulter pour un problème de dyspareunie considéré comme étant d'origine psychogène. J'ai très vite tracé l'origine de cette affection psychosomatique mais il m'était impossible de lui en parler ouvertement. La thérapie s'est déroulée en partie sous hypnose somnambulique. Il a fallu plus de six mois de travail hebdomadaire pour que certaines bribes de la vérité émergent jusqu'à son esprit. Elle était terrifiée et refusait en bloc les images partielles qu'elle retrouvait parmi ses souvenirs de petite fille. Elle avait été abusée sexuellement par son père. Mais le pire restait à venir. Et le pire fut réellement très dur à accepter. Sa mère, la fervente catholique, la vertueuse épouse du père pédophile, assistait aux scènes d'abus sexuel qui se déroulaient dans la salle de bains de la maison familiale. Ma patiente a été délivrée de sa dyspareunie et d'une série d'autres problèmes annexes, mais elle a été obligée de poursuivre son existence avec les images de ce terrible traumatisme. Son mari informé de ce qui lui était arrivé a été un soutien exemplaire. Il l'aimait. Il l'aima d'autant plus qu'elle avait affronté cette épreuve thérapeutique pour sauver leur couple. Avais-je le choix ? Je subodorais, dès la première hypnose, ce qui s'était réellement passé. J'ai bien été obligé de manipuler ma patiente pour qu'elle ait le courage de poursuivre son effort jusqu'au bout, jusqu'à cette vérité inacceptable. »

Nul n'est prêt à affronter sa propre vérité sans un long processus de maturation. Une initiation, en quelque sorte, que peu d'entre nous sont disposés à subir.

La vérité peut être un poison violent là où le mensonge est toujours un baume qui protège la conscience contre les terribles secrets enfouis à jamais dans l'inconscient.

« Les partisans de la vérité à tout prix ne savent pas que le stress, la tension ou l'émotion peut stimuler le développement d'un cancer chez l'animal. L'explication biologique en est assez simple : le stress sollicite la surrénale qui produit alors de la cortisone dont l'action déprime les défenses immunitaires. En extrapolant, qui peut dire que le stress de la vérité ne provoque pas les même effets chez l'être humain ? » (Maurice Auroux)

Telle est la racine de toute manipulation. Elle prend sa source au cœur même de l'inconscient individuel à l'insu de la conscience.

*

Je vous ai emmené dans un premier tour d'horizon en commençant par le profil du harceleur, le plus tendance. Je me suis permis d'en définir six autres pour vous permettre de mieux cibler les genres de manipulateurs auxquels vous pourriez être confronté et comment contre-manipuler ces oiseaux rares pour tirer votre épingle du jeu et protéger vos convictions ou votre foi de leur influence pernicieuse. Car, pour le manipulateur, vous n'êtes pas un individu à part entière, mais un représentant ponctuel de la multitude qu'il accepte de rencontrer dans son intérêt exclusif et qu'il effacera de sa mémoire dès que la porte se sera refermée sur vous. À moins que... votre personnalité et votre propre image publique ne l'interpellent suffisamment pour qu'il vous conserve une petite place sur un strapontin dans un coin de sa mémoire. Et cette petite place dépend plus de votre image non verbale que de l'intelligence de votre discours. Pour y parvenir, souvenez-vous de ce conseil essentiel : accrochez toujours le regard des interlocuteurs que vous quittez ! Le souvenir d'une image globale imprègne toujours mieux la mémoire que celui d'une succession de mots qu'on appelle le discours verbal. Et vous savez pourquoi ? Parce que les mécanismes de la mémoire sont alimentés par un carburant qu'on nomme l'émotion. Les gestes aussi ! CQFD !

Quatrième partie

La stratégie du miroir

Chapitre 16

L'image du roi

Toute connaissance profonde est concrète, pratique et presque viscérale. Tous les chercheurs ont ressenti cette impression, lorsque après une longue pratique ils sont enfin capables d'exprimer simplement les principes généraux de leur expérience.

L'image de soi est l'image du roi qui règne sur un immense royaume. C'est aussi un immense miroir d'une existence qui se déroule sous les projecteurs de votre ressenti, mais aussi sous le regard de l'autre. Image de soi, image publique ! Le danger qui nous guette tous est la banalisation de cette existence souvent construite, jour après jour, sur la répétition des stimulations, des situations et des actes. Si le roi s'ennuie dans son palais, le Moi s'absente, happé par le cortège morbide de ses pensées parasites. Il perd le fil d'Ariane de son présent. La nostalgie du passé resurgit à la surface de la conscience d'être pour protéger son futur du vide vertigineux qui l'attend sans impatience. « C'était toujours mieux avant », clame-t-il à qui veut l'entendre. Mais personne ne l'écoute. Ceux qui professent ce point de vue n'ont déjà plus d'avenir, juste un passé en conserve. Le terrain du devenir n'est pas constructible. Le passé brouille le reflet du miroir et oblitère l'image de soi du nostalgique. **Ceux qui**

rêvent d'avant n'ont pas d'après. Ils conjuguent leur présent à l'imparfait. « Je voulais vous dire », un mode verbal qui les rend prévisible et repérable à vue de nez. Si leur « moi » était un fonds de commerce, la plupart de ces amoureux du passé seraient en faillite.

La notion d'image est essentielle pour comprendre l'importance stratégique que revêt le langage du corps. L'image publique est celle que les autres distinguent à travers les artifices qui améliorent l'ordinaire. Elle est généralement très différente de l'image que vous percevez de vous-même et qui est l'image de soi. L'image sociale ou publique est forcément un reflet tronqué de l'image de soi, dans la mesure où vous ne montrez jamais que l'endroit du décor. Un sourire poli répondant à l'inconnu qui vous demande un renseignement ne fait pas automatiquement de vous un individu convivial. Certains refrains ou tics gestuels peuvent contredire votre **pseudo-sourire**, vos affirmations ou vos professions de foi. Le sourire se fige ou se désincarne face à l'hostilité ou l'indifférence de l'interlocuteur. Nous avons tous vécu ce genre d'expérience désagréable. Plus le fossé entre l'image de soi et l'image publique s'élargit, plus vous sonnez faux, en quelque sorte. La distance qui sépare le parler vrai de la langue de bois débouche sur le même genre de faux-semblants. Votre degré de crédibilité en souffre fatalement. L'image qui vous représente aux yeux des autres n'est pas qu'un look uniforme sec et sans glace. Au-delà de vos choix vestimentaires, de la qualité de votre discours ou de la forme d'intelligence qui vous différencie de votre voisin de palier, demeure un décor gestuel qui vous particularise au point qu'un proche peut vous reconnaître de dos rien qu'à **votre démarche**. Par-delà ces particularités, les mouvements privilégiés par votre corps, c'est-à-dire vos refrains gestuels propres, appartiennent en partie à la catégorie sociale ou professionnelle à laquelle vous vous identifiez, mais pas seulement. Vous avez d'abord acquis votre empreinte gestuelle à l'intérieur du cercle familial restreint représenté par vos parents, frères et sœurs aînés qui ont marqué vos comportements de leur influence par imitation. Par la suite, le processus d'absorption gestuelle s'est élargi à votre groupe social de prédilection pour enfin aboutir au statut social auquel vous vous êtes identifié. En résumé, toutes les postures que vous adoptez ne sont que des choix d'imitation intégrés à l'insu de votre conscience.

Les hommes de pouvoir se distinguent entre eux sans avoir besoin d'être présentés l'un à l'autre. Le corps d'un « créatif » ne réagit pas comme celui d'un « relationnel ». Le premier reproduit une gestuelle introvertie et le second une gestuelle extravertie, comme vous vous en doutiez.

Le regard de l'autre

L'image que vous avez de vous-même est indiscutablement suspendue à la qualité des pensées qui vous traversent l'esprit. Quand tout va mal, les pensées morbides ne permettent certainement pas à votre image publique de rayonner. L'influence nocive d'un entourage morose dégrade aussi cette image. Or, cette fameuse image de soi est un capital essentiel et le moteur de l'image publique que vous projetez sur les autres. Il est facile, me direz-vous, d'avoir une bonne image de soi quand tout baigne. Détrompez-vous ! L'image de soi est toujours vulnérable, du plus grand au plus petit, du plus célèbre au plus anonyme des individus. Réussir sa vie, c'est à mon sens réussir à conserver une image de soi authentiquement qualifiante envers et contre tout et non offrir une image publique, abritée sous les paillettes d'un succès précaire. Dans ce type de combat, les optimistes ont toujours plus de chance de l'emporter que tous les autres. Aaron Timothy Beck, pionnier de la thérapie cognitive, considère le chiffre de deux tiers de pensées positives pour un tiers de pensées négatives comme la base d'un bon fonctionnement des humeurs. La norme, c'est 66/34, c'est-à-dire un léger optimisme. Nos pensées négatives sont nécessaires, car elles nous protègent de l'exaltation et nous permettent de rester réalistes. Les gens qui sont à 50/50 n'ont pas très bon moral, peuvent être un peu pessimistes, douteux et hésitants, et ils n'osent pas passer à l'action. Il faut bien comprendre que le pessimisme est maintenu par l'inaction et que l'optimisme va être développé, même s'il est acquis très tôt, grâce à l'action.

L'image de soi dépend toujours du regard des autres. Nous vivons en société et nous projetons nos sentiments à travers une image publique sur notre entourage. Vous avez besoin des autres « Moi » pour rassurer le « Moi » qui est en vous. Un homme séduisant vient à passer, vous l'observez avec un zeste de concupiscence dans le regard, mais lui vous ignore. Le regard d'une jolie femme croise le vôtre, *vos pupilles se dilatent* d'envie, mais elle détourne la tête pour vous effacer de son champ visuel. Un sentiment d'amertume vous envahit, l'espace d'un instant. Un instant seulement, mais suffisant pour que votre « Moi » se sente égratigné. Concupiscence et envie sont des sentiments mal perçus par l'autre, car ils violent la liberté de choisir. Le message porté par le regard est impitoyable pour l'ego de celui qui l'émet.

« Une jeune caissière me prend ma carte de crédit sans me voir. Elle a les lèvres pincées et un regard introspectif. Manifestement, son job l'ennuie profondément, et les clients qui passent devant sa caisse ne sont

que les êtres virtuels d'un scénario de vie dans lequel elle n'a même pas le rôle titre. J'accroche son regard en état de double conscience. Juste pour voir sa réaction ! Elle me renvoie soudain un superbe sourire qui éclaire son visage ingrat. Un rayon de soleil dans le brouillard d'une journée sans fard. »

D'avoir réussi à susciter ce sourire me ravit pour elle. Mais tout le bénéfice me revient comme un sentiment magique de bien-être. J'ai rangé mon ego dans ma poche durant quelques secondes et elle a eu l'impression d'exister **l'espace d'un sourire**. Cela peut vous paraître futile de ma part, mais je considère que ce sourire nous a fait du bien à tous les deux. J'ai conservé son visage quelque temps dans un coin de ma mémoire. Je n'avais aucune intention de la séduire. Mon regard n'était pas perforant et manipulateur comme celui d'un séducteur, c'était juste **un regard dépouillé** de sa mauvaise graisse : le regard curieux de la double conscience, le regard de l'enfant qui survit en moi.

L'image publique débute au fond des pupilles. **L'intensité du regard** en est la pierre angulaire. Nous y viendrons dans cette dernière partie au chapitre de l'observation.

Dans le fond, l'image de soi, c'est l'image du moi qui se regarde dans le miroir de l'autre. Et c'est de cette confrontation stratégique que naît ce que je nomme l'image publique.

L'objectif de la stratégie

L'objectif de la stratégie du miroir consiste à vous aider à harmoniser l'image de soi avec son reflet social : l'image publique. L'énergie émotionnelle investie dans l'image de soi satellisée autour de votre ego l'est toujours au détriment de l'image publique. Cette dernière est une coquille vide, une mauvaise copie de l'image centrale qui vous habite. Il faut équilibrer ce flux énergétique entre les deux images en passant par une prise de conscience de l'importance du langage corporel et une mise en veilleuse de l'influence souvent pernicieuse du mental.

L'ergonomie des postures, l'harmonie des gestes, est le moteur de cet équilibre énergétique entre image de soi et image publique et de la revalorisation de cette dernière. En un mot comme en cent, *l'équivalence énergétique entre l'être et le paraître est le fondement de l'équilibre psychologique.* Sans cet équilibre énergétique, vous n'existez que fugitivement aux yeux des autres, un peu comme un figurant dans un film.

La double conscience

De tous les pouvoirs d'influence, la séduction est le seul pouvoir accessible à tous.

Il faut d'abord que j'établisse un préalable indispensable à la compréhension de ce qui suit. La manipulation est protéiforme. De la corruption au mensonge, du charme à la séduction individuelle ou publique, tous ces aspects appartiennent au phénomène de la manipulation *largo sensu.* Vous avez le choix entre une communication factuelle ou une communication séductrice. La première peut être purement informationnelle et dépourvue de substrat émotionnel, la seconde vise à établir une relation de sympathie ou encore d'empathie, donc fondée sur un véhicule émotionnel ou affectif. La communication séductrice est largement tributaire du cerveau affectif et de *l'expression gestuelle de la partie gauche du corps.* La communication rationnelle ou factuelle dépend, quant à elle, du cerveau cognitif et de la partie droite du corps.

Toute charité bien ordonnée...

La double conscience est une technique de séduction particulièrement efficace et dont les bénéfices sont incommensurables, comme vous allez le constater à la lueur de ce chapitre. Son application exige une lecture globale de l'action entreprise. Et pour intégrer la théorie, rien de tel qu'une saine pratique en circuit fermé portant essentiellement sur des actions banales. La double conscience s'applique aux actions ordinaires de la vie quotidienne. *Apprendre à séduire l'autre passe par un travail de séduction de soi. Toute charité bien ordonnée...*

L'image narcissique que vous percevez de vous-même est essentielle à votre équilibre psychoaffectif. Si cette image mobile vous est indifférente, voire dévaluée parce que votre physique ne vous plaît pas, elle ne peut forcément pas vous séduire. Vous êtes dès lors submergé par le stress ambiant et votre gestuelle sera plus décalée qu'harmonieuse. Comment évacuer ce stress ? En commençant par séduire votre propre ego avant de songer à séduire l'autre. La séduction de soi est un outil antistress par excellence.

Vous admettrez que la perfection des traits n'est qu'un emballage qui perd très vite de sa valeur ajoutée quand la dynamique gestuelle de l'individu est inadaptée ou décalée. Belle *in vitro,* atroce *in vivo* ! Quand une jolie femme pique un fard, sa beauté s'évanouit instantanément au profit d'un registre mimique grimaçant. La beauté naturelle dépend plus de l'intensité du regard, de l'apparition d'un sourire ou d'une démarche sensuelle que d'un maquillage au rasoir ou d'une parure provocante. Il en va de même pour la voix. Le timbre est plus porteur que le ton. Et un timbre se corrige facilement en posant la voix.

La Transat en solitaire

Commencez donc par observer les différentes opérations qui jalonnent votre vie de tous les jours avant de vous lancer dans la double conscience relationnelle. Examinez vos gestes en parallèle de vos actes !

Si vous êtes assis devant un clavier d'ordinateur et que vous vous mettez soudain à observer votre position corporelle, vous constaterez que vous reproduisez des *attitudes contraignantes* : dos rond, chevilles croisées sous votre siège, lèvres serrées, par exemple. Redressez votre dos, décroisez les chevilles et ouvrez la bouche ! Cette modification consciente de votre attitude générale libérera votre créativité. Vous serez à la fois présent dans vos actes ou dans votre réflexion et attentif à votre attitude corporelle. Or, cette attitude corporelle est la traduction littérale de votre attitude mentale dans l'instant T de votre prise de conscience. Tout geste (ou posture) contraignant sur le plan articulo-musculaire est la conséquence d'une contrainte mentale et provoque fatalement une inhibition de votre inspiration. C'est le b.a.-ba de cette théorie.

Utilisez vos coudes en appui pour redresser votre dos ! Respirez de temps en temps par la bouche au lieu de respirer par le nez ! Surveillez vos jambes pour éviter les *croisements réflexes de vos chevilles* sous le siège ! Ces opérations vous sembleront fastidieuses au départ, elles modifieront très rapidement vos automatismes corporels non qualifiants tout en convertissant votre image spéculaire en une image plus dynamique. En pratiquant de la sorte, vous jouez les deux rôles :

manipulateur et manipulé, mais dans un but gratifiant de remodelage de votre image publique.

Vous êtes occupée à ranger la vaisselle sale dans le lave-vaisselle en songeant à autre chose. Vos automatismes suffisent à assurer le fonctionnement de cette opération banale. Si vous aviez la curiosité de chronométrer le temps investi dans cette action automatisée, vous constateriez qu'il vous a fallu 10 minutes pour caler toute la vaisselle sale dans les paniers. La même opération en double conscience, donc non automatique, exigerait que vous soyez attentive à ce que vous faites et aux mouvements de votre corps. Cette seconde version ne vous aurait pris que la moitié du temps. Gestuelle plus efficace et plus harmonieuse = gain de temps considérable !

Si vous observez les dîneurs dans un restaurant, vous apercevrez plus de dos ronds que de dos rectilignes. Quand aux chevilles croisées, c'est la norme plutôt que l'exception. Pour maintenir le dos, il suffit de *caler les avant-bras sur l'arête de la table.* Comment percevez-vous le dîneur au dos rond ? La bouche va à l'assiette et non le contraire. *Les chevilles croisées* expriment un retrait ou une attitude défensive. L'image publique est effacée au profit d'une attitude de défense du territoire.

Acteur et spectateur

Être à la fois l'acteur et le spectateur du scénario de sa vie ! Ça paraît élémentaire, détrompez-vous, ça ne l'est pas. Je vais vous démontrer en quelques lignes à quel point vous avez souvent le nez sur le carreau dans la plupart de vos contacts ou de vos démarches relationnelles les plus banales. Pas de recul ! On vous adresse la parole et vous répondez mécaniquement. Les mots s'échappent de votre bouche sans la moindre censure de votre conscience. *A posteriori,* vous oubliez rapidement le contenu de vos réponses pour ne garder en mémoire qu'une impression très vague des propos échangés. Les mots ne sont pas des écrits, on ne peut pas retourner en arrière comme sur l'écran d'un PC. Quelle importance, rétorquerez-vous, je ne vais pas me focaliser sur le discours de ma boulangère ! C'est peut-être à ce niveau que vous avez tort. Aussi anodin que puisse vous paraître cet échange plutôt réducteur, il est toujours intéressant d'en être le spectateur et pas seulement l'acteur malgré lui. Avez-vous déjà constaté à quel point les regards s'évitent ? Quelle est la couleur de ses yeux ? Le timbre de sa voix évoque-t-il pour vous quelque chose de particulier ? Vous êtes à la fois présent physiquement et absent émotionnellement de cette démarche quotidienne. Or, cette double conscience en tant qu'acteur et spectateur vous permet d'exercer votre capacité de recul chaque fois que vous rencontrez un autre individu, quel que soit le degré d'importance de cette rencontre. En opérant de cette manière, vous protégez votre territoire mental contre toute tentative de manipulation et surtout contre toute intrusion du stress de l'autre. C'est un premier bénéfice que vous pouvez retirer de cette vision originale de la communication et ce n'est pas le seul. La double conscience est l'un des principes de base de la stratégie du miroir. Il s'agit d'un mode de communication d'une étonnante efficacité, comme vous allez le constater.

La fusion relationnelle

Je neutralise mon ego pour me laisser absorber par la présence de l'autre. En quelque sorte je me satellise autour de son Moi et non autour du mien. La connexion s'établit dès que la fusion s'accomplit. La fusion est une forme d'invitation à pénétrer le territoire de l'autre sans éveiller un sentiment d'invasion et sans provoquer une levée de boucliers de la part de ses mécanismes de défense. Mais comment arriver au point de fusion ?

L'alchimie de la séduction, au sens large du terme, prend son essor à ce niveau. Qu'il s'agisse d'une rencontre amoureuse, d'un interlocuteur professionnel ou d'un auditoire, le *modus operandi* est identique. Ne séduit pas qui veut, mais qui maîtrise les codes de la séduction ! Et ce mode opératoire prend sa source dans les postures corporelles et un répertoire gestuel revu et corrigé. La neutralisation du Moi exige une prise de conscience de la réalité de l'autre, quel que soit le type de relation que vous entretenez avec lui.

Si vous faites un bilan rapide de vos rencontres quotidiennes, vous constaterez que la majorité d'entre elles sont archi-banales. Le facteur, la boulangère, la caissière d'hypermarché, votre voisine ou vos collègues de bureau, etc., sont devenus des personnages virtuels avec lesquels vous entretenez des rapports stéréotypés. Cette routine démobilise l'émotion de chacune de vos rencontres. Or, sans l'apport de l'émotion, la relation s'appauvrit et l'indifférence s'installe. En appliquant le principe de la double conscience à ces contacts utilitaires, vous leur apporterez une dimension plus chaleureuse, sans qu'il vous en coûte. Quand vous aurez besoin que votre facteur vous rende service, il répondra présent. Mais si vous entretenez avec lui (ou elle) une relation virtuelle, il esquivera poliment votre demande d'aide. D'où perte de temps ou d'argent ! La fusion relationnelle ne vous oblige nullement à offrir une oreille compatissante aux mésaventures conjugales de votre coiffeur. En neutralisant votre ego, vous lui permettez d'exister à ses yeux et aux vôtres. Vous devenez son public privilégié. Inconsciemment, il vous saura gré de cette attitude oblative et vous en retirerez des bénéfices considérables par la suite.

« Madame Untel ? Je suis désolée. Tout est booké mais je vais me renseigner auprès de Julien, votre coiffeur habituel, Madame ! Julien me dit qu'il peut s'arranger pour vous intercaler demain à 16 heures. Il vous passe le bonjour. »

Face à un fonctionnaire hargneux parce que débordé, la double conscience opère des miracles. Le cordon ombilical se profile par *le regard complice* que vous adopterez. N'oubliez jamais qu'il est un acteur d'une pièce qui se joue sous vos yeux. Vous n'êtes pas concerné par sa mauvaise humeur. Absorbez la scène en neutralisant votre Moi. Inutile d'exprimer vos doléances, votre regard suffit à modifier la nature des rapports que vous entretiendrez avec ce fonctionnaire. Encore une fois, en adoptant le mode de la double conscience, vous lui offrez la possibilité d'exister à ses propres yeux.

L'autoscopie

La plus grosse difficulté consiste à demeurer à l'écoute de son corps (autoscopie corporelle) tout en neutralisant l'affirmation du Moi au travers des pensées appréhensives ou spéculatives de la conscience. Vous confondez souvent votre ego avec **une armure sociale**. Dès que l'autre entre dans votre champ de vision ou d'écoute, votre Moi se dilate comme un mérou pour protéger votre territoire. C'est la grenouille de la fable qui se voulait aussi grosse que le bœuf. L'attitude peut vous sembler paradoxale. Comment peut-on être attentif à soi et diminuer très sensiblement l'intervention de l'ego dans une relation avec l'autre ? L'autoscopie corporelle détourne l'énergie investie dans la pensée en direction du corps. Il est impossible de réfléchir à un problème tout en focalisant sa pensée sur les attitudes corporelles ou les réactions gestuelles. Or, l'alimentation énergétique de l'ego est purement spéculaire. L'Homme se regarde en train de penser ou de verbaliser cette pensée dans le miroir de sa conscience. L'observation du corps est impossible dans ces conditions. Le Moi squatte toute la place. La neutralisation du Moi ne peut s'opérer qu'en redirigeant exclusivement la pensée vers le soma. Cette prise de conscience particulière consomme beaucoup moins d'énergie mentale que la pensée active ou passive satellisée autour du Moi. Le bénéfice énergétique disponible qui en résulte peut dès lors être investi dans l'ouverture relationnelle à l'autre. La conscience se dédouble puisqu'elle est à la fois à l'écoute du corps et de l'autre, sans intervention du Moi pensant. Focaliser sa pensée sur son corps revient à se concentrer sur le discours de l'autre, car votre corps (ou Moi corporel) est un autre pour votre esprit.

Le Moi corporel est une enveloppe séductrice *a contrario* du Moi spirituel qui est un outil de communication intellectuel et surtout spéculatif. Le Moi qui paraît ou qui séduit n'est pas le Moi qui est et qui s'affirme. Il faut choisir entre séduire ou s'affirmer d'emblée. Le Moi qui s'affirme ne dispose pas du recul nécessaire pour s'investir dans un mode de double conscience. Il est trop pressé d'exister à ses propres yeux. Dans ces conditions, l'autre est perçu comme un intrus et non reçu comme un hôte. Votre interlocuteur vous expose son point de vue sans fixer **son regard** sur votre visage. Ses yeux voyagent de gauche à droite, ils communiquent sur le mode du Moi affirmatif. La surenchère verbale est la norme de ce mode de communication. Il se sert de vous pour donner un sens à sa réflexion ou à ses affirmations. La place que vous tenez à ses yeux est subordonnée à son ego. L'espace qui vous englobe tous deux lui appartient. Votre présence est virtuelle. La seule réalité qu'il perçoit, c'est lui.

Scène de la vie quotidienne ! Chaque consommateur accoudé au bar du bistro y va de son petit commentaire sur les événements du jour. Chacun cherche à s'affirmer en essayant d'étonner les autres par les informations qu'il prétend détenir ou par une opinion péremptoire qu'il jette en pâture. Aucun d'entre eux ne pose de questions ! Ils s'expriment dans le vide auditif du groupe.

Face à cette situation, vous disposez de l'arme absolue pour rééquilibrer les rapports qui vous lient aux autres : l'application dans votre vécu de la double conscience.

Le mode de programmation

La programmation d'une double conscience demande donc une attention soutenue, tout au moins quand vous commencerez à l'installer. Nous neutralisons tous notre ego de manière parfaitement naturelle en lisant un roman passionnant, en admirant la beauté d'un paysage ou en assistant à une pièce de théâtre. Chaque fois que l'action extérieure n'inclut pas une prise de position nombriliste, le Moi se désengage naturellement. En revanche, dans une relation interindividuelle, le Moi se recharge pour protéger le territoire. *« Elle est mieux habillée que moi, il est plus costaud, plus à l'aise, moins riche, plus intelligent, plus bête, plus séduisant, etc. »* Confronté à ses insuffisances supposées, le moi « subjectivise » la relation, et toute l'énergie mentale est focalisée sur les moyens de défense intellectuels et/ou psychoaffectifs. La double conscience est impossible dans cette optique. Un courant de sympathie ponctuel ne s'établira qu'en cas de convergence des opinions, des goûts et des couleurs. Il disparaîtra dès que l'autre s'en ira. Vous n'avez pas marqué sa mémoire affective. Il ne gardera de vous qu'un souvenir mitigé. La sympathie est un capital très rentable et un investissement sur l'avenir. La disponibilité de l'autre vous est acquise parce que vous lui permettez d'exister à chacune de vos rencontres. Même si vous êtes opportuniste, il vous percevra comme un individu généreux auquel il se fera un plaisir de rendre service le cas échéant. La double conscience procède évidemment d'une manipulation séductrice de votre communication. Faut-il l'exclure pour cette raison ? Hypocrisie, objecteront certains ? L'hypocrisie est une simulation de l'intérêt que l'on porte à l'autre, la double conscience n'est pas simulée, elle est réelle et d'une densité relationnelle palpable.

Au départ, vous éprouverez bien entendu de solides difficultés à intégrer cette attitude, car elle exige avant tout que vous vous mettiez à l'écoute de votre propre gestuelle. Par la suite, vous découvrirez que cette forme d'auto-observation s'étendra aux propos que vous tenez. Vous vous surprendrez à les filtrer, comme s'il s'agissait du discours d'un autre. Cette deuxième étape se réalisera d'elle-même. Elle est l'aboutissement logique de la première. L'énergie investie dans le contrôle gestuel effacera la pensée émotionnelle et parasite. En focalisant votre attention sur les mouvements de votre corps, vous offrirez à votre esprit une disponibilité toute neuve qui se tournera naturellement vers l'écoute de vos échanges verbaux. L'autre deviendra un paysage, un acteur de théâtre, un personnage de roman dont vous serez le public attentif. L'autre virtuel deviendra bien réel à vos yeux, quel que soit l'objectif ou le contexte de l'échange ou de la rencontre.

Vous lui donnerez l'impression d'être écouté et non entendu ; il vous ouvrira la porte de son territoire mental, car il vous percevra naturellement comme un allié et non comme un oiseau migrateur. Miracle de la sympathie ? En vous exerçant à adopter la double conscience, vous développerez rapidement votre empathie, cette faculté de ressentir ce que vit l'autre. L'empathie est la clef universelle de la séduction de masse. **« Françaises, Français, je vous ai compris ! »** La formule du général de Gaulle devrait vous revenir en mémoire. Cette phrase célèbre révélait le pouvoir de séduction et le degré d'empathie de ce personnage historique. Comme vous le constatez, il suffit de quelques mots choisis dans un contexte émotionnel fort pour appartenir à l'Histoire.

Les clefs de la sympathie

Au milieu des nombreux invités, vous repérez un individu qui vous semble sympathique. Sa voix tranquille, ses yeux rieurs, son air enjoué. Par hasard, quelques jours plus tard, vous apprenez qu'elle est sans pitié avec ses collègues et ses interlocuteurs professionnels, et traverse de graves difficultés familiales. En apprenant à la connaître, vous constatez que vous êtes en désaccord avec elle et qu'elle n'est guère honnête. Comment avez-vous pu vous tromper à ce point ? Les apparences sont de vilaines menteuses.

Il n'existe *a priori* aucune relation entre les proportions du visage et les pensées, même si, comme disait Camus, « à partir d'un certain âge, tout homme est responsable de son visage ». Une impression de connivence peut être trompeuse : c'est une réaction rapide, instinctive, irraisonnée.

Dans *Cerveau et Psycho,* Marion Sonenmoser écrit :

« Que ce soit dans une salle d'attente, dans un salon, dans un train ou un restaurant, un seul coup d'œil nous fait tout de suite repérer ceux qui ont l'air sympathique et les autres... Comment notre jugement, fondé sur des informations si fragmentaires, peut-il être si rapide et... si catégorique ? Sur la base de quelques indices extérieurs, le cerveau élabore en un instant une impression d'ensemble qui englobe le caractère et le comportement.

Cette première impression est tenace : les informations ultérieures qui pourraient la modifier sont généralement sans effet. Une telle impression d'autrui dans les relations sociales repose sur des stéréotypes acquis au fil de la vie. Par exemple, certaines personnes considèrent le propriétaire d'une belle voiture comme un riche patron sans scrupule. Nous avons ainsi des dizaines d'idées préconçues. Les psychologues considèrent qu'une telle démarche est une forme d'économie de pensée : dans une situation complexe, cela évite les lenteurs de la réflexion. Un préjugé permet d'agir plus rapidement.

Identification par voie de projection !

Mais pourquoi trouvons-nous quelqu'un sympathique ? Ces jugements à l'emporte-pièce déterminent en grande partie notre vie. Le premier critère d'appréciation d'un inconnu est... la ressemblance. Il y a une vingtaine d'années, le psychologue américain Sheldon Kalick, de l'Université du Massachusetts à Boston, a montré que nous préférons les visages, les silhouettes ou le style vestimentaire qui s'apparentent aux nôtres.

Le deuxième critère est l'habitude : quand on fréquente quelqu'un très souvent, on finit par mieux le connaître et par mieux l'apprécier. C'est pourquoi l'entreprise est l'agence matrimoniale la plus efficace. N'oublions pas la beauté ! Jolie peau, chevelure abondante, dentition harmonieuse, silhouette mince et visage attrayant : la sympathie emprunte souvent à ces éléments. Les psychologues de l'évolution pensent que ces caractéristiques nous attirent parce qu'elles correspondent à un signal positif pour la recherche de partenaires. Ces signes nous transmettent peu ou prou le message (inconscient) suivant : « Regarde, je suis en bonne santé, jeune et apte à la procréation ; mon développement s'est déroulé normalement et je dispose d'un bon patrimoine génétique ! » De tels principes ne s'appliqueraient pas uniquement au choix du partenaire, mais aussi à celui des amis et des relations et à celui des choix politiques des candidats qui éveillent notre sympathie. »

Le paramètre olfactif

On ne juge pas autrui qu'à ses traits et à sa voix. Les odeurs influent aussi sur notre jugement instinctif. Ainsi, la psychologue expérimentale Pamela Dalton, du Centre Monell de Philadelphie, a montré en 2002 que les femmes ont une plus grande capacité de discernement olfactif des phéromones, composés volatils sécrétés par la peau et exerçant une attirance sexuelle. Pour le choix du partenaire, la femme se laisse également davantage influencer par les odeurs.

Le complexe amygdalien recueille les influx des centres de l'odorat aussi bien que les informations visuelles. Jusqu'à présent, on pensait le complexe amygdalien activé seulement par les odeurs désagréables, mais le psychologue Noam Sobal, de l'Université de Berkeley, a découvert qu'il réagit aussi à des odeurs agréables. N. Sobal conforte ainsi une hypothèse de W. Cunningham, selon laquelle cette structure serait responsable non seulement de la peur et de l'antipathic, mais aussi des sentiments de sympathie spontanée. En tout état de cause, on ne perçoit pas une pensée consciente précise, mais simplement un sentiment d'attirance ou de répulsion.

Pourquoi les femmes évalueraient-elles leurs semblables avec davantage de perspicacité que les hommes ? Ce talent aurait une longue histoire... Depuis l'aube de l'humanité, les femmes devaient choisir avec soin le père de leurs enfants, car leur constitution limite le nombre de leurs descendants. En conséquence, elles sont instinctivement attentives à la protection et à l'assistance que leur compagnon de vie leur apportera à elles et à leurs enfants, ce qui expliquerait leur grande circonspection en matière de choix de partenaire.

Pour conclure sur ces rouages cérébraux qui déterminent notre sympathie ou notre antipathie envers les autres, disons que l'évolution a élaboré un système cérébral de reconnaissance rapide de l'ami ou de l'ennemi, système qui fonctionne indépendamment de la conscience et de la réflexion. Le complexe amygdalien et le système de traitement des odeurs nous manipulent à leur gré plutôt qu'au nôtre. Nos représentations mentales conscientes peuvent néanmoins tempérer, dans une certaine mesure, ces attirances et ces répulsions, en cas d'erreurs de jugement grossières.

Toute relation humaine librement choisie et désirée est-elle un leurre, si le cerveau établit ses préférences à la façon d'une machine automatique ? Il apparaît que nous soyons manipulés par notre propre organisme couplé à une expérience héréditaire non consciente.

Retour à la méthode

Si vous comparez votre attitude actuelle et celle que je viens de vous proposer d'adopter, vous admettrez qu'il existe un monde de différence entre ces deux modes de communication : le moi neutralisé ou le moi égocentrique ! Nous sommes tous en mesure de naturaliser notre approche de l'autre, quelles que soient ses intentions à notre égard et vice versa. Encore faut-il percevoir l'utilité et la rentabilité de cette neutralisation du moi ! Le travail de reprogrammation des attitudes relationnelles demande du temps et de la patience, une prise de tête continuelle jusqu'à ce que l'automatisme s'installe. Rappelez-vous que cet entraînement débute avec les actions quotidiennes les plus banales ! Si vous vous y appliquez, vous constaterez très vite une progression concrète et une efficacité redoublée de vos actions.

Empêcher systématiquement *vos chevilles de se croiser sous votre siège* vous fera prendre conscience de la puissance nuisible d'un réflexe incontrôlable, *a priori.* Imaginez que cette même puissance peut être mise au service de la double conscience ! Hormis *les refrains gestuels invariables* (bras croisés, par exemple) sur lesquels repose l'infrastructure de votre personnalité, tous les gestes que vous reproduisez sont des réflexes conditionnés acquis par imitation, ils sont donc tous reprogrammables en fonction du but que vous poursuivez. En cessant de croiser les doigts, coudes en appui, au profit de vos mains en couverture, vous éliminerez un facteur de stress mental important. Cette modification élémentaire vous demandera moins d'effort que de décroiser systématiquement les chevilles ou de surveiller vos lèvres pincées. Il existe des centaines d'attitudes corporelles ou de gestes qui émanent du stress. Certains appartiennent à votre répertoire gestuel.

Comment les reconnaître ? C'est très simple ! Ils sont tous perçus comme étant contraignants dans un contexte de confrontation ou en situation d'exception.

Je suis souvent invité sur des plateaux de télévision pour promouvoir mes livres, des situations d'examen par excellence. Dans ce type de contexte, il vous semblera évident que mes attitudes corporelles conditionnent ma crédibilité d'expert gestuel aux yeux du public. Je me suis appliqué à éliminer consciencieusement tous les gestes qui sont susceptibles d'offrir de moi une image publique peu qualifiante. J'applique systématiquement le principe de la double conscience vis-à-vis de l'animateur. Depuis, les chiffres de vente de mes livres enregistrent des records inégalés. Y a-t-il un lien de causalité entre mon image publique revisitée et le succès de mes ouvrages ? Je veux le croire.

En conclusion, je vous livre un dernier avis destiné à rassurer ceux de mes lecteurs qui se méfient de la manipulation dont ils pourraient être victimes : « Changer ses gestes, c'est changer la qualité de sa vie et non changer de personnalité. »

Quelques exercices quotidiens

On peut parfaitement rester à l'écoute de son corps sans être obligé de décrypter la signification de chacun de ses gestes. Je ne vous demande nullement de verser dans la monomanie gestuelle militante. L'écoute corporelle globale est le fondement même de la reprogrammation d'une image publique.

Par exemple, quand vous remplissez un formulaire ou un chèque, quand vous écrivez un mot à la main, observez attentivement la formation des lettres qui apparaissent sous votre plume. Votre écriture va se modifier d'office. Elle deviendra plus élégante, mieux équilibrée que d'habitude. De même, quand vous tapez un courrier sur le clavier de votre ordinateur, l'attention soutenue sur le mouvement des doigts vous évitera de nombreuses fautes de frappe. En observant vos doigts, vous devenez vos doigts. Votre concentration mentale est orientée et investie par et dans l'action entreprise. Elle sera dès lors nettement plus efficace qu'en temps normal.

Quand je relis mes textes, je m'applique toujours à me débarrasser de mon ego au préalable. Cette attitude me permet de relire ma prose comme si j'en étais uniquement le lecteur et non l'auteur. Les contresens, les redondances ou les effets de style inutiles, les lourdeurs, etc., me sautent aux yeux immédiatement.

Vous marchez dans la rue. Analysez votre rythme pédestre ! Trop rapide ou trop lent, trop stressé ou trop nonchalant ? Chaque fois que les événements influenceront votre démarche ou que vous ressentirez l'aiguillon du stress, ralentissez votre rythme pédestre. Plus vous ressentirez l'urgence, plus vous devez vous forcer à marcher lentement. *Plus on me stresse, moins je me presse !* Telle est la formule magique à se répéter comme une prière.

Quand *vous fumez une cigarette*, coincez-la entre vos doigts de la main gauche et investissez-vous dans le plaisir de fumer au lieu d'aspirer mécaniquement la fumée. La consommation d'une cigarette est une action qui ne nécessite aucune habileté, la fumer avec la main motrice est donc une dépense d'énergie inutile et la traduction d'un stress. C'est la raison pour laquelle je vous enjoins à utiliser votre main non motrice pour effectuer cette action. Le geste sera par ailleurs plus élégant avec la main gauche (si vous êtes droitier).

Les ablutions du soir ou du matin doivent être un moment privilégié de votre journée, un moment d'autoscopie du plaisir que vous ressentez. Chaque action répétitive est un prétexte à exercer votre double conscience.

Les tâches ou les contretemps s'accumulent, votre entourage vous presse ou vous envahit, la double conscience vous enjoint de ralentir le rythme et vous protège contre la pollution du vite fait, mal fait. « Plus on me stresse, moins je me presse ! » Rappelez-vous !

L'autoscopie corporelle exige un entraînement quotidien sur une longue période de temps avant de s'installer dans vos automatismes. Plus vous tenterez de l'appliquer dans vos contacts avec les autres, plus vous constaterez une modification de la qualité de vos rapports sociaux. Cette modification vous encouragera à poursuivre votre effort dans ce sens. Il vous arrivera de rechercher le contact pour vous entraîner à la double conscience. N'en soyez pas agacé ou gêné, c'est le meilleur moyen de progresser dans la maîtrise de cette discipline.

CHAPITRE 17

Écouter et questionner

Décryptez le message !

Les politiques manipulent les médias, les médias influencent le public, et l'individu qui n'est qu'un fragment de ce public subit cette influence sans contre-pouvoir à sa portée. Si vous pouviez vraiment vous informer de manière objective et disposer d'un outil de décryptage *ad hoc,* vous pourriez vous protéger contre la sinistrose des médias. Certaines radios essayent de donner la parole à leurs auditeurs pour qu'ils puissent s'exprimer, mais les temps d'intervention sont trop courts et il y aurait tant de choses à dire. Le courrier des lecteurs des journaux et magazines est une autre tribune, malheureusement manipulée par le responsable de la rubrique. Et puis, pour dénoncer les abus de pouvoir, les manipulations, les influences nocives, il faut avoir le sens des mots. Et cette capacité s'apprend dans les livres. Dans la première édition de ce livre, je rêvais d'un magazine dont les colonnes seraient remplies de courriers des lecteurs, traitant de tous les sujets d'actualité et classés thématiquement. Un magazine accessible à tous, sans distinction d'opinion, de culture ou de religion.

Il existe depuis ou a existé.

La double conscience s'applique aussi à la lecture. Mais comme la plupart des ouvrages pédagogiques sont inaccessibles à la majorité silencieuse, la majorité silencieuse garde le silence et continue à subir ceux qui les manipulent. Et si vous osez malgré tout vous lever pour critiquer ces approches codifiées, on vous traitera de provocateur ou pire, avec tout le mépris de celui qui prétend savoir vis-à-vis de l'ignorant qui ne demande qu'à comprendre.

Certains auteurs ont un langage tellement abscons qu'on est en droit de se demander comment leurs éditeurs ont eu l'inconscience de publier leurs ouvrages. L'auteur refuse de s'encanailler en recourant à la vulgarisation accessible au plus grand nombre. Pourquoi faire simple quand on peut faire compliqué, n'est-ce pas ? Je ne vous citerai pas des passages de ces sommités pour éviter d'alourdir mon propos. Certaines phrases sont des paragraphes entiers dans lesquels les règles de la ponctuation sont allègrement piétinées.

La manière dont ils manipulent la connaissance qu'ils prétendent offrir au vulgaire trahit, à mon avis, leur ignorance bien plus que leur immense culture. Interviewés par les médias, ils s'expriment pourtant sans ambages et souvent de manière fort compréhensible. Il faut dire que le vocabulaire dont nous disposons pour nous exprimer verbalement représente à peine un dixième de celui qui nous permet d'étaler nos connaissances *scripta manent*. Ceci explique cela même si ça n'excuse pas ces auteurs qui méprisent leur lectorat. Les langages codifiés sont des modes d'expression ou de transmission sectaires de la connaissance, surtout quand ils sont censés s'adresser au grand public, comme le prétend en général la quatrième de couverture de ces ouvrages. Il faut bien admettre que l'*intelligentsia* privilégie le confort des idées au détriment de la réalité des faits. Les intellectuels partisans se mesurent sur le terrain de la culture et chacun espère donner la leçon à l'autre. C'est sans doute pour cela que l'*intelligentsia* recherche le confort des idées tandis qu'elle s'écarte de la dureté des faits.

Dans la plupart des débats, l'interruption de l'interlocuteur ou les tentatives pour l'empêcher de s'exprimer par l'emploi d'une logorrhée inextinguible, ou la déformation subtile de ses propos, sont deux des modes manipulateurs les plus pervers qui soient ! C'est à ce niveau que le décryptage verbal prend toute sa valeur.

Radioscopie d'un harceleur

« Le chef de service d'une grosse entreprise reçoit ses subalternes avec beaucoup de nonchalance. **Il pose toujours ses talons sur sa table de travail** *dès qu'un employé entre dans son bureau. Curieuse manie que le subalterne accepte sans se formaliser outre mesure. Il ne se doute pas que cette attitude caractéristique est une marque de mépris pure et dure.*

Comment reprocher cette conduite à celui qui détient l'autorité dans le service et qui manipule ses subalternes sans le moindre scrupule ? Il exige dans l'intérêt du service, mais n'enlève pas ses pieds du bureau pour autant. Il lui présente littéralement ses pieds à baiser, comme le suzerain s'adressant à un serf taillable et corvéable à merci. Tel est le sens symbolique de cette attitude. Si l'employé se rebiffe, le chef l'enverra au placard jusqu'à ce qu'il craque. "Je vous avais bien dit qu'Untel était incompétent. Il est en arrêt maladie alors que le service croule sous les dossiers." »

L'outil de décryptage existe pourtant, mais il n'est pas en odeur de sainteté car accessible à tous. Ah ! s'il s'agissait d'une science aussi mystérieuse que verrouillée au plus grand nombre, les hommes de science s'en seraient emparés pour en interdire l'accès. Mais voilà, décoder le langage verbal ou gestuel d'un individu exige de nombreuses années d'observation sur le terrain. Il faut en connaître les clefs essentielles pour acquérir les moyens de protection élémentaires.

Tout discours est enceint d'une influence, toute confrontation débouche sur un chantage ou une manipulation du plus faible par le plus fort. Il n'entre pas dans mon intention d'éradiquer ces conduites de nos rapports sociaux, mais bien de vous initier à l'art d'en décrypter les effets pervers pour mieux vous en protéger. Évidemment, il faut savoir écouter sans objecter mentalement et savoir observer l'autre en appliquant la méthode de la double conscience. Telle est la règle à laquelle je vous demande d'adhérer pour apprendre à vous protéger de l'influence endémique qui vous prend pour cible privilégiée et, surtout, dresser une barrière contre les manipulateurs de tous bords sans pour autant s'en faire des ennemis.

Après avoir intégré le principe de la double conscience dans vos automatismes, vous vous attacherez instinctivement à décoder les propos de vos interlocuteurs en situant les mots clés et à effacer automatiquement les mots stériles. Chaque échange verbal ou non verbal est signifiant et peut être enrichissant pour autant que vous y soyez attentif. De la même manière qu'une action banale que vous exécutez sans y penser sera moins efficace que si vous y prêtez attention, chaque fois que vous échangez des banalités avec un interlocuteur, il y a toujours un message à décrypter. Ceux qui semblent parler pour ne rien dire en disent souvent plus qu'ils ne le souhaitent. Votre sens critique est un bouclier contre toute influence perverse, mais aussi un outil fondamental pour exercer votre empathie, cette faculté de ressentir ce qui se trame dans la conscience de l'autre.

N'oubliez pas, dans la foulée, de vous mettre sous écoute.

En vous entraînant au décryptage, votre ego cessera de vous encombrer l'esprit chaque fois que vous serez pris pour cible. Cette attitude vous évitera aussi d'être la victime désignée de tous les harceleurs que vous fréquentez sans le savoir. Car la persécution est un sport très tendance quand l'économie bat de l'aile. Il faut trouver des coupables, voire des boucs émissaires pour leur faire porter le chapeau. C'est le moyen idéal pour se défaire de l'angoisse du lendemain. Tous les harceleurs ont une excellente vision, ils utilisent leurs yeux pour situer la victime idéale de leur entreprise de persécution. Ceux qui tentent de les esquiver en zappant du regard seront pris au piège. Les harceleurs n'aiment pas qu'on essaye de les éviter. Armé du mode de la double conscience, vous pourrez les affronter « droit dans les yeux » sans qu'ils ressentent le moindre sentiment d'hostilité de votre part, pour autant que votre objectif soit de les esquiver. Ils percevront à tort votre attitude comme celle d'un allié et dirigeront leurs pas vers le voisin. Votre sécurité est à ce prix, dans tous les cas de figure. Il ne faut jamais que le harceleur sorte de votre champ de vision. Et si ce harceleur se double d'un personnage hostile à votre égard, votre maîtrise de la double conscience peut carrément vous sauver la mise.

« Invité à une émission de Julien Courbet sur la Une, je me suis retrouvé face à un psychiatre dont l'objectif consistait à détruire les arguments exposés par les intervenants qui refusaient d'applaudir à ses préjugés sur le phénomène de l'hypnose clinique. L'hostilité dont il faisait preuve à mon égard était tellement caricaturale que c'en était risible. Induit en

double conscience, je lui répondais du tac au tac en mettant systématiquement en doute ses compétences et sa connaissance du phénomène hypnotique. Je le provoquais par plaisir. Il était plus désarçonné par le calme dont je faisais preuve que par ma maîtrise du sujet. Le fait qu'il existait vraiment à mes yeux lui était insupportable. Il a fini par me faire exclure du plateau en menaçant TF1 d'un procès (sic) *si je participais à la deuxième partie de l'émission. Le résultat de cette intervention télévisuelle dépassa toutes mes espérances. Mon cabinet de psychothérapie ne désemplit pas durant toute l'année 1996. La double conscience avait eu un effet séducteur indirect sur les téléspectateurs en recherche d'une prise en charge psychothérapeutique. J'appris par la suite que ce psychiatre avait même obtenu de la chaîne que mes coordonnées ne soient pas transmises aux téléspectateurs qui souhaitaient me rencontrer. La purulence de sa jalousie professionnelle a soldé sa crédibilité et son image publique. Il m'a servi de repoussoir, en quelque sorte.* »

L'ennemi potentiel est toujours perçu à travers sa gestuelle d'évitement ou de fuite simulée. Il a peur et il le montre. On peut avoir peur sans avoir besoin d'exprimer cette peur sur le plan corporel. Dans ce genre de situation d'urgence, le pouvoir de séduction joue un rôle essentiel. Il vous permettra de manipuler les comportements de l'agresseur à son insu. Il perdra toute crédibilité aux yeux de ceux que son statut est destiné à séduire, comme ce fut le cas dans cette intervention épique.

Le décryptage téléphonique

Mais la situation la plus courante dans laquelle le décryptage devient une arme discriminante absolue est l'usage du téléphone. Certains y passent des heures chaque jour, sans en tirer tout le bénéfice qu'ils pourraient en escompter. L'analyse des tics verbaux est ici essentielle, mais pas seulement.

« "Tu vois, je me suis dit que tu pourrais me préparer une série de sujets, d'articles, tu vois, deux trois lignes par sujet, pas plus." Je raccroche car je n'ai rien vu mais j'ai écouté et j'ai compris que mes idées seraient vendues à l'encan à d'autres journalistes en panne d'inspiration.

"Je vois, dit-il, l'esprit vide de toute image." »

C'est un voyeur auquel il faut fournir des clichés pour meubler son imagination stérile. Il lui faut du concret, la théorie lui donne de l'urticaire. Les « voyeurs » sont des grands amateurs de BD, ou de *home video,* pas des lecteurs. Ils sont souvent aveugles ou aveuglés par ce qu'ils croient voir. Si vous êtes borgne, vous serez le roi au pays des voyeurs. Je vous mets en garde, cependant, contre les abonnés de l'expression « tu vois ». Ce sont des paresseux, plagiaires et profiteurs, qui font faire le boulot par les autres et s'approprient leur travail en prétextant qu'il ne leur convient pas. Ne perdez jamais votre temps à essayer de les satisfaire, vous en seriez pour vos frais. Ignorez-les ou attendez qu'ils précisent à quelles conditions ou de quelle manière ce travail est rémunéré.

L'application de la double conscience est parfaitement rentable lors d'une conversation téléphonique. Les gestes de votre interlocuteur disparaissent au profit des mots, du ton et du timbre de la voix. En revanche, soyez hyper-attentif à *l'attitude de votre propre corps*, il vous en dira plus long sur l'utilité de votre coup de fil que les jérémiades de votre correspondant. Dans ce contexte particulier, le corps devient une véritable caisse de résonance.

« Chaque fois qu'il était mis en situation de justifi-

cation téléphonique, l'un de mes stagiaires avait remarqué **qu'il croisait systématiquement la jambe gauche sur la droite (il est droitier)**. *En prenant conscience de cette réaction corporelle et connaissant sa signification, il s'est forcé de décroiser les jambes chaque fois qu'il se retrouvait dans ces situations particulières. Ayant appris à décrypter les messages verbaux des supérieurs qui le harcelaient, il a constaté que la déprogrammation automatique du geste décalé avait renforcé sa capacité de s'affirmer face au pouvoir d'influence de son correspondant. »*

Dans une conversation téléphonique, le contenant cache parfois la réalité du contenu. « *Je voudrais vous rencontrer le plus vite possible* » n'est qu'un rendez-vous envisagé et non confirmé. L'utilisation du mode conditionnel dénature le contenu du message. La rencontre est perçue comme hypothétique par le correspondant. « *Tu ne veux pas que je vienne à Paris ?* » Pourquoi ce mode interro-négatif ? Le locuteur appréhende-t-il une réponse qui, logiquement, devrait être négative ? Il exprime aussi son peu d'empressement de cette manière.

L'habitude de décrypter les messages ne s'acquiert pas facilement. Il est essentiel de multiplier les exercices pour que cela devienne un automatisme. L'art du décryptage couvre une multitude de situations qui vont du face-à-face au téléphone en passant par l'analyse de l'information verbalisée par les journalistes de l'audiovisuel, les courriels du web, etc.

Avant de prétendre décoder les intentions de l'autre, il faut apprendre à décrypter ses propres codes d'intention. Telle est la règle centrifuge du jeu qui va du Moi à l'autre.

Les règles du questionnement

Apprenez à poser des questions à vos interlocuteurs au lieu d'affirmer vos (in)certitudes et vous emporterez leur estime d'entrée de jeu !

Interrogatif, interro-négatif, interro-(dis)qualificatif, interro-conditionnel, etc. La manière de poser une question ouvrira ou fermera la porte au dialogue qui s'installe. Tout entretien professionnel est une interview déguisée dans laquelle, par exemple, le vendeur affirme et l'acheteur questionne ou le contraire. « Je suis absolument sûr que vous n'êtes pas un de ces idiots qui... » est une question sur le mode interro-affirmatif-disqualificatif qui suscitera une levée de bouclier de la part de l'interlocuteur. L'art de poser une question pour esquiver l'entreprise d'un manipulateur passe par la manière. Mais d'abord apprenons ensemble à découvrir l'art de formuler les bonnes questions !

À quoi sert le mensonge ?

Avez-vous déjà remarqué à quel point il est tellement plus facile de mentir que de dire la vérité ? Nous inventons tous, ou plutôt, nous réinventons la réalité avec une aisance prodigieuse. Le verbe mentir n'a d'antonyme dans aucune langue. Il est chaque fois nécessaire d'avoir recours à une locution pour « dire la vérité ». Comme si le concept même de la vérité ne supportait aucune compromission linguistique. Le verbe vériter n'existe pas et c'est, ma foi, bien dommage. Des phrases dans le genre : « Je suis sûr qu'il vérite » ou encore : « Je véritais quand je disais » enrichiraient le langage de la vérité au détriment de celui de la fraude. Ce n'est pas parce que toute vérité n'est pas bonne à dire que le concept ne mérite pas un verbe précis qui définit son action. Pourquoi cette omission des linguistes ? Ont-ils seulement constaté cet oubli ? S'agit-il d'un oubli ou d'une conspiration du silence des lobbies qui, de tout temps, ont gouverné les esprits ? Dieu serait-il la vérité et l'Homme le mensonge, donc sa négation ? Voilà, en substance, la philosophie transmise par les innombrables interprètes de Sa Parole. Évidemment, s'il faut combattre le pouvoir théocratique, le néologisme « vériter » risque de brûler d'une nouvelle inquisition. Intégrisme oblige ! Mieux vaut, dans ce cas, faire comme tout le monde et continuer à mentir. Un dernier conseil ! Mentez aux autres, pas à vous-même, si vous ne pouvez pas vous empêcher de mentir pour le plaisir !

Fort de cette précieuse information, on comprend mieux le rôle préventif du manipulateur qui, en nous débitant ses mensonges, nous évite le stress de la vérité toute nue. C'était pour rire ! Car je crois que le stress imposé par le manipulateur est largement plus insidieux et plus nuisible qu'une « vraie vérité » servie sans précaution oratoire. Néanmoins, il existe des accommodements avec la vérité qui risquent aussi de stresser le manipulé.

Quand un manipulateur ment, il se sert de son regard pour évaluer la portée balistique de ses affirmations mensongères. Il scrute vos réactions avec une lueur malicieuse dans les yeux. Le regard malicieux est un regard qui prend sa source dans un sourire à peine ébauché. Cette lueur reconnaissable entre toutes devrait le trahir. Devrait, mais qui s'en aperçoit vraiment ? La plupart des menteurs clignent des yeux quand ils vous servent un bobard bien ficelé. Pas le manipulateur patenté. Il garde les yeux bien ouverts pour étudier l'impact de son mensonge sur sa victime. Et comme *ce regard insistant* devient vite gênant, vous zappez en direction du tableau sur le mur ou vous plongez dans votre verre qui attend sa vidange. Il a marqué un but. Vous êtes déjà un homme ou une femme sous influence. Ce n'est pas en objectant dans le secret de votre conscience que vous allez vous sortir de ce mauvais pas. L'esquive est élémentaire. Vous vous en sortirez tout simplement en lui posant une question ouverte qui commence toujours par « pourquoi » ou « comment ».

Obligez-le à justifier ses allégations ! Évitez le piège des questions fermées : « Vous pensez vraiment que... » Il peut vous répondre de manière laconique par oui ou non ou encore par une réponse interrogative de type larsen : « À votre avis ? » Le manipulateur pose des questions mais n'aime pas répondre à celles que lui renvoie son interlocuteur. L'obliger à se justifier est une stratégie qu'il élude avec brio. Son jugement est partial et son objectif, clairement établi dans sa tête. Vous devez y souscrire sous peine de sanction ou de rejet. Les questions ouvertes le déstabilisent. Il y répondra pour ne pas vous perdre en chemin. S'il refuse de satisfaire votre curiosité ou s'il répond à côté de la question, vous pourrez vous dégager de son emprise. Seulement voilà, il faut apprendre à poser des questions et puis se taire, ce qui n'est pas un exercice facile. Un petit conseil en valeur ajoutée : *posez votre index en travers de vos lèvres* pour vous intimer l'ordre de ne pas relancer le débat. C'est une bonne manière de vous censurer et un geste moqueur dont l'ironie n'échappera pas à votre interlocuteur.

Le mode interro-négatif conditionnel

« Ne pensez-vous pas qu'il faudrait leur dire la vérité ? »

L'interro-négativité devrait déboucher fatalement

sur une réponse négative : « Ne pensez-vous pas... » Elle est contredite par une condition : « qu'il faudrait ». Ce mode verbal interro-négatif et conditionnel est l'une des manipulations favorites des persécuteurs. Ils sèment le trouble dans l'esprit de leurs auditeurs en les poussant à agir à leur place. Ce mode verbal est largement répandu dans les administrations publiques. Les harceleurs aussi ! Le mode affirmatif est mal vu par les fonctionnaires. Il faut se protéger en usant de précautions oratoires et en laissant aux autres le soin d'allumer la bombe. Certains journalistes de l'audiovisuel ont également recours à ce mode interro-négatif conditionnel. Il leur permet de déstabiliser le cerveau cognitif de la personne interviewée, provoquant du même coup une rupture de sa réflexion et une réponse affective mal contrôlée. Les auditeurs concernés par ce genre de question répondent souvent par le tic verbal : « oui, non », avant de se reprendre et de poursuivre. L'intervention de ce tic verbal signale la rupture entre les deux cerveaux, décrite plus haut. Le cerveau affectif prend le relais et dicte la réponse aux centres de la parole du locuteur.

Le prompteur mental

La maîtrise du discours n'est possible qu'avec un prompteur mental. Nous disposons tous de ce prompteur au sein de notre conscience, mais le stress suscité par la rencontre nous empêche d'en tirer parti.

Avez-vous déjà essayé de visualiser votre réponse en image avant de la matérialiser ? Encore une fois, la théorie est séduisante, mais l'art est difficile. Les mots se bousculent dans votre bouche comme une foule de banlieusards aux heures de pointe. Et pourtant, il existe un cas de figure particulier où l'usage de ce prompteur mental peut s'exercer sans trop de difficultés. Quand vous êtes en communication téléphonique, l'interlocuteur n'est qu'une voix. Les sollicitations visuelles sont nulles. Faites donc l'expérience de vous concentrer sur vos propos en les projetant préalablement sur votre écran mental avant de les exprimer à haute voix. Le résultat est étonnant. Vous en direz dix fois moins que d'habitude et, surtout, le ton de votre voix sera nettement plus posé. L'effet séducteur est garanti. À force d'avoir recours à ce stratagème, vous constaterez que vos entretiens téléphoniques seront beaucoup plus efficaces et vous augmenterez votre niveau de crédibilité « aux yeux » de votre interlocuteur invisible. La prise de contact téléphonique avec un client ou un futur employeur est la première marche du succès. Le prompteur mental vous permettra de valider votre démarche en lui offrant toutes ses chances de réussite. N'oubliez jamais de poser des questions et de les visualiser au préalable sur votre écran mental !

Le mode interro-négatif sec et sans glace

Le mode interro-négatif est déjà en soi une fin de non-recevoir. « Vous n'avez pas tel article en stock ? demande la cliente au vendeur. Si celui-ci répond par l'affirmative, il frustrera la cliente de son plaisir. Les castrateurs s'expriment de cette manière. Ils ne veulent rien acheter mais s'enquérir sans engagement pour s'entendre dire que l'article n'est pas en stock, évidemment. Si le vendeur contrarie cette non-demande en infirmant la négation : « Bien sûr que j'ai cet article en stock », la cliente trouvera toujours un détail inconvenant ou une fonction qui ne correspond pas à ce qu'elle recherche. L'interro-négation procède essentiellement d'une démarche de castration. La bonne réponse manipulatrice est la suivante : « Si c'est vous qui le dites, non je n'ai pas cet article ! En fait, je l'ai en stock, mais je ne crois pas qu'il vous conviendra. » Le vendeur est rentré dans son jeu, piquant au vif la curiosité de sa cliente, et a déjoué son manège interro-négatif en utilisant le même mode pour la frustrer.

L'interro-négativité est une véritable négation de soi. Pourquoi dit-on instinctivement : « Vous n'auriez pas des toilettes, par hasard ? » et non : « Où sont les toilettes ? » Cette remarque peut vous paraître sans objet et pourtant elle est lourde de sens. Vous posez une question en la niant. « Vous n'avez pas » appelle une réponse logique : « Non ! » La formulation sous-entend que le plaisir ou le soulagement que vous attendez de la réponse ne peut être satisfaite sous peine de... de quoi ? Sous peine de sanction ! Cette manie verbale provient d'une éducation castratrice dont la plupart d'entre nous avons été victimes. Il est interdit de montrer du doigt, c'est-à-dire de s'affirmer. Il faut donc se nier pour obtenir satisfaction. « N'ai-je pas raison ? » Il est difficile de s'en défaire, mais l'effort est salutaire car il vous permettra enfin de chausser vos bottes de sept lieues pour progresser au lieu de régresser ou de faire du surplace dans la vie.

Le mode interro-disqualificatif

« Êtes vous certain de ce que vous me dites ? » est un mode disqualifiant. Vos sources sont mises en doute avec ou sans raison. « Croyez-vous vraiment qu'il viendra ? » Ce genre d'intervention n'est jamais perçu comme hostile de la part de l'auditeur auquel la question s'adresse. Pourtant, elle véhicule la suspicion. Vous affirmez sans preuve. Tel est le sens connoté de ce mode d'interrogation.

L'interlocuteur qui abuse de ce mode interro-disqualificatif à votre endroit n'a ni confiance en vous ni aucune estime pour vous. Il veut bien admettre jusqu'à preuve du contraire, mais il espère que vous vous trompez.

Questions fermées, questions ouvertes !

Évitez les questions fermées qui ne débouchent que sur des réponses manipulatrices, apprenez à poser de vraies questions ! Qui, quoi, comment, pourquoi, où, quand, combien ! Qui a dit cela ? Qu'a-t-il voulu dire ? Comment a-t-il procédé ? Pourquoi a-t-il pris cette décision ? Où veut-il en venir ? Quand aura lieu cette manifestation ? Utilisez toujours des adverbes interrogatifs comme moteur de vos questions. Ils ont le mérite de ne pas véhiculer de connotation manipulatrice et obligent votre interlocuteur à vous donner une réponse précise. C'est la meilleure manière de ne pas orienter la réponse. Vous le laissez face à ses responsabilités verbales. Évitez d'employer des conditionnels : « Pourquoi voudriez-vous que je m'engage dans cette galère ? » est une mauvaise façon d'exprimer votre réprobation. « Pourquoi pensez-vous que je doive le suivre ? » me semble moins agressif !

« Comment n'a-t-il pas pensé aux conséquences ? » est une question disqualificative. « Qu'espérait-il en se lançant dans cette affaire ? » me paraît plus judicieux et surtout plus neutre.

« Pourquoi as-tu poursuivi dans cette voie ? » est toujours mieux perçu que « Combien de fois ne t'ai-je pas mis en garde contre... ». La première formulation est une vraie question, la seconde est une récrimination.

Apprendre à poser les bonnes questions repose essentiellement sur ces sept adverbes de base qui sont le fer de lance de tout journaliste d'investigation. Mais il ne faut pas être journaliste pour maîtriser ce mode interrogatif. Il suffit de se rappeler que les manipulateurs détestent les questions ouvertes, qui commencent toujours par l'un de ces sept adverbes, pour se savoir déjà en sécurité. Et si, en plus, vous utilisez le prompteur mental pour visualiser votre question avant de la verbaliser, vous apprendrez très vite à renverser les rôles. De manipulé potentiel, vous deviendrez le manipulateur effectif.

Alors mémorisez : qui, quoi, comment, pourquoi, où, quand, combien !

CHAPITRE 18

L'art est le fruit de la distance

Espace de vie et distance de fuite

Les règles de la proxémie (science des distances de fuite) interviennent pour beaucoup dans l'établissement d'une relation entre deux individus séparés par des motivations antagonistes, tels l'acheteur et le vendeur. Il faut apprendre à mesurer la distance qui convient. La *chorégraphie gestuelle* qui s'installe entre deux personnes qui dialoguent est surprenante à observer. L'un se penche sur son bureau et l'autre se recule contre le dossier de son fauteuil. Il garde une distance de fuite. Tout est fonction des distances qui séparent ou rapprochent les individus. Le degré d'influence est totalement tributaire de la distance qui sépare les individus. Encore faut-il savoir gérer cette distance en fonction du mode de manipulation utilisé par votre interlocuteur.

Le manipulateur basique est un « toucheur ». Le contact physique est son arme favorite. Il vous serrera la main durant de longues secondes, comme s'il vous revoyait après vingt ans d'absence, vous attrapera par la manche pour ponctuer son discours. Bref, il s'appropriera votre corps. Prendre du champ dans ces conditions n'est pas toujours aisé. Mais si vous gardez en mémoire ce mode manipulatoire du « toucheur », votre méfiance sera d'office en alerte maximale.

La proxémie

L'accroissement incessant des populations dans les grands centres urbains entraîne une réduction progressive de l'espace personnel de chacun. Aux heures de pointe, les lieux publics sont saturés, les queues s'étirent, la maîtrise de l'espace personnel devient un combat quotidien. Vous avez certainement pris conscience de ce grignotage des distances qui vous sépare des autres, si vous habitez une grande ville. Dans les bus ou les métros, les doigts qui se referment sur les mains courantes s'ingénient à ne pas se toucher. Pourquoi ces frontières virtuelles s'installent-elles entre les inconnus obligés de partager un espace de plus en plus réduit ?

« Vous êtes assise sur une banquette dans un transport public et il n'y a qu'un accoudoir pour deux, vous entrez de plain-pied dans un cas de figure classique étudié par la proxémie. Votre voisin a posé son coude sur l'accoudoir de manière à vous en priver pendant toute la durée du voyage. Vous avez le choix entre deux attitudes, soit vous insinuez le vôtre derrière le sien pour vous approprier une partie de l'accoudoir, soit vous serrez maladroitement votre coude contre votre corps ou vous vous croisez les bras. Dans le premier cas de figure, vous risquez de lui donner des idées sur vos intentions réelles. Dans le second, vous capitulez face à l'invasion partielle d'un territoire commun. »

L'exemple cité est étudié par les spécialistes de la proxémie ou science du territoire. La proxémie analyse tous les cas dans lesquels les contacts sociaux obligent les individus à partager un espace pour communiquer ou se côtoyer de manière accidentelle. Elle s'intéresse aussi à la gestion de cet espace sur le plan individuel ou collectif.

La proxémie trouve son origine dans la théorie de la bulle de J.B. Skinner. Ce psychologue américain avait déjà proposé une théorie des distances de fuite entre individus, vers la fin des années soixante. Il s'était inspiré des travaux sur l'agressivité d'Henri Laborit, un savant français mondialement célèbre (à l'étranger, mais pas trop en France). Il est parti, entre autres, d'une question élémentaire que posait Laborit : « L'agressivité est-elle le fruit de l'imaginaire et serait-elle suscitée par la peur d'un viol du territoire personnel ? » En d'autres termes...

« Imaginez que vous remontez distraitement un couloir de métro désert. Des pas résonnent soudain dans votre dos. Instinctivement, vous rentrez la tête dans les épaules et vous accélérez le pas ou encore vous faites demi-tour sans raison pour échapper à un sentiment incoercible d'agression absolument injustifié. »

La notion de bulle est née de cette réflexion initiale de Laborit. Cette extension virtuelle de votre territoire corporel n'existe-t-elle qu'au contact des autres ? Pas forcément. Elle s'inscrit aussi dans le territoire de votre lieu de vie ou de votre véhicule. Un territoire invisible qui conditionne *le besoin d'espace vital* de chacun. Territoire fragilisé chez les exclus, territoire monstrueux chez les stars ou les hommes de pouvoir !

Chaque fois que vous croisez les bras, les doigts, les jambes ou les pieds, vous faites mine de protéger ce territoire si précieux qu'est votre corps. Au territoire sédentaire s'oppose un territoire mobile, celui du corps en mouvement et de ses distances de fuite.

Vous êtes pourvu d'une sorte de radar instinctif qui vous évite bien des collisions avec les personnes que vous croisez sur des trottoirs trop étroits pour laisser un passage suffisant à deux piétons de front. *Les effa-*

cements de l'épaule succèdent aux écarts subtils qui vous ouvrent un passage sans contact physique. La vigilance est de rigueur, car une agressivité latente peut toujours s'exprimer à la faveur d'une distraction. Les personnes de sexe opposé ne se croisent pas de la même façon quand le trottoir est encombré. Les femmes se détournent pour se protéger la poitrine alors que les hommes pivotent de face, comme pour offrir un bouclier de protection à celles qu'ils croisent.

Avez-vous remarqué à quel ballet les gens se livrent dans les couloirs du métro pour ne pas se frôler ? On dirait des rivières souterraines qui s'écoulent côte à côte en sens contraire. Le flux des usagers s'organise comme par magie. On remonte les couloirs d'un côté et on descend vers la rame de l'autre, comme des voitures sur une nationale. *Rares sont les usagers qui osent transgresser la règle en marchant à contresens.* Ce sont généralement des personnes perturbées sur le plan psychologique et qui recherchent inconsciemment la collision avec ceux qui arrivent en face. Dans le métro, la vigilance est plus visible qu'ailleurs. *Les yeux des usagers voyagent en permanence dans leurs orbites.* Les pas s'accordent sur le rythme de ceux qui vous précèdent. On constate d'ailleurs que l'organisation instinctive des flux migratoires urbains éclate dans les pays en proie à des difficultés sociales ou économiques.

La prochaine fois que vous emprunterez un ascenseur, observez vos compagnons à la dérobée ! *Les regards plongent vers le sol ou se perdent dans les parois de la cage.* Le confinement impose d'office une attitude de gêne peu propice à des échanges verbaux. *La rupture du contact visuel* y est quasiment institutionnalisée. La promiscuité imposée par les circonstances efface les bulles de protection de chacun pendant un court instant. Les corps se touchent, parfois de manière intime, quand l'ascenseur est surchargé. La gaucherie devient la règle, même entre collègues. Pourquoi cette attitude ? Parce que la suppression de la distance dite de fuite entre les personnes impliquées supprime automatiquement un mécanisme de protection crucial de la capacité de communication : l'empathie, cette qualité émotionnelle qui vous permet de ressentir ce que ressent l'autre tant qu'il garde ses distances. Cette qualité sur laquelle repose l'intelligence interpersonnelle ne peut s'exprimer quand les frontières territoriales sont violées et que les corps se touchent de manière plus intime. C'est pour cette raison que le manipulateur viole l'espace vital du manipulé. Il sent instinctivement que son invasion augmente son degré d'influence et empêche les barrières de défense de sa victime de fonctionner normalement.

Les réflexes gestuels qui trahissent un excès de défense du territoire corporel sont légion. *Les croisements ou gestes pare-chocs* en font partie, mais ils ne sont pas les seuls. Des doigts croisés en permanence aux bras croisés sur la poitrine en toutes occasions, des jambes croisées aux coudes en appui sur un support, une grande partie du langage gestuel est consacré à la défense de votre territoire vital. Cette surproduction de gestes à caractère symboliquement défensif est typique des individus qui habitent ou travaillent dans les grands centres urbains. Ils sont en effet plus souvent agressés par les divers vecteurs de la manipulation de masse, ce qui les conduit à consacrer un pourcentage d'énergie bien plus important à produire des gestes destinés à protéger leur territoire qu'à reproduire des attitudes qui traduisent un besoin de contact social.

Êtes-vous bâbord ou tribord ?

Gauche ou droite ? Il ne faut pas être dyslexique pour intégrer ce qui va suivre. Situez bien votre droite et votre gauche avant de vous lancer !

Quand vous marchez dans la rue, dans les couloirs de votre entreprise aux côtés d'un collègue qui tente de vous manipuler, d'un harceleur ou de votre chef de service, ce qui revient en général au même, choisissez votre côté et imposez-le à votre interlocuteur. N'acceptez pas la latéralité qui lui convient en toute innocence ! Placez-vous à sa gauche, d'autorité ! S'il parvient à vous reléguer à sa droite, le côté tribord (droite) vous défavorisera automatiquement. Pourquoi ? Parce que cette zone du territoire corporel de votre interlocuteur est sous l'influence de son cerveau cognitif, le cerveau gauche, et vous aussi.

Pour mémoire, la partie droite du corps dépend de la zone corticale gauche et la partie corporelle gauche dépend de la zone corticale droite. En vous plaçant à sa droite, il vous tient sous l'influence, logique, cartésienne et verbale, de son cerveau gauche. Surtout que cet hémisphère cérébral ne gère pas uniquement le territoire corporel opposé (droite) mais aussi toute la partie latérale externe qui représente ce que Skinner nomme la bulle ou biosphère individuelle. Le champ d'action d'un individu est fonction de la longueur de ses bras. Tout ce que ses doigts peuvent atteindre dans un angle droit de 90 ° à gauche et de 90° à droite est géré par les deux hémisphères cérébraux. C'est le cerveau gauche qui raisonne, argumente et persuade l'interlocuteur qui se situe à droite du locuteur. À l'inverse, le cerveau droit peut également gérer ou manipuler une situation relationnelle, mais dans un registre plus intimiste ou plus affectif d'une personne se situant à gauche du locuteur. « Le père adorateur de sa fille tiendra toujours la main droite de son enfant de sa main gauche. Elle se situera physiquement à gauche de son papa, donc dans son champ affectif bâbord. »

En présence d'un manipulateur, dans un contexte purement professionnel, placez-vous de préférence à sa gauche ! En vous situant à sa droite, il pourra influencer votre cerveau droit, le cerveau affectif dont les émotions sont le carburant. Cette zone est plus flexible et fatalement plus vulnérable. En vous situant à sa gauche, vous engloberez votre interlocuteur dans votre propre zone d'influence cognitive dont l'esprit critique est l'un des fleurons et votre degré d'affirmation de soi, le fonds de commerce.

« "Je n'arrive pas à vous faire comprendre l'importance de ce que j'affirme", me dit-il, l'air circonspect. Je me suis positionné à sa gauche dès que j'ai compris qu'il essayait de m'embrigader dans son projet. Ce changement de champ l'a manifestement perturbé. J'ai brisé la dynamique de son discours, entamé alors que je me situais sur sa droite. »

Si vous persistez à demeurer à droite du manipulateur, la zone cognitive de votre territoire corporel droit sera désactivée, elle s'ouvrira sur le vide tandis que la zone affective (gauche) sera au contact direct du discours manipulateur. Pour détenir le pouvoir ou se protéger de l'influence de celui qui le détient, positionnez-vous toujours à gauche de votre interlocuteur de manière à le conserver bien au chaud dans votre champ relationnel cognitif.

Quand vous vous retrouvez assis à la table des invités d'un colloque, observez vos voisins avant de vous décider à rester ou à changer de place.

Au sein de mon couple, je suis un homme bâbord et mon épouse est une femme tribord. Elle se situe toujours à ma droite quand nous marchons ensemble dans un jardin public ou quand nous nous asseyons dans le sofa face à la télé. Ce constat signifie que mes affects sont filtrés par mon cerveau cognitif. Je suis un cérébral pur jus.

Dès que vous êtes accompagné ou en présence de collègues, d'amis ou d'inconnus, situez immédiatement les sources de pollution en gardant en mémoire votre latéralité naturelle ! Si vous êtes un homme ou une femme tribord (droite), cela signifie que la source de pollution identifiée doit se situer impérativement à votre gauche pour être absorbée par les mécanismes de défense opérationnels du cerveau droit. Affectif, sensible, psy et créatif, votre champ relationnel protégé se situe à bâbord. Arrangez-vous pour que la source de pollution identifiée s'y retrouve. Cette identification ne pose aucun problème, par ailleurs. Soit vous connaissez les courants de sympathie ou d'antipathie qui vous lient ou vous éloignent les uns des autres, soit vous êtes en présence d'inconnus et vous ressentirez immédiatement le degré d'attraction ou de répulsion pour chacun d'entre eux. Fiez-vous à votre instinct, c'est votre meilleur baromètre !

Dans le même ordre d'idées, quand vous êtes au restaurant avec un collègue assis en face de vous mais à une table de quatre, arrangez-vous toujours pour que la chaise vide se situe dans votre champ relationnel protégé : chaise vide à droite si vous êtes bâbord, à gauche si vous êtes tribord. Si, d'aventure, un autre collègue se pointe à votre table, il n'aura d'autre choix que de s'asseoir à la place vacante. Il n'est plus question, à ce stade, de pollution ou de stress, mais d'une gestion préventive de votre territoire et de l'aire cérébrale qui détient les mécanismes de défense les plus performants pour vous protéger.

Un conseil pratique

Quand vous vous retrouvez dans les transports publics, le problème se pose de manière identique. Si vous êtes bâbord, choisissez un siège couloir central du côté droit de la rame et laissez le tribord s'asseoir à votre droite près de la fenêtre. Côté gauche de la rame, il vous faudra choisir la place près de la fenêtre. Vous constaterez très vite que le respect de cette petite règle vous offrira un voyage moins fatigant, voire relaxant.

Neutralisez votre conscience

L'esprit n'est qu'une succursale du corps, mais le corps est le sanctuaire de l'esprit.

Le corps humain est un vaisseau spatial en mouvement réflexe perpétuel. Tout ou presque est régi par les automatismes intégrés dans ce qu'on pourrait nommer l'antichambre de la volonté. La conscience est occupée ailleurs, elle a délégué ses pouvoirs pour se consacrer aux pensées qui l'encombrent du matin au soir. L'esprit surchargé n'est pas disponible, et c'est à ce niveau que le bât blesse. Car le mental est le miroir du corps, mais le corps n'arrive plus à se voir dans le reflet que lui renvoie la conscience. La rupture de la communication entre psyché et soma ouvre la voie à tous les dérapages incontrôlés. L'esprit s'abîme dans la construction de ses objections mentales ou spécule à en perdre haleine tandis que le corps reproduit *des gestes ou des postures décalés* qui dénoncent cette rupture. Même le langage automatisé en subit les conséquences, révélant des bribes de vérité là où le mensonge même mal construit aurait suffi. Le corps n'a pas de conscience, mais la conscience oublie qu'elle est responsable du corps et coupable de ses trahisons gestuelles.

Maîtrise ou contrôle ?

On ne peut pas tout contrôler, mais on peut rester globalement à l'écoute de cette production corporelle. J'y reviens encore et toujours dans la mesure où le message ne passera qu'à force de répétitions. Quel intérêt à consacrer son énergie mentale à cette écoute improductive, objecterez-vous ? Je gage que vous n'avez jamais tenté l'expérience suivante : « Levez-vous de votre siège pour aller vous servir une boisson fraîche, par exemple ! Si vous effectuez cette démarche en vous concentrant sur cet acte, c'est-à-dire en chassant de votre esprit toute pensée parasite ou de toute réflexion autre que celle qui concerne l'action entreprise, vous réaliserez que vous avez neutralisé le stress qui découle :

a) de la démarche automatisée qui consiste à vous lever pour vous verser un verre ;

b) de continuer à réfléchir à ce que vous venez de lire en vous demandant où je veux en venir.

Prendre conscience de vos gestes et des mouvements réflexes de votre corps, c'est d'abord vous défaire du stress, un stress qui handicape l'efficacité de toutes vos actions. Dans le même ordre d'idées, quand vous vous exprimez, apprenez à vous écouter parler, à filtrer les mots qui articulent vos phrases et dont vous n'êtes pas toujours l'auteur conscient et responsable. Utilisez le prompteur mental évoqué dans le chapitre précédent. En résumé, soyez présent dans vos actes et dans vos paroles ! Cela vous paraîtra un vœu pieux mais, si vous vous donnez le temps d'une introspection salutaire, vous constaterez que tel n'est presque jamais le cas.

Les mots s'échappent de votre bouche comme autant de bulles de champagne sans que vous puissiez en contrôler le débit ou le sens caché. Quant aux mouvements de votre corps, vous les traitez comme du pipi de chat sans réaliser qu'ils ne sont pas toujours en phase avec l'image que vous souhaitez offrir à votre entourage. Or, cette image est essentielle pour asseoir la crédibilité dont dépend le succès de vos démarches.

Il vous est certainement déjà arrivé de lire un roman tout en pensant parallèlement à un événement qui a marqué votre journée. Trois paragraphes se sont envolés sans que vous ayez le moindre souvenir de leur contenu. Rigoureux, vous reprendrez à l'endroit où votre esprit s'est évadé du livre. Quelques secondes d'inattention ont rompu le fil de votre concentration. De la même manière, quand vous êtes en présence d'un interlocuteur, l'encombrement de votre esprit génère une écoute passive. Vous entendez le message en diagonale, mais vous ne l'écoutez pas précisément. Votre conscience fonctionne en parallèle, préparant réponse ou arguments qui tomberont à plat au moment de les énoncer. Votre présence mentale est là aussi requise sans *a priori*. Cette focalisation de tous les instants peut vous paraître impossible ou superflue. À vous de juger ! L'efficacité d'un entretien ou d'une démarche repose sur cette neutralisation de votre territoire mental face à l'autre.

L'efficacité d'une action dépend de votre disponibilité mentale tout au long de son accomplissement. La crédibilité de votre image publique repose sur une prise de conscience des mouvements réflexes de votre corps et sur l'organisation de votre discours.

Évacuez le stress !

Neutraliser sa conscience est un exercice difficile mais formidablement rentable. L'implication du moi à ce niveau de conscience débouche sur un premier bénéfice majeur : l'évacuation du stress et de tous les actes manqués ou de toutes les erreurs d'aiguillage qui vous font perdre un temps précieux.

Si vous faites partie du plus petit nombre dont le dénominateur commun est la réussite de vos entreprises, la lecture de ces lignes vous arrachera un sourire de satisfaction. Ces règles, vous les connaissez déjà puisque c'est en les appliquant d'instinct que vous avez atteint vos objectifs. Je les ai apprises de l'un des P-DG dont j'ai assuré la consultance en image publique. Il préside aujourd'hui aux destinées d'une multinationale tentaculaire. Il connaissait les règles du jeu et me les a confiées au cours d'un dîner décontracté en tête à tête. Je n'ai jamais oublié la leçon, même si son application a été pour moi un véritable parcours du combattant. À son niveau de responsabilités, la neutralisation de sa conscience faisait partie intégrante de son pack de survie.

Nul ne peut atteindre le sommet de ses ambitions sans une disponibilité mentale à l'épreuve des balles. Plus votre esprit sera disponible, plus les marches du succès vous apparaîtront faciles à franchir. Un conseil : ne mesurez jamais la distance avant de l'avoir franchie ! C'est ce que font la plupart des gens qui échouent dans la vie : mesurer la distance avant de la franchir !

Le tribun qui *torture son stylo* tout en répondant aux questions pressantes des journalistes n'a pas conscience du décalage de son réflexe gestuel. Il est concentré en permanence sur une autocensure de ses propos, car il y va de sa survie politique. Ce processus génère une attitude rigide et contre-productive qui ne correspond pas du tout à la réalité du personnage. Hélas, son image publique y perd des plumes. Il gagnerait des points à neutraliser son esprit pour évacuer le stress inhérent à ce genre de geste parasite et remettre son stylo dans sa poche.

C'est un bénéfice que j'ai personnellement retiré de cet exercice de neutralisation. Le trac paralysant qui me gagnait chaque fois que j'étais invité sur un plateau de télé ou dans un studio de radio n'est plus qu'un vague souvenir. Je suis aujourd'hui parfaitement à l'aise dans n'importe quelle situation médiatique. Ceux qui m'ont aperçu dans mes interventions télévisuelles ou qui m'ont entendu sur les ondes peuvent en attester. Il y a un monde de différence entre mes réactions passées et la manière dont je réagis de nos jours à ces situations d'examen. Je suis probablement le seul invité sur le plateau que le stress ambiant n'atteint pas. Est-ce la raison pour laquelle mes derniers ouvrages ont recueilli un succès inégalé par le passé ? Il est vrai que ma disponibilité mentale booste ma crédibilité, donc mon image publique. Je juge que cette expérience m'est profitable à plus d'un titre. L'effort de neutralisation de ma conscience m'a permis d'évacuer le stress mental qui handicapait mes interventions, mais aussi de protéger mon territoire contre le stress imposé par les autres. Autre bénéfice d'une disponibilité installée ! Le regard que je pose sur les inconnus qui croisent mon chemin doit leur poser un problème de conscience. Ils me saluent sans me connaître. Je ne fais pourtant que les observer en conservant mon ego dans ma poche. Je suis disponible à leur image publique et ils se sentent qualifiés par mon regard. Je ne vois pas d'autre explication à la convivialité de leur réaction.

Les gagnants de notre société de consommation sont toujours des individus dont les gestes s'accordent inévitablement à un climat mental disponible. Ce qui paraît évident dans la mesure où la culture de la réussite chasse de leur esprit toute idée morbide ou toute éventualité d'échec et, par voie de conséquence, toute attitude corporelle non qualifiante pour leur image. Le talent débute avec les apparences dans lesquelles le corps se conforte. L'échec s'entérine dans la multiplication des gestes qui sonnent faux. *Celui qui pose sa main gauche sur la droite ou l'inverse*, coudes en appui, exprimera son sens du succès par le simple fait de laisser la paume de la main dominée ouverte.

Success story

À l'instar de la richesse ou de la pauvreté du discours, le langage gestuel d'un individu suit le mouvement, c'est-à-dire qu'il est toujours fonction de son niveau de culture, de son rang social ou de sa position professionnelle mais, surtout, de sa capacité de réussite. J'ai très vite constaté que les individus auxquels tout réussit puisaient dans un registre gestuel nettement plus séducteur. La qualité des gestes ou des attitudes est donc fonction du niveau de réussite individuel.

Celui à qui tout réussit porte un regard différent sur le monde qui l'entoure. On peut parfaitement lire sa *success story* dans l'intensité de son regard. Il est clair qu'un climat mental qui baigne dans le bonheur de l'achèvement influence toute production gestuelle dans le même sens. Vous le prendrez rarement en défaut de regard introspectif, même s'il est écharpé en public par une escouade de détracteurs.

À la base du succès, la notoriété ! Et ce n'est pas qu'un souci de star, c'est aussi un moyen tout à fait pratique quand il faut conquérir le pouvoir, un marché ou l'acquisition d'une cible. Tout est une question de reflet que vous renvoie votre miroir social. Et ce miroir n'est rien d'autre qu'une concrétisation de vos gestes. Un miroir qui est ouvert à toutes les influences et que vous avez le devoir de protéger contre le stress que vous renvoient les autres. Un stress qui pollue l'image publique parce qu'elle détériore l'image de soi.

Mais, me direz-vous, je ne comprends toujours pas comment j'arriverai à neutraliser les pensées qui jouent au foot dans ma conscience ?

La règle tient en une seule phrase : *Mettez-vous à l'écoute de votre corps chaque fois que votre esprit s'engorge de pensées pernicieuses ou parasites.* Cette censure disciplinera vos modes de pensée et représentera la première étape vers une neutralisation efficace de votre conscience. La disponibilité mentale vous attend au bout du chemin. Vous constaterez très vite que le présent vous attend dans l'instant et non dans un avenir, fût-il à court terme. C'est tout le bénéfice d'une institutionnalisation de l'écoute corporelle. Chaque fois que vous focaliserez votre attention sur les mouvements de votre corps, vous institutionnaliserez un arrêt sur image, un instant de votre vie. La succession de ces instants est essentielle, car c'est au présent que l'on construit son avenir.

« Rien, Lucilius, ne nous appartient, seul le temps est à nous. Ce bien fugitif et glissant est l'unique possession que nous ait départie la nature. Et peut nous en chasser qui veut. Telle est la folie des humains, qu'ils se sentent redevables du moindre cadeau peu coûteux qu'on leur fait. Personne ne s'estime redevable du temps qu'il a reçu en partage, alors que le plus reconnaissant des hommes ne pourrait le rendre. » Quelques lignes de sagesse que Sénèque adressait à son disciple.

CHAPITRE 19

Les outils de la contre-manipulation

Les yeux

Si l'on admet la théorie d'Heisenberg qui dit que l'observation modifie le phénomène observé, il y a fort à parier que nous ne connaîtrons jamais la nature profonde des choses et que nous resterons toujours dans l'incertitude.

Observer, c'est regarder l'autre en jouant le rôle du spectateur attentif, sachant que celui qui pose ce genre de regard sur l'autre sort toujours gagnant d'une confrontation oculaire ou verbale. Cela vous paraîtra simple, mais ça ne l'est pas. Navré ! Il faudra vous y coller pour intégrer ce type de regard.

Dans tout dialogue, l'implication massive du Moi est la règle. La parole vous sert plus souvent à défendre votre point de vue qu'à échanger des informations. Ce dialogue se transforme dès lors en double monologue dans lequel chaque locuteur devient virtuellement aveugle. C'est le dialogue de sourds ! Il entend ce que dit l'autre, mais « écoute » surtout ce qu'il dit à défaut d'observer les réactions non verbales de part et d'autre. Il est vrai qu'elles communiquent à un autre niveau. Le double monologue est introspectif. Chacun visualise son discours, s'appuyant soit sur ses références propres pour entretenir la conversation, soit en remettant en scène ses souvenirs pour les besoin du scénario. Autre mode d'échange verbal : le premier questionne et le second s'étale. La question initiale a servi de starter. « Comment vas-tu ? » « Si tu savais ce qui m'arrive... »

Les regards se fuient, évitent de s'affronter. Il n'est pas de bon ton d'observer l'autre. Le regard survole l'apparence de l'interlocuteur sans se fixer sur les mouvements de son corps. La vision de l'autre est partielle et partiale.

La vue nous sert plus souvent d'une manière utilitaire à éviter les obstacles qui se dressent sur notre chemin, à se méfier des réactions du voisin ou à lire le journal qu'à apprécier la beauté d'un paysage ou d'une toile. La seule chose que l'on regarde à satiété, c'est la télé. Le sens de l'observation est un vœu pieux que les instituteurs tentent en vain d'inculquer à des enfants qui sont saturés d'images cathodiques. « À quoi ça sert d'observer ce que je peux voir », me rétorque un enfant qui ne comprend pas ce qui différencie ces deux attitudes visuelles. Comment lui faire comprendre le fossé qui sépare l'observation de la vision ?

Ce que je vois, je n'ai pas besoin de le regarder, ce que je regarde, je ne ressens pas l'utilité de l'observer. La vision, le regard et l'observation sont trois étapes hiérarchisées d'une même prédisposition biologique. Je vois l'homme bouger, mais je ne regarde pas ses gestes. Ma vision est globale. Si je décide de regarder ses gesticulations, c'est uniquement pour constater leur réalité sans pour autant me poser la question de savoir ce qui les justifie. L'observation m'oblige à regarder par-delà le constat de ces mouvements corporels pour en tirer des hypothèses ou des conclusions.

L'observation est une démarche spéculative, la vision est un *modus operandi* biologique. Si l'observation modifie la nature profonde des choses, comme le dit Heisenberg, elle permet néanmoins d'appréhender en temps réel l'explication de certains phénomènes récurrents, tel le langage non verbal du corps humain.

Comment réapprend-on à observer ? Réapprendre parce que le nourrisson qui découvre la vie observe naturellement le monde qui l'entoure. La multiplication des stimuli visuels et l'intervention du langage modifient progressivement son sens de l'observation pour le transformer en regard subjectif censuré par l'éducation et les visions interdites.

L'observation est une vision objective, analytique et spéculative. L'enfant regarde un objet et analyse sa fonction. Il le goûte, il le touche, il le sent. Il utilise quatre des cinq sens pour effectuer son observation. L'observation est préalable à la vision.

Chaque fois que je rends visite à mon informaticien, il fait mine de se laver les mains comme Ponce Pilate. Je suis un bon client, et ma visite est en relation directe avec son tiroir-caisse. L'observation de ce tic gestuel me signale que mon informaticien est un manipulateur. J'adopte automatiquement le mode de la double conscience quand je débarque dans sa boutique. Ce geste est tellement courant qu'un esprit non averti le gomme automatiquement.

L'observation analytique de son comportement stimule mon empathie. Mon manipulateur ne fait plus le poids. Ma vigilance m'évite des dépenses superflues, ce qui n'est pas le moindre des bénéfices que je retire de l'observation de son langage non verbal. Je parviens généralement à la coincer en le bombardant de questions ouvertes. (Rappelez-vous : qui, quoi, où, combien, comment, pourquoi et quand !)

De l'observation analytique à l'écoute objective, le pas est vite franchi. Ces deux compétences sont presque toujours sollicitées en parallèle.

Paradoxalement, l'observation autoscopique de la double conscience est la racine d'une observation objective de l'autre. Je ne peux observer l'autre si je ne prends pas conscience des limites de mon propre territoire corporel. Telle est la règle. Dans un contexte plus spécifique, je ne peux séduire l'inconnue qui me regarde à la dérobée, si ma gestuelle n'est pas sous contrôle de la double conscience.

Les oreilles

L'écoute passive est une écoute subjective qui s'attache essentiellement au sens global du message. L'auditeur est protégé par ses mécanismes de défense et demeure engoncé dans son ego, un ego vigilant et envahissant qui fonctionne *a priori* par déni. Le locuteur n'existe que sur le plan virtuel. Un brouillard mental filtre son discours dans l'esprit de son auditeur. Ses propos ne sont pas considérés comme étant essentiels. Le regard de l'auditeur est introspectif, c'est-à-dire vide ou atone, *ses paupières clignent fréquemment,* un peu comme s'il cherchait à effacer l'image du locuteur. La dimension gestuelle est inexistante, il ne voit rien, n'écoute pas mais approuve mécaniquement du chef tout en se demandant comment il va parvenir à rompre le combat. *Vous avez sûrement déjà remarqué ces individus qui agitent la tête compulsivement en signe d'approbation,* ce sont des auditeurs passifs. Ils font semblant d'écouter. Le mouvement de la tête est un écran de fumée. S'ils étaient réellement attentifs, ils n'auraient pas besoin de jouer à Monsieur Banania avec une telle conviction. Les touristes étrangers qui comprennent à peine la langue du cru ont cette tendance cocasse à agiter exagérément la tête pour informer l'indigène qu'ils l'ont compris.

L'écoute subjective est une écoute filtrée par l'ego de l'auditeur. Tout ce qui ne correspond pas au moule de sa pensée est évacué de sa mémoire à court terme. Il répondra à côté de la question ou du sujet du débat justement parce qu'il a effacé les arguments qui dérangent ses préjugés. Tous les manipulateurs sont des auditeurs subjectifs, ce qui ne signifie nullement que tous les auditeurs subjectifs soient des manipulateurs. Il nous arrive à tous de jouer ce rôle quand la conversation commence à nous lasser. Les infos à la télé sont écoutées passivement pour les 9/10 du discours du journaliste. Comme si notre cerveau opérait un tri dans le déluge de mots et d'images. L'esprit décroche, incapable d'absorber toute l'information qui se déverse. D'où la mise en place de cette écoute sélective. Une espèce de lecture auditive en diagonale ! Nous sommes bombardés de mots par les médias, une pollution permanente d'informations souvent inutiles qui viennent encombrer nos circuits de mémorisation à court terme. Dans ce contexte, l'écoute subjective est un moyen de défense parfaitement justifié et légitime. Hélas, à force d'appliquer cette forme d'écoute pour nous protéger de l'agression médiatique, nous finissons par retourner au mode d'écoute passive en toutes circonstances. Le mari entend le discours de son épouse à travers un brouillage protecteur de sa conscience. La communication ne passe plus ou est déformée par l'absence d'écoute objective. « Avez-vous entendu ce qu'il a dit ou l'avez-vous rêvé ? » L'écoute subjective manipule la transmission de l'information en direction du cerveau. Le message réel devient virtuel. Quant à l'écoute passive, elle est confortable, car elle ne demande aucun effort d'attention. Nos oreilles nous servent à écouter, nous les utilisons pour entendre le message. Nos yeux nous servent à regarder, nous les utilisons pour voir mille et une fois la même image sans jamais user notre faculté d'observation. Notre bouche nous sert à parler, les mots s'en échappent sans contrôle. À l'instar des possibilités du cerveau humain, nous utilisons notre audition, notre vision ou notre faculté d'expression à 10 % de leur potentiel, laissant en friche les 90 % restants. Dans le même ordre d'idées, l'analyse des gestes pourtant tellement visibles est oblitérée au profit du discours subjectif.

Tout échange verbal ou infra-verbal est sous-tendu par un échange d'émotions. Les énergies s'affrontent, les inconscients communiquent à l'insu des consciences par gestes interposés. Cette communication non consciente peut être l'objet de véritables affrontements énergétiques dont les protagonistes sortent souvent éreintés. Le patron qui a l'impression de parler dans le vide à un subalterne qui fait semblant de comprendre est un mode de communication fragilisé par le fossé énergétique qui les sépare. Le message ne passe pas, même si les termes utilisés par le locuteur sont parfaitement compréhensibles. L'objection mentale d'un auditeur face à un locuteur entraînera rapidement un malaise fondé sur un affrontement énergétique de polarité antagoniste. Le premier veut convaincre le second qui accepte de l'entendre mais refuse de l'écouter. Éviter l'affrontement énergétique exige une connaissance des mécanismes émotionnels qui entrent en jeu. Les mimiques du visage et les mouvements subtils de la tête fournissent dans ce cas particulier de précieux indices.

Par exemple, le mouvement *des arcades sourcilières qui s'étirent vers le haut* marque en principe l'étonnement. En pratique, ce mouvement, s'il devient un tic gestuel, change totalement de sens. Il devient manipulateur de l'information. Comme je l'ai déjà évoqué, certains journalistes de télévision en font un usage abusif et ponctuent gestuellement leurs phrases de cette manière. Il trahit alors un besoin d'accréditer le message qu'ils entendent faire passer. Il s'agit d'un banal *dispositif hypnotiseur gestuel,* hérité de l'enfance, destiné à crédibiliser les propos dans l'esprit du téléspectateur. Rappelez-vous les grands yeux, une ouverture oculaire censée prévenir une bêtise que vous vous apprêtiez à commettre.

Quand les lèvres se referment sur un vague *sourire ironique* à la fin d'un commentaire, la mimique consiste à sous-entendre que le journaliste en sait bien plus qu'il ne veut le dire. Il nous fait l'aumône des rumeurs qu'il vient de nous livrer, mais nous évite la douleur d'une vérité insupportable. Ces exemples introduisent l'écoute active.

L'écoute active est une déclinaison de l'écoute objective qui prend en compte tous les aspects connotés du message (attitudes, gestes récurrents, non-dits, litotes, sémiologie en général). Elle exige une concentration plus massive de la part de l'auditeur dans la mesure où il doit être capable de neutraliser son ego afin d'appréhender le *feed-back* global qu'il cherche à analyser chez son interlocuteur. En somme, la mise entre parenthèses du Moi demeure le seul moyen d'offrir à l'autre un droit à l'existence. C'est le fondement même de la stratégie du miroir et l'attitude la plus difficile à naturaliser. Pour en revenir à l'écoute active, la neutralisation de l'ego est favorable à la mémorisation.

Un autre mode d'écoute active consiste à répéter mentalement les propos émis par l'interlocuteur, pour autant que vous souhaitiez en mémoriser une synthèse. C'est une bonne manière de déconnecter l'écoute subjective ou d'éviter une écoute passive.

Écouter n'est pas entendre ! J'entends un bruit, mais j'écoute une personne. Dans les faits, la plupart d'entre nous font exactement le contraire. Ils écoutent le bruit et entendent le flot de paroles. Or, le bruit analysé, voire disséqué par le cerveau ne mérite pas cette dépense d'énergie. En revanche, le discours de l'autre devient un mode d'influence à la minute même où vous cessez de l'écouter pour ne plus entendre que le sens général de son propos. Quelques minutes plus tard, il ne vous restera plus en mémoire que des mots épars sans intérêt, mais aucun souvenir de l'influence qu'il a exercée sur vous. Sans compter que les mots sont agrémentés *d'expressions faciales* dont la portée balistique est autrement plus nocive que le discours lui-même, comme je viens de l'évoquer. Vous subissez littéralement ses états d'âme sans même vous en rendre compte. Il projette sur vous tous les interdits auxquels il est confronté, il vous inclut dans sa problématique et vous associe à ses petites misères.

« Le business n'est plus ce qu'il était. Je fais la moitié de mon chiffre d'affaires de l'an dernier. La crise est profonde et je ne crois pas qu'on s'en sortira. » Qui est « on » ? Les mimiques faciales qui accompagnaient ses plaintes suffisaient à comprendre qu'il cultivait son amertume en bac Riviera. Un déclinologue, un !

Si vous prenez la peine d'analyser son discours, vous constaterez très vite qu'il ne dit pas grand-chose de fondamental et que le contenu de ses propos est moins intéressant que le contenant. Mais quelle est la différence entre contenu et contenant ?

« Tu vois ! Je me suis dit, comme ça, que je devrais réfléchir à ta proposition. Non pas que je n'ai pas envie de prendre ce job, mais tu sais bien, la situation économique et tout ça, tu vois, c'est vraiment pas jojo. Qu'est-ce que t'aurais fait à ma place ? Je me suis dit que... (il ne vous laisse même pas le temps de répondre à sa question dans la mesure où vous avez cessé d'exister dès que vous avez tendu l'oreille pour l'écouter) peut-être que ce serait plus rentable d'accepter de

retourner travailler que d'aller pointer au chômage mais... »

Le contenu est inexistant. Le contenant, en revanche ! Le locuteur se parle à lui-même : « Je me suis dit... » Il « conditionnalise » l'obligation de réfléchir à votre proposition et réfléchir n'est pas agir. « Ce serait plus rentable d'accepter. » En effet, mais l'usage du conditionnel indique un refus du passage à l'acte. L'idée est exprimée sous réserve et « à condition que », en quelque sorte.

Si vous avez appris à écouter sans objecter mentalement, vous prendrez le large au plus vite de cet ami auquel vous proposez un emploi. Si vous n'avez fait que recevoir son discours en globalité, vous risquez de vous impliquer dans une conversation sans issue et une perte de temps et d'énergie dont vous sortirez amer et désabusé. Car le bonhomme en question est un pompeur d'énergie classique. Comme tous les individus qui conjuguent leurs verbes au conditionnel et qui fréquentent les verbes réfléchis.

Pour nous résumer, vous avez le choix entre trois types d'écoute : l'écoute passive, l'écoute subjective et l'écoute active ou objective. Le développement de cette troisième attitude sera grandement facilité par les exercices de double conscience.

Écouter, c'est investir son énergie mentale dans le *bon usage de ses oreilles*. Elles ne servent pas uniquement à maintenir les lunettes en place, comme certains auditeurs très subjectifs pourraient être tentés de le croire.

En conclusion

Affirmer que la gestuelle humaine est insignifiante reviendrait à nier la prépondérance du psychisme sur le soma dans l'évolution des pathologies. Réduire nos modes de communication à la parole ou à l'écrit est une ineptie. À quoi servirait le cerveau affectif (cerveau droit) ? Dans cette optique, le cerveau cognitif (cerveau gauche) serait largement suffisant pour assurer la transmission des messages.

Qu'ils soient mimiques ou posturaux, les mouvements du corps véhiculent nos sentiments, nos émotions et nos impressions dans un langage muet et dont les codes gestuels réflexes (les refrains gestuels variables ou invariables) représentent la pierre angulaire. Après une vingtaine d'années d'observation de cette chorégraphie particulière, j'ai réussi à percer à jour la signification d'une toute petite partie de ce langage fabuleux qui s'exprime sous nos yeux. Quelques centaines de gestes alors qu'il en existe des milliers. Au fil de mes ouvrages et de mes recherches, j'ai établi une grille de lecture gestuelle qui offre l'avantage de pouvoir décoder la plupart des attitudes du corps, des mimiques du visage et, surtout, des codes gestuels réflexes en partant d'une classification élémentaire. Elle discerne trois types de gestes signifiants principaux :

a) Les refrains gestuels invariables

b) Les refrains gestuels alternatifs ou variables

c) Les codes d'intention

Par exemple, *les mains en prière* sont un code d'intention qui vise à dissimuler l'ignorance ; le geste est répulsif ou réducteur. *L'animation des deux mains* en sous-titrage du discours verbal est un code séducteur.

L'expression gestuelle est la traduction en temps réel de la météo du climat mental ou, en d'autre termes, de nos émotions. D'ailleurs, le terme « émotion » se compose du verbe latin *motere*, voulant dire « mouvoir », et du préfixe *é*, qui indique un mouvement vers l'extérieur, et cette étymologie suggère bien une tendance à agir.

Les 10 sentiments universels

On dénombre sept sentiments de base qui influent non seulement sur tous les mouvements instinctifs du corps mais aussi sur l'alchimie de la communication interindividuelle de ce que Daniel Goleman a intitulé, à juste titre, l'intelligence émotionnelle. Il en décrit sommairement les effets dans un ouvrage culte[1].

J'y rajoute trois sentiments qui me paraissent manquer à cette liste.

« La **colère** fait affluer le sang vers les mains, ce qui permet à l'individu de s'emparer plus prestement d'une arme ou de frapper un ennemi, et une sécrétion massive d'hormones comme l'adrénaline libère l'énergie nécessaire à une action vigoureuse.

La colère correspond symboliquement à l'index

1. *L'Intelligence émotionnelle*, Daniel Goleman (Éditions Robert Laffont).

droit, le doigt de l'image paternelle et de l'affirmation de soi.

La **peur** dirige le sang vers les muscles qui commandent les mouvements du corps, comme les muscles des jambes, ce qui prépare la fuite et fait pâlir le visage, le sang en étant chassé (d'où la sensation de sang qui “se glace”). Simultanément, le corps est paralysé l'espace d'un instant, ce qui laisse peut-être à l'individu le temps de décider s'il est préférable de se cacher. Les centres émotionnels du cerveau sécrètent massivement des hormones qui mettent le corps en état d'alerte générale, celui-ci se tend, prêt à agir, l'attention se fixe sur la menace imminente, attitude idéale pour décider quelle réaction est la plus appropriée.

La peur est représentée par l'auriculaire gauche, le doigt qui symbolise, entre autres, l'enfance et le passé.

Le **bonheur** se caractérise par une augmentation de l'activité du centre cérébral qui inhibe les sentiments négatifs et favorise un accroissement de l'énergie disponible et un ralentissement de l'activité des centres générateurs d'inquiétude. Cependant, il ne se produit pas de modification physiologique particulière, si ce n'est un apaisement, grâce auquel le corps se remet plus rapidement des effets biologiques induits par les contrariétés. Cet état procure à l'organisme un repos général ; l'individu accomplit avec empressement et enthousiasme toutes les tâches qui se présentent à lui ; il se donne des buts plus variés. Le désir et le plaisir appartiennent à cette grande famille du bonheur.

Le pouce gauche est le doigt du plaisir et du bonheur que nous retirons de la vie.

L'**amour**, la tendresse et la satisfaction sexuelle provoquent une excitation parasympathique – l'inverse, sur le plan physiologique, de la réaction “fuir ou se battre” de la colère ou de la peur. Le réflexe parasympathique, appelé “réponse de relaxation”, consiste en un ensemble de réactions corporelles qui engendrent un état général de calme et de contentement propice à la coopération.

L'annulaire gauche est le doigt de l'investissement affectif, donc de l'amour.

La **surprise** provoque un haussement des sourcils qui élargit le champ visuel et accroît la quantité de lumière atteignant la rétine. L'individu dispose ainsi de davantage d'informations concernant un événement inattendu. Cela lui permet de mieux évaluer la situation et de concevoir le meilleur plan d'action possible.

La surprise est synonyme de curiosité et de futur ; l'auriculaire droit les symbolise.

Partout dans le monde, le **dégoût** se manifeste par la même expression et possède la même signification : quelque chose est déplaisant, littéralement ou métaphoriquement. Comme l'avait observé Darwin, l'expression faciale du dégoût – la lèvre supérieure se retrousse sur le côté gauche ou droit tandis que le nez se plisse légèrement – semble refléter une tentative primitive pour fermer les narines à une odeur désagréable ou recracher un aliment toxique.

Le majeur gauche symbolise l'image de soi, l'estime de soi et le dégoût sur le plan négatif.

Une des fonctions principales de la **tristesse** est d'aider à supporter une perte douloureuse, celle d'un être cher par exemple, ou une grande déception. La tristesse provoque une chute d'énergie et un manque d'enthousiasme pour les activités de la vie, en particulier les distractions et les plaisirs, et, quand elle devient plus profonde et approche de la dépression, elle s'accompagne d'un ralentissement du métabolisme. Le repli sur soi permet de faire le deuil d'un être cher ou de digérer un espoir déçu, d'en mesurer les conséquences pour sa propre vie et, lorsque l'énergie revient, de projeter un nouveau départ. Lorsque les premiers humains étaient tristes – et donc vulnérables –, cette perte d'énergie les obligeait peut-être à rester près de leur gîte, donc en sécurité. »

La tristesse se rattache au majeur droit, doigt symbolique de la confiance en soi, de l'organisation mentale et psychologique.

À chacun de ces sept sentiments qui chapeautent des milliers de micro-messages gestuels dont la signification varie en fonction du contexte, mais qui rejoignent *in fine* les sept catégories de sentiments décrits, il en manque trois qu'aucun auteur ne mentionne : le doute, la jalousie et le désir au sens le plus large du terme.

Le **doute** se manifeste de manière universelle par une série d'expressions mimiques, dont la plus connue consiste en une « protrusion » des lèvres vers l'avant, bouche en cul de poule, avec parfois un discret lâcher d'air. Ce huitième sentiment est le plus réducteur de tous ceux qui sont décrits ici. Le doute est l'antidote de la foi et du bonheur d'agir.

Le doute est associé à l'annulaire droit, doigt symbolique des schémas volontaires.

La **jalousie,** l'**envie** correspondent *à l'index gauche, le doigt qui désigne l'image maternelle, la possession et la vocation.*

Enfin, le **désir** *largo sensu* correspond au pouce droit, doigt des motivations et de la sexualité.

L'intervention des doigts est un moyen mnémotechnique bien utile pour se souvenir des dix catégories de mimiques universelles du visage.

La gestuelle est encore une science spéculative et balbutiante, comme toute connaissance empirique, d'ailleurs. Cependant, je me suis attaché à situer les codes réflexes que reproduisent tous les individus sans distinction de sexe, de race, de religion ou de culture et j'ai découvert des congruences entre ces gestes et le contexte de leur reproduction qui ne pouvaient pas ressortir du simple hasard. Au fil de mes recherches, j'ai posé de multiples hypothèses dont certaines sont aujourd'hui avérées et ont été reprises par d'autres auteurs. Certaines de ces hypothèses sont devenues des postulats sur lesquels je me fonde pour décrypter les codes gestuels que je décris dans mes ouvrages.

La quête est loin d'être achevée, et la gestuelle réserve encore des surprises de taille que je me réjouis de découvrir un jour prochain. Une science gestuelle reste à inventer pour que la lecture du corps puisse accéder au rang de science humaine. Trop peu de chercheurs s'y consacrent encore pour qu'une saine émulation permette à la gestuelle humaine de bénéficier de débats contradictoires indispensables à son évolution.

En attendant ce jour, j'ai réalisé qu'une remise en cause du vocabulaire gestuel était parfaitement possible et son impact sur l'image de soi et l'image publique, totalement bénéfique. Je crois que les méthodes de développement personnel y trouveront un nouveau gisement. À la lueur de mon expérience, il me paraît aujourd'hui évident que la reprogrammation des mouvements du corps est susceptible de remettre les modes de communication en perspective.

En un mot comme en cent, **quand on change de gestes, on change de vie.**

TABLE DES MATIÈRES

Bibliographie

Aux Éditions générales First :

Les Étonnants Pouvoirs de l'énergie positive (1993)
Ces gestes qui vous trahissent (1994)
Les Gestes de la séduction (1995)
Les Gestes de la vie professionnelle (1996)
Ces gestes qui vous trahissent (1999)
Ces gestes qui vous trahissent (2001)
Le Sens caché des gestes (2002)
Ces gestes qui manipulent et ces mots qui influencent (2003)
Ces gestes qui séduisent (2004)
Les Gestes du succès, les Mots de la réussite (2004)
Le Langage psy du corps (2004)
Ces gestes qui vous trahissent (2005)
Ces objets qui vous trahissent (2005)
Le Petit Décodeur gestuel (2006)
Ces gestes qui manipulent et ces mots qui influencent (2006)
Les Femmes et le Pouvoir – avec Cristina Lunghi (2006)

Aux éditions Flammarion

Ne leur dites jamais – Parler à ses enfants ça s'apprend – Caroline et Joseph Messinger (2005)
Les Mots qui polluent, les Mots qui guérissent – Joseph et Caroline Messinger (2005)
La Grammaire des gestes (2006)
Les Gestes des politiques (2006)

Chez Pocket

Ces gestes qui vous séduisent (2006)

Références bibliographiques

Cerveau et Psycho n° 2 – Juin 2003
Le Matin des magiciens, Bergier et Pauwels (Gallimard)
Les Étonnants Pouvoirs de l'énergie positive, Joseph Messinger (First)
La Technique du succès, André Muller (Diateino)
Guggenheim Soho de New York (musée du)
Les Cosmonautes de l'inconscient, Adam Smith (Robert Laffont)
Le Cœur des autres, Jean-Didier Vincent (Plon)
Ces gestes qui manipulent, ces mots qui influencent, Joseph Messinger (First)
The language of gestures, Crichley (Arnold - London)
The expression of the emotions in man and animals, Charles Darwin (Joh, Murray - London)
The silent language, E.T. Hall (Doubleday - New York)
La Magie du corps, Desmond Morris (Grasset)
La Clef des gestes, Desmond Morris (Grasset)
How to read the language of the face, M.E. Mitchell (Mac Milan - New York)
L'Intelligence émotionnelle, D. Goleman (Robert Laffont)
L'Homme neuronal, Jean-Pierre Changeux (Fayard)
Psychologie de la motivation, Paul Diel (Payot)
Les Conditions de l'esprit scientifique, Jean Fourastié (Gallimard)
Médecine psychosomatique, Haynal & Pasini (Masson)
L'Inhibition de l'action, H. Laborit (Masson)
Body talk, D. Morris (Jonathan Cape – London)
L'Estime de soi, Christophe André & François Lelord (Odile Jacob)
Le Singe nu, D. Morris (Grasset)

Le Couple nu, D. Morris (Grasset)
Hypnose et suggestion, Léon Chertok (PUF)
Qu'est-ce que la suggestologie ?, Jean Lerède (Privat)
Les Taureaux de l'aurore, Jean Lerède (de Mortagne)
L'Ambiguïté humaine, Maurice Auroux (Buchet/Chastel)
Le Cerveau et le Mouvement, *Science et vie* n° 204 - septembre 1998
Manuel de psychiatrie, Henri Ey (Masson)
Le Sens caché des gestes, Joseph Messinger (First)
Ces gestes qui vous trahissent, Joseph Messinger (First)

Impression réalisée sur Presse Offset par

CPI
Brodard & Taupin

41712 – La Flèche (Sarthe), le 06-06-2007
Dépôt légal : juin 2007

POCKET – 12, avenue d'Italie - 75627 Paris cedex 13

Imprimé en France